ullstein

Das Buch

In Landshut herrscht Hochwasser – und das seit Tagen. Hauptkommissar Peter Bernward ist im Dauereinsatz. Immerhin passt das ewige Grau zu seiner Stimmung. Denn viel schlimmer als das Hochwasser ist die Tatsache, dass ihn seine Kollegin, Kommissarin Flora Sander, abserviert hat. Und damit nicht genug: Flora verbringt seit neuestem ihre Freizeit mit ihrem Verehrer, einem reichen Hotelier. Peter Bernward kocht vor Eifersucht, was Flora wiederum auf die Palme bringt. Als dann auch noch die übel zugerichtete Leiche eines stadtbekannten Bauunternehmers auftaucht, ist die Stimmung auf ihrem Tiefpunkt.

Eigentlich sollen Flora und Peter bei diesem Fall zusammenarbeiten. Doch als der Polizeichef bemerkt, dass zwischen seinen beiden besten Ermittlern Eiszeit herrscht, greift er hart durch. Er übergibt Flora den Fall und stellt ihr eine junge Kollegin zur Seite. Peter soll stattdessen Büroarbeit machen und die Berichte zu seinen letzten Fällen nachreichen. Zähneknirschend fügt sich Peter der Entscheidung seines Chefs. Allerdings nicht sehr lange, denn wie sich bald herausstellt, ist Flora bei ihren Ermittlungen auf einen alten Skandal gestoßen, der bis in die höchsten Kreise Landshuts reicht. Als weitere Menschen sterben, wird Peter klar, dass Flora in höchster Gefahr schwebt. Er versucht, sie zu warnen, doch Flora will davon nichts wissen …

Der Autor

Richard Dübell, geboren 1962, lebt mit seiner Frau und zwei Söhnen bei Landshut. Als Autor von historischen Romanen stürmt er seit Jahren die Bestsellerlisten. Mit *Allerheiligen* legte er den ersten Band einer neuen Krimiserie vor, nun folgt der zweite.

Richard Dübell ist Träger des Kulturförderpreises seiner Heimatstadt. Mehr unter: www.duebell.de

Von Richard Dübell ist in unserem Hause bereits erschienen:
Allerheiligen

Richard Dübell

Himmelfahrt

Kriminalroman

Ullstein

Besuchen Sie uns im Internet:
www.ullstein-taschenbuch.de

MIX
Papier aus verantwortungsvollen Quellen
FSC® C083411

Originalausgabe im Ullstein Taschenbuch
1. Auflage Juli 2014

Umschlaggestaltung: ZERO Werbeagentur, München
Titelabbildung: © FinePic®, München (Traktor, Kirche);
© gettyimages/E+/AntiMartina (Kornfeld, Himmel)
Satz: Pinkuin Satz und Datentechnik, Berlin
Gesetzt aus der Goudy Old Style
Papier: Holmen Book Cream
von Holmen Paper Central Europe, Hamburg GmbH
Druck und Bindearbeiten: CPI books GmbH, Leck
Printed in Germany
ISBN 978-3-548-28487-3

PROLOG

Eliska Sládek stand vor dem Klingelschild und versuchte, sich daran zu erinnern, wie ihr Name lautete.

Nicht dass ihre Kunden großen Wert auf ihren Namen gelegt hätten. Aber es war vermutlich irritierend, wenn sie auf dem Klingelschild nicht fanden, wonach sie suchten. Kaum einer klingelte aufs Geratewohl. Eliska rief sich ihren Internet-Eintrag ins Gedächtnis. Schließlich malte sie mit Großbuchstaben »CANDY« auf einen Streifen Malerkrepp und klebte ihn auf das Klingelschild, das zu ihrem Arbeitszimmer gehörte. Sie erschauerte, als sie das Haus betrat – nicht aus Abscheu vor den nächsten Tagen, die sie hier verbringen würde, sondern wegen der kalten, muffigen Feuchtigkeit, die ihr entgegenschlug. Unterhalb der Eisenbahnbrücke, die nur wenige Dutzend Meter weiter auf hohen Pfeilern über das Viertel führte, stand das Wasser in allen Bodenvertiefungen, und noch weiter zur Bundesstraße hin bildeten die Pfützen ganze Seen. Die Parkplätze entlang der Bundesstraße, wo auch Eliska ihr Auto hatte abstellen wollen, standen komplett unter Wasser. Sie hatte schon befürchtet, gar nicht bis hierher durchzukommen. Eine Fahrt von vierhundert Kilometern umsonst gemacht zu haben wäre eine Katastrophe gewesen. Sie hätte sich das Geld für die Rückfahrt von einer Kollegin borgen müssen, und die war ebenso knapp bei Kasse wie sie selbst. Wer hier arbeitete, tat es, weil er in keinem der besseren Häuser untergekommen war, und konnte nur wenig verlangen. Zum ersten Mal in den vielen Monaten, in denen sie hierhergekommen war, war Eliska nicht angewidert, sondern erleichtert gewesen, endlich da zu sein.

Das Haus, in dem Eliska ihr Zimmer gemietet hatte, lag weit genug oberhalb des Flusspegels, so dass es im Trockenen stand. Aber so wie es roch, musste der Keller überflutet sein. Selbst die gewohnten Düfte von Schweiß, billigem Parfüm und Raumdeodorant wurden davon überdeckt.

Die erste Besucherschicht hatte Eliska bereits verpasst: Der Behördenfeierabend war vorüber. Ihr langer Umweg im Kriechverkehr über die Hügel im Süden Landshuts war schuld daran. Sie setzte sich und schaute auf die Uhr. Kurz nach neun an einem toten grauen Frühsommerabend. Es würde eine Weile dauern, bis die nächste Schicht eintraf. Die Familienväter waren zu Hause beim Abendessen, die einsamen Burschen vom Land noch in den Ställen. Man musste sich sowieso fragen, wie viele Interessenten den Weg hierher finden würden, wenn ganze Straßenzüge unter Wasser standen und die niedriger gelegenen Teile des Landkreises sich in eine Seenlandschaft verwandelt hatten.

Eliska fröstelte und drehte den Thermostat des Heizkörpers weiter auf. Das Ding würde nicht mehr als lauwarm werden, wenn die Heizung überhaupt lief. Es war Juni, und auch wenn es draußen so kalt war wie im März, bestand durchaus die Möglichkeit, dass der Hauseigentümer Sommer befohlen und die Heizung abgestellt hatte. Ihre Besucher würden es ohnehin nicht merken. Wenn sie in Eliskas Zimmer kamen, waren ihre Wangen meistens rot vor unterdrückter Erregung. Ihnen war alles andere als kalt. Eliska hingegen fror ständig. Am meisten fröstelte es sie in den Augenblicken, in denen es ihren Gästen am allerheißesten war.

Aus zwei anderen Zimmern drangen die gedämpften Geräusche herüber, die ihren Arbeitstag begleiteten. Zuerst dachte Eliska, der wütende Streit, den sie außerdem vernahm, käme aus dem dritten Zimmer. Sie fragte sich, ob sie hinübergehen und klopfen oder gleich die Telefonnummer anrufen sollte, die man ihr und ihren Kolleginnen für solche Fälle gegeben hatte. Dann fiel ihr ein, dass das dritte Zimmer leer sein musste, weil seine Tür vorhin noch weit offengestanden hatte. Der Streit musste vom Obergeschoss herunterdringen – direkt aus dem Zimmer über dem ihren.

Eliska hatte keine Ahnung, an wen die Zimmer dort oben vermietet waren. Bis jetzt hatte sie da noch nie jemanden wahrgenommen. Unwillkürlich spitzte sie die Ohren. Sie hörte das dumpfe Klopfen, das von hastigen Schritten kam, und das Scharren von weggestoßenen Möbelstücken. Zwischen ihrer Zimmerdecke und dem Boden des Raums darüber befand sich wahrscheinlich nur die von den Jahrzehnten fest zusammengebackene Schüttung eines Blindbodens. Großartige Schalldämmung war nicht gegeben.

War dort oben ein Kampf zugange? Eliska glaubte, die Stimmen von zwei Männern unterscheiden zu können. Sie schluckte nervös. Sollte sie ihr Mobiltelefon aktivieren? Aber was würde der Aufpasser am anderen Ende tun, wenn sie ihm die Geräusche schilderte? Er war nur für das Erdgeschoss und seine vier jämmerlichen Zimmer zuständig, und selbst diesen Job erledigte er nur widerwillig und kam meistens erst an, wenn die Mädchen das Problem schon allein gelöst hatten.

Etwas polterte plötzlich so laut, dass Eliska zusammenschrak. Dann – wie eine dumpfe Kirchenglocke! – ein Schlag, der direkt aus ihrem Heizkörper zu kommen schien. Und noch einer. Und noch einer. Und erneut das Poltern, mit dem etwas schwer zu Boden fiel. Eliska sprang auf und griff nach ihrem Mobiltelefon. Die Geräusche oben hörten auf. Es wurde still.

Im nächsten Moment schlug ihre Türklingel an, und sie erschrak noch mehr. Ihre Hand zögerte über dem Mobiltelefon, dann ließ sie es liegen. Sie betätigte den Türöffner. Mit einem letzten Blick zur Decke öffnete sie ihre Zimmertür.

Ihr Besucher hatte farbloses Haar und ein aufgedunsenes Weißbiergesicht und trug einen unmodischen billigen Parka. Sie lächelte ihn verkrampft an.

»Bist du Candy?«

Eliska nickte.

»Was machst du alles?«, fragte ihr Besucher, ohne ihr in die Augen schauen zu können.

Sie zählte ihren Service und die zugehörigen Tarife auf und musste sich ebenfalls zwingen, den Mann anzuschauen. Ihre Blicke wollten ständig nach oben wandern.

Der Mann versuchte, den Preis zu drücken. Seine Verhandlungen lenkten Eliska für ein paar Momente von den Vorgängen im Zimmer über ihr ab. Was war nur los mit diesen Männern? Sie konnten ihr nicht ins Gesicht sehen, wenn sie sich erkundigten, ob sie ihre sexuellen Wünsche erfüllen würde, aber wenn es um den Preis für den Service ging, gab es von Verklemmtheit keine Spur mehr!

Sie einigten sich. Sie fragte den Mann nach seinem Namen und vergaß ihn sofort wieder. Sie bot ihm eine Dusche an. Er schlug sie aus. Er stand mit hängenden Armen und roten Wangen da und starrte sie an. Sie breitete ein frisches Laken auf dem Bett aus, schlüpfte aus dem engen Sportoberteil und ihrem Höschen, setzte sich splitternackt auf das Bett, lehnte sich zurück und lächelte den Mann an, als habe sie nur auf ihn gewartet. Er schluckte, dass sein Adamsapfel tanzte, und zog sich unbeholfen aus. Als er seine Unterhose abstreifte, drehte er sich schamhaft weg.

Schließlich saß er neben ihr und legte ihr eine klamme Hand auf eine Brust. Er sagte irgendetwas, das Eliska nicht verstand. Sie lächelte mechanisch, wandte sich ihm zu und zwang sich wie immer, an ihre Wohnung in der Nähe von Prag und ihren Freund dort und an die Zukunft zu denken.

Doch es gelang ihr nicht so recht. Ständig wanderten ihre Blicke zur Zimmerdecke. Als sie draußen Schritte die Treppe vom Obergeschoss herunterrennen hörte, schrak sie zusammen und versteifte sich so sehr, dass ihr Besucher aus ihr herausrutschte und hektisch zu fummeln begann. Sie griff nach unten und half ihm. Er machte schnaufend weiter.

Die Außentür öffnete sich und schlug wieder zu. Eliska dachte an den Streit, die hastigen Schritte, das Scharren. Das Dröhnen aus dem Heizkörper. Das schwere Poltern.

Ihr Gast ächzte. Sein Gewicht legte sich schwer auf sie, während er zuckte und stöhnte und sein Gesicht in ihrer Halsbeuge vergrub. Sie umarmte ihn automatisch und wünschte sich, er würde sich von ihr herabwälzen und endlich gehen. Er roch nach Schweiß und Bier und dem alten Fett einer billigen Wirtshausküche.

Als er gegangen war, saß Eliska allein in ihrem Zimmer auf dem Bett. Das zerknüllte Laken lag noch immer darauf.

Jemand war geflohen. Aber es war nur eine Person gewesen. Was war mit dem zweiten Mann geschehen, dessen Stimme sie gehört zu haben glaubte?

Was sollte sie tun?

Sie blickte ihr Mobiltelefon ratlos an, während der Schweiß ihres Freiers auf ihrer nackten Haut trocknete. Dann hörte sie ein Ploppen, wie von einem schweren Tropfen, der auf den Boden fällt. Sie sah auf, erblickte einen kleinen, dunklen, sternförmigen Fleck auf dem PVC-Boden ihres Zimmers, sah hoch zur Decke.

Sie schrie.

12. Juni

1.

Das Wasser war eiskalt. Kälter war nur noch die Atmosphäre, die zwischen Hauptkommissarin Flora Sander und Hauptkommissar Peter Bernward herrschte. Die Scherze von Connor Lamont, Peters und Floras dunkelhäutigem Freund mit dem ältesten Familienstammbaum Schottlands, gefroren darin innerhalb von Augenblicken. Dabei hätte Connor ohnehin keinen Grund gehabt zu scherzen: Sie standen im Keller seines Wohnhauses, und zusammen mit ihnen standen darin achtzig Zentimeter Wasser. Als Connor ihnen bei ihrer Ankunft wortlos zwei Anglerhosen gereicht hatte, hatte Peter gedacht, dass der Schotte wie üblich seinem Hang zur Theatralik erlegen war. Der Anblick des überall im Keller kniehoch schwappenden Wassers hatte ihn eines Besseren belehrt.

»Warum gibt es nie eine Überschwemmung, wenn es draußen sauheiß ist und man über das Wasser froh wäre?«, fragte Connor, der auch in einer Anglerhose steckte und den Anfang einer kurzen Kette bildete, über die der noch zu rettende Inhalt der Kellerräume zur Treppe bugsiert wurde. Man konnte Connor vieles nachsagen, aber nicht, dass es ihm an Ausrüstung gemangelt hätte.

»Weil zu einer Überschwemmung Regen gehört, und wenn es regnet, ist es nicht sauheiß«, knurrte Flora. Sie war die Zweite in der Kette und ließ einen hastig zusammengerollten Ballen Stoff in Peters ausgestreckte Arme plumpsen. Der Stoffballen bestand aus historischen Kostümteilen, die zu dem Fundus in Connors Keller gehörten. Das Südostbayerische Städtetheater wäre stolz auf einen solchen Kleiderfundus gewesen.

»Einer der heißesten Sommer, an die ich mich in Schottland erinnern kann, war total verregnet«, erwiderte Connor.

»Ein heißer Sommer ist es in Schottland, wenn die Frösche nicht in den Pfützen festfrieren, oder?«, fragte Peter.

Connor tat gekränkt. Dann hellte sich sein Gesicht auf, als er einen mit einer Schnur zugezogenen Ledersack in die Höhe hievte. Im Schein mehrerer mit starken Magneten an die Kellertüren gehefteter Stablampen – die Stadtwerke hatten den Strom am Morgen nach langem Hin und Her und vielen Debatten mit dem Stadtrat, der Polizei und der Presse abgeschaltet, um keine Unfälle in den überfluteten Häusern zu provozieren – sah Peter, dass der Sack prall voll Wasser war. Connor drehte den triefend nassen Sack um. Wasser plätscherte heraus.

»Wenn du glaubst, wir machen damit eine Schöpfkette, hast du dich geschnitten«, sagte Flora.

Connor übergab ihr den immer noch halbvollen Sack. Flora reichte ihn weiter. Peter, der ihn nicht zu den noch halbwegs trockenen Sachen auf der Kellertreppe legen wollte, stand damit ratlos da und wurde ihn nicht mehr los. Der Sack war schwer.

»Die Leute von den Stadtwerken haben gesagt, dass das Wasser im Keller bleiben soll«, sagte Connor. »Es erzeugt einen Gegendruck gegen das Grundwasser und schützt so die Hausmauern.«

»Das würde ich auch sagen, wenn ich den Strom abgeschaltet hätte, mit dem man die Pumpen betreibt«, bemerkte Peter.

»Du musst an das Gute in den Leuten glauben«, sagte Connor. »Und daran, dass man über alles reden kann.« Er sah so betont nicht zu Flora und Peter, dass er auch gleich mit dem Finger auf sie beide hätte deuten können.

Peter schwieg. Flora schwieg ebenfalls, aber der Seitenblick, den sie Peter zuwarf, sprach Bände. Peter fühlte sich versucht, in seinem Gesicht nach den Eiszapfen zu tasten, die ihr Blick hervorgerufen haben musste.

Von der Treppe kam ein fragender Ruf.

Flora wandte sich ab und rief über die Schulter: »Hier unten.«

Jemand kam die Treppe herunter und patschte durch das Wasser, bis es ihm zu den Knien reichte. Er trug keine Anglerhosen. Seine Hosenbeine waren aufgerollt, die Schuhe trug er in einer Hand. Er stieg barfuß herum, als wäre die Kälte des Wassers eine Nebensache. Und als würde ein überschwemmter Keller kein Grund sein, die Kleiderordnung zu überdenken, trug er außerdem ein Sakko und darunter ein Hemd mit Krawatte. Er brachte den Hauch eines teuren Aftershave und das fröhliche Grinsen eines Mannes mit, der genau weiß, dass er mit seiner sportlichen Figur, seinen grauen Schläfen und seinem markanten Gesicht auch in aufgerollten Hosenbeinen unverschämt gut aussieht.

Der Neuankömmling grinste fröhlich, streckte die freie Hand aus, schüttelte sie zuerst Flora, dann Peter, dann Connor und sagte zu beiden Männern gleichzeitig: »Hi! Wir kennen uns noch nicht, aber ich weiß von Flora, wer Sie sind. Mein Name ist Viktor von Closen, aber wer mich kennt, sagt einfach Vic zu mir. Okay? Flora meinte, Sie können hier noch ein paar hilfreiche Hände brauchen. Entschuldigen Sie meinen Aufzug, ich bin direkt vom Büro hierhergekommen. Ich war zuerst oben in der

Wohnung. Julia lässt ausrichten, die Umzugskisten wären jetzt alle voll. Sie hat angefangen, im Arbeitszimmer große Haufen mit den Dingen aufzuschichten, die aus dem Keller stammen.« Er wandte sich an Flora, ohne eine Antwort abzuwarten, und sagte: »Deine Tochter ist so patent wie ihre Mutter!« Er gab Flora einen Kuss auf den Mund, und Flora lächelte und erwiderte den Kuss. Connors Hand steckte immer noch in der Viktors.

Connor sagte »Hi!« und starrte von Flora zu dem Neuankömmling und zurück. Seine Sprachlosigkeit zeigte seine Überraschung mehr als alles andere. Als er seine Hand zurückzog, nutzte Viktor die Gelegenheit, zwischen Flora und Peter zu treten und Flora eine Haarsträhne aus dem Gesicht zu streichen.

Peter, der weniger überrascht war als Connor, weil er die Entwicklung geahnt, aber nicht hatte wahrhaben wollen, streckte den Arm aus und ließ den halbvollen Ledersack fallen. Das Wasser spritzte hoch und durchnässte den Rücken des Anzugsakkos.

»Hoppla«, sagte Peter.

»Macht nichts«, erwiderte der Mann und lächelte. »Wenn man das körperliche Arbeiten nicht gewohnt ist, gehen einem schon mal die Kräfte aus.«

Er wandte sich ab, noch während Peter überlegte, ob es auf diese Bemerkung eine andere Erwiderung geben konnte als einen Kinnhaken. Dann beugte er sich zu Flora hinab und gab erneut der Frau einen zärtlichen Kuss, die Peter über alles liebte.

2.

Landshut, die Metropole Niederbayerns und Heimatstadt von Peter, Flora und Connor, stand kurz vor dem Untergang.

Vor zwei Tagen hatte ein Damm bei Bruckbergerau im Südwesten Landshuts an einer Stelle nachgegeben und die gesamte Gegend unter Wasser gesetzt. Man hatte die Stelle wieder abdichten können, doch der Damm war mehrmals unterspült worden, und es konnte nur eine Frage der Zeit sein, bis sich zeigte, ob die zum Ungeheuer gewordene Isar oder das Wasserwirtschaftsamt die Oberhand behalten würde. Schon jetzt war das weite Isartal auf einer Strecke von über zehn Kilometern vor Landshut Gefahrengebiet. Viele Bauernhöfe und kleine Weiler hatten evakuiert werden müssen, der kleine Landshuter Flugplatz war eine einzige braune Wasserfläche, aus der der Tower und die Hangars ragten wie bizarre Inseln. In Landshut selbst war die Situation kritisch. Doch wenn der Damm an einer weiteren Stelle brach, würde die Stadt mit ihren fast siebzigtausend Einwohnern ein echtes Katastrophengebiet sein.

Anderswo entlang der bayerischen Flüsse sah es nicht besser aus. Doch die Landshuter empfanden die Flut als besonders katastrophal, denn sie hatten sich eigentlich vor ihr sicher gefühlt. Die Innenstadt war seit über fünfzig Jahren von Überflutungen verschont geblieben. Einige weitblickende Stadtpolitiker und Ingenieure hatten damals eine Flutmulde gebaut, in die das Isarhochwasser ab- und um die Innenstadt herumgeleitet werden konnte. Gegen einen Dammbruch weit vor der Ableitung war jedoch auch dieses Jahrhundertbauwerk machtlos. Eine braune, nach Schlamm, ausgespülten Versitzgruben und dem Öl aus geborstenen Tankkellern stinkende Wassermasse hatte sich ins Isartal ergossen, hatte die vor Jahren erarbeiteten Katastrophenpläne der Behörden aktiviert und schließlich die niederbayerische Hauptstadt zu Teilen unter Wasser gesetzt. Die auf den Isarhangleiten erbauten Stadtviertel waren bisher glimpflich davongekommen – und ironischerweise der größte Teil der historischen Innenstadt. Dieser stand auf einer Aufschüttung, die bereits im Mittelalter vorgenommen worden war. Der Weitblick der Stadträte vor sechshundert Jahren hatte das einmalige gotische Ensemble geschützt, so wie der Weitblick der Flutmuldenerbauer vor fünfzig Jahren die gesamte Stadt geschützt hätte – wenn der Damm bei Bruckbergerau gehalten hätte.

Der heiße, trockene Sommer hatte bis weit in den September hinein angehalten. Die Landwirte hatten bereits von einer Dürre gesprochen. Dann hatte es im gesamten Südosten Deutschlands zu regnen begonnen, beinahe ununterbrochen, drei Wochen lang. Die hartgebackene Erde hatte das Wasser nicht aufnehmen können. Aus Rinnsalen waren Bäche, aus Bächen Flüsse und aus Flüssen Ströme geworden. Die Isar, sonst gezähmt, langweilig und flach in ihrem begradigten Bett, hatte sich in einen braunen, schäumenden, tobenden Strom verwandelt, in dem Treibgut tanzte, das gegen die eisernen Hochwasserschutzwände vor der Innenstadt gerammt wurde, die Holzflöße der Gastwirtschaften entlang der Isarpromenade zerschmetterte und sich vor den Brückenpfeilern in wirren, bedrohlich aussehenden Haufen auftürmte. Durch die Stauwehre beim Ludwigswehr und beim Maxwehr schoss das Wasser in Walzen, die die Wehrbrücken zittern ließen und den weiteren Flusslauf auf mehrere hundert Meter in einen Mahlstrom verwandelten. Am Anfang waren die Landshuter noch zu Dutzenden dorthin gekommen, hatten auf den Brücken gestanden und fotografiert und gefilmt – jetzt wagten sich nur noch wenige dorthin, und die meisten hatten ohnehin damit zu tun, ihre überschwemmten Keller freizuräumen.

Hunderte von Unternehmer- und Privatexistenzen waren ruiniert. Die Schäden würden noch jahrelang zu sehen sein und gingen in den dreistelligen Millionenbereich. Die ersten Todesfälle waren bereits zu beklagen – zumeist Menschen, die beim Wasserschippen einen Herzinfarkt erlitten hatten. Was die auch in normalen Zeiten chronisch unterbesetzte Landshuter Polizei betraf, hatte keiner der Beamten in den letzten drei Tagen mehr als nur hastige Nickerchen gemacht. Die Stimmung war gereizt. Die Gesichter unter den Uniformmützen waren bleich, die Augen rot. Wer von seinen Einsatzleitern wegen Übermüdung nach Hause geschickt wurde, schlief nicht, sondern war im eigenen überfluteten Keller oder dem von Nachbarn und Freunden zugange, um zu retten, was zu retten war. Es hatte bislang nur zwei Fälle von Plünderungen im überschwemmten Gewerbegebiet gegeben und keinen einzigen in den Wohnvierteln. Landshut war eine nahezu verbrechensfreie Zone, wenn man von den aufflammenden Streitereien zwischen völlig überforderten Familienmitgliedern, einer gewissen Zunahme von Alkoholisierungen aufgrund von Existenzvernichtung und mehreren Selbstmordversuchen absah, die von wachsamen Nachbarn und Freunden hatten vereitelt werden können.

Wie es aussehen würde, wenn der Damm an einer zweiten Stelle brach und drei Viertel der Stadt hüfthoch überschwemmt wären, wagte niemand vorauszusehen.

In der von abgestandener Luft, Stress und Müdigkeit

dampfenden Notrufzentrale der Landshuter Polizei ging ein unerwarteter Anruf ein. Der Beamte, der den Anruf entgegennahm, versuchte, die Personalien des Anrufers entgegenzunehmen, doch das Gespräch wurde beendet, noch bevor er seine Frage vollendet hatte.

Er fluchte und alarmierte eine Streife.

3.

Nach einer Weile stellte sich in Connor Lamonts Keller ein Arbeitsrhythmus ein, den man beschwingt hätte nennen können, wäre die Stimmung nicht so angespannt gewesen. Viktor von Closen – dessen Angebot, ihn Vic zu nennen, außer Flora niemand nutzte und den anzureden sich Peter überhaupt verkniff – hatte sich als Letzter in die Kette eingereiht und stapelte die Dinge, die Peter ihm überreichte, oben auf die Treppe. In gewissen Zeitabständen kam Julia und schleppte die Sachen in Connors Wohnung. Sie lächelte Peter dabei jedes Mal zu, fletschte die Zähne in Richtung ihrer Mutter und strafte Viktor mit der totalen Verachtung, die nur eine Fünfzehnjährige aufbringen konnte. Peter versuchte, darüber befriedigt zu sein, dass Floras Tochter auch jetzt auf seiner Seite war und nicht auf der von Floras neuer Bekanntschaft. Die Beklommenheit, die die tiefe Verstimmung zwischen Julia und Flora in ihm verursachte, verhinderte dies jedoch. Er wollte nicht, dass dieser Graben zwischen Mutter und Tochter bestand, und ihm war bewusst, dass im Grunde er die Schuld daran trug, dass die Situation nun so war, wie sie war. Irgendwie war alles falsch gelaufen, sonst wären

Flora und Julia nicht vor zwei Monaten zurück in ihre Wohnung im Harlanderviertel gezogen und hätten ihn allein in seiner riesigen Altstadtwohnung zurückgelassen. Julia hatte Peter angefleht, sich gegen Flora zu stellen und zu erlauben, dass sie allein bei ihm wohnen bleiben dürfe. Peter hatte gewusst, dass er dies unter keinen Umständen tun dürfte, und geschwiegen.

Connors Kostümfundus war mittlerweile leergeräumt. Danach hatten sie kurz den Tankkeller überprüft, so wie sie es schon mehrfach getan hatten, um sicherzugehen, dass der Auftrieb die beiden Öltanks nicht aus ihrer Verankerung gerissen hatte. Dies war in vielen anderen Kellern geschehen und hatte das Flutwasser in weiten Flächen in eine ölverseuchte Brühe verwandelt. Nun räumten sie den kleineren von Connors Kellerräumen aus, den der Schotte in ein Archiv verwandelt hatte. In den Schränken standen Aktenordner in Reih und Glied. Peter hatte den Eindruck, dass Connor entweder nicht in der Lage war, auch nur irgendein Dokument wegzuwerfen, oder dass der jeweils letzte Familienabkömmling des Lamont-Clans alles an Papier aufzuheben hatte, was der achthundert Jahre alte Stammbaum jemals hervorgebracht hatte.

Während er Ordner in Empfang nahm und weiterreichte, überlegte er, was er hätte anders machen sollen, um nun nicht in die verdammte Lage versetzt zu sein, dem Mann Connors Besitztümer weiterreichen zu müssen, der Flora vorhin zweimal geküsst hatte. Peter war realistisch genug, sich einzugestehen, dass zwischen Flora und Viktor vermutlich schon deutlich mehr vorgefallen war als nur ein paar Küsse. Oder doch nicht? Flora war keine Frau, die man leicht herumkriegen oder gar ins Bett bekommen konnte. Aber er war nicht sicher. Er wusste nicht einmal, wie sie Viktor kennengelernt hatte.

Peter hatte Flora seit ihrem Auszug kaum gesprochen. Zuerst waren sie einander aus dem Weg gegangen und hatten vermieden, gleichzeitig in ihrem gemeinsamen Büro bei der Kripo anwesend zu sein. Dann hatte Flora Urlaub genommen – genau den Urlaub, um den der Streit entbrannt war, der sie letztlich getrennt hatte –, und Peter war in mehreren Fällen versunken, die er als Urlaubsvertretung für Kollegen übernommen hatte. Und dann hatte eines Tages eine wutschnaubende Julia vor seiner Tür gestanden und schluchzend erzählt, dass ihre Mutter jemanden kennengelernt habe. Bevor er mehr aus ihr hatte herauskriegen können, war Julia aus Peters Wohnung gerannt.

Seitdem hatten sich die Ereignisse überschlagen, so dass Peter nicht mehr dazu gekommen war, seinem privaten Kummer nachzugehen. Die wochenlangen Regenfälle hatten die Lage dramatisch zugespitzt, beurlaubte Beamte waren aus ihren Urlaubsorten zurückgerufen worden, Peter und seine Kollegen hatten sich mit den Stadtbehörden, dem Katastrophenschutz und den Stadtwerken abgestimmt, sich mit ihren überregionalen Kollegen vernetzt und darauf vorbereitet, dass die Flut nach Landshut kommen würde. Dennoch hatte Peter sich in seinen übelsten Träumen nicht ausgemalt, einmal mit ansehen zu müssen, dass die Hälfte der Stadt knietief unter Wasser stand. Er und Flora hatten dabei mehr Glück gehabt als Connor. Das Haus, in dem Peter seine Wohnung hatte, stand völlig auf dem Trockenen. Es hatte nur am Anfang der Schlechtwetterperiode ein paar spannende Momente gegeben, als während eines massiven Starkregenschauers das Wasser wie ein Bergbach von der Alten Bergstraße herabgesprudelt war und beinahe zur Haustür hineingeströmt wäre. In Floras Wohnhaus stand zwar der Keller brusthoch unter Wasser, aber sie hatte ihr Kellerabteil nie genutzt und daher keinen Schaden erlitten. Tatsächlich war die einzig Geschädigte Julia, der ihr Fahrrad heilig war und die es deshalb zum Schutz vor dem Dauerregen in der Tiefgarage abgestellt hatte, wo es nun zusammen mit anderen Fahrrädern und ein paar Autos, deren Besitzer nicht schnell genug reagiert hatten, im Wasser stand. Es konnte nicht herausgeholt werden, weil die Hausverwaltung aus Sicherheitsgründen niemanden in die Tiefgarage ließ.

Ein Mobiltelefon klingelte. Viktor, der die Hände bereits nach einem weiteren Ordner ausgestreckt hatte, zuckte entschuldigend mit den Schultern und fischte es aus seiner Jackentasche. Er schaute auf das Display, dann nahm er den Anruf entgegen.

»Hallo? Frau Köhler? Ja – Viktor von Closen hier.«

Peter machte eine sarkastische Lippenpantomime von Viktors Namensmeldung in Connors Richtung und hörte damit auf, als er erkannte, dass Flora ihn wütend anstarrte.

»Was?«, rief Viktor. »Das darf doch nicht wahr sein! Den ganzen Abend sitze ich im Büro und warte auf seinen Rückruf, und dann kommt er, wenn ich grade mal zehn Minuten weg bin. Das gibt's doch nicht!« Er lauschte einige Augenblicke.

Peter hörte eine Frauenstimme, die Viktor etwas erklärte.

»Nein, da können Sie doch nichts dafür!«, sagte Viktor. »Nein, Frau Köhler, machen Sie sich keine Gedanken. War schon richtig, dass sie ihn nicht auf mein Handy verbunden haben. Für das Gespräch brauche ich die Unterlagen, die ich im Büro habe. Ich komme noch mal rein.«

Viktor schaute auf und machte eine zerknirschte Miene. Mit der freien Hand vollführte er eine Geste, die bedeuten sollte, dass er gerne noch weiter mitgeholfen hätte, aber dass höhere Gewalten dagegenstanden.

»Nein, Sie brauchen nicht auf mich zu warten. Gehen Sie nach Hause. Es ist zehn Uhr nachts! … Ja, ich komme zurecht … Nein, Sie müssen mir keinen Kaffee mehr hinstellen. Ich bin aufgekratzt genug. Gute Nacht, Frau Köhler.«

Er schaltete das Handy aus und sah in die Runde. »Meine Sekretärin«, sagte er, »'tschuldigung.«

»Ihre Sekretärin bewacht bei Nacht und Nebel allein Ihr Telefon?«, hörte sich Peter fragen. »Hoffentlich zahlen Sie ihr genug.«

»Bei ihrer letzten Gehaltserhöhung«, sagte Viktor, »dankte sie mir dafür, dass ich so viel Vertrauen in sie setze und dass sie dieses Vertrauen noch in keinem anderen Job erfahren hätte.« Er wandte sich an Connor. »Tut mir leid, aber ich muss los. Das Telefonat ist wichtig. USA. Westküste.«

»Verkaufen Sie auch in Amerika Immobilien?«, fragte Peter, der nicht anders konnte und sich selbst dafür hasste. »Die Golden Gate Bridge, zum Beispiel?«

Viktor klopfte ihm lachend auf den Oberarm. »Ich würde sagen, die habe ich letzte Woche schon einem Kripobeamten verkauft, aber das trau ich mich nicht. – Wiedersehen, Connor.«

»Adieu, Herr von Closen«, sagte Connor mit betonter Höflichkeit. »Danke für die Hilfe.«

Eine winzige Pause entstand.

»Ich bring dich noch rauf«, sagte Flora und verschwand mit Viktor.

Connor und Peter sahen sich an.

»Der ist eine ganz große Nummer in Landshut«, sagte Connor. »Immobilienmakler, Hotelier, Großunternehmer – beschäftigt über zweihundert Leute. Kennst du die alte Firma Himmel im Nikolaviertel? Diesen schönen

Klinkerbau aus der Frühindustrialisierung? Er will den Kasten vor dem Verfall retten und in ein Wellness-Hotel umbauen. Die ersten Sanierungsarbeiten haben bereits begonnen. Jetzt hat ihm wahrscheinlich die Überschwemmung einen Strich durch die Rechnung gemacht.«

»Ich lese auch Zeitung, Connor«, sagte Peter.

Connor seufzte. »Interessiert dich nicht, was?«

»Mich interessiert, dass der Kerl jetzt bei Flora die ganz große Nummer ist.«

Connor sagte nachdenklich: »Die Jungs und Mädels von ReLaGo haben sich wegen der Umbaupläne mit Viktor von Closen angelegt, wenn ich das richtig im Kopf habe.«

»ReLaGo?«, fragte Peter. »Du meinst den Verein *Rettet die Landshuter Gotik*?«

»Aye«, sagte Connor.

»Aber die Firma Himmel ist doch gar kein gotischer Bau.«

»Und unter Denkmalschutz steht der Kasten auch nicht. Das macht sie ja so wütend, weil er eigentlich geschützt gehört.« Connor räusperte sich. »Als der Verein noch ganz jung war, hab ich da mal mit dazugehört. Ich fand es richtig, den alten Baubestand in der Stadt zu schützen. Finde ich noch immer. Aber als sich rausstellte, dass viele ihrer Proteste für die Katz waren und ein paar der alten gotischen Städel in der Innenstadt trotzdem abgerissen statt saniert wurden, haben sie sich auf politisches Krakeelen verlegt statt auf vernünftige Aktionen. Da bin ich wieder ausgestiegen.«

Flora kam die Treppe herunter und würdigte die beiden Männer keines Blicks. Sie sagte nur: »Machen wir weiter, oder was?«

»Wir können auch warten, bis Wickie die Golden Gate

Bridge verkauft hat und wieder zurückkommt«, meinte Peter, seinem eigenen Zorn hilflos ausgeliefert.

»*Vic*«, sagte Flora schneidend. »Wie du dir gemerkt haben könntest, wenn du wenigstens ein Mindestmaß an Höflichkeit aufgebracht hättest.« Sie drehte sich zu Connor um. »Von dir hätte ich mehr erwartet. Dass Peter ein Arschloch sein kann, weiß ich ja, aber bei dir war's mir neu. Vic ist gekommen, um zu helfen!«

»Jeder Mensch ist dann und wann ein Arschloch«, sagte Connor. »Selbst ein Schotte.«

4.

Die verbliebenen Aktenordner wurden schweigend ausgeräumt, bis alles, was in den Schrankfächern, die oberhalb des Wasserpegels lagen, gerettet war.

Connor stand nachdenklich da.

Peter schaute ihm über die Schulter und erkannte, dass auch in den unter Wasser stehenden Fächern noch Unterlagen sein mussten. Die oberen Drittel von Ordnern schauten aus der dunklen Brühe heraus. »Wenn wir die rausnehmen, zerfallen sie uns unter den Händen zu Matsch«, sagte er.

Connor nickte. »Und wenn wir sie drinlassen, werden sie von allein zu Matsch.«

»Sind das wichtige Unterlagen?«

»Was heißt schon wichtig, wenn man bedenkt, dass das Universum in ein paar Milliarden Jahren untergeht?«

»Aber bis dahin wolltest du die Sachen aufheben, oder?«

»Darüber hinaus, mein Freund, darüber hinaus …« Connor seufzte.

Peter beugte sich nach vorn und zog einen Karton heraus. Kaum hielt er ihn in der Hand, riss der aufgeweichte Boden entzwei, und ein einziger Ordner fiel heraus und klatschte ins Wasser. »Oh, verdammt!«, sagte Peter und fischte den Ordner heraus. »Das tut mir leid, Connor. Vielleicht ist er innen noch nicht …« Er schlug den Ordner auf und fuhr mit dem Daumen prüfend über die nassen Seiten.

Zu seiner Überraschung riss ihm Connor den Ordner grob aus der Hand und schlug ihn zu.

»Hier können wir nichts mehr tun!«, sagte der Schotte barsch. »Das war's – hauen wir ab!« Er hielt den Ordner in beiden Armen, als fürchte er, Peter würde ihn zurückfordern. »Gehen wir rauf in die Wohnung«, sagte er dann bemüht liebenswürdig. »Ich koch euch was zu essen als kleines Dankeschön.«

Ohne abzuwarten, was sie erwidern würden, drängte er sich an ihnen vorbei und stapfte die Treppe hoch. Peter wechselte mit Flora einen Blick. Sie schien für den Augenblick vergessen zu haben, dass Peter ein Arschloch war, denn sie erwiderte seinen Blick und zuckte ratlos mit den Schultern.

Als sie auf dem obersten Treppenabsatz aus ihren Anglerhosen schlüpften, klingelte zuerst Floras, dann gleich darauf Peters Mobiltelefon. Peters Klingelton war die Titelmusik des Films *Halloween*. Er konnte derartigen Spielereien nicht widerstehen. Diesen speziellen Klingelton hatte er der Telefonnummer von Kriminaloberrat Michael Maier zugeordnet, dem Chef der Landshuter Kripo. Michael Maier war mit einem für einen Polizisten bemerkenswerten Namen gesegnet. Manchmal erhielt er, wenn er sich vorstellte, die amüsierte Rückfrage: »Michael Maier? Wie Michael Myers, der Serienmörder aus … na, sagen Sie's doch gleich …«, worauf Maier zu antworten pflegte: »*Halloween*. Wir sind aber nicht verwandt.«

Flora hatte ihr Handy ebenfalls gefunden und aufs Display geblickt. Vom Klingelton her musste sie erkannt haben, wer bei Peter anrief. Sie nickte ihm zu. Maier rief auch bei ihr an. Es war eine Konferenzschaltung, wahrscheinlich mit der gesamten Dienststelle.

Peter meldete sich und hörte gleichzeitig die Stimmen mehrerer anderer Kollegen.

»Wer ist gerade nicht damit beschäftigt, einen Keller leer zu schippen oder die Sachen seiner Erbtante in den Speicher zu tragen?«, fragte Maier.

Peter und Flora sahen sich erneut an, dann die Kellertreppe hinunter. In Connors Haus gab es nichts mehr zu tun.

»Wir sind frei, Chef«, sagte Peter. »Sander und Bernward.«

»In einer Viertelstunde bei mir im Büro. Schaffen Sie das?«

»Wir sind bei Connor Lamont«, erklärte Peter.

»Nicht gerade um die Ecke …«

»Wir fahren mit dem Tank«, sagte Peter, der es gewagt hatte, seinen alten, wuchtigen Volvo durch das knöcheltiefe Wasser zu steuern in der unerschütterlichen Zuversicht, dass das Auto, das von allen Kollegen nur der Tank genannt wurde, mit jedem Ungemach fertig wurde.

»Bleiben Sie auf Seerohrtiefe«, sagte Maier und legte auf.

5.

»Ein Toter in einem Zimmer im ersten Stock des *Tiger's Girl's*«, sagte Michael Maier. Er stand an der röchelnden Kaffeemaschine und wartete geduldig, dass die Kanne sich füllte. »Die Zentrale in Straubing erhielt einen Notruf kurz vor 22.00 Uhr. Eine Frau. Sie meldete, dass überall Blut sei. Sie sprach nur schlecht Deutsch. Die Zentrale meint, ihr Akzent sei tschechisch. Jedenfalls legte sie sofort nach dem Anruf auf und schaltete das Mobiltelefon ab, von dem aus sie angerufen hatte. Die Zentrale schickte einen Streifenwagen hin – Polizeiobermeisterin Tanja Parsberger und Polizeihauptmeister Andreas Burkart. Burkart hat um 22.28 Uhr die Zentrale verständig, dass sie einen Toten gefunden hätten.«

Peter sah auf die Uhr. Es war 23.04 Uhr. »Wir waren schon mal schneller bei solchen Dingen«, sagte er.

»Wir werden es wieder sein, wenn wir nicht durch die halbe Stadt schwimmen müssen«, erklärte Maier unbeeindruckt. Er zog die Kanne aus der Kaffeemaschine und schwenkte sie in Peters und Floras Richtung. »Auch einen?«

Beide schüttelten den Kopf. Maier goss sich ein Kaffeehaferl voll, das er aus dem Geschirrschrank genommen hatte. Der bitter-aromatische Röstgeruch des Kaffees verbreitete sich im Raum. Maier machte keine Anstalten, mit Peter und Flora zurück in sein Büro zu gehen. Außer den Kollegen vom Kriminaldauerdienst in ihren Büros war keiner der Kriminaler vor Ort, der dritte Stock des Landshuter Polizeigebäudes so gut wie verwaist. Es war egal, wo sie den Fall besprachen.

»Die Handynummer, von der aus in Straubing angerufen wurde, gehört zum Betreiber des *Tiger's Girl's*, der seinen Mädchen anscheinend die Telefone verleiht, damit die Freier sie anrufen und mit ihnen Termine vereinbaren können«, erklärte Maier. »Mehr wissen wir noch nicht. Wer von Ihnen beiden übernimmt den Fall?«

»Ich«, sagte Flora, während Peter gleichzeitig sagte: »Wir beide.«

Maier musterte sie so lange, dass es Peter beinahe unbehaglich wurde. Dann nickte er und sagte: »Ich warte hier auf Ihren Bericht.«

Peter lächelte Flora an. Sie erwiderte das Lächeln nicht. Stattdessen sagte sie zu Michael Maier: »Wieso sind Sie nicht nach Hause nach München gefahren? Den Anruf der Zentrale hätte doch jemand vom KDD entgegennehmen können.«

»Die B11 und die A92 sind beide gesperrt«, sagte Maier. »Überschwemmt. Und ich hatte keine Lust, über Regensburg nach München zu fahren.«

Peter sah, dass ihr Chef nasse Hosenbeine hatte. Statt seines üblichen dunklen Anzugs trug er eine nichtssagende Wollhose und ein altes Sweatshirt, das ihm zu eng war und ebenfalls bis zu den Ellbogen nass. Plötzlich wurde ihm klar, dass Michael Maier irgendjemandem geholfen hatte, einen Keller auszuräumen, als die Zentrale ihn erreicht hatte. Einem der Kollegen? Dann zählte er eins und eins zusammen. Das zu enge Sweatshirt, die Hose, die ihm offensichtlich auch nicht gehörte ... Er hatte etwas angezogen, das er in einem Kleiderschrank gefunden hatte, der ihm nicht gehörte. Oder vielmehr hatte jemand ihm die Kleidung gegeben, damit er seine eigene nicht verdreckte. Jemand, der ein paar Stücke Männerkleidung in seinem Schrank hatte, die er nicht brauchte. Eine Witwe zum Beispiel, die ein paar Sachen aus Nostalgie aufgehoben hatte. Peter hatte Gerüchte gehört, die den in München in einer Junggesellenwohnung lebenden Maier mit einer verwitweten Landshuterin in Verbindung brachten. Er grinste und wandte sich ab. »Wir beeilen uns, damit Sie heute auch noch mal ins Bett kommen«, sagte er.

»Schön«, erwiderte Maier einfach. »Ich verlasse mich auf euch.«

Peters gute Laune verschwand, als Flora im Treppenhaus stehen blieb und ihn anzischte: »Was soll das, verflucht?«

»Was?«

»›Wir übernehmen beide den Fall‹«, sagte Flora mit verstellter Stimme, die so eifrig klang, als würde ein schwanzwedelnder Dackel reden können, und gleichzeitig voller Hohn. »Glaubst du, ich kann nicht allein zum Tatort fahren?«

»Ich wollte doch nur …«

»Aber ich wollte nicht!«

»Flora … was soll das? Wir sind doch ein Team.«

»Mir vergeht zusehends die Lust darauf, mit dir ein Team zu bilden.«

Peter fühlte Ärger in sich aufsteigen, den gleichen Ärger, der vor einigen Wochen dazu geführt hatte, dass sie sich gegenseitig aus Leibeskräften angeschrien hatten; dass Flora und Julia zurück in ihre eigene Wohnung gegangen waren.

»Geht es immer noch um den Scheiß-Urlaub?«, fragte er. »Reicht es dir nicht, dass du deswegen ausgezogen bist?«

»Es geht immer noch um den Scheiß-Urlaub, weil es bei dir ständig um so etwas wie den Scheiß-Urlaub geht! Peter denkt ohne Unterlass für Flora mit! Peter will nur das, was Flora will! Peter reißt sich den Arsch auf, um rauszubekommen, was Flora gefallen könnte! Peter fällt sogar die Entscheidungen für Flora, weil er viel besser weiß als sie selbst, was für sie gut ist!«

»Verflucht!«, sagte nun Peter. »Beschwerst du dich darüber, dass ich versuche, es dir recht zu machen?«

»Ich beschwere mich darüber, dass du mich dauernd wie ein unmündiges Kind behandelst! Ich brauche keinen zweiten Vater!«

»Dass ich den Urlaub für uns gebucht habe, sollte eine Überraschung sein!«

»Dass du ihn schon für mich bei der Personalstelle beantragt hattest, auch?«

»Ja, verdammt noch mal! Was hätte es denn für einen Sinn gehabt, dass du ihn später beantragst und sich dann rausstellt, dass du ihn nicht nehmen kannst, weil die Quote schon voll ist?«

»Es wäre sinnvoll gewesen, mich vorher zu fragen, ob ich überhaupt in Urlaub fahren will!«

Floras Stimme war laut geworden. Peters auch. Er hörte ihre scharfen Worte im Treppenhaus widerhallen und wurde sich vage bewusst, dass man sie im ganzen Gebäude streiten hören konnte. Die Kollegen vom KDD hier im dritten Stock würden sie ebenso vernehmen wie die uniformierten Bereitschaftsbeamten von der Schutz- und der Verkehrspolizei in den anderen Stockwerken.

Peter seufzte. »Lass uns im Auto darüber reden«, sagte er.

»Wir haben schon x-mal darüber geredet! Du willst mich einfach nicht verstehen.«

»Ich *kann* dich nicht verstehen!«

»Wie wäre es dann, wenn du deine Energie verwendest, um mich verstehen zu lernen, anstatt vorausahnen zu wollen, ob ich einen Badeurlaub in der Türkei einer Städtetour nach Rom vorziehe!«

»Was hättest du denn gewollt, verflucht noch mal?«

»Den Badeurlaub, verflucht noch mal!«

»Scheiße«, sagte Peter, der die Städtetour gebucht hatte und schockiert gewesen war, welche Stornokosten das Reisebüro berechnet hatte.

Flora wandte sich ab und eilte die Treppe hinunter. Peter folgte ihr. Er wollte ihr sagen, dass es kindisch war, so heftig auf seine unbeholfenen Bemühungen zu reagieren und dass sie das Verhalten einer Superzicke an den Tag legte. Aber im Grunde seines Herzens verstand er sie. Was er getan hatte, war für sie der Bruch ihrer unausgesprochenen Vereinbarung gewesen, dass jeder seine Freiheiten hatte und sich nicht unterordnen musste, auch wenn sie zusammen waren – wozu auch gehört hatte, dass Flora ihre Wohnung behalten hatte. Floras Zorn darüber war Ausdruck ihrer Furcht, dass sie wieder so wurde wie in der Zeit ihrer Ehe – unentschlossen, antriebslos, vollkommen gefangen von der Hybris ihres Exmannes. Und er drückte ihren Widerwillen davor aus, zuzusehen, dass Peter in dieselbe Rolle schlüpfte wie Harald Sander. Peter sagte sich, dass das im Grunde ein gutes Zeichen war: Sie konnte es nicht ertragen, dass der Mann, den sie liebte, sich in ein Abbild des Mannes verwandelte, den sie geliebt hatte und jetzt verabscheute. Aber wenn das Ergebnis der Situation das war, dass sie ihn trotzdem verließ, half ihm diese Hoffnung auch nicht weiter.

Er knetete die Schlüssel des Bereitschaftsfahrzeugs und folgte Flora langsam die Treppe hinab, wieder einmal völlig ratlos, was er tun und was er lassen sollte.

6.

Die mitternächtliche Fahrt durch den südlichen Teil der Landshuter Innenstadt verlief schweigsam. Von der Kripo bis zum Tatort waren es nur fünf Minuten. Auf den letzten fünfhundert Metern, nach der großen Kreuzung beim Kupfereck, wurde die Fahrt zu einem Slalom durch Wasserflächen, die von übergelaufenen Gullys stammten. Peter lenkte den Dienstwagen zu spät um eine große Lache herum. Er hörte das Zischen, mit dem die Reifen das Wasser gegen den Unterboden des Fahrzeugs schleuderten, und sah es links und rechts über die Kotflügel aufspritzen. Das Lenkrad fühlte sich ein paar Momente lang schwammig an, als die Reifen den Griff verloren, dann fanden sie wieder Bodenkontakt und zogen den Wagen aufs Trockene.

Mehrere Straßenlaternen waren hier ausgefallen oder ein ganzer Zug davon durch die Stadtwerke abgeschaltet worden. Es war stockdunkel. Peter hatte die Wasserfläche erst gesehen, als die Scheinwerfer ihres Dienstwagens sich darin gespiegelt hatten.

»Sorry«, murmelte er.

Flora auf dem Beifahrersitz zuckte nur mit den Schultern.

Peter drosselte die Geschwindigkeit. Er bog nach links ab und fuhr eine steil ansteigende enge Straße hinauf, an einem dunklen Gasthauskomplex vorbei. Der Parkplatz war ein einziger See. Über der Kreuzung verlief die Trasse der Bahnlinie nach Salzburg, ein wuchtiger dunkler Schatten in der Finsternis auf hohen Backsteinbogen. Im weiteren Verlauf der engen Straße war die Straßenbeleuchtung wieder eingeschaltet. Dort lagen Wohnhäuser, die aufgrund ihrer Höhenlage von der Überschwemmung verschont geblieben waren. Das Viertel war im Umbruch – die kleinen alten Siedlungshäuser, die sich an der Straße entlang eng an ihre steilen Grundstücke drängten, wurden nach und nach durch größere Villen ersetzt, die auf aufwendigen Terrassierungsprojekten thronten. Hier jedoch, im unmittelbaren Bereich der Eisenbahnüberführung, eingerahmt von kleineren Gewerbebetrieben, war die Umgebung schäbig und baufällig.

Das Haus, zu dem Maier sie beordert hatte, lag am Rand des vernachlässigten Bereichs. Ein Polizeifahrzeug, der kleine Kombi der Spurensicherung und ein Zivilauto standen davor. Das Blaulicht des Polizeifahrzeugs flackerte über abblätternde Farbe auf einer zweistöckigen, neobarocken Fassade, kleine Fenster mit billigen Plastikrahmen und eine halb offenstehende Eingangstür. Auf der Außenfassade war keine Werbung zu sehen. Man musste schon auf die einschlägigen Seiten im Internet gehen, um herauszufinden, dass hier das *Tiger's Girl's* residierte und das älteste Gewerbe der Welt beherbergte sowie den Deppenapostrophen maximal beschäftigte.

Die Adresse war keinem Landshuter Polizisten unbekannt. Manchmal gab es eine Schlägerei zwischen einem rabiaten oder zahlungsunwilligen Freier und dem Aufpasser der Frauen, die dort arbeiteten; oder einen Herzinfarkt durch einen allzu robust verfolgten sexuellen Wunschtraum; oder eines der Mädchen lag im Koma, weil sie zu viel von irgendeinem Zeug geschluckt hatte, das ihr die Arbeit erträglich machte. Doch alles in allem war es ein ruhiges Etablissement.

Im ersten Stock flackerte das Blitzlicht des Polizeifotografen. Zwei uniformierte Polizisten kamen ihnen entgegen; eine mittelgroße, schlanke Frau mit einem schmalen

Gesicht, auf dessen bleicher Haut sich Sommersprossen abzeichneten. Sie war Tanja Parsberger; ihr Kollege stellte sich als Andreas Burkart vor. Burkart war der Ranghöhere, aber er war offenbar von der maulfaulen Sorte und ließ Tanja Parsberger mit den Kripobeamten sprechen. Peter folgte seinem Beispiel und gewährte Flora den Vortritt.

Im Erdgeschoss war es dunkel. Die Spurensicherung hatte nur den ersten Stock mit akkubetriebenen Scheinwerfern ausgestrahlt. Tanja Parsberger knipste ihre Taschenlampe an. Der Lichthof der Taschenlampe glitt über eine Tapete, die an den Kanten aufstand, einen Zigarettenautomaten an der Wand und einen Schaukasten, in dem die Hochglanzoberfläche von Fotos das Licht reflektierte. Peter spähte in den Schaukasten. Die Mädchen, die hier arbeiteten, hatten ihre Fotos ausgestellt und handgeschriebene oder schlecht getippte Beschreibungen ihrer Dienstleistungen. Orthographie spielte keine große Rolle, manche Sachen verstand man erst, wenn man sie sich vorsagte – Sexpraktiken in deutscher Sprache, geschrieben, wie man sie phonetisch schreiben würde, wenn die eigene Muttersprache Tschechisch oder Polnisch oder Rumänisch war. Peter las die Namen, die die Mädchen sich gegeben hatten: *Kim. Valery. Lady Lara. Candy.* Ungefähr so phantasievoll wie in einem Aufsatz einer zweiten Schulklasse.

Weiter in den Gang hinein drang ein Geruch nach feuchtem Teppich und noch feuchteren Kellerräumen, vage vermischt mit dem schalen Duft von Raumparfüm und altem Schweiß, an Peters Nase. Alle Zimmertüren waren geöffnet. Auf den Doppelbetten lagen Kissen und zerwühlte Laken. Schmale Kleiderschränke standen in den Ecken.

»Ich möchte euch zuerst das hier zeigen«, sagte Tanja,

die wie die meisten Polizeibeamten untereinander sofort zum vertraulichen Du gefunden hatte, obwohl Peter und Flora älter und ranghöher waren als sie. Sie führte sie zu einem Zimmer, das etwas abseits in einem Seitengang lag. Abgesehen davon unterschied es sich nicht von den anderen Räumen, in die Peter hineingeblickt hatte: Schrank, Bett, zerwühlter Bettbezug, billige Kunstposter von schlecht gemalten Akten an der Wand. Die Lichtinsel der Taschenlampe huschte darüber hinweg, glitt über das Bett, die Wände, die Spuren, die die Kollegen vom Erkennungsdienst hinterlassen hatten, und verharrte auf einer Stelle auf dem Boden. Peter versuchte zu verstehen, was er da sah. Ohne eine Aufforderung abzuwarten, hob die junge Polizistin ihre Lampe und leuchtete an die Zimmerdecke direkt über der Stelle.

»Verflucht«, murmelte Flora.

»Er liegt in dem Zimmer direkt darüber«, sagte Tanja.

Sie führte sie in den ersten Stock. Sie traten um die Orte herum, an denen das Team der Spurensicherung seine Arbeit getan hatte, begrüßten das eine oder andere bekannte Gesicht, warteten, bis der Polizeifotograf fertig war, und gingen dann in einen Raum, dessen Tür offen stand. Peter nahm den Geruch auf, der ihm nicht zum ersten Mal begegnete und der sich für ihn immer mit der Würdelosigkeit des gewaltsamen Todes verband: Blut von der zugefügten Wunde, Urin und Kot vom Nachgeben der Schließmuskel und darunter, mit menschlichen Sinnen zu diesem Zeitpunkt noch nicht spürbar und doch von jedem beschworen, der einen Tatort betrat: der süßliche Gestank des beginnenden Verfalls.

Was sie im Zimmer darunter im Licht von Tanjas Taschenlampe gesehen hatten, waren ein unregelmäßiger Fleck, gebildet von Tropfen, die von der Zimmerdecke gefallen waren, und an der Zimmerdecke selbst ein großer nasser Stern gewesen, aus dem die Tropfen gefallen waren. Der Stern hatte düster rot geleuchtet auf der rissigen weißen Wandfarbe.

Das Zimmer hier war spärlich möbliert: ein halbes Dutzend Stühle und ein zu kleiner Tisch. Es war kalt. Niemand hatte den Thermostat des Heizkörpers aufgedreht. Es war einer der alten, wuchtigen Rippenheizkörper, eierschalenweiß lackiert mit einer dicken Farbschicht, die Nasen und Buckel gebildet hatte. An einer der Rippen war Blut heruntergelaufen und sammelte sich in einer halb gelierten Pfütze. Peter wusste, ohne es nachmessen zu müssen, dass sich unter der Pfütze der sternförmige Fleck an der Decke des unteren Zimmers befand.

Mit einer Gesichtshälfte in der Blutlache lag ein Mann. Seine Augen waren offen. Blut bildete eine Maske auf seinem Gesicht. Auf seiner Stirn bis zu seinem Scheitel hinauf klaffte eine Wunde. Sie sah aus, als sei sie ihm mit ein oder zwei Axthieben zugefügt worden. Sein leerer Blick schien auf die schwarzweiß lackierten Maßstabsanzeiger und einen Nummernzettel des Erkennungsdienstes zu fallen, aber in Wahrheit sah der Mann nirgendwohin. Er war so tot, wie er nur sein konnte. Sein Stirnknochen war gespalten, und ein Teil der blutigen Maske auf seinem Gesicht bestand aus Gehirnmasse.

»Was denkst du?«, fragte Flora die junge Polizistin.

Tanja Parsberger wies auf den Heizkörper. »Jemand hat seinen Kopf gepackt und mit aller Wucht gegen die Rippen des Heizkörpers geschmettert. Er muss entweder auf den Knien oder auf dem Bauch gelegen haben.«

»Todesursache?«

»Der Arzt meint, es sei eine Kombination aus Gehirnverletzung und Blutverlust. Er wartet draußen in seinem

Auto auf eure Fragen. Er hat gesagt, er wäre dankbar, wenn es schnell ginge, weil er sonst in seinem Haus ein Aquarium eröffnet.«

Peter lächelte schwach. Ihm gefielen die knappe, sachliche Art der jungen Polizistin und ihr Sarkasmus. Dass sie auch Flora gefiel, erkannte er daran, dass sie ihre eigenen Schlüsse für sich behielt und Tanja eine Möglichkeit gab, sich vor den beiden erfahrenen Kripobeamten zu profilieren.

Tanja Parsberger ergriff die Chance mit beiden Händen. »Wir nehmen an, dass eines der Mädchen, das hier arbeitete, den Toten fand. Sein Blut ist durch die Decke gedrungen und ins Zimmer darunter getropft. Es war an eines der Mädchen vermietet. Vielleicht hat sie nach oben geschaut und sich eingeredet, sie tue es für England, und dabei den Blutfleck an der Decke gesehen.«

»Für England?«, fragte Flora.

Tanja räusperte sich. »Kennst du das nicht? Angeblich war das der Rat, den die englische Königin Victoria einer ihrer Töchter vor der Hochzeitsnacht erteilte: ›Schließ die Augen und denk an England, mein Kind.‹«

»Geschichte ist eher die Domäne von Kollege Bernward«, bemerkte Flora trocken.

»Vielleicht ist auch ihrem letzten Freier das Blut auf den Rücken getropft, während er gerade zugange war«, sagte Peter garstig. »In welchem Fall er jetzt wahrscheinlich zu Hause unter der Dusche steht und sich fragt, ob er jemals wieder einen hochkriegt.«

»Geschmacklosigkeit ist auch eine Domäne von Kollege Bernward«, sagte Flora, als Tanja zu Peters Worten unwillkürlich grinste.

Einer der Spurensicherer in seinem weißen Astronautenanzug trat zu ihnen und gestikulierte in den Raum hinein. »Wir sind fertig«, sagte er. »Ihr könnt ran. Das Bestattungsinstitut ist schon vorgefahren. Macht schnell, Kollegen, jeder von uns hat zu Hause die Kacke am Dampfen.«

»Ein Mord ist ein Mord«, versetzte Peter ungnädig.

»Und ein vollgelaufener Keller ist kein Vergnügen«, erwiderte der Mann und stapfte davon.

»Haben wir schon eine Identität?«, fragte Flora.

Tanja nickte. Sie wies auf eine Brieftasche, die neben dem Toten lag und weiß vom Fingerabdruckpulver war. Die Spurensicherung musste sie herausgenommen und nach der Untersuchung freigegeben haben, damit die Polizisten nachsehen konnten, um wen es sich bei dem Toten handelte. Flora nahm sie auf und warf einen Blick auf den Ausweis darin.

»Ich werd verrückt«, sagte sie. »Das ist Hannes Waltz.«

Peter sah dem toten Mann überrascht ins Gesicht. Im Tod verloren die Gesichtszüge ihren Charakter und sahen plötzlich leer und beliebig aus. Außerdem lag der Mann mit einer Gesichtshälfte in seinem eigenen Blut. Er hatte ihn nicht wiedererkannt. Er folgte Flora in den Raum und hockte sich neben der Leiche auf die Fersen, um ihr nochmals ins Gesicht zu blicken. Selbst für einen Polizisten war es schwer zu glauben, dass Hannes Waltz tot war.

Waltz war Bauunternehmer gewesen. Man konnte mit Fug und Recht sagen, dass er das dünne Seil, das sich zwischen legalem und illegalem Verhalten seines Gewerbes spannte, zur Gänze abgeschritten hatte. Sein Name war öfter in der Zeitung zu lesen gewesen als der des Oberbürgermeisters. Allerdings selten im Zusammenhang mit positiven Meldungen. Auf einer Baustelle war grenzkriminell gepfuscht worden? Der Name Hannes Waltz verband sich mit dem Skandal. Der Zoll hatte eine Gruppe illegaler ausländischer Arbeitnehmer ausgehoben? Hannes Waltz hatte bei ihrer Rekrutierung irgendwie die Finger drin. Eine Firma ging bankrott, und es stellte sich heraus, dass sie nur eine Briefkastenfirma eines anderen Unternehmens war, das ebenfalls kurz vor der Pleite stand? Das andere Unternehmen hieß mit Sicherheit Waltz Hoch- und Tiefbau GmbH & Co. KG.

»Wann ist der Tod eingetreten?«, fragte Flora.

»Als wir ankamen, war das Blut noch nicht ganz geliert. Ich würde schätzen, eine halbe Stunde bis eine Stunde vor unserer Ankunft hier. Der Arzt wird es euch genauer sagen können. Die Luftfeuchtigkeit und die Feuchtigkeit hier im Gebäude beeinflussen die Gerinnung des Bluts.«

»Ich sehe, dass jemand bei der Ausbildung gut aufgepasst hat«, sagte Flora.

»Was ist mit der Presse?«, fragte Peter, vor dessen innerem Auge die vielen Zeitungsartikel über Hannes Waltz wie Kalenderblätter übereinanderfielen.

»Wir haben niemanden benachrichtigt, und es ist auch niemand bisher aufgetaucht. Die Medien sind mit der Überschwemmung ausgelastet.«

»Das wird sich ändern, wenn sie erst Wind hiervon bekommen.« Peter warf Flora einen Blick zu. »Wir sollten schauen, dass sich Bastian Fiedler von der *Landshuter Zeitung* der Angelegenheit annimmt. Der gibt sich Mühe und hat das Herz auf dem rechten Fleck und bringt uns nicht in Bedrängnis aus schierer Ahnungslosigkeit.«

Flora zuckte mit den Schultern, aber dann nickte sie.

Peter stand auf. Seine Muskeln protestierten und erinnerten ihn daran, dass er stundenlang in Connors Keller im Wasser gestanden und Sachen hin- und hergereicht hatte. »Irgendwelche Zeugen?«

»Das Gasthaus gegenüber steht leer, die nächsten Häuserreihen fangen erst weiter oben an. Wir haben trotzdem geklingelt. Keiner hat was mitgekriegt.«

Peter musterte Tanja Parsberger nachdenklich. »Waltz hatte Familie, oder?«, fragte er. »Jemand muss seine Witwe benachrichtigen.« Er sah, wie Tanja noch bleicher wurde. »Wenn es dir lieber ist, machen wir das.«

Flora schloss kurz die Augen. Jeder Polizeibeamte hasste es, mit einer derartigen Nachricht an eine Tür zu klopfen.

Tanja sagte mit brüchiger Stimme: »Das wäre nett von euch.«

»Gut, dann …«, begann Peter.

»Wir übernehmen ab jetzt«, unterbrach Flora. »Ihr könnt zurück in die Polizeiinspektion fahren. Gebt euer Protokoll ab und schaut dann, dass ihr Feierabend machen könnt. Ist das dein erster Toter?«

»Der erste Mord«, gestand Tanja.

Peter wusste, was die alten Hasen einem jungen männlichen Polizisten in dieser Lage geraten hätten: Mach Feierabend, fahr nach Hause, trink drei Schnaps und vögle deine Freundin! Er hatte keine Ahnung, was man zu einer jungen Polizistin sagte. Flora offenbar ebenso wenig, denn sie räusperte sich und sagte dann nur: »Danke für die gute Vorarbeit, Kollegin.«

Sie sprachen mit den Beamten von der K7, dem Erkennungsdienst, über deren Erkenntnisse. Es gab einen Haufen alter und neuer Fingerabdrücke im Raum, die man noch zuordnen musste, und verschiedene Fusseln an den Stühlen, an der Tischkante und an dem Türstock, die sich ebenso wenig identifizieren ließen. Die Vermutung, dass Hannes Waltz mit dem Kopf gegen die Heizkörperrippen geschlagen worden war, erwies sich als zutreffend. An der Kante einer Rippe klebten Hautfetzen, Haare und Blut. In den Räumen, in denen die Prostituierten gearbeitet hatten, gab es alte und frische Spermaflecken, ebenfalls Dutzende verschiedener Fingerabdrücke und genug anderes Material, um die Sexgewohnheiten einer ganzen Anzahl Landshuter ans Tageslicht zerren zu können. Während Flora grimmig dreinsah, fühlte Peter Mitleid. Für Personen, die um den Todeszeitpunkt Hannes Waltz' herum bei einem der Mädchen gewesen waren, würde es eine Zeugenvorladung geben – und zu Hause jede Menge unbequemer Fragen für die armen Teufel, falls sie verheiratet waren.

Der Arzt bestätigte im Wesentlichen die Einlassungen Tanjas und fuhr dann nach Hause. Er hatte mit Gummistiefeln im Wagen gesessen. Die Leichenbestatter packten Hannes Waltz in einen Aluminiumsarg und transportierten ihn ab. Kurz nach Mitternacht waren Peter und Flora die Letzten, die auf der Straße vor dem Tatort standen. Der Zugang zum Haus war verplombt. Vor Peters innerem Auge vermischte sich der Anblick des Toten mit den aufreizenden Fotos der Mädchen im Schaukasten.

»Glaubst du, dass der Mord was mit dem Freudenhaus zu tun hat?«, fragte er Flora.

Flora zuckte mit den Schultern, dann schüttelte sie den Kopf. »Es ist zu früh für so eine Beurteilung, aber ich glaube es nicht.«

»Eines der Mädel sieht das Blut von der Decke tropfen«, sagte Peter langsam. »Sie kriegt einen Riesenschrecken. Als die Freier alle weg sind, sagt sie ihren Kolleginnen Bescheid. Eine von ihnen oder alle vier zusammen fassen genug Mut, oben nachzuschauen. Sie finden den Toten. Eine alarmiert den Polizeinotruf. Dann raffen sie alles zusammen, was ihnen gehört, rennen zu ihren Autos und fahren davon, weil sie keine Lust haben, von der deutschen Polizei in einem deutschen Puff gefunden zu werden, der zu einem Tatort geworden ist, auch wenn sie wahrscheinlich eine gültige Arbeitsberechtigung haben. Aber welche Nutte betrachtet einen Polizisten schon als ihren Freund?«

»Wenn eine von ihnen einen Kampf oder etwas Ähnliches mitbekommen hat, könnte das nützlich sein«, sagte Flora.

Peter nickte. »Nur, dass die Damen alle in Richtung Grenze unterwegs sein dürften und wir gar nichts haben – keine Personenbeschreibung, keine Autonummer …«

»Der Betreiber des Puffs wird sie uns geben können. Er weiß doch, welche Mädel er einsetzt.«

Peter nickte. Er hatte bereits daran gedacht. Er suchte in seinen Notizen nach den Personalien, rief die Einsatzzentrale an und bat darum, eine Streife zu ihm zu senden. Der Mann wohnte auf dem Land – es würde eine Weile dauern, bis er zur Dienststelle verbracht war, selbst wenn er sich nicht sträubte.

»Wissen wir, wem das Haus gehört?«, fragte er.

Flora schüttelte den Kopf. »Noch nicht. Aber sobald wir zurück sind, haben wir es raus.«

»Was, denkst du, ist passiert?«

»Rätselraten ist zu diesem Zeitpunkt nicht förderlich. Es bildet nur eine Voreingenommenheit, die man später kaum mehr loswird und die die Objektivität erschwert. Hat mir mal ein Kollege gesagt, der seinen Job versteht.«

»*Ich* hab das gesagt«, sagte Peter.

»Das ändert nichts daran, dass du ein Arschloch bist.«

Peter lächelte, weil er es für einen von Floras manchmal schroffen Scherzen hielt und annahm, dass es der erste Schritt zu einer Normalisierung ihres Verhältnisses war. Aber Flora lächelte kein bisschen. Sie sah ihm nur starr ins Gesicht. Peters Lächeln erstarb.

»Du übertreibst, Flora«, sagte er.

Sie ignorierte ihn. »Ich schlage vor, wir benachrichtigen die Witwe, wenn wir mit dem Chef gesprochen und uns mit ihm abgestimmt haben. Die Frau wird jetzt schon schlafen. Es spielt keine Rolle, ob wir ihr die Nachricht jetzt oder in zwei Stunden bringen.«

Peter war überrascht, obwohl Floras Vorschlag Sinn ergab. Aber ihre Rede hatte sich angehört, als verfolge sie eine bestimmte Absicht, die ihm nicht klarwurde.

»Dann fahren wir zurück?«, fragte er.

Flora nickte. Sie hielt die Hand auf. »Autoschlüssel«, sagte sie. »Auf dem Rückweg fahre ich.«

13. Juni

1.

In der Oberen Altstadt, wo die Ländgasse einmündete und die Straße sich vom Dreifaltigkeitsplatz zur Martinskirche hin senkte, flackerte das Blaulicht von Feuerwehr- und THW-Fahrzeugen. Die Mündung der Ländgasse wurde mit rot-weißen Reitern versperrt. Die Feuerwehrleute und ihre Kollegen vom Technischen Hilfswerk bewegten sich in ihren schweren Monturen so langsam wie unter Wasser. Sie mussten alle zu Tode erschöpft sein. Flora hielt das Polizeifahrzeug an und ließ die Seitenscheibe herunter. Ein Einsatzleiter stapfte auf sie zu. Peter beugte sich über Flora, um zu hören, was er zu sagen hatte.

»Wir haben Wasser in der Ländgasse«, sagte der Mann. Seine Stimme klang tonlos. »Der gesamte nördliche Bereich der Gasse ist abgesoffen. Das Wasser ist beim Röcklturm reingelaufen und steht bis zum Narrenbrunnen. Irgendwelche Vollidioten haben eine der Spundwände rausgezogen, die das eigentlich verhindern sollten.« Die Stadt hatte in enger Abstimmung mit dem Wasserwirtschaftsamt erst im vergangenen Jahr das Ufer entlang der Isarpromenade, wo früher die Stadtmauer verlaufen war, sanieren lassen. Unter anderem waren Halterungen für bewegliche Spundwände angebracht worden, mit denen man den ufernahen Teil der Altstadt vor Hochwasser schützen konnte. Der Einsatzleiter zuckte resigniert mit den Schultern. »Hoffen wir, dass keiner von den Anwohnern die Arschgeigen findet, sonst gibt es Lynchjustiz. Wir sperren jedenfalls die Gasse hier oben schon ab.«

»Verflucht«, sagte Flora.

Peter schüttelte den Kopf. Die Ländgasse war ein Teil des historischen Ensembles der Innenstadt und verlief parallel zur Altstadt am Isarufer entlang. Wohnhäuser, Geschäfte, Gastronomiebetriebe und die beliebte Isarpromenade trennten die Gasse vom Fluss. Die Taverne von Stefan Naldonus, Floras, Peters und Connors Stammlokal, befand sich dort. Peter seufzte. Der einzige Lichtblick war, dass Stefan keinen Keller hatte und man in sein Lokal über ein paar Stufen hochsteigen musste. Mit etwas Glück stand es nicht unter Wasser. »Was sagen die Stadtbehörden?«, fragte er.

Der Einsatzleiter deutete auf einen hochgewachsenen Mann in einem dunklen Mantel, der zwischen den bullig wirkenden Einsatzkräften stand und mit einem Handy telefonierte, während er auf dem Display eines anderen Nachrichten abrief. Unter dem Mantel trug er Gummistiefel. Seine Schultern waren gebeugt. Peter ahnte, dass der Mann mindestens ebenso lange nicht geschlafen hatte wie die Feuerwehrleute. »Der Referent des OB versucht gerade, sich darüber klarzuwerden, ob wir …«, der Einsatzleiter schluckte, »… die Evakuierungspläne aktivieren.«

»O Gott!« Flora stöhnte auf.

Von der Fußgängerzone weiter vorn näherten sich zwei LKWs des THW mit Blaulicht. Das Gedröhn ihrer schweren Motoren hallte zwischen den Fassaden der Altstadthäuser. Das Blaulicht riss die Basis des Martinsturms aus der Finsternis. Die Scheinwerfer, die den Turm sonst erleuchteten, waren abgeschaltet. Peter lehnte sich zurück und spähte aus dem Beifahrerfenster zum Turm und zu seiner unsichtbaren Spitze hoch. Bilder stiegen in ihm auf, die fast ein Jahr alt waren.

Die vor Entsetzen weit aufgerissenen Augen Floras; das schreckliche Gewicht, das an ihm zerrte; die Furcht, dass er sie nicht würde halten können. Er schüttelte sich. Gleich nach dem Ende des Falls um den von der Polizei mit dem Spitznamen »Blofeld« versehenen Geiselnehmer hatte er befürchtet, dass er nachts schreiend aus dem Schlaf fahren würde. Doch wenn er erwacht war, hatte er neben sich Flora entdeckt, die ruhig im Tiefschlaf atmete, und er hatte sich zurücksinken lassen und war wieder eingeschlummert, glücklich im Bewusstsein, dass die Frau seiner Träume neben ihm lag, dass er sie nicht verloren hatte, dass sie im Gegenteil zueinandergefunden hatten. Auf einmal spürte er ein so starkes Bedürfnis, Floras Hand zu nehmen und sie zu küssen, dass er die Zähne zusammenbeißen musste. Er wandte den Blick vom dunklen Martinsturm ab und blickte den THW-Lastern entgegen. Der Referent des OB steckte ein Telefon ein, holte ein anderes aus der Manteltasche heraus und begann mit dem Daumen zu tippen, während er den Lastwagen mit dem Handy winkte, auf dessen Display er gerade noch gespäht hatte.

»Gott, hat der Mann einen Stress«, sagte Flora. »Wie bringt er seine Telefone nicht durcheinander?«

»Ist egal ...« Der Einsatzleiter seufzte. »Sie klingeln sowieso alle vier dauernd.«

»Alle *vier*?«

»In der Hosentasche hat er auch noch eins.«

»Was wird da angeliefert?«, fragte Peter.

»Sandsäcke.«

Sie verabschiedeten sich und bogen in die Spiegelgasse ein, um zum Dienstgebäude zu fahren. Zuerst sagte keiner ein Wort, dann murmelte Flora plötzlich: »Landshut evakuieren? Was für ein grässlicher Gedanke!«

»Ich möchte die Entscheidung dafür nicht treffen müssen«, sagte Peter.

Flora nickte. Sie warf Peter einen Seitenblick zu, dann sagte sie: »Denkst du, dass Hannes Waltz absichtlich genau jetzt umgebracht worden ist, weil der Täter glaubt, dass er bei diesem Chaos davonkommt?«

Peter zuckte mit den Schultern. Der Gedanke war ihm schon vorher gekommen, doch er hatte ihn beiseitegeschoben. »Bisschen viel Planungsaufwand, findest du nicht?«, fragte er.

»Oder der Täter hat einfach die Chance ergriffen.«

Peter horchte auf, erwiderte aber nichts. Erneut schien es ihm, als sei in Floras Worten eine Botschaft versteckt, die er nicht verstand.

Auf dem Parkplatz der Inspektion wartete eine einsame uniformierte Gestalt: Tanja Parsberger. Als sie ausstiegen, kam sie zögernd näher.

»Darf ich euch noch was fragen?«, erkundigte sie sich.

Peter und Flora nickten. Tanja druckste herum, dann stieß sie hervor: »Ich möchte an diesem Fall dranbleiben!«

»Das ist eine Sache für die Kripo«, erklärte Flora.

»Ich hab mich für die Prüfung zum gehobenen Dienst angemeldet und bei der Kripo beworben. Bitte, Kollegen – könnt ihr euch nicht für mich einsetzen? Wenn ich mich hier bewähren könnte, würde das meiner Bewerbung helfen. Ich mach auch die ganze Drecksarbeit für euch!«

Flora lächelte. »In unseren Teams wird die Drecksarbeit gerecht aufgeteilt.«

Peter ergänzte: »Ist ja auch genügend davon vorhanden.«

»Bitte!«, beharrte Tanja. »Es ist mir wirklich wichtig.«

»Ich weiß nicht«, sagte Flora. Sie schien nachzudenken. »Ich will mal schauen, was ich machen kann.« Peter hörte es zu seinem Erstaunen.

Mittlerweile war der dritte Stock belebter als noch vor einer Stunde. Einige Kollegen waren eingetroffen und tauschten Neuigkeiten aus. Die Glücklicheren unter ihnen wirkten, als hätten sie vor kurzem noch im Bett gelegen. Die meisten waren zerzaust und übernächtigt und hatten rote Hände vom Wasserschippen. Peter und Flora grüßten. Einer der Beamten wehrte sie ab, als sie ihm näher kamen. Peter bemerkte den unmissverständlichen Geruch einer Latrine, die den Kollegen einhüllte.

»Ich muss mir erst 'ne Dusche suchen«, erklärte der Beamte. »Im Keller meiner Eltern hat's den Kanal hochgedrückt. Die Scheiße treibt hüfthoch.«

»Das ist doch unser Job, in der Kacke zu wühlen«, sagte Peter.

»Ja, aber nicht mittendrin zu stehen.«

Michael Maier wartete in seinem Büro auf sie. Sie berichteten ihm, was bisher feststand. Maier kniff die Augen zusammen, als er den Namen Hannes Waltz hörte. »Weiteres Vorgehen?«, fragte er.

»Wir brauchen eine Aussage von den Mädchen im *Tiger's Girl's*«, erklärte Flora. »Wir hoffen, dass uns der Puffbetreiber mit einer Beschreibung weiterhelfen kann, damit wir eine vernünftige Fahndung beginnen können. Wahrscheinlich sind die Mädel nach Hause unterwegs – Tschechien, Polen, wohin auch immer.«

»Hat jemand die Familie von Waltz verständigt?«

»Noch nicht.«

»Soll ich jemanden hinsenden?«

»Das übernehmen wir selbst, Chef«, sagte Peter. Er fühlte Floras Blick, reagierte aber nicht darauf.

»Wie groß ist die Chance, den Zuhälter aufzutreiben?«, fragte Maier.

»Er wohnt in Dingolfing. Wir haben die Einsatzzentrale gebeten, Beamte hinzusenden. Die Einsatzzentrale meldet sich, sobald sie mit ihm unterwegs hierher sind. Wir haben Ihre Büronummer für die Rückmeldung angegeben, weil der Handyempfang draußen zusehends schlechter wird. Anscheinend sind ein paar Serverräume der Mobilfunkbetreiber im Landkreis abgesoffen.«

»Wissen wir, wem das Haus gehört, in dem das *Tiger's Girl's* untergebracht ist?«

Peter lächelte. »Sie denken das Gleiche wie wir, Chef, oder?«

»Was denke ich denn?«

»Haus – Bauunternehmer – Eigentümer. Die Bude ist heruntergekommen genug, dass sie einem wie Waltz gehört haben könnte.«

»Das wäre zumindest eine Erklärung dafür, was Waltz dort mitten in der Nacht zu suchen hatte«, brummte Maier. »Zu den Frauen ist er ja wohl nicht gegangen.«

Flora sagte: »Waltz geht nachsehen, ob die Überschwemmung irgendwelche Schäden in seiner Bruchbude angerichtet hat. Wenn die Schäden so groß sind, dass der Betrieb nicht weitergehen kann, verliert er Geld, und der Puffbetreiber verliert auch Geld, und Waltz weiß so gut wie wir, dass diese Leute rabiat werden können, wenn es an ihre Kohle geht. Also fährt er hin, um sich zu vergewissern, ob das Haus überhaupt noch steht. Dabei gerät er in Streit mit jemandem, mit dem er sich in einem Zimmer im ersten Stock trifft.«

Maiers Telefon klingelte. Maier lauschte, bedankte sich und legte auf. Er sah Peter und Flora an. »Sie können gleich selbst feststellen, ob der Bordellvater verdächtig ist oder nicht. Das war die Einsatzzentrale. Er ist gefunden worden und bereit, eine Aussage zu machen.«

»*Gefunden* worden?«

»Er war nicht zu Hause, sondern hier in Landshut im Hotel.«

»Was?!«, sagten Peter und Flora gleichzeitig.

»Er hat hier übernachtet, weil er morgen eine Anhörung vor dem Landgericht hat. Aber das Beste kommt noch: Er verlangt Geld.«

»Waas?!«, sagten Peter und Flora erneut, diesmal etwas lauter. »Wofür denn?«

»Er sagt laut Einsatzzentrale, der Freistaat Bayern schulde ihm zwei Millionen Euro, und die solle derjenige, der ihn besucht, gleich mal mitbringen, weil er den Prozess sowieso gewinnt und dann alle Zeit sparen würden.«

Peter grinste.

Maier machte eine wegwerfende Geste. »Ich weiß nicht, was mit dem Kerl los ist, aber wenn er sich anstellt, bringen Sie ihn hierher.« Maier reichte Peter einen Zettel, auf den er den Namen des Mannes notiert hatte.

Peter stand auf und sah zu seiner Überraschung, dass Flora sitzen blieb. Sie machte ein nachdenkliches Gesicht. »Ich glaube, es ist besser, wenn Kollege Bernward allein dorthin fährt«, sagte sie langsam. »Ich kann mir nicht vorstellen, dass ein Puffbetreiber sonderlich kooperativ ist, wenn er einer Kripobeamtin Rede und Antwort stehen soll.«

»So was hat dich doch sonst nicht gestört«, sagte Peter verblüfft.

»Woher willst du das wissen? Meiner Erinnerung nach ist es das erste Mal, dass wir mit so einem zu tun bekommen. Ich kann mich hier so lange nützlich machen und rausfinden, wem das Haus gehört.«

Maier sah von Flora zu Peter und wieder zurück zu ihr. Peter hatte das ungute Gefühl, dass ein Rapport zwischen seinem Chef und Flora vor sich ging, den er nicht verstand. Maier nickte.

»Gut, Kollege – Sie fahren allein hin. Neue Lagebesprechung, wenn Sie zurück sind. Kollegin Sander – sobald Sie die Eigentumsverhältnisse des Hauses geklärt haben, möchte ich, dass Sie die Familie von Hannes Waltz verständigen.«

Flora ließ die Schultern sinken. »Ist gut, Chef«, sagte sie.

Maier blickte auf und sah Peter an. »Viel Erfolg.«

2.

Das Stadthotel, in dem Armin Kersch, der Betreiber des *Tiger's Girl's*, ein Zimmer gemietet hatte, lag an der Isar, direkt hinter dem großen, jetzt leerstehenden Kasten einer Hotelkette, die vor einiger Zeit spektakulär bankrottgegangen war. Peter hatte das Auto stehen lassen wollen, bis er sich erinnerte, dass der Ländtorplatz, über den der Fußmarsch geführt hätte, gesperrt war. Er musste mit dem Dienstfahrzeug einen weiten Umweg über das Eisstadion nehmen und war trotz der Uhrzeit – es ging auf ein Uhr zu – doppelt so lange unterwegs, wie der Fußmarsch normalerweise gedauert hätte. Als er aus dem Fahrzeug stieg, spürte er den Boden unter den Füßen beben. Er ging die paar Schritte zur Brücke, die hinüber zum Ländtor führte, und schaute auf das Wasser hinab. Der Pegel war so weit oben, dass es einem schwindlig werden konnte. In der Dunkelheit wirkte es, als könne man in die Isar hineinfassen, wenn man sich nur über die Brüstung beugte. Gute hundert Meter weiter flussabwärts teilte sich der Fluss in zwei Arme und bildete die langgestreckte Insel Mitterwöhr. Der nördliche Flussarm, die Kleine Isar, floss durch das Ludwigswehr. Gebannt sah Peter im Licht der Scheinwerfer, die dort brannten und den Wehrübergang und die Bauten der Stadtwerke beleuchteten, dass eine Wolke aus Wasserstaub und Gischt über dem Steg hing. Das Rauschen des Wassers, das dort vorn, mit nur wenig Spielraum zwischen der Unterseite des Stegs und dem Flusspegel, durch die Schleusen des Wehrs schoss, war selbst hier vorn noch ohrenbetäubend. Der Geruch von aufgewühltem Wasser hing in der Luft. Peter bildete sich ein, das Krachen von Treibgut zu hören, das an die Pfeiler des Stegs prallte. Er wusste, dass das Wasser in drei mächtigen, tosenden Walzen unter dem Steg hindurchbrodelte. Der Wasserdruck löste Vibrationen aus, die selbst hier noch in den Fußsohlen zu spüren waren. Er sah die rot-weißen Absperrbänder flattern, mit denen die Stadtwerke vor dem Betreten des Wehrs warnten. Was ihn betraf, hätte es die Bänder nicht gebraucht, um ihn zu veranlassen, einen weiten Bogen um das Wehr zu machen. Er war nicht wasserscheu, aber wenn die Gewalt eines Elements so entfesselt war wie jetzt, wuchs sein Respekt davor ins Unermessliche.

In der ungewohnten Dunkelheit, die über der Innenstadt auf der anderen Flussseite lag – alle Scheinwerfer, die sonst Hausfassaden und besondere Gebäude beleuchteten, waren ausgeschaltet –, rollte, wälzte, schäumte der Fluss an der Stadt vorbei. An der Spitze der Isarinsel, die die Flussarme teilte, spritzte Gischt auf. Entlang der Isarpromenade, in der die metallenen Spundwände des Hochwasserschutzes steckten, schäumte und spritzte die Gischt ebenfalls auf. Weiter zu der Fußgängerbrücke hin, die das Parkhaus auf der Insel mit der Innenstadt verband, lag undurchdringliche Finsternis, aber je länger man hinstarrte, desto mehr glaubte man, die Dunkelheit selbst sich bewegen zu sehen. Es war ein Anblick, der einen fühlen ließ, dass man den Boden unter den Füßen verlor – dass nichts mehr fest und nichts mehr sicher war, weil der Untergrund selbst, auf dem man stand, ins Rutschen geraten war und davonrollte.

Die junge Dame an der Hotelrezeption verzog keine Miene, als Peter nach Armin Kersch fragte. »Sie sind von der Kripo? Darf ich Ihren Ausweis sehen?« Dann hob sie das Telefon ab und wählte eine Nummer. Jemand meldete sich am anderen Ende. »Rezeption«, sagte sie mit sanfter Stimme. »Ein Hauptkommissar Bernward ist für Sie da.« Sie nickte. »Ich schicke ihn rauf.«

Sie erklärte Peter den Weg zu Kerschs Zimmer. Peter fuhr mit dem Aufzug nach oben.

Die Wegbeschreibung war unnötig gewesen. Peter orientierte sich an dem Polizeibeamten, der im Gang stand und ein Gähnen unterdrückte. Peter zeigte ihm seinen Ausweis, dann drückte er die Tür zu Armin Kerschs Zimmer auf. Das Zimmer war nichts Besonderes: ein kleiner Flur mit Garderobe, von der die Tür zum Bad abzweigte, ein Schreibtisch mit dem üblichen Fernsehbildschirm an der Wand, daneben ein Doppelbett, vor der Fensterfront zwei Sessel und ein kleiner Tisch. Alle Lichter brannten.

Ein mittelgroßer, beleibter Mann, der auf dem noch unbenutzten Bett saß und auf einem Smartphone herumtippte, stand auf und stellte sich Peter in den Weg. Sein Gesicht war gewöhnlich, das Bemerkenswerteste daran ein unregelmäßiger Streifen permanent geröteter

Haut, der sich aus seinem Hemdkragen nach oben wand und unter dem linken Ohr endete. »Bist du Bernward?«, fragte er schroff.

Peter drehte sich um, nickte dem Polizisten draußen zu und schloss die Zimmertür hinter sich.

»Wenn Sie Kersch sind«, sagte er.

Sie musterten sich beide.

»Kann ich einen Ausweis sehen?«, fragte Kersch. Er sprach breitestes Niederbayerisch. Peters Ausweis sah er sich genau an, dann blickte er Peter ins Gesicht. »Hast du das Geld dabei?«

»Welches Geld?«, fragte Peter.

»Die zwei Millionen, wo mir der Staat Bayern schuldig ist.«

»Seh ich aus, als hätte ich zwei Millionen in der Tasche?«

Kersch musterte Peter noch einmal. »Naa«, sagte er dann. »Pech gehabt, Herr Kommissar. Ohne das Geld geht gar nichts.«

»Ich hab einen Haftbefehl dabei, der mir gestattet, Sie in Untersuchungshaft zu nehmen«, log Peter.

Er sah zu seiner Genugtuung, dass die überlegene Maske Kerschs einen Augenblick ins Wanken geriet. Dann fing sich der Mann wieder.

»Ah geh, hör auf!«, sagte er. »Ihr könnt's mich nicht einsperren, bloß weil ich den Staat Bayern verklagt hab! Das wird man ja wohl noch dürfen, den Staat verklagen. Besonders wo er einen hinten und vorn bescheißt! Und wenn du meinst, dass ich mir das gefallen lass, dass du mich jetzt einsperrst, wo ich morgen meinen Gerichtstermin haben soll und wahrscheinlich recht krieg, dann sag ich dir gleich, dass ich mir das nicht gefallen lass!«

»Wovon reden Sie eigentlich?«, fragte Peter.

Kersch warf die Arme in die Luft. »Jetzt tut er auch noch so, als täte er von nichts wissen!«

»Was ich weiß«, sagte Peter, »hat nicht das Geringste mit zwei Millionen Euro zu tun.« Er beobachtete den fülligen Bordellbetreiber genau, aber wenn dieser schauspielerte, dann besaß er ein enormes Talent.

»Alles hat mit den zwei Millionen Euro zu tun!«, rief Kersch. »Zuerst genehmigt mir das Finanzamt einen Steuerbescheid, wo ich reingeschrieben hab, dass meine Mädel als selbständige Unternehmerinnen bei mir arbeiten. Und ein paar Jahre später soll das nicht mehr gelten, und auf einmal sind die Mädel meine Arbeitnehmerinnen, und die Saubären verlangen eine halbe Million Euro rückwirkend als Lohnsteuer von mir und lassen nicht locker, bis ich pleite bin! Zwei Häuser hab ich gehabt, in München eins und eins in Ingolstadt, die besten Puffs, wo du dir vorstellen kannst, mit den geilsten Weibern – von überall her, sogar ein paar Schwarze hab ich gehabt, da sind die Burschen nachher auf allen vieren rausgekrochen, wenn sie bei denen waren! Und jetzt …« Kersch holte Atem. »… das *Tiger's Girl's*«, sagte er dann mit vertraulichem Unterton, »geh weiter, Herr Kommissar, das ist doch ein Scheißdreck, verglichen mit den Häusern und den Mädel, wo ich früher hatte. Aber von irgendwas musst ja leben, oder? Und jetzt kommst du daher und möchtest mich einsperren, wo ich einen neuen Anwalt hab, der mir gesagt hat, dass ich einen Schadenersatzprozess führen soll, weil mich der Lohnsteuerbescheid Pleite gemacht hat und ich die Häuser verloren hab und dass das über die Jahre einen Betrag von zwei Millionen Euro ausmacht, wo ich verloren hab. Weil es nämlich Behördenwillkür ist, zuerst so zu sagen und dann anders. Also komm mir jetzt nicht und tu so, als möchtest mich verhaften. Sechs Jahre hab ich auf diese Schanze gewartet, Herr Kommissar.« Kersch holte erneut tief Luft und musterte Peter, der ganz ruhig dastand. »Magst an Schnaps?«, fragte er dann unvermittelt.

»Was?«

»Ich hab einen guten dabei. Nicht das Zeug aus der Zimmerbar. Was Gescheites.«

»Sehr freundlich«, erwiderte Peter. »Aber was sagt der gute Polizist?«

»Danke schön, aber ich bin im Dienst?«, riet Kersch.

Peter lächelte.

Kersch seufzte. »Der Bub draußen wollte auch keinen. Schön blöd seid's ihr, das sag ich dir.« Sein Gesicht hellte sich auf. »Oder magst lieber einen Gutschein fürs *Tiger's Girl's*? Meine Weiber sind spitze.«

»Ich dachte, das *Tiger's Girl's* wäre ein Scheißdreck?«

Kersch wand sich. »Ah ja … ah nein. Weißt … das Haus ist scheiße, nicht die Mädel. Die machen dir alles, was du willst. Natürlich nur mit Schutz – und legal sind die auch alle!«, fügte er hastig hinzu.

»Wenn ich die Wahl hätte, würde ich den Schnaps vorziehen«, sagte Peter.

»Ah geh? Magst etwa keine Weiber?«

»Sie haben keine Weiber mehr, Herr Kersch. Nicht in München, nicht in Ingolstadt, und jetzt auch nicht mehr in Landshut. Die *Tiger's Girl's* haben kurzfristig gekündigt. Ihr Gutschein ist nichts wert.«

Kersch dachte eine Sekunde lang nach. »Du bist gar nicht wegen dem Gerichtsurteil da, oder? Was ist passiert?«

»Sagen Sie es mir.«

»So ein Blödsinn. Wenn ich Bescheid wüsste, hätte ich ja nicht gefragt. Die Schlampen sind weg? Kruzifix. Habt's ihr den Stall ausgehoben? Ich hab eine Genehmigung, das sag ich dir. Alles rechtens. Da habt ihr euch einen Schiefer eingezogen! Und einschüchtern lass ich mich auch nicht. Ich krieg meine zwei Millionen, egal, was euch für Terrorakte einfallen!«

»Die Polizei terrorisiert niemanden«, sagte Peter und legte etwas mehr Schärfe in seine Worte. An Kersch war sie verschwendet. Der Bordellbetreiber a. D. öffnete einen Koffer, der auf der Kofferablage lag, holte eine bauchige Flasche mit einem klaren Inhalt heraus, sah sich nach einem Glas um, fand keines, schraubte die Flasche auf und nahm einen tiefen Schluck. Peter erkannte das Etikett. Den Schnaps konnte man in jedem Supermarkt für unter zehn Euro kaufen. Peter hoffte zugunsten von Kerschs früheren Kunden in München und Ingolstadt, dass der Mann sich mit Frauen besser auskannte als mit Hochprozentigem.

»Aaah!«, machte Kersch. »So einen guten Schluck kriegst du nicht überall. Magst wirklich nicht? Nein? Wirst es bereuen. Also, wo sind jetzt meine Mädel?«

»Das würde ich gern von Ihnen erfahren.«

»Sag mal, Herr Kommissar, hast mir nicht zugehört? Wenn's nach mir geht, sind die Weiber da, wo sie hingehören, nämlich in ihren Zimmern und vögeln irgendeinen Stecher.«

Peter beschloss, mit einer Art Schocktherapie zu Kersch durchzudringen. »In Ihrem Bordell, Herr Kersch, ist heute Nacht ein Mord begangen worden. Wir nehmen an, dass eine oder mehrere ihrer selbständigen Unternehmerinnen Zeugen der Tat geworden sind oder uns wenigstens sachdienliche Hinweise geben können.«

Kersch starrte ihn an. Sein Blick wanderte zu der Schnapsflasche in seiner Hand, doch statt zu trinken, stellte er sie hart auf dem Schreibtisch ab. »Ein Mord?«, fragte er mit schmalen Augen.

Peter nickte.

»Kruzifix. Wenn das eines von meinen Weibern war, bring ich den Saukerl eigenhändig um!«

»Es war keine von Ihren Damen.«

»Ein Stecher?«

»Herr Kersch, ich bin hier, um die Fragen zu stellen, nicht um Ihnen Antworten zu geben.«

Kersch setzte sich auf das Bett. Seine Gesichtsfarbe wurde immer bleicher, als sich die Information langsam setzte. »Kruzifix«, flüsterte er noch einmal.

»Ich brauche die Namen, Adressen, Handynummern, Autonummern und Beschreibungen der Mädchen. Und ich brauche die richtigen Namen, nicht irgendeinen Bockmist wie Lady Vanessa oder so.«

»Lady Lara«, murmelte Kersch. »So ein Prachtweib. Bei der sind die Stecher auch auf allen vieren rausgekrochen. Und noch keine sechzig, die Schlampe.«

»Herr Kersch …«

Kersch stand wortlos auf und aktivierte sein Mobiltelefon. »Sag mir deine Handynummer, dann schick ich dir alles rüber, Herr Kommissar.«

»Jetzt gleich, Herr Kersch.«

»Sowieso. Meinst, ich will dich nicht genauso schnell draußen haben aus meinem Zimmer, wie du gehen willst?«

Die Daten kamen in vier getrennten SMS. Kersch zeigte auf Peters Handy. »Die Yolanta ist aber diese Woche nicht gekommen«, sagte er. »Weil sie ihre Tage hat. Da lob ich mir die Vroni – die Lady Lara, weißt. Die hat das schon hinter sich.«

»Welches der Zimmer gehört zu welchem Mädchen?«

Kersch sagte ihm die Nummern. Peter erinnerte sich, dass er die Zimmernummern auf den Türen gesehen hatte, auf einem Laserprinter ausgedruckt und mit Tesafilm an die Türblätter geklebt. Er scrollte durch Kerschs Meldungen. »Eliska Sládek«, murmelte er.

»Das ist die Candy. Jedenfalls hier in Landshut. In Regensburg arbeitet sie manchmal auch, da heißt sie Cleo. Ein geiles Weib, sag ich dir. Bei der sind die Stecher nachher …«

»Ja, ja, Herr Kersch, ich weiß. Auf allen vieren … Danke schön.«

»Was ist mit der Candy?«

Zimmer Nummer vier lag direkt unter dem Raum, in dem Hannes Waltz gefunden worden war. Es war das Zimmer mit dem durch die Decke gesickerten Blutfleck. Eliska Sládek … die Adresse war in Tschechien. Peter hatte keine Ahnung, wo dort. Ihm war nur eines klar: Selbst wenn Eliska eine langsame Autofahrerin war, musste sie mittlerweile kurz vor Prag sein. Bis sie mit Hilfe der tschechischen Behörden an sie herankamen, würden zwei oder drei Tage vergehen. »Mist!«, murmelte er.

»Was ist jetzt mit der Candy?«, wiederholte Kersch. »Warum ist sie so wichtig für dich?«

»Ermittlungsgeheimnis«, sagte Peter. Kersch schnaubte und rollte mit den Augen.

Peter fragte sich, was er mit dem Mann tun sollte. Er hielt ihn, was den Mord an Hannes Waltz betraf, für absolut unschuldig, aber wie gesagt: Kersch konnte auch der neue Laurence Olivier sein. Es wäre ein Leichtes, zumindest für vierundzwanzig Stunden einen Haftbefehl zu erwirken, besonders wenn Sabrina Hauskeck, die Staatsanwältin mit dem überwältigenden Faible für Hauptkommissar Peter Bernward, den Fall übertragen bekommen hatte. Aber alles in Peter sträubte sich, Kersch festnehmen zu lassen.

»Und ich?«, fragte Kersch. »Was wird jetzt mit mir? Willst mich immer noch einsperren, Herr Kommissar?«

»Ich weiß nicht. Ich würde mich viel lieber drauf verlassen, dass Sie zu meiner Verfügung stehen, wenn noch Fragen auftauchen, und ich Sie nicht zur Fahndung ausschreiben muss.«

»Kannst ja deinen Buben draußen weiter Wache stehen lassen. Wenn ich erst meine zwei Millionen Euro hab, Herr Kommissar, dann kannst du und alle anderen mich übrigens sowieso am Arsch lecken, weil ich dann nämlich den ersten Flieger nach Brasilien nehm und nicht mehr wiederkomme.« Kersch zuckte mit den Schultern, dann grinste er – ein Grinsen, dem anzusehen war, dass er genau wusste, Peter war auf seiner Seite. »Aber weißt, wenn's dir hilft, Herr Kommissar, dann komm ich nach dem Gerichtsurteil zu dir in die Kripo und sag dir, welchen Flieger ich nehm und wo meine Finca liegt.«

»In Brasilien heißt es Hazienda«, sagte Peter und war sich selbst nicht sicher.

»Ah geh. Wenn ich das bau, heißt es so, wie ich will. Servus, Herr Kommissar.«

Peter wandte sich ab und sah zu seinem Erstaunen, dass Kersch ihn zur Hotelzimmertür begleitete.

Bevor Peter sie öffnen konnte, fragte Kersch: »Wer ist denn jetzt der Tote? Oder ist es ein Weib?« Kersch musterte Peter. »Ist es am Ende der Waltz?«

Nun war die Reihe an Peter, Kersch anzustarren. Seine Hand auf der Türklinke war vergessen. »Wie kommen Sie denn darauf?«

»Dem Saubären gehört doch das Haus, wo das *Tiger's Girl's* drin ist. Der ist das größte Arschloch von der Welt, Herr Kommissar. Wenn ich nicht so ein friedlicher Mensch wäre, hätte ich ihn schon längst selber umgebracht.«

»Sie reden sich gerade um Kopf und Kragen, Herr Kersch.«

»Ist es der Waltz, oder?«

»Nein«, sagte Peter.

Kersch schüttelte den Kopf. »Schade«, sagte er. »Ewig schade. Wenn schon einer abgemurkst worden ist im *Tiger's Girl's*, hätte es wenigstens der Waltz sein sollen.«

3.

Flora war nicht in ihrem gemeinsamen Büro, als Peter in eine mittlerweile vor Aktivität summende Kripo Landshut zurückkehrte. Die Möglichkeit, dass der Katastrophenschutz einen Teil der Innenstadt würde evakuieren müssen, hatte alle abkömmlichen Beamten ins Haus geholt. Gegenseitigkeitshilfen wurden festgelegt: »Wenn die Evakuierung kommt und ich mich nicht selbst kümmern kann, siehst du zu, dass meine Familie gut untergebracht wird?«, und Telefonnummern von Verwandten ausgetauscht.

Flora saß auf einem der Besucherstühle in Michael Maiers Büro und machte ein verschlossenes Gesicht.

Peter blieb neben ihr stehen und sagte: »Ich habe die Daten der Mädchen aus dem *Tiger's Girl's* an alle erforderlichen Stellen weitergegeben. Mit ein bisschen Glück sind noch nicht alle über die Grenzen. Und ich weiß jetzt – neben einigen anderen Dingen, die meine Allgemeinbildung ungemein erweitert haben –, dass das Haus, in dem das Bordell war und seine Leiche gefunden wurde, Hannes Waltz gehörte und dass zumindest ein Mensch der

Meinung ist, der Welt wurde durch Waltz' Ableben ein Gefallen getan.«

»Na prima«, sagte Flora. »Wofür hab ich mich durch die Akten gewühlt, nur um das Gleiche herauszubekommen? Hannes Waltz hat das Gebäude vor zwei Jahren gekauft. Damals war auch schon ein Bordell im Erdgeschoss, aber der Betreiber war ein anderer. Und der vorhergehende Eigentümer war wahrscheinlich froh, die Bruchbude losgeworden zu sein.«

»Hat Waltz den Kaufpreis bezahlt, oder gab es da Schwierigkeiten?«

»Nichts bekannt. Aber der Vorbesitzer ist eine alte Dame, die in Spanien lebt. Sie fällt als Verdächtige aus.«

»Setzen Sie sich«, sagte Michael Maier zu Peter. »Ich habe nur darauf gewartet, dass Sie eintreffen.«

»Ich hab doch angerufen, dass ich unterwegs bin«, sagte Peter und wusste selbst nicht, warum er sich auf einmal in der Defensive fühlte. War es, weil Michael Maier ungewöhnlich nervös wirkte? Er warf Flora einen fragenden Blick zu, doch diese schaute nur auf den Boden. Zögernd setzte Peter sich auf einen der anderen Besucherstühle neben Flora.

»Kollegin Sander und ich haben bereits eine kurze Unterhaltung geführt«, sagte Maier. »Ich möchte mit Ihnen nun dieselbe Unterhaltung führen.«

»Okay«, sagte Peter und fühlte sich noch unbehaglicher als zuvor.

Maier seufzte. »Es ist eine Unterhaltung über Dinge, die mich nichts angehen.«

»Hm.«

»Ich habe Ihren Disput mitbekommen, den Sie hatten, bevor Sie zum Tatort gefahren sind. Und ich habe Augen und Ohren. Sie beide sind ein tolles Team ...«

»Danke«, sagte Peter.

Maier hob die Hand. »Lassen Sie mich ausreden. Sie beide sind ein tolles Team … bis jetzt gewesen. Im Moment glaube ich aber, dass Ihre privaten Differenzen einer vernünftigen Zusammenarbeit im Weg stehen.«

Peter kniff die Augen zusammen. »Was?«, sagte er fassungslos.

»Das Gleiche habe ich auch Hauptkommissarin Sander gesagt, bevor Sie gekommen sind. Ich bin froh, dass ich das, was nun kommt, nicht zweimal erzählen muss, weil es mir nicht leichtfällt.« Maier räusperte sich. »Ich werde Sie für diesen Fall trennen. Hauptkommissarin Sander bearbeitet ihn mit einem anderen Kollegen zusammen weiter.«

Aus dem Augenwinkel sah Peter, dass Flora nur den Kopf senkte. Er hatte erwartet, dass sie aufspringen würde. Er wollte selbst aufspringen, aber Floras Reaktion hielt ihn auf seinem Platz fest. Er spürte, wie sich eine maßlose Enttäuschung in ihm ausbreitete und die ersten Regungen von Ärger darin.

»Halten Sie uns für so unprofessionell, Chef?«, fragte er.

Maier sah ihn lange an. »Nein«, sagte der Kripochef dann. »Aber ich trenne Sie trotzdem bis auf weiteres.«

»Warum, verflucht noch mal?«, rief Peter.

Maier antwortete nicht.

Peter gab sich die Antwort selbst: weil Michael Maier es für das Beste hielt. Nicht nur wegen des Mordfalls – sondern auch, um Flora und Peter Gelegenheit zu geben, voneinander Abstand zu nehmen und ihre privaten Themen in den Griff zu bekommen. Aber diese Antwort gab ihm die Stimme seiner Vernunft. Die Stimme der Empörung war viel lauter und der Meinung, dass dies eine Ungerechtigkeit sondergleichen war. Er wandte sich an Flora. »Sagst du gar nichts dazu?«, fragte er.

Sie zuckte mit den Schultern. »Seit wann ist es richtig, Personalentscheidungen des Vorgesetzten in Frage zu stellen?«

»Verflucht!« Peter schnappte nach Luft. Er machte den Mund auf, um zu rufen: *Das kommt dir wohl auch noch gelegen? Hast du es dem Chef eingeflüstert? Hast du die Gelegenheit genutzt, als ich Armin Kersch verhört habe, um ihm zu sagen, dass du mit mir nicht mehr zusammenarbeiten willst?* Im letzten Moment hielt er sich jedoch zurück. Bevor er im Büro seines Chefs der Frau, die er liebte, eine Szene machte, würde die Hölle zufrieren. Er räusperte sich und räusperte sich dann noch einmal, weil der Batzen, den er sich hinunterzuschlucken zwang, so sperrig war. Dann sagte er mit fast normaler Stimme: »Ihre Entscheidung, Chef. Worum soll ich mich kümmern?«

Maier machte eine Geste, die den ganzen dritten Stock umfasste. »Wenn der Evakuierungsbeschluss kommen sollte, werde ich alle Kollegen, die selbst davon betroffen sind oder Freunde und Verwandte haben, die der Beschluss trifft, sofort nach Hause senden. Ihre Fälle werden dann unter denen aufgeteilt, die die Stellung halten. Sie sind ein überall respektierter und geschätzter Kollege – ich möchte, dass Sie in diesem Fall die Koordination der Arbeitsaufteilung übernehmen, weil es dann kaum Widersprüche geben wird.«

»Sie nageln mich in meinem Bürostuhl fest«, sagte Peter, der seine Verbitterung nun doch nicht unterdrücken konnte.

»Ich bitte Sie mitzuhelfen, die Kollegen zu unterstützen, die durch die Flut unter Druck geraten«, korrigierte

Maier. Und ihm gelang ein Lächeln, das ebenso viel Vorwurf wie Verständnis enthielt.

»Mit wem soll ich zusammenarbeiten?«, fragte Flora.

»Hab ich mir noch nicht überlegt«, erklärte Maier. »Aber ich denke, dass …«

»Ich möchte einen Vorschlag machen«, unterbrach Flora.

»Ich höre …«

»Da die Personallage bei der Kripo so gespannt ist, möchte ich mit jemandem vom Streifendienst ein Team bilden. Polizeiobermeisterin Tanja Parsberger hat die Leiche von Waltz entdeckt und vor Ort beeindruckend organisiert gehandelt. Sie bereitet sich auf die Prüfung zum gehobenen Dienst vor und möchte dann zur Kripo wechseln. Es kann ihr nicht schaden, ein bisschen Erfahrung vorab zu sammeln.«

»Verdammt noch mal, das Mädchen ist ein Greenhorn!«, stieß Peter hervor.

»Ich hab genug Erfahrung, um eine unerfahrene Kollegin gut durch einen Mordfall zu bringen!«

»Ist das jetzt ein abgekartetes Spiel, oder was?«, fragte Peter und erkannte, dass er doch dabei war, eine Szene zu machen. Aufgebracht stand er auf und ging einmal um seinen Stuhl herum, bevor er sich wieder setzte. Er begegnete Michael Maiers Blick und hob die Hände. »Sorry«, sagte er mühsam. »Kommt nicht wieder vor.«

»Das ist kein abgekartetes Spiel«, erklärte Maier. »Und ich will auch gar nicht nachfragen, was Sie damit andeuten wollten. Tatsache ist, dass ich meine Entscheidung genau deswegen getroffen habe.«

»Weswegen?«, fragte Peter.

»Wegen so einem Rumgezicke, nur weil ich was machen will, was du nicht schon vorgeplant hast!«, versetzte Flora.

Maier wandte sich mit einem müden Seufzen an Flora. »Und deswegen auch.«

Flora starrte den Kripochef betroffen an und biss sich auf die Unterlippe.

»Ich halte Ihren Vorschlag für gut«, sagte Maier. »Ich werde die befristete Versetzung von Tanja Parsberger sofort in die Wege leiten. Es wird nicht leicht werden, weil unsere Kollegen in Uniform auch nicht gerade zu viel Personal an Bord haben, aber ich werde mir Mühe geben. Gibt es noch was zu sagen? Nein? Oder zu brüllen? Entschuldigen Sie, das nehme ich zurück.« Maier grinste ohne ein Anzeichen von Verlegenheit. Peter wusste genau, dass die Bemerkung dem Chef nicht versehentlich entschlüpft war. Es war seine Art, ihn und Flora zu warnen, dass er sich keine zweite Szene in seinem Büro gefallen lassen würde.

Flora ging vor Peter hinaus. Peter zögerte, dann wandte er sich nochmals um, als Flora im Treppenhaus verschwand, um nachzusehen, ob Tanja Parsberger noch im Gebäude war, und trat vor Maiers Schreibtisch.

»Ich wollte keineswegs sagen, dass ich Flora nicht für fähig halte, den Fall zu klären«, stieß er hervor. »Ich halte sie für die beste Polizistin, die ich kenne.«

»Ist mir klar …« Maier seufzte. »Und wissen Sie was? Sie hat, bevor Sie kamen, das Gleiche über Sie gesagt.«

4.

Peter saß in seinem Büro und tippte eine Liste mit den Namen der Kollegen, die verfügbar waren. Zwei Kriminalbeamte waren im Urlaub, einer in Mexiko, einer in Thailand. Er zog ihre Namen in eine neue Spalte, über die er »unabkömmlich« geschrieben hatte. Dann zog er die Namen derjenigen, von denen er wusste, dass sie Familie hatten, in eine weitere Spalte. Er erledigte die Arbeit lustlos und ohne große Konzentration und ertappte sich dabei, wie er öfter auf den leeren Stuhl vor Floras Schreibtisch schaute, statt auf seinen Monitor.

Als Flora hereinkam, blickte er auf. Sie blieb einen Augenblick bei der Tür stehen, dann ging sie zu ihrem Schreibtisch und setzte sich. Ihre Finger glitten ziellos über die Tastatur ihres Rechners. Schließlich wandte sie sich ihm zu.

»Es war seine Idee, nicht meine«, sagte sie. »Ich war genauso überrascht wie du.«

Peter erwiderte nichts. Seine Kehle schmerzte.

»Abgesehen davon glaube ich, dass es das Beste ist«, sagte Flora.

»Für wen?«, fragte Peter.

Nun schwieg Flora. Nach einer Weile murmelte sie: »Für den Fall.«

»Es gibt nicht nur den Fall. Es gibt auch noch uns. Oder gibt es uns nicht mehr?«

Er hörte, wie Flora die Luft einsog, und bereute, dass er sich zu dieser Frage hatte hinreißen lassen. »Ich werde das nicht jetzt und hier mit dir erörtern!«

»Flora – lass mich verstehen, was so falsch daran war, diesen Urlaub zu buchen!«

»Der Urlaub war nur der Tropfen, der das Fass zum Überlaufen brachte. Es ist … all deine … die ganze Zeit hast du … ach!« Sie winkte ab. »Nicht hier und nicht jetzt!«, sagte sie hart.

Peter wollte etwas erwidern, ohne zu wissen, was er sagen sollte, doch sie hob ihr Telefon ab und tippte eine

Nummer ein, die sie vom Display ihres Smartphones ablas. Sie drehte ihm dabei den Rücken zu. Nach ein paar Klingeltönen hörte er, wie jemand am anderen Ende ans Telefon ging. Er hätte seinen Kopf gewettet, dass es der verdammte Viktor von Closen war. Wahrscheinlich saß er noch in seinem Büro und telefonierte mit der amerikanischen Westküste und trank den Kaffee, den Frau Köhler ihm trotzdem gemacht hatte.

Einer der Kollegen steckte den Kopf zur Tür herein und verhinderte, dass Peter lauschen konnte. »Hey, Peter«, sagte er. »Hab gehört, dass du die Disposition für den Weltuntergang machst. Viel Spaß dabei!«

»Wieso?«, fragte Peter gereizt. »Willst du dich vom Dienst abmelden? Ich hab dich gerade für die Dauerschicht vorgesehen.«

Der Kollege grinste nachsichtig. Peter ahnte, dass sein Zwist mit Flora überall in der Kripo Tagesgespräch war und man es deshalb nicht so ernst nahm, wenn er empfindlich reagierte.

»Passt«, sagte der Kollege. »Ich übernehm den Dienst von Gabriel mit. Er hat in seinem Haus, im Haus seiner Eltern und bei seiner Schwester den Keller voll.«

Peter versuchte, sich die Familienverhältnisse von Kriminalkommissar Gabriel Bergmeier ins Gedächtnis zu rufen. »Ist seine Schwester nicht diese Steuerberaterin mit dem luxuriösen Kellerbüro?«

»Das ist jetzt ein luxuriöses Aquarium. Und sie hat weder die ganzen Rechner noch die Unterlagen rechtzeitig rausschaffen können. Alles im Eimer. Bis später, Peter.«

Peter dachte an die im Keller von Connor Lamont abgesoffenen Familienunterlagen. Die Erinnerung an die uncharakteristische Schroffheit, mit der Connor den einsam in der großen Kiste untergebrachten Ordner an sich gerissen hatte, stieg in ihm auf. Er schüttelte den Kopf. Dann fiel ihm ein, dass er hatte lauschen wollen, mit wem Flora redete. Doch sie hatte ihr Gespräch bereits beendet und verabschiedete sich.

»Also dann«, hörte er sie sagen. »Ich weiß noch nicht, ob und wie die Entscheidung fallen wird, aber bis dahin gilt: Willkommen im Team, Tanja! Ich rufe dich heute früh an, wenn es weitergeht. Bis dahin versuche ich, eine Mütze voll Schlaf zu bekommen. Das rate ich dir auch. Bei der Kripo sind die Nächte lang.«

Peter hörte sie lachen, dann legte sie auf. Nach kurzem Zögern fuhr sie ihren PC herunter, räumte ihren Schreibtisch ab, stand auf, angelte ihre Jacke von der Lehne ihres Schreibtischstuhls und ging zur Tür. Kurz bevor sie draußen war, drehte sie sich noch einmal um.

»Gute Nacht, Peter«, sagte sie leise und verschwand, bevor er ihr antworten konnte.

5.

Um kurz nach acht Uhr kam ein Anruf auf Floras Bürotelefon. Er wurde auf ihr Handy umgeleitet und weckte sie aus einem flachen Schlummer, in den sie gefallen war, seit Julia die Wohnung verlassen hatte, um in die Schule zu gehen.

Flora war vom Klacken der Wohnungstür aufgewacht. Als Tochter einer größtenteils alleinerziehenden Polizistin war Julia es gewöhnt, leise zu sein, um den wenigen Schlaf ihrer Mutter nicht zu stören, und hatte ihre morgendlichen Verrichtungen völlig lautlos vollzogen. Heute hätte Flora sich gewünscht, dass Julia sie geweckt hätte, damit sie mit ihr zusammen ein kurzes, hastiges Teenagerfrühstück hätte einnehmen können. Julias Klasse brach heute in die Besinnungstage auf, und Flora würde ihre Tochter für die nächsten drei Tage nicht sehen. Auf einmal fühlte Flora sich verlassen. Die Trennung von Peter, die Michael Maier angeordnet hatte, war eine Zäsur, die sie mehr getroffen hatte, als sie vor Maier und Peter zugegeben hatte. Einige Male in den vergangenen vier Wochen hatte sie sich gewünscht, nicht mit Peter zusammenarbeiten zu müssen. Jetzt, da dies Tatsache war, war es ihr, als habe ein Prozess begonnen, der nicht mehr aufzuhalten war. Was stand an seinem Ende? Feindschaft? So wie die Feindschaft, die zwischen ihr und ihrem Ex geherrscht hatte, nachdem sie ihn verlassen hatte? War es ihr Los, dass stets Hass entstand, wenn sie sich schon einmal auf die Liebe einließ?

Sie tastete nach dem Telefon auf dem Nachttisch. Als sie von Peters Wohnung zurück in ihre eigene gezogen war, hatte sie sich in den ersten Tagen beim Aufwachen völlig desorientiert gefühlt. Mittlerweile war die Orientierungslosigkeit verschwunden. Dennoch vermisste sie es, neben jemandem aufzuwachen, den sie nur sanft anzustupsen brauchte, damit er sich im Halbschlaf herumdrehte und sie in den Arm nahm. Sie räusperte sich und nahm den Anruf an.

Es war die Gerichtsmedizin. Die Identität des Toten war nun offiziell bestätigt. Es war Hannes Waltz.

Flora schaltete das Telefon aus und tappte aus dem Schlafzimmer in den kurzen, dunklen Flur, der das Bad, Julias Zimmer, Floras Schlafzimmer, die winzige Küche und das Wohnzimmer verband. Sie musterte ihre Erscheinung im Spiegel neben der Wohnungstür. Zerzauste Haare, zerknülltes T-Shirt, eine lange Pyjamahose, deren Bund zu locker war und ihr beinahe über die Hüften rutschte. Sie war froh, dass sie ohne ihre Brille nur unscharf sah. Sie war überzeugt, dass ihr Gesicht alt und faltig aussah.

Es gab nun keinen Grund mehr, den Besuch bei Hannes Waltz' Familie aufzuschieben. Wenn er sich zu Hause nicht abgemeldet hatte, würde seine Frau womöglich schon alle Krankenhäuser abtelefoniert haben, voller Sorge, dass er verletzt eingeliefert worden war. Nun, die Wahrheit würde viel schlimmer sein.

Sie musterte ihr unscharfes Spiegelbild erneut. Auf einmal wünschte sie, Peter an ihrer Seite zu haben, wenn sie an Waltz' Haustür klingelte. »Verflucht«, sagte sie.

Tanja Parsbergers Stimme klang verschlafen, als sie sich meldete. Aber sie sagte nicht »Hallo?« oder etwas Ähnliches, sondern: »Geht es los?«

Flora musste über den Eifer der jungen Kollegin lächeln und fühlte sich leichter. »Wir treffen uns im Büro«, sagte sie. »Aufstehen, duschen, frühstücken, zur Dienststelle fahren – ich geb dir eine halbe Stunde.«

»Und ich dachte, bei der Kripo müsse man sich beeilen«, sagte Tanja und beendete das Gespräch.

Auf dem Weg zur Inspektion legte Flora sich zurecht, wie sie die Nachricht vom Tod Hannes Waltz' überbringen würde. In einem Spielfilm über amerikanische Testpiloten, den sie gesehen hatte, überbrachte stets derselbe, langgesichtige, in Schwarz gekleidete Mann der Witwe eines abgestürzten Piloten die traurige Nachricht. In einer Szene sah man eine junge Frau in ihrem Häuschen auf dem Militärgelände zum Fenster hinausschauen und in der Ferne eine steil aufsteigende Rauchsäule erblicken. Die Kamera filmte von außen die Haustür, in deren Glasscheibe sich die heranschreitende Gestalt des Mannes in Schwarz spiegelte. Die entsetzte junge Frau wich in die Dunkelheit im

Inneren des Hauses zurück, bis die Spiegelung des Todesboten sie verdeckte. Die Nachricht vom Tod löschte ihre Person völlig aus.

»Verflucht«, murmelte Flora erneut. Sie hasste es, diesen Gang zu tun. Es gab keine Art und Weise, wie man ihn richtig gehen konnte. Wieder wünschte sie sich, diese Aufgabe zusammen mit Peter Bernward erledigen zu können.

Wie sie in ihrem Büro bereits zu Peter gesagt hatte, war der Vorfall mit dem ungefragt gebuchten und bei der Personalabteilung eingegebenen Urlaub der Schneeball auf der Spitze des Eisbergs gewesen – eine Nichtigkeit eigentlich, aber doch genug, dass der Eisberg aus dem Gleichgewicht geriet, sich herumdrehte und plötzlich das aus dem Wasser schaute, was bisher darunter gelegen hatte. Es war ein Anblick gewesen, der in Flora einen Kurzschluss ausgelöst hatte, denn der untere Teil dieses Eisbergs reichte, was Flora betraf, viele Jahre zurück.

Als junge Streifenpolizistin hatte sie Kriminalkommissar Harald Sander kennengelernt. Er hatte sie gefördert, hatte sie dazu überredet, in den gehobenen Dienst einzusteigen und Kriminalbeamtin zu werden. Er hatte sich um sie gekümmert, ihr jeden Wunsch von den Augen abgelesen, ihr Dinge abgenommen, die sie selbst hätte erledigen können. Er hatte Flora zu einer unselbständigen, zögerlichen Frau gemacht. Und mit der Zeit hatte er zu glauben begonnen, dass sie völlig unfähig war, sich um sich selbst zu kümmern. Ehrgeiz und Selbstherrlichkeit, die Harald im Dienst an den Tag legte, hatten sich auf ihr Privatleben übertragen. Schließlich war Harald überzeugt, dass er eine Frau geheiratet hatte, die ohne ihn nicht existieren konnte. Er hatte sie dafür verachtet und entsprechend behandelt.

Als Flora versuchte, aus seinem Schatten zu treten, war es zu spät gewesen. Harald hatte diese Wandlung nicht mehr zulassen können. Am Ende hatte die Scheidung gestanden. Harald hatte Landshut verlassen und in München Karriere gemacht. Ihr Wiedersehen im Rahmen des Falls »Blofeld« im Juli letzten Jahres war ein Desaster gewesen.

Deshalb hatte Flora so heftig auf Peters unschuldige Urlaubsbuchung reagiert. Sie hatte Angst bekommen, dass er, der in vielen Dingen ihrem Ex ohnehin nicht ganz unähnlich war, sich in einen zweiten Harald Sander zu verwandeln begonnen hatte. Noch mehr Angst hatte sie jedoch davor bekommen, selbst wieder zu der Flora Sander zu werden, die sie während ihrer Ehe gewesen war – passiv, lethargisch, unselbständig. Sie hasste das, was sie damals gewesen war, und sie hasste, was aus Harald geworden war. Sie wollte nicht, dass sie den zweiten Mann in ihrem Leben, zu dem sie ähnlich starke Gefühle entwickelt hatte, auch zu hassen begann.

Sie war ausgezogen in der Hoffnung, ihre Liebe mit einer Beziehungspause retten zu können. Dass sie dann Viktor von Closen kennenlernen würde, hatte sie nicht einkalkuliert. Flora war von Männern fasziniert, die das Leben nahmen, wie es kam. Die nicht ständig grübelten, was sie daran ändern konnten, sondern die Änderung vollzogen, wenn es möglich war. Dies hatten Harald, Peter und Viktor gemeinsam, so unterschiedlich sie auch sonst waren.

Flora sagte sich, dass sie in ihrer Beziehung zu Viktor noch nicht an dem Punkt angekommen war, an dem sie sich entscheiden musste – wieder zu Peter zurückzukehren oder mit Viktor einen neuen Start zu wagen. Sie schreckte davor zurück, länger darüber nachzudenken. Aber eigentlich war klar, dass sie auf dem Weg, sich in Viktor von Closen ernsthaft zu verlieben, schon ein gewaltiges Stück vorangekommen war.

6.

Peter erreichte das Dienstgebäude gegen neun Uhr. Er war vor dem Morgengrauen nach Hause gegangen, hatte versucht, ein wenig zu schlafen, und war dabei nicht sonderlich erfolgreich gewesen. Er fühlte sich, als sei er unter die Reifen des Tanks geraten.

Das Erste, was ihn in seiner Wohnung begrüßt hatte, nachdem er den Lichtschalter betätigt hatte, war Dunkelheit gewesen. Offenbar hing sein Haus, was die Schaltungen der Stadtwerke betraf, irgendwie an denen der armen Schweine in der Länd mit dran und war nun vom Netz genommen. Er hatte sich zum Schlafzimmer durchgetastet, war angezogen ins Bett gefallen, hatte sich unruhig herumgewälzt und war schließlich aufgestanden und unter die Dusche gegangen. Das Wasser war von lauwarm zu eiskalt gewechselt, als er sich gerade überall eingeseift hatte. Der Tag hatte schlecht angefangen.

Als er seinen Ausweis an den Signalgeber des Türschließers hielt, um die Glastür in der Eingangshalle zu öffnen, klopfte ihm jemand von hinten auf die Schulter. Er drehte sich um und sah zu Hauptkommissar Rudolf Strutiow auf.

Der hochgewachsene Polizeibeamte trug einen Dreitagebart, und seine grüne Uniform sah aus, als habe er darin gegessen, geschlafen und mit einem Bataillon Orks gekämpft. Sein Gesicht war bleich und zerknittert. Er grinste Peter an und sagte: »Du siehst aus wie ausgekotzt.«

»Das ist Schminke«, sagte Peter. »Die Maskenbildner haben versucht, mich so hinzukriegen, dass ich dir ähnle.«

»Du siehst eher aus wie Yoda«, meinte Strutiow. »Du bist nur grüner im Gesicht.«

»Hast du nichts zu tun?«, fragte Peter.

Strutiow schmunzelte. »Du hast doch auch nichts zu tun. Machst Personalpläne, während Flora mit einem anderen Partner einen Mordfall aufklärt.«

»Wie schön, dass das schon überall rum ist.«

»Das gibt sich wieder«, sagte Strutiow, diesmal ohne Spott.

»Was bist du jetzt, mein Therapeut?«

»Das wär ich gerne. Ich würde pro Stunde hundert Euro verlangen und reich werden, weil du untherapierbar bist.«

Peter schnaubte. »Es war Maiers Entscheidung. Er ist der Chef.«

»Weißt du, warum euer Chef ausgerechnet die Parsberger angefordert und mit Flora zusammengespannt hat?«

»Flora hat ihn auf die Idee gebracht. Tanja Parsberger und ihr Kollege waren die ersten am Tatort. Die Kleine hat saubere Arbeit geleistet und Flora erzählt, dass sie sich bei uns beworben hat. Das hat Flora imponiert.«

Strutiow sagte: »Freut mich zu hören.«

»Hast du einen anderen Eindruck von Tanja Parsberger?«

Strutiow zögerte. Peter konnte sein Dilemma an seinem müden Gesicht ablesen. Wenn Strutiow etwas Negatives über die junge Polizeibeamtin wusste und es weitergab, war es ein Bruch der Vertraulichkeit. Sagte er nichts, und die Ermittlungen gingen wegen Tanja Parsberger schief, würde er sich ständig selbst vorwerfen müssen, nicht als Polizist und Vorgesetzter gehandelt zu haben.

»Jetzt hast du mir schon den Floh ins Ohr gesetzt«, drängte Peter.

Bevor Strutiow antworten konnte, klopfte der Beamte, der am Empfang saß, an die dicke Glasscheibe, die ihn von der Eingangshalle trennte. Sie drehten sich zu ihm um. Der Polizist mimte einen Telefonanruf und deutete auf Strutiow.

»Ach, Kacke!« Strutiow ließ die Schultern sinken. »So geht das in einer Tour. Ich meld mich bei dir, Peter. Oder auch nicht. Lass mich zuerst mal nachdenken.«

»Nimm dir nicht zu lange Zeit«, sagte Peter. *Flora ist mit der Kleinen da draußen*, wollte er hinzufügen, aber er schluckte es hinunter. Es hätte geklungen wie in einem schlechten Film. Nachdenklich und besorgt stieg er die Treppe zum dritten Stock hinauf. Mehrfach griff er in seine Jackentasche, um sein Handy herauszuholen und Flora anzurufen, doch jedes Mal ließ er es bleiben.

Er hatte sich kaum in die Verfeinerung seiner Personalpläne hineingedacht, als Floras Bürotelefon klingelte. Er hob seinen Hörer ab und holte das Gespräch heran.

»Da ist jemand für Flora Sander am Eingang«, meldete sich der Beamte an der Pforte. »Ein Herr Klossen.«

»Scheiße«, sagte Peter. Im Hintergrund hörte er Viktors freundliche Stimme murmeln, die dem Beamten die richtige Betonung seines Namens näherbrachte.

»Was?«, fragte der Beamte, der deswegen abgelenkt gewesen war.

»Ich hab gesagt, ich komm runter. Flora ist nicht da.«

Viktor von Closen stand in der Eingangshalle und betrachtete die Vitrine, in der einige der bizarreren Dinge ausgestellt waren, welche die Landshuter Polizei bei Veranstaltungen einkassiert hatte. Ein Fantasyschwert mit scharfer Stahlklinge war darunter, das so dermaßen überladen mit Drachen- und Totenköpfen war, dass ein echter Schwertkämpfer es nur zu einem Zweck benutzt hätte: es wegzuwerfen, um sich ein richtiges Schwert zu besorgen.

Viktor trug einen anderen Anzug, ein anderes Hemd, eine andere Krawatte, aber das gleiche kameradschaftliche Lächeln wie am Abend zuvor. Er streckte die Hand aus, und Peter fühlte sich genötigt, sie zu schütteln.

»Flora ist nicht da?«, mutmaßte Viktor.

Peter grunzte etwas.

»Sie hätten sich nicht extra herunterbemühen müssen meinetwegen. Sehr freundlich von Ihnen.«

»Schon okay, Herr von Closen«, sagte Peter und war froh, dass Viktor ihn nicht erneut aufforderte, ihn *Vic* zu nennen. Diese Phase hatten sie anscheinend hinter sich. »Wie geht's der amerikanischen Westküste?«

»Besser als uns – die pennen nämlich jetzt«, sagte Viktor. »Nachdem sie mich die halbe Nacht am Telefon festgehalten haben. Die Amis haben die Hosen immer gestrichen voll, wenn sie mit Europäern Geschäfte machen, und wollen jeden Vertragsparagraphen einzeln durchkauen.« Er schnaubte, dann lächelte er und trat einen Schritt näher an Peter heran. »Wissen Sie, ich wollte Sie schon die ganze Zeit was fragen, seit Flora mir von Ihnen erzählt hat. Flora hat gemeint, dass ich mich da an Sie selbst wenden sollte, sie würde es mir nicht sagen …«

Peter starrte den Unternehmer an, versucht, sich seinen Ärger nicht anmerken zu lassen.

»Der Stammbaum meiner Familie reicht bis vor die Zeit zurück, als Landshut gegründet wurde. Mein erster Urahn stammt angeblich aus der Gegend der Isarmündung. Er war ein kleiner Ritter und verliebte sich bei einem Turnier in eine Grafentochter, die er entführte und mit der er in Abgeschiedenheit lebte, nachdem ihr Vater, der Graf, aus Rache seine Besitzungen verwüstet hatte. Er nannte sich deswegen ›der Klausner‹. Daher auch unser Familienname.«

»Es ist leider zu spät, den Grafen zur Fahndung auszuschreiben«, sagte Peter.

»Später zogen meine Vorfahren nach Landshut und wurden dort Ministeriale des Herzogs. Einer von ihnen bekam es später mit einem Mann namens Peter Bernward zu tun – das war Ende des 15. Jahrhunderts. Ist das nicht eine witzige Namensgleichheit? Wussten Sie, dass Sie einen mittelalterlichen Namensvetter haben?«

Peter schloss innerlich die Augen. Was sollte er antworten?

Mein Vater ist der Ansicht, dass der Peter Bernward des Mittelalters nicht nur ein Namensvetter, sondern unser Urahn ist? Setz dich doch mal mit meinem Vater zusammen – er ist genauso ein Stammbaumfanatiker wie du, nur dass es bei ihm reines Rätselraten und Wunschdenken ist, wo wir herkommen? Ihr beide müsstet euch auf Anhieb sympathisch sein? Außer, dass mein vermeintlicher Urahn eine Art Polizist war und deiner ein Entführer, Eidbrecher und Feigling, der sich in den Isarsümpfen versteckte?

»Nein«, sagte er. »Höre ich zum ersten Mal.«

Viktor lächelte verwirrt. »Ich dachte, aus Floras Äußerungen rausgehört zu haben, dass Ihnen das schon bekannt wäre.«

»Muss sich um ein Missverständnis handeln«, erklärte Peter und gab den fragenden Blick Viktors offen zurück. Wenn man in der Polizeiausbildung nicht gelernt hätte zu bluffen, wozu hätte man sie dann absolviert?

Viktor zuckte mit den Schultern, offensichtlich erstaunt, dass Peter ihn so ins Leere laufen ließ. Schließlich sagte er: »Haben Sie Connors Keller gestern noch ausräumen können?«

»Bis auf das, was schon abgesoffen war, haben wir Connor *Lamonts* Keller gerettet«, erwiderte Peter mit Betonung. »Wie sieht's auf der Baustelle aus?«

Viktor musste keinen Augenblick nachdenken. »Die Firma Himmel?« Er lachte unlustig. »Wissen Sie, das Gebäude hat drei Meter tiefe Kellergewölbe. Säulen und Bogen, als wäre das Ganze eine mittelalterliche Burg, dabei stammt es aus dem letzten Viertel des 19. Jahrhunderts. Romanisierend nennt man so eine Bauweise. Ich hab mich nicht zuletzt wegen dieses Gewölbes in den Bau vergafft. Wenn das Hotel fertig ist, wird es dort unten den schönsten Wellness-Bereich in ganz Bayern geben. Aber jetzt steht erst mal das Wasser drin. Drei Meter hoch, um genau zu sein. Vom Boden bis zur Decke.«

»Planen Sie es um in eine Badelandschaft«, sagte Peter mitleidlos.

»Das ist kein Wasser, in dem Sie baden möchten. Da ist so viel Schlamm drin, dass man beinahe drauf stehen kann. Ich habe alle Arbeiten eingestellt. Die Gesundheit der Arbeiter geht vor.«

»Was hätten Sie eigentlich von Flora gewollt?«, fragte Peter, dem Viktors kompetente Gelassenheit auf die Nerven ging. Er stellte sich vor, wie viel Geld dem Unternehmer jeden Tag auf seiner Hotelbaustelle durch die Überschwemmung flöten ging und wie tief er würde in die Tasche greifen müssen, um die Schäden nachher zu beseitigen und weiterbauen zu können. Er hätte es natürlicher gefunden, wenn Viktor von Closen geflucht und geschimpft hätte, bis er einen rauen Hals bekam.

Viktor lächelte vertraulich. »Ich wollte sie zum Abendessen einladen. Können Sie ihr ausrichten, dass ich sie und Julia um sechs von zu Hause abhole? Oder von hier – ganz egal.«

»Flora hat ein Handy. Warum rufen Sie sie nicht an?«

»Ich wollte die Einladung persönlich überbringen statt per Mobiltelefon. Ist doch viel stilvoller.«

Peter, der Flora früher manchmal zum Spaß eine SMS auf ihr Handy geschickt hatte, selbst wenn sie ihm am Schreibtisch gegenübergesessen hatte, und das romantisch gefunden hatte, fragte sich, ob Flora Viktor davon erzählt hatte. War die Bemerkung des Unternehmers eine Spitze gegen ihn? Er versuchte, sie an sich vorbeischwimmen zu lassen, aber es gelang ihm nicht.

»Ich sende ihr eine SMS, dass Sie hier gewesen sind«, sagte er.

Viktor winkte ab. »Sehr freundlich, aber das ist nicht nötig. Ich rufe sie dann doch selbst an.«

»Viel Glück mit der Gastronomie. In Landshut dürfte die Auswahl derzeit begrenzt sein.«

»Ich habe einen Tisch im *Ikarus* reservieren lassen. In Salzburg«, erklärte Viktor und lächelte. »Ist ja eigentlich ein Katzensprung von Landshut aus.«

Er verabschiedete sich, und Peter stapfte schäumend die Treppe hoch in sein Büro. Das Erste, was er dort machte, war, im Internet das Restaurant *Ikarus* zu suchen. Es hatte einen Michelin-Stern. Das billigste Menü begann bei hundertfünfzig Euro.

Ein weiter Weg vom kleinen Ritter, der sich vor der Rache seines Grafen im Sumpf verkroch, bis zum Bauunternehmer, der zwei Stunden einfache Fahrt plante, um für hundertfünfzig Euro zu Abend zu essen.

»Verdammter Depp«, sagte Peter.

7.

Flora steuerte den Dienstwagen in den Bründlweg, der in seiner Verlängerung zum Englberg und damit zu einem der teuersten Wohnviertel Landshuts führte. Sie erinnerte sich, wie ländlich das Gebiet noch vor zwanzig Jahren gewesen war – kleine Bauernhöfe, die nebeneinander auf dem Hügelrücken saßen und hinter deren Holzzäunen Hühner und Ziegen frei herumliefen, dahinter das beinahe voralpenländische Panorama des Salzdorfer Tals und der Höhenzüge von Berndorf und der Weickmannshöhe. Auch damals hatte dieser Bereich zum Stadtgebiet gehört, obwohl man sich fühlte, als sei man weit draußen auf dem Land. Mittlerweile hatte die Stadt die Idylle eingeholt. Statt der Bauernhöfe standen dort nun die Kompensationsbauten derjenigen, die teure Walmdächer und weitgeschwungene Einfahrten als Ausgleich dafür benötigten, dass sie kaum einen Tag pro Woche zu Hause waren.

Hannes Waltz' Haus war eines davon. Sie blieben vor einem Holztor stehen, das breiter war als die Durchfahrt des mittelalterlichen Ländtors unten in der Stadt und dessen edel verwitterte, Stoß an Stoß gesetzte Balken keinen Blick nach drinnen erlaubten.

Eine weibliche Stimme ertönte über eine Lautsprecheranlage: »Ja, bitte?«

»Frau Waltz?«, fragte Flora zurück.

»Nein«, kam erneut die Lautsprecherstimme. »Was kann ich für Sie tun?«

»Sie können mir sagen, wer Sie sind.«

»Inhouse-Assistenz … Was wünschen Sie, bitte?«

Flora wandte sich an Tanja und formte mit den Lippen die Worte: »Inhouse-Assistenz?«

Tanja zuckte mit den Schultern.

Flora tippte sich amüsiert mit dem Finger an die Stirn und schüttelte den Kopf. »Ist Frau Waltz zu Hause?«, fragte sie dann.

»Was wünschen Sie bitte?«, fragte die Inhouse-Assistenz.

Flora seufzte. »Hier ist die Kriminalpolizei.«

»Haben Sie einen Ausweis?«

»Soll ich ihn über das Tor werfen, damit Sie ihn sehen können?«, fragte Flora.

»Bitte halten Sie ihn vor die kleine Glaskuppel über der Klingel.«

»Ah, Sie haben hier eine Kamera?«, sagte Flora und erinnerte sich daran, dass sie den Vogel gezeigt hatte. Die Geste musste drinnen deutlich zu sehen gewesen sein. Sie räusperte sich und hielt ihren Ausweis vor die Kamera. Tanja, die ihre Uniform trug, tat es ihr nach.

Das Tor bewegte sich und fuhr beiseite. Dahinter kam eine gekieste Auffahrt zum Vorschein, die nur unwesentlich kleiner war als der Parkplatz der Polizeiinspektion. Was vom Grundstück sichtbar war, zeugte von der ordnenden Hand eines Landschaftsgestalters. Das Haus war im Bungalowstil erbaut und riesig. Der linke Flügel führte direkt in einen Hügel hinein, der an der Grundstücksmauer aufgeschüttet worden war, und zeigte vor allem eine große, abgedunkelte Fensterfläche. Der Baustil des Hauses schwankte zwischen Frank Lloyd Wright und einer Hobbit-Höhle.

»Meine Güte«, sagte Flora. »Wir hätten das Auto waschen sollen, bevor wir hier reinfuhren.«

Tanja sagte nichts. Stattdessen kniff sie die Augen zusammen, als fühle sie sich durch diese hemmungslose Zurschaustellung von Wohlstand persönlich angegriffen.

Vielleicht versuchte sie auch nur, die Bilder in Einklang zu bringen von Hannes Waltz' blutüberströmter Leiche im ersten Stock eines Billigpuffs und diesem Prachtbau. Flora fiel auf, dass Tanja über eine fingerlange, helle Narbe unter ihrem linken Kieferknochen strich und dann hastig die Hand wegzog, als ihr die nervöse Geste selbst bewusst wurde.

Das Tor summte wieder zu. Jemand trat aus der Haustür und wartete geduldig, bis sie ausgestiegen waren. Es war eine Frau in mittlerem Alter und mit einer Dienstmädchenuniform: schwarzer Kittel, weißes Häubchen, weiße Schürze. Bis eben hätte Flora zu wetten gewagt, dass es so etwas gar nicht mehr zu kaufen gab.

»Darf ich Ihre Ausweise noch einmal sehen?«, fragte das Dienstmädchen.

»Und Sie sind …?«, brachte Flora hervor.

»Die Inhouse-Assistenz. Bitte folgen Sie mir. Ich darf Sie bitten, im Eingangsbereich die Schuhe auszuziehen.«

Tanja bückte sich gehorsam, um ihre Schnürsenkel zu öffnen. Flora gab ihr einen Stoß mit dem Knie. Tanja kam mit rotem Gesicht wieder hoch. Die In-House-Assistenz musterte sie. Flora gab den Blick unbewegt zurück und ohne Anstalten zu machen, sich ihrer Schuhe zu entledigen. Die Inhouse-Assistenz drehte sich wortlos um und ging voran.

Sie wurden in einen Raum geführt, der am entgegengesetzten Ende des Hauses lag. Auf dem Weg dorthin kamen sie an so vielen antiken Truhen, Wandbehängen und Gemälden vorbei, dass man ein Heimatmuseum damit hätte ausstatten können. Der Warteraum selbst öffnete sich mit einem Fenster direkt nach Südwesten und einem Blick ins Salzdorfer Tal hinunter. Die Wirkung war wohlkalkuliert.

Tanja sagte: »Das sieht nicht nach jemandem aus, der ständig am Rand der Pleite schwebt.«

»Alles nur eine Frage der Privathaftungsbeschränkung«, erwiderte Flora.

Eine schlanke, sportlich gekleidete Frau kam in den Raum. Sie war attraktiv und wirkte wie Mitte dreißig. Man musste schon nahe an sie herankommen, um zu erkennen, dass sie sicher mindestens fünfzehn Jahre älter war. Sie hatte sich gut gehalten und wusste sich zu schminken. Flora war sofort klar, dass sie zu den Frauen gehörte, mit denen ein Mann sich schmückte. Wenn er einen Ausflug in die Berge machen, ein leidenschaftliches Wochenende im Bett verbringen oder ganz allgemein Pferde stehlen wollte, war sie nicht die Richtige.

»Ich bin Manuela Waltz«, sagte die Frau. »Was kann ich für die Polizei so früh am Tag tun?«

»Bitte setzen Sie sich, Frau Waltz«, sagte Flora und begann mit den Sätzen, die zu sagen die traurige Pflicht eines Polizeibeamten waren.

Flora hatte erwartet, dass Manuela Waltz schockiert sein würde. Das war sie. Flora hatte auch erwartet, dass sie Trauer zeigen würde. Diesen Gefallen tat die Witwe ihr nicht. Sie starrte nur vor sich hin und sagte schließlich: »Sind Sie sicher?«

»Wir werden Sie bitten müssen, Ihren verstorbenen Mann offiziell zu identifizieren. Aber leider sind wir uns sicher, Frau Waltz.«

»Scheiße«, sagte Manuela Waltz. »Scheiße, scheiße, scheiße.«

»Haben Sie Ihren Mann denn noch nicht vermisst?«

»Nein. Er ist gestern am frühen Abend in die Stadt runtergefahren zu einem Geschäftsessen. Wir haben eine

Wohnung in der Freyung. Ich dachte, er hätte dort übernachtet. Er fährt nie zurück, wenn er Alkohol getrunken hat.«

»Ein Geschäftsessen? Wo war das?« Flora machte eine Kopfbewegung zu Tanja, die einen Notizblock zückte. Flora deutete mit einem Finger kurz auf ihre Magengegend und hoffte, dass Tanja verstand und notierte, dass man die Gerichtsmedizin würde fragen müssen, welchen Mageninhalt sie bei Waltz' Leichnam festgestellt hatte.

Manuela Waltz dachte nach. »Wahrscheinlich steht es in seinem Kalender. Ich kann ihn …« Sie stand auf, dann sank sie kraftlos wieder auf das Ledersofa zurück, in das zu setzen Flora sie genötigt hatte. »O mein Gott«, flüsterte sie. »Sind Sie wirklich sicher, dass Hannes …?«

Flora nickte. »Bleiben Sie sitzen, Frau Waltz. Sollen wir etwas zu trinken für Sie besorgen? Wasser? Ein Aspirin?«

»Nein, nein. Ich bin nur …« Manuela Waltz' Stimme erstarb. Dann stand sie doch auf, aber statt auf die Suche nach einem Kalender zu gehen, trat sie ans Fenster und starrte hinaus. »Scheiße«, murmelte sie.

Flora, die hoffte, dass das Wort »Scheiße« nicht das Einzige sein würde, was jemandem einfiel, den man von ihrem Tod benachrichtigte, wechselte einen Blick mit Tanja. Sie sah dort dieselbe unangenehm berührte Ratlosigkeit, die sie selbst fühlte.

Manuela Waltz drehte sich um. »Getötet, sagen Sie?«

Flora nickte.

»Dürfen Sie mir sagen, wie …?«

»Wir arbeiten noch daran«, benutzte Flora die alte Ausrede, die jeder Polizist verwendete, der nicht zu einem Hinterbliebenen sagen wollte: erstochen, erschossen, erdrosselt, erschlagen wie ein Hund, zu Tode gefoltert …

»Wo hat man ihn gefunden? In der Wohnung in der Freyung?«

»Nein. In einem der Häuser in der Stadt, die ihm gehörten.«

Manuela Waltz kniff die Augen zusammen. »In der Stadt gehört uns nur ein … Sie meinen doch nicht … den Billigpuff draußen bei der Eisenbahnbrücke?!«

»Es tut mir leid, Frau Waltz.«

»Hat ihm eine der Nutten beim Vögeln den Hals umgedreht?«, fragte Manuela Waltz.

Flora kämpfte mit ihrer Fassung. Sie hörte Tanja überrascht keuchen und suchte nach einer Antwort.

»Gott, tun Sie doch nicht so zimperlich!«, rief Manuela Waltz. »Sie sind doch Polizisten. Sagen Sie mir schon die Wahrheit.«

»Die Mädchen im Erdgeschoss haben nichts damit zu tun«, sagte Flora und fragte sich, warum sie das Bedürfnis verspürte, den Toten zu verteidigen. »Er wurde im Obergeschoss in einem der unvermieteten Räume gefunden. Es steht fest, dass er dort auch zu Tode gekommen ist.«

Manuela Waltz schnaubte. Sie wandte sich wieder ab und starrte zum Fenster hinaus. Plötzlich lachte sie rau. »All das Geld für diese Burg hier«, sagte sie. »Und dann kratzt er in so einer Bruchbude ab. Man sollte einen Roman darüber schreiben. Das wäre dann das lustige Kapitel.«

Flora stand auf. Tanja wollte ihr folgen, aber Flora schüttelte den Kopf. Sie trat neben Hannes Waltz' Witwe und schaute ebenfalls aus dem Fenster.

»Dem Tod ist es egal, mit wie viel Schönheit wir uns umgeben«, sagte sie leise. »Er holt uns dort, wo es ihm gefällt.«

Manuela Waltz schenkte ihr einen Seitenblick und

wandte sich dann wieder ab. »Schönheit?«, fragte sie. »Wenn Sie hier stehen, sind Sie von nichts als Schulden umgeben. Auf diesem Haus lasten mehr Hypotheken, als Kieselsteine in der Auffahrt liegen.«

»Die Finanzen werden sich irgendwie regeln lassen«, sagte Flora. »Denken Sie jetzt nur daran, wie Sie die nächsten Tage überstehen. Haben Sie Kinder?«

»Gute Güte, nein!«

»Können Sie irgendwo unterkommen? Bei Freunden?«

»Wieso sollte ich anderswo hingehen? Ich bleibe hier, bis die Bude mir unterm Arsch rausgepfändet wird. Wäre früher oder später sowieso geschehen. All das Warten hatte keinen Zweck!«

»Warten, worauf?«

Manuela Waltz sagte nach einer winzigen Pause: »Auf bessere Zeiten. Was haben Sie denn gedacht?«

»Frau Waltz, ich muss Sie das fragen: Wo waren Sie heute Nacht?«

»Glauben Sie etwa, ich hätte Hannes umgebracht?«

Flora dachte daran, dass Waltz mit aller Gewalt gegen den Heizkörper gedroschen worden war. Sie bezweifelte, dass Manuela Waltz genügend Kraft dazu besessen hätte.

»Und wofür? Damit ich all diese Scheiße hier allein abwickeln kann? Da wäre ich doch schön blöd, oder?«

»Hatte Ihr Mann Feinde?«

»Sie meinen: Gab es jemanden, der ihn nicht für ein Riesenarschloch hielt?«

»Gab es jemanden?«, fragte Flora schnell.

Manuela Waltz musterte sie. Flora konnte erkennen, dass sie den Zweck der Frage verstanden hatte: *Wofür haben Sie, seine Frau, ihn gehalten?*

»Keinen einzigen«, sagte Manuela langsam und deutlich.

»Jemand, der ihn so hasste, dass er ihn umbringen wollte?«

»Ist es nicht die Arbeit der Polizei, das rauszufinden?«

»Ich bin schon mittendrin in dieser Arbeit«, sagte Flora, ohne zu lächeln.

Manuela Waltz blinzelte. Dann zuckte sie mit den Schultern. »Gott, ich weiß es nicht. Von Hassen zum Umbringen ist es schon noch ein großer Schritt, oder nicht?« Ihre Stimme klang unerwartet zaghaft und als ob sie hoffte, dass Flora ihre Aussage bestätigen würde.

»Kennen Sie einen Mann namens Armin Kersch?«

»Klar. Das ist der Typ, der den Puff betreibt. *Kittykat* oder so ähnlich.«

»Tiger's Girl's.«

»Klingt eines wie das andere. Wollen Sie mir erzählen, Kersch ist verdächtig?«

Flora zuckte mit den Schultern. Manuela Waltz ebenfalls. »Fragen Sie ihn selbst. Der Kerl ist so dämlich wie zwei Pfund Brot. Wenn er's war, ist er vielleicht dumm genug, es zuzugeben.«

Flora nickte langsam. Sie nickte Tanja zu. Die junge Polizistin stand auf.

»Können wir Sie allein lassen, Frau Waltz?«, fragte Flora. »Im Lauf des Tages wird jemand Sie abholen, um Sie zur Identifizierung Ihres Mannes zu bringen. Wir senden ein ziviles Fahrzeug, falls Sie das vorziehen. Wegen der Nachbarn.«

»Egal. Hat sich doch bis morgen sowieso überall rumgesprochen, was passiert ist.«

Manuela Waltz führte sie die Hälfte des Gangs zurück. Die In-House-Assistentin mit der Dienstmädchenuniform wartete an der Haustür. Manuela Waltz blieb stehen und winkte ihnen zu, ohne ihnen nochmals die Hand zu geben. »Sie finden allein raus, oder?«, fragte sie.

Flora blickte ihr hinterher, als sie eine Tür öffnete und dahinter verschwand.

Die Inhouse-Assistentin öffnete ihnen die Tür nach draußen. »Das Tor geht automatisch auf, wenn Sie sich mit dem Auto nähern«, sagte sie. Auch sie verzichtete auf einen Abschied und drückte die Tür hinter ihnen zu. Dann blickte sie nach unten, weil es nicht weiterging. Floras Fuß steckte in der Türspalte.

»Ich hab noch was vergessen«, sagte Flora, ohne sich Mühe zu geben, dabei wenigstens so glaubwürdig zu klingen wie Columbo. Sie drängelte sich an der Assistentin vorbei und eilte mit schnellen Schritten auf die Tür zu, hinter die Manuela Waltz verschwunden war. Die Frau in der Dienstmädchenkluft keuchte empört und lief ihr hinterher.

Hinter der Tür lag eine chrom- und lackglänzende Küche wie aus einem Wohnjournal. Manuela Waltz stand an der Theke, ein Mobiltelefon mit eingeschaltetem Lautsprecher neben sich. In den Händen hatte sie eine Proseccoflasche, aus der sie den Korken drehte. Sie sah auf und starrte Flora sprachlos an.

Flora schnappte sich das Handy, sagte in das Mikrophon: »Sie ruft Sie später zurück! Es gibt einen Trauerfall in der Familie!«, und unterbrach die Verbindung.

»Sind Sie vollkommen verrückt geworden?«, rief Manuela. Der Korken ploppte ihr aus der Hand und fiel auf die Theke. Etwas Prosecco schäumte aus der Flasche. Manuela Waltz steckte den Daumen in die Flaschenöffnung, ohne hinzusehen.

Die Inhouse-Assistenz stand auf der Schwelle. »Entschuldigen Sie, Frau Waltz, aber die Dame ist mir …«

Flora sagte über die Schulter: »Tanja, nimm die Assistentin mit. Ich möchte wissen, wo sie gestern Abend war, wie sie die Nacht verbracht hat und welche Beweise sie dafür vorlegen kann.«

»Was?«, stotterte die Assistentin. »Das ist doch …«

Flora kümmerte sich nicht mehr um sie. Sie hörte, wie Tanja die Frau aufforderte, ihr zu folgen. Dann wandte sie sich an Manuela Waltz. »Ich habe vergessen, mir das Büro Ihres verstorbenen Gatten anzusehen«, sagte sie.

Ohne abzuwarten, was Manuela Waltz tun würde, verließ sie die Küche und marschierte durch den langen Gang in Richtung Haustür. Vom Besucherzimmer hörte sie Tanja mit der Inhouse-Assistentin reden. Sie glaubte zu ahnen, wo Hannes Waltz' Büro sein musste. Vor der Haustür führte eine Tür nach rechts. Flora stieß sie auf und stand in einem Raum, der wie aus einer Höhle gehauen schien. Die Decke wurde von wuchtigen Balken getragen, die beiden Stirnwände und die Wand zu ihrer Rechten waren roh behauener Stein – vermutlich Granitscheiben, die auf die Wände geklebt worden waren. In der Mitte des Raums, auf einer Insel aus einem flauschig-bunten Teppich inmitten eines herrlich honigfarbenen Holzparketts, stand ein Schreibtisch, dessen Platte ebenfalls aus Granit geschnitten und auf Hochglanz poliert war. Auf dem Schreibtisch stand eine Telefonanlage, aber kein PC-Monitor. Flora war enttäuscht.

Entschlossen schritt sie zum Schreibtisch und schaute darunter. Ein Unterschrank mit zwei Schubfächern stand dort. Sie öffnete die obere Schublade. Schreibutensilien. Sie öffnete die untere Schublade. Bingo! Eine Hängeregistratur, in der vielleicht ein halbes Dutzend Register hingen. Sie packte sie und legte sie mit Schwung auf den Schreibtisch.

Manuela Waltz kam mit dem Handy in der Hand hereingeplatzt. »Was tun Sie da?«, fragte sie. »Sie dürfen das nicht.«

Flora reagierte nicht. Sie nahm den Inhalt des ersten Hängeordners und fächerte ihn auf dem Tisch auf. Der Inhalt des zweiten Ordners folgte. Von der Tischfläche war noch genügend zu sehen. Der Tisch war riesig. Flora nahm sich den dritten Ordner vor.

»Sie dürfen das nicht!«, rief Manuela Waltz erneut. »Was bilden Sie sich ein? Sie brauchen einen Durchsuchungsbefehl.«

»Nur im Film«, sagte Flora, ohne aufzusehen. »Aber wenn Sie sich danach besser fühlen, rufen Sie Ihren Rechtsanwalt an.«

»Ich rufe die Rechtsvertretung meines Mannes an!«

Flora achtete nicht auf sie. Ordner Nummer vier. Sie überlegte, wie weit sie die Blätter auffächern konnte, um genug Platz für alle sechs Ordner zu haben. In den Ordnern waren immer nur wenige Blätter. Es musste reichen.

Manuela Waltz starrte Flora noch ein paar Sekunden lang an, dann begann sie, auf ihrem Handy herumzuscrollen, und hielt es sich ans Ohr. Wie Flora erwartet hatte, verließ sie den Raum, als das Gegenüber sich meldete.

Ordner Nummer sechs. Flora kletterte auf den Schreibtisch und holte ihr eigenes Mobiltelefon heraus. In rasender Hast fotografierte sie senkrecht nach unten, einmal, zweimal … fünfmal, sechsmal, während sie sich um die eigene Achse drehte. Sie konnte nur hoffen, dass sie alle Blätter erwischt hatte und dass der Autofokus der Telefonkamera funktionierte. Sie sprang vom Tisch herunter und tat so, als würde sie Unterlagen studieren, als Manuela Waltz wieder hereinkam.

»Da!«, sagte sie und hielt Flora triumphierend das Handy hin. »Jetzt haben Sie den Salat!«

Flora nahm das Handy an sich und sagte: »Hallo?«

»Mit wem spreche ich, bitte?«, war eine kühle Frauenstimme zu vernehmen.

»Mit der Kriminalpolizei«, sagte Flora.

»Ihren Namen und Dienstrang, bitte!«

»Mit wem spreche *ich* denn?«

»Rechtsanwaltsbüro Holdinger. Ich bin Karin Schätz-Holdinger, die Inhaberin.«

Flora, die sich bewusst war, dass weder sie noch Tanja sich namentlich vorgestellt hatten, dass man ihre Namen auf den Ausweisen im Display der Sicherheitskamera vermutlich nicht hatte entziffern können und dass Manuela Waltz auch nicht nachgefragt hatte, sagte: »Kriminalkommissarin Franka Leitmayr.«

»Haben Sie einen Durchsuchungsbeschluss, Frau Leitmayr?«

»Nein.«

»Dann fordere ich Sie auf, sofort das Büro und das Haus meines Mandanten zu verlassen. Ich werde mich über Sie beschweren. Sie nutzen den Schock und die Trauer von Frau Waltz schamlos und unrechtmäßig aus.«

»Ich nutze die Tatsache, dass sie sich gerade einen Prosecco einschenken wollte.«

»Ich fordere Sie nochmals auf …«

»Ja, ja«, sagte Flora. »Ich gehe ja schon.«

»Frau Waltz sagte mir, dass Sie mit einer Kollegin hier wären. Ich möchte auch deren Namen wissen.«

»Polizeimeisterin Ivana Batic«, sagte Flora.

»Sie beide werden sich demnächst mit einer Dienstaufsichtsbeschwerde konfrontiert sehen.«

Flora reichte das Handy zurück, ohne sich zu verabschieden. Manuela Waltz funkelte sie grimmig an. Flora wies auf den Schreibtisch.

»Wenn Sie wünschen, räume ich das wieder auf«, sagte sie, als wäre nichts gewesen.

»Ich wünsche, dass Sie verschwinden. Das ist Polizeiwillkür!«

Flora verließ widerstandslos das Büro und marschierte statt zur Haustür zum Besucherraum. Manuela Waltz lief neben ihr her und kommentierte ihr Vorgehen der Rechtsanwältin: »Karin, die geht immer noch nicht, was soll ich denn … ach, sie holt bloß ihre Kollegin …«

Flora riss die Tür auf. Die Inhouse-Assistentin saß da und erklärte gerade mit weit ausholenden Armbewegungen, dass Hannes Waltz und seine Frau sich gegenseitig wie Luft behandelt hatten und dass sie auch nicht verstand, wie sich die Waltz' dieses Haus leisten konnten, wo sie doch bis über beide Ohren verschuldet waren und Herr Waltz kaum einen Auftrag hereinbekam … Sie verstummte erschrocken und schien sich jetzt erst bewusst zu werden, dass sie geplaudert hatte. Sie lief rot an, und ihr Mund formte sich zu einem lautlosen O. *Respekt*, dachte Flora, *das hätte ich dir gar nicht zugetraut, Tanja.*

Laut sagte sie: »Los, komm mit. Die Assistentin war's nicht.«

8.

Erst als sie im Auto saßen und die enge Straße zurückfuhren, fragte Tanja: »Was sollte das alles?«

»Was hast du aus dem Dienstmädchen herausgekriegt?«

»Im Wesentlichen das, was du schon gehört hast, in mehreren Varianten. Und dass sie sich gestern Abend bis um Mitternacht den *Musikantenstadl* angesehen hat und Frau Waltz bestätigen könne, dass sie das Haus nicht verlassen hat.«

»Den *Musikantenstadl*? Kommt der nicht nur am Wochenende?«

»Sie hat ihn auf DVD.«

»Den *Musikantenstadl* gibt's auf DVD?«

»Das Ende der Welt ist nahe«, sagte Tanja und grinste.

»Wenn sich aus den Unterlagen von Hannes Waltz irgendwas ableiten lässt, was ihn in die Nähe eines möglichen Verbrechens bringt, für das es sich lohnt, ihn zu töten, wird seine Frau das verschwinden lassen. Sie hat gesagt, dass sie Armin Kersch kennt, also scheint sie für Waltz die Buchhaltung gemacht zu haben oder wenigstens in seine Geschäfte eingeweiht zu sein. Damit würde sie in so einem Fall zu einer Komplizin. Daher wollte ich die Dokumente vorher ansehen. Wenn ich gefragt hätte, hätte sie mich bestimmt nicht rangelassen.«

»Aber kannst du dir das alles merken, was du gesehen hast?«, fragte Tanja verblüfft.

»Ich nicht, aber die Herren Cook und Levinson.« Flora deutete auf das Mobiltelefon, das sie auf die Ablage hinter dem Lenkrad gelegt hatte.

»Die von Apple …« Tanja nickte. »Die Waltz wird sich beschweren.«

»Keine Sorge.«

»Das sieht bestimmt nicht gut aus – wenn bei meinem ersten Einsatz gleich eine Beschwerde in meine Akte kommt …«, murmelte Tanja.

»Ich sagte: Mach dir keine Sorgen! Okay?« Flora grinste.

»Na gut.«

Flora bog schweigend in die Straße, von der der Bründlweg abzweigte. Dann sagte sie: »Schreib dir folgende Nummer auf und gib sie an die Zentrale weiter! Ich möchte wissen, wer dahintersteckt.« Sie diktierte Tanja eine Festnetznummer.

»Warum ist die Nummer wichtig? Wo hast du sie überhaupt her?«

»Sie ist wichtig, weil sie die erste Nummer war, die Manuela Waltz angerufen hat, nachdem sie vom Tod ihres Mannes erfuhr und wir vermeintlich gegangen waren. Ich habe ihr das Handy nur deswegen aus der Hand genommen und ausgeschaltet, damit ich sie sehen konnte. Das Display hat sie mir gezeigt.«

»Hast du die Nummer so schnell behalten können?«, fragte Tanja fassungslos.

»Langes Training. Das lernst du auch noch.«

Tanja sagte nachdenklich: »Der Besitzer der Telefonnummer steht ihr so nahe, dass sie ihn oder sie als Erstes anruft – und der Anschluss ist nicht mit irgendeinem Namen in ihren Kontakten hinterlegt? Normalerweise zeigt das Display doch den Namen und nicht die Nummer, wenn der Kontakt gespeichert ist.«

»Ja«, sagte Flora. »Merkwürdig, oder?«

Tanja telefonierte mit der Zentrale, während Flora den Dienstwagen durch die kurvenreiche Straße auf dem Hofberg steuerte. Als sie sich dem Burghauser Tor auf der steilen Alten Bergstraße näherte, dem zweiten der einzigen beiden historischen Stadttore, die die verkehrstechnische Aufbruchsstimmung des späten 19. Jahrhunderts überlebt hatten, ohne abgerissen zu werden, war die Antwort bereits da. Tanja bestätigte sie und wandte sich dann an Flora.

»Der Anschluss gehört einem Gerd Leinberger.«

»Leinberger war bis vor ein paar Jahren eine graue Eminenz in Landshut«, sagte Flora nachdenklich und ohne darauf zu achten, dass Tanja eine beunruhigte Miene machte. »Er hat das Bauamt geleitet.«

Sie schwiegen beide.

»Es kann natürlich sein, dass Manuela Waltz seine Tochter ist«, sagte Flora. »Oder er ihr Lieblingsonkel ... oder sonst was ... und sie ihn als Ersten anrief, um sich Trost zu holen.«

»Ich dachte, den Trost hätte der Prosecco gespendet?«

»Ich sag dir was: Es ist gar kein Trost nötig«, erklärte Flora.

Sie bogen beim Grätzberg nach rechts ab. Beim alten Gefängnis öffnete sich der Blick nach unten auf die Wittstraße und das riesige Gelände der Grieserwiese, die bis auf die zweimal pro Jahr stattfindende Dult der stadtnächste Großparkplatz war. Es parkte niemand darauf. Die Grieserwiese war bis hart an die Wittstraße heran ein einziger See. Auf der Straße fuhren keine Autos. Man hatte sie bereits bei Schlossberg, gute fünf Kilometer vor der Stadt, wo sie noch die B11 war, gesperrt. Wer von München her nach Landshut kam, musste einen weiten Umweg über die Hügel im Südosten der Stadt in Kauf nehmen.

»Darf ich dich was fragen?«, erkundigte sich Tanja.

»Was?«

»Warum bin ich jetzt deine Partnerin? Am Tatort warst du doch noch mit Hauptkommissar Peter Bernward?«

»Wir ermitteln diesmal getrennt«, sagte Flora knapp.

»Habt ihr euch gestritten?«

»Wir ermitteln getrennt, das ist alles!«, sagte Flora lauter als nötig.

Tanja schwieg, bis sie sich durch die Spiegelgasse in Richtung zum Dienstgebäude quälten.

»Darf ich dich noch was fragen?«

»Wenn's sein muss …« Flora seufzte.

»Wie bist du auf diesen Trick mit dem noch mal reingehen und dem Fotografieren der Unterlagen gekommen? Das ist doch nicht normale Kripoprozedur, oder?«

»Jemand hat ihn mir beigebracht«, sagte Flora. »Ein früherer Kollege.«

»Wau. Es muss toll gewesen sein, mit ihm zusammenzuarbeiten. Wer ist es?«

Flora gab plötzlich Gas, statt die Einfahrt zum Parkplatz des Dienstgebäudes zu nehmen. Tanja sah sie überrascht an.

»Find raus, wo Leinberger wohnt«, sagte Flora finster. »Was sollen wir im Büro? Wir statten der grauen Eminenz einen Besuch ab.«

Floras Mobiltelefon klingelte. Sie schielte auf die Nummer. »Nicht jetzt, Connor«, murmelte sie. »Ich ruf dich zurück.« Sie wies den Anruf ab, dann musterte sie Tanja von der Seite. »Was ist los?«

»Wieso?«

»Du wirkst auf einmal so … nervös.«

Tanja seufzte und knetete die Hände. Schließlich fragte sie fast schüchtern: »Wer war der Kollege, der dir diese Tricks verraten hat?«

Flora schloss aus ihrer Körpersprache, dass sie die Antwort schon wusste. Sie überlegte, ihre neue Partnerin grob mit »Privatsache« abzuspeisen, aber dann entschied sie sich anders und sagte: »Peter Bernward.«

9.

»Wenigstens geht einer von euch beiden ran«, sagte Connor, nachdem Peter sein Handy aus der Tasche gefischt und sich gemeldet hatte. »Bei Flora hab ich's gerade versucht. Sie hat mich weggedrückt.«

»Flora ist am Ermitteln«, sagte Peter.

»Seid ihr im Auto? Mach mal auf Lautsprecher, damit sie mithören kann.«

»*Flora* ist am Ermitteln«, betonte Peter. »Ich sitze im Büro und mache irgendeinen anderen Mist.«

Connor schwieg einen Augenblick. Der Augenblick war voller Implikationen. Connor Lamont gehörte nicht zu denjenigen, die einem auch noch so guten Freund sofort mit der Wahrheit ins Gesicht springen oder ihr Herz auf der Zunge tragen. In dieser Hinsicht war der dunkelhäutige Schotte absolut britisch. Er war gut darin, die Dinge, die er sagen wollte, subtil zwischen den Zeilen zu verpacken. Dass er so lange brauchte, um eine Antwort zu finden, war in sich schon wieder subtil.

Peter hörte, wie er Atem holte. Was würde er sagen? *Arbeitet ihr nicht mehr zusammen? Habt ihr euch nun auch dienstlich getrennt?*

Connor wählte den ultimativen Ausflug in die Subtilität. Er kommentierte überhaupt nicht. Er sagte: »Kannst du dich für eine halbe Stunde von diesem anderen Mist frei machen?«

»Wozu?«

»Ich bin mit Stefan in der Taverne. Kannst du herkommen?«

»Die Ländgasse ist doch gesperrt und überflutet. Wie seid ihr denn da reingekommen?«

»Gummistiefel, schottisch-niederbayerische Entschlossenheit und der Schlüssel zur Eingangstür. Wir brauchen deine und Floras Hilfe.«

»Weshalb? Steht der Katastrophenschutz vor der Tür und will euch evakuieren?«

»Um eine Geisterführung zu machen«, sagte Connor geduldig. »Du erinnerst dich? Mittelalterliche Kostüme? Ein Lagerfeuer auf dem alten Burgstall? Der Geist des Herzogs mit seinem großen Schwert? Wir drei machen so was ab und zu …«

Als Peter sich in Flora verliebt hatte und herausgefunden hatte, dass sie zusammen mit ihrem besten Freund Connor Lamont ab und zu mittelalterliche Kleinstveranstaltungen für Kinder durchführte – kurze Stadtführungen, halb gespielte, halb erzählte Geschichten aus der Landshuter Historie –, hatte er sich von den beiden anwerben lassen, der Dritte im Bund zu sein. Er hatte es hauptsächlich getan, um Flora einen Grund zu geben, ihn zu mögen. Connor Lamont, den er zuvor nur dem Namen nach als einen von Landshuts bunten Hunden gekannt hatte, war dadurch auch zu seinem besten Freund geworden. Peter, der sich leichttat, Bekanntschaften, aber schwer, tiefe Freundschaften zu schließen, schätzte den Schotten sehr.

Connor saß mit Stefan Naldonus in dessen Taverne, Peters, Connors und Floras heimlichem Hauptquartier und Stammkneipe. Der Raum war finster. Eine Kerze auf dem Tisch und ein paar weitere auf dem Tresen gaben das einzige Licht. Peter hatte durch knöcheltiefes Wasser waten müssen, um zur Taverne zu gelangen. Weiße Gummistiefel, die er sich bei der Verkehrspolizei ausgeliehen hatte, halfen ihm, trockene Füße zu bewahren. Er war nicht der Einzige, der durch das Wasser patschte. Schaulustige waren ebenso unterwegs wie die Eigentümer und Pächter der Häuser und Läden in der Gasse. Die Schaulustigen gafften und fotografierten die Hausbesitzer, die versuchten, ihre Besitztümer in höher gelegene Stockwerke zu retten. Offensichtlich hatten es Feuerwehr und Katastrophenschutz aufgegeben, die Leute von der überschwemmten Gasse fernzuhalten.

»Kein Strom?«, fragte Peter, nachdem seine Augen sich an die Finsternis gewöhnt hatten. »Bei mir auch nicht.«

»Passt doch zum Ambiente«, erwiderte Stefan tapfer und deutete auf die mittelalterliche Einrichtung seiner Taverne.

Peter setzte sich zu ihnen an den Tisch und begrüßte sie. »Schöner Mist, oder?«, fragte er und deutete zu den Fenstern der Taverne.

»Schöner Mist«, bestätigte Stefan Naldonus. Er wäre nicht er gewesen, wenn er nicht hinzugefügt hätte: »Aber einen Haufen Leute hat's noch schlimmer erwischt als mich. Dunkles Radler, Peter?«

»Um diese Uhrzeit? Nein, danke. Was ist das, was Connor da hat?«

»Kaffee«, sagte Stefan. »Erkennst du das nicht?«

»Ich glaube, ich hab bei dir noch nie Kaffee getrunken.«

»Da hast du was versäumt«, sagte Connor. »Stefan macht den besten Kaffee Schottlands.«

»Als ob das was heißen würde«, sagte Peter.

Stefan sagte: »Ich geh jetzt in die Küche und schmolle.«

Als der Wirt sich wieder zu ihnen gesellte und eine Tasse handgebrühten Kaffee für Peter brachte, erfuhr dieser, dass das Hochwasser erneut zugeschlagen hatte. Die zweitägige Führungskräftetagung eines Landshuter Unternehmens, mit dem Stefan Naldonus in Geschäftskontakt stand, sollte abgesagt werden, weil wegen der

Überschwemmung keinerlei Abendprogramm möglich war. Das Abendprogramm hatte aus einem historischen Ritteressen mit einem Moderator, mehreren Musikanten, einem Geschichtenerzähler und einem beliebten Mittelalterzauberer bestanden – in der Taverne.

»Ich dachte, die kommen hierher zum Arbeiten«, sagte Peter.

»Die kommen hierher, um zu sehen, ob ihr Landshuter Partner in der Lage ist, eine vernünftige Tagung mit Rahmenprogramm zu organisieren«, erwiderte Stefan. »Der Rahmen ist das Entscheidende, nicht der Inhalt.«

»Eine Geisterführung im alten Burgstall geht immer«, erklärte Connor. »Wenn du es hinkriegst, einen Gulaschkessel raufzuschaffen und die Leute zu verköstigen, wird das sogar eine ganz besondere Veranstaltung.«

»Ich kann auch ein mittelalterliches Partyzelt aufbauen, wenn es wieder regnet«, sagte Stefan.

Connor wandte sich an Peter. »Was meinst du, Peter? Wollen wir's machen? Dazu brauche ich natürlich Flora und dich.«

»Ich habe mir gedacht, wenn die Gäste sehen, dass wir eine schöne Veranstaltung machen können, auch wenn die halbe Stadt abgesoffen ist, beeindrucken wir sie damit«, fügte Stefan hinzu. »Das möchte ich nutzen, sie um eine Spende für die Flutopferhilfe zu bitten, die ich und noch ein paar andere Gastronomieunternehmer gründen wollen. So haben am Ende alle was davon.«

»Beteiligt sich auch Viktor von Closen an der Spendenaktion?«, fragte Peter ins Blaue hinein.

Stefan schüttelte den Kopf. »Zu dem hab ich keinen Kontakt. Außerdem ist das eine Aktion der Landshuter Gastronomen, nicht der Immobilienhaie.«

»Wenn seine Pläne aufgehen, ist er in ein, zwei Jahren

auch im Hotelgewerbe tätig – unter anderem mit Bayerns schönstem Wellness-Paradies …«

Stefan stand wortlos auf und kramte hinter dem Tresen herum. Er kam mit seinem iPad wieder zum Vorschein. Das Tablet war stilecht mit einem ziselierten und geschmückten Ledercover versehen, so dass es von außen wirkte wie ein alter Foliant. Er wischte darüber.

»Was willst du mir zeigen?«, fragte Peter.

»Das«, sagte Stefan und schob Peter das Tablet hin.

»Die Gruppe *Rettet die Landshuter Gotik* protestiert gegen die Umbaupläne von Viktor von Closen, betreffend die alte Firma Himmel«, sagte Peter. Er scrollte den Text nach unten. Er stammte aus der Online-Version der *Landshuter Zeitung*. »Kenn ich schon, Stefan. Ist Schnee von gestern. Aber vielleicht sollte jemand der ReLaGo mal sagen, dass das Gebäude nicht gotisch, sondern romanisierend ist.«

»Der macht hier alten Baubestand kaputt!«, klagte Stefan.

»Ich hab die Pläne nicht gesehen. Vielleicht rettet er ja auch alten Baubestand? Genügend historische Häuser in Landshut sind weggerissen worden, weil die Besitzer sie haben verrotten lassen, um einen Neubau hinzustellen, der billiger ist als eine Sanierung nach Denkmalschutzvorgaben. Da ist es mir schon lieber, so ein Gebäude bleibt wenigstens außen erhalten, auch wenn es innen dann nicht mehr überall original gotisch oder barock oder was weiß ich alles ist. Die Stadt ist ja kein Freilichtmuseum. Die Leute sollen schon noch in ihren Häusern wohnen können.«

»Du bist eine Schande für die Stadt«, sagte Connor.

Peter wusste, dass der Schotte, was den Schutz des Landshuter Baubestands betraf, weit weniger lässig dachte als er – und sich darüber auch deutlich mehr Gedanken gemacht hatte. Peters erste Überlegungen bezüglich eines Hauses hatten meistens damit zu tun, welche Verbrechen hinter den geschlossenen Türen und Fenstern vorgehen mochten.

Peter scrollte den Text noch weiter nach unten. »Hört euch das mal an«, sagte er. *»Die Umbaupläne des Unternehmers sind nicht neu. Vor zehn Jahren wurden sie der Bauaufsichtsbehörde bereits einmal vorgelegt und genehmigt. Da keine Änderungen an den Plänen vorgenommen wurden, mussten sie laut den städtischen Behörden erneut genehmigt werden, auch wenn vonseiten der Denkmalschutzbehörde Bedenken angemeldet wurden. Anders zu verfahren, heißt es bei der Stadt, würde Behördenwillkür darstellen.«* Peter blickte ins Leere. »Ich hoffe, Armin Kersch hat den Artikel im Gepäck.«

»Wer ist Armin Kersch?«, fragte Stefan.

Peter winkte ab. »Von wann ist der Artikel?« Er wischte auf dem Tabletmonitor herum. »Nur ein paar Tage. Ich frage mich, wieso Viktor den Umbau nicht schon vor zehn Jahren in Angriff genommen hat, wenn er ohnehin nichts an den Plänen geändert hat. Damals wäre ihn der Bau wesentlich billiger gekommen als heute.«

»Ihm wird das Geld gefehlt haben«, vermutete Connor.

»Wenn ihm das Geld gefehlt hat, hätte er auch den Plan nicht eingereicht. Das Genehmigungsverfahren kostet bestimmt einen Haufen Kohle.«

»Wieso ist der Typ eigentlich auf einmal wichtig?«, fragte Stefan.

»Na, du hast doch den Artikel rausgezaubert.«

»Ja, aber nur, um zu zeigen, warum ich mit dem Mann nie zusammenarbeiten würde.« Der Wirt schaute von Connor zu Peter, die wiederum einen langen Blick gewechselt hatten. »Oder weiß ich da was nicht?«

»Ja«, sagte Peter. »Und dabei bleibt's auch. Klar, Connor?«

»Klar«, sagte Connor, wandte sich an Stefan und sagte: »Der Kerl hat Peter temporär bei Flora ausgestochen.«

»Verflucht, Connor, du altes Waschweib!«

»Temporär?«, fragte Stefan. »Was soll das heißen?«

»Das heißt, dass so eine Kanaille auf Dauer keine Chance gegen Peter hat, aber Flora muss das erst noch erkennen.«

»Ja? Kann man das erkennen?«, fragte Stefan.

Peter stand auf. »Ihr seid alle beide solche Deppen.« Doch dann grinste er. Er hatte das Gefühl, es war das erste Mal, dass er über sich selbst lachen konnte, seit Flora ausgezogen war.

»Ich geh jetzt was arbeiten, bevor die Stadt untergeht«, sagte er.

Connor rief ihm hinterher: »Und die Geisterführung?«

»Ich bin dabei. Wenn du dich noch traust, mir ein scharfes Schwert in die Hand zu geben.«

»Ich denk drüber nach«, sagte Connor und fügte hinzu: »Und ich zahl deinen Kaffee mit, oder?«

10.

Es gab keinerlei dienstlichen Grund, Viktor von Closen hinterherzuschnüffeln, und eigentlich auch keinen privaten. Flora war eine erwachsene Frau und musste selbst wissen, was sie tat. Peter sagte sich all das und machte sich dann auf, Viktor von Closen hinterherzuschnüffeln. Die Arbeit, für die Michael Maier ihn eingeteilt hatte, war erledigt, und er war offiziell ohne einen neuen Fall. Er hatte den Verdacht, dass Maier das genau so eingefädelt hatte, um ihm Ellbogenfreiheit zu geben, aber er war sich nicht sicher, und Maier würde es niemals zugeben. Aber wenn es so war: Ellbogenfreiheit wofür?

Peter tippte Viktors Namen in den Kriminalaktennachweis und war enttäuscht, dass er keinen Treffer erzielte. Das Auskunftssystem der Kripo war zweigeteilt; eine feinere Suche ermöglichte das Vorgangsbearbeitungssystem, bei dem viele Kriterien als Suchbegriffe eingegeben werden konnten.

Das Ergebnis war ebenfalls gleich null. Viktor hatte offenbar eine blütenweiße Weste. Nun, auch Flora würde diese Suche durchgeführt haben, bevor sie beschlossen hatte, sich auf Viktor einzulassen, also war das Ergebnis nicht so überraschend. Flora würde sich hüten, zu einem Mann mit einem eingetragenen Strafregister eine Beziehung zu beginnen. Wie zum Henker hatte sie Viktor überhaupt kennengelernt?

Plötzlich hielt Peter inne.

Was tat er hier eigentlich? Er hoffte, mit aller Macht etwas zu finden, was er Viktor von Closen ans Zeug flicken konnte. Peter räusperte sich. Verlegenheit stieg in ihm hoch. Er schloss die Auskunftsfenster und starrte sein undeutliches Spiegelbild in der Glasscheibe des Monitors an. Gott, man musste sich direkt schämen!

Andererseits tat er ja nur das, was ein guter Polizist immer tat: Er sammelte Fakten und verschaffte sich ein Bild.

Na gut, ein Polizist *hoffte* vielleicht nicht so dringend wie er, dass er etwas fand, wenn er einen Unschuldigen überprüfte. Aber Viktor von Closen war in Ordnung. Er war ein Arsch, weil er sich zwischen Flora und Peter gedrängt hatte, aber das war nichts, was einem einen Eintrag in den Polizeiakten verschaffte.

Peter war geneigt, diesen Umstand als Gesetzesmangel zu empfinden.

Er starrte weiterhin sein Spiegelbild an. Möglicherweise war es trotzdem ratsam – einfach nur sicherheitshalber –, im Datenbestand der Staatsanwaltschaft nachzusehen, ob Viktor von Closen auch vor zehn Jahren oder noch früher ein so unbescholtener Bürger gewesen war.

Im Auskunftssystem der Staatsanwaltschaft nachzusehen hatte einen Preis.

Nach einigem weiteren Nachdenken tippte er die Nummer ein, die er auswendig kannte, obwohl er sie so selten wie möglich benutzte. Es war *ihre* Nummer.

Er hörte, wie eine Rufweiterleitung aktiviert wurde, und dann die rauchige Stimme, die hocherfreut klang: »Hauptkommissar Bernward! Ab jetzt wird der Tag gut.«

Peter beschloss, sofort zur Sache zu kommen. Was ihn betraf, konnte er keinen schwereren taktischen Fehler begehen, als Staatsanwältin Sabrina Hauskeck zu Wort kommen zu lassen.

Sabrina Hauskeck gehörte zu den besten Staatsanwältinnen, die Peter jemals kennengelernt hatte. Sie war juristisch sattelfest, was bedeutete, dass sie auch die Löcher kannte, die in jedem Gesetz klafften; sie war hilfsbereit und scheute sich nicht, bei einer Ermittlung ungewöhnliche Wege zu beschreiten; sie hatte ein gutes Gefühl dafür, wie man mit den Polizeibeamten umgehen musste; und sie konnte Querverbindungen zwischen Indizien erkennen, nach denen manchmal selbst ein erfahrener Polizist vergeblich gesucht hatte. Sie war außerdem eine hervorragende Köchin, die, hätte jemand sie zum Beispiel als Gastköchin ins *Ikarus* nach Salzburg geholt, dort die

Latte deutlich höher gehängt hätte. Sie hatte nur einen einzigen Fehler: Sie war mit Haut und Haaren verschossen in Hauptkommissar Peter Bernward.

»Können Sie mir das aktuelle Passwort für das Archiv der Staatsanwaltschaft verraten?«, fragte Peter hastig. »Ich weiß, dass Sie es ohnehin alle drei Monate ändern, also kann ich nicht viel kaputtmachen, oder?«

»Danke, mir geht's gut«, sagte Sabrina. »Und Ihnen?«

Peter hörte am Tonfall, dass sie nicht wirklich beleidigt über seinen Mangel an Höflichkeit war. Es musste einiges geschehen, damit Sabrina Hauskeck ihm etwas übelnahm.

»Mir ginge es besser, wenn ich das Passwort wüsste.«

»Werden Sie doch Staatsanwalt, dann bekommen Sie es automatisch mitgeteilt. Wir könnten uns das Büro teilen. Ich wollte sagen, wir könnten uns *unter anderem* das Büro teilen.«

»Frau Hauskeck – ich muss nachsehen, ob es zu einer Person einen Eintrag gibt, der älter als zehn Jahre und deshalb in unserem Datenbestand nicht mehr vorhanden ist. Es ist dringend.«

»Gibt es keinen Eintrag bei Ihnen, weil die Person nichts ausgefressen hat oder weil ein mögliches Delikt schon über die Verjährungsfrist hinaus her ist und die Person seitdem nicht mehr straffällig geworden ist? Ermitteln Sie einen Fall oder auf gut Glück?«

Peter hatte das unangenehme Gefühl, dass Sabrina ahnte, worum es ihm ging. Warum sollte sie auch nicht? Der übliche Klatsch erreichte die Staatsanwaltschaft in der Regel im gleichen Moment, in dem er im Polizeigebäude die Runde vollendet hatte. Und wenn es Klatsch war, in dem der Name Peter Bernward vorkam, hatte Sabrina Hauskeck ohnehin das Ohr an der Schiene.

»Ich mache Polizeiarbeit«, sagte Peter steif.

»Ich bin mir nicht sicher, ob es nicht ein Verstoß gegen die Datensicherheit ist, wenn ich es Ihnen am Telefon sage.«

»Und wenn Sie mir einfach eine verschlüsselte Mail senden?«

»Womit soll ich es denn verschlüsseln? Da müsste ich Ihnen ja das Passwort verraten, damit Sie die Nachricht aufkriegen. Hm. Es gibt nur eine Möglichkeit.«

Peter fiel plötzlich auf, dass ihre Stimme abgehackt klang und er im Hintergrund Geräusche hören konnte, die nicht zu ihrem Büro im Bau der Staatsanwaltschaft passten.

»Wo sind Sie überhaupt?«, fragte er alarmiert.

»Kurz hinter dem Kriegerdenkmal in Neustadt und jetzt gerade auf dem Weg zum Eingang ins Polizeigebäude«, zwitscherte sie. »Ich hatte eine Besprechung hier und wollte in mein Büro zurückgehen, aber für Sie habe ich selbstverständlich wieder kehrtgemacht und helfe Ihnen in Ihrem Büro bei der Polizeiarbeit.«

11.

Sabrina Hauskecks Figur wäre atemberaubend gewesen, wenn sie zehn Zentimeter größer gewesen wäre. So war sie immer noch hinreißend, wenn man ausgeprägte Fraulichkeit mochte. Sie war eine unbestreitbar schöne Frau mit einem fein geschnittenen Gesicht, blitzenden Augen, makelloser Haut und einer brünetten Haarmähne. Seit Peter sie kannte, versuchte sie, ihn zu einem Abendessen zu sich einzuladen. Peter hatte es bisher immer geschafft, den Einladungen auszuweichen. Er ahnte, dass sie ihn nur in eine blütenweiße Kochschürze gekleidet empfangen und dass der Nachtisch aus etwas bestehen würde, was man sich gegenseitig von der Haut lecken konnte.

Sie besaßen sogar eine gemeinsame Leidenschaft: Filme. Auch den Einladungen, sich in Sabrina Hauskecks DVD-Bibliothek zu bedienen und sich gerne jederzeit Filme auszuleihen, hatte Peter bisher widerstanden. Sie hätte ihm die Filme nicht gebracht, sondern ihn aufgefordert, selbst vorbeizukommen, und er war nicht sicher, was sie getan hätte, wenn er wehrlos mit beiden Händen voller DVDs dagestanden hätte. Doch: Eigentlich war er sich sicher …

Jetzt beugte sie sich weiter über ihn und seine Tastatur, als nötig gewesen wäre, und tippte mit einem Finger das Passwort so schnell ein, dass Peter nicht folgen konnte – obwohl er den Blick aus gutem Grund stur auf die Tastatur gerichtet hatte.

Das Auskunftssystem der Staatsanwaltschaft öffnete sich. Es sah optisch nicht viel anders aus als das der Kripo. Peter fand sich sofort darin zurecht. Aber wie sollte er den Namen Viktors in das Suchfeld eingeben, ohne dass Sabrina mitlas? Sie machte keinerlei Anstalten, sein Büro zu verlassen.

Sabrina beugte sich noch weiter über Peters Schulter nach vorn. Ihr Parfüm stieg ihm in die Nase. Es war ein angenehmer, zurückhaltender Duft. Ihr Haar streifte seine Wange. Ihr Fingernagel klickte auf den Monitor. »Sehen Sie, da müssen Sie den Namen eingeben.«

Es gab keine andere Möglichkeit mehr, noch dazu, wo sie ihm jetzt so nahe war, dass er sie hätte auf die Wange küssen können, ohne mehr zu tun, als den Kopf leicht zu drehen. Er musste es aussprechen.

»Der dritte Knopf an Ihrer Bluse ist versehentlich aufgegangen«, sagte er.

Sabrina spähte an sich herab. Dann sah sie ihm in die Augen. »Irrtum. Die anderen sind versehentlich zugeblieben.«

»So ein Pech«, antwortete Peter schwach.

»Dabei gehen alle Knöpfe ganz leicht auf.«

»Ach was?«

»Mit einer Hand. Spielend.«

»Spielend?«, fragte Peter in der irrwitzigen Hoffnung, das Gespräch ins Ironische biegen zu können. »Und mit einer Hand? Weil man in der anderen Hand die Spielkarten hält? Poker?«

»Was wäre denn der Einsatz? Kleidungsstücke?«

Er hätte es wissen müssen. Das Tückische an der Situation war, dass sie ihn durchaus nicht unberührt ließ. Sabrinas Stimme und das, was sie sagte, drang unter Umgehung seiner Vernunft direkt ins Stammhirn ein und veranlasste, dass Blut dorthin gepumpt wurde, wo er es gerade überhaupt nicht brauchen konnte. Peter rollte vorsichtig mit dem Bürostuhl ein bisschen auf Abstand. Ihm kam der Gedanke, dass es möglicherweise interessant wäre, Floras Gesicht zu sehen, wenn sie jetzt hereinkam und Peter quasi mit der Nase in Sabrina Hauskecks Ausschnitt fand. Er schob den Gedanken mit Mühe beiseite. Es war ein garstiger Gedanke, der seine Gefühle für Flora auf billige Rache reduzierte und die Gefühle Sabrina Hauskecks für ihn mit Füßen trampelte.

Sabrina sagte: »Wissen Sie nicht, ob man den Vornamen mit k oder mit c schreibt?«

Peter starrte sie an.

»Viktor von Closen«, sagte sie. »Um den Namen geht's Ihnen doch.«

»Wie kommen Sie denn darauf?«

Sabrina richtete sich auf und lehnte sich mit der Hüfte gegen den Tisch. Sie musterte Peter. Der dritte Blusenknopf war weiterhin offen und gewährte einen Blick auf zwei pralle Wölbungen über den Spitzen eines dunkelvioletten BH. Aber Sabrinas Miene war jetzt nicht mehr verführerisch, sondern mitfühlend. »Wenn sie von dieser Schnüffelei erfährt, sind Sie erst recht im Verschiss«, sagte sie.

»Wie bitte?«, stieß Peter hervor.

»Es tut mir leid, aber Ihr Privatleben ist seit einiger Zeit Tagesgespräch auf allen Gängen und in der Kantine.«

»Na prima.«

»Das muss Ihnen doch klar gewesen sein. Die attraktivste Beamtin und der begehrteste Junggeselle der Kripo kommen nach einem spektakulären Geiselfall mit noch spektakulärerem Ende als Paar zusammen, trennen sich nach ein paar Monaten wieder, ermitteln aber noch gemeinsam und zanken sich lautstark im Treppenhaus über ihre Beziehung, während die attraktive Beamtin zwischenzeitlich mehrfach beim Abendessen mit Viktor von Closen – Sonnyboy und *der* Unternehmer Landshuts überhaupt! – gesichtet wird.«

»Verflucht ...« Peter stöhnte fassungslos auf. »Das ist ja entsetzlich. Das muss sofort aufhören!«

»Ich kenne jemanden, dem es nichts ausmachen würde, Tagesgespräch zu sein, wenn das Tagesgespräch eine nähere Beziehung zu einem bestimmten Hauptkommissar zum Inhalt hätte«, murmelte Sabrina.

Peter beschloss, es zu überhören. Stattdessen tippte er – mit zusammengebissenen Zähnen – Viktors Namen in das Auskunftssystem ein.

Und fand einen Hinweis.

Vor über zehn Jahren hatte der Unternehmer Viktor von Closen, bis dahin hauptsächlich mit Firmenbeteiligungen und Beratungsleistungen am Landshuter Wirtschaftsleben beteiligt, der Presse mitgeteilt, dass er einen bleibenden Wert für die Stadt schaffen wollte. Der bleibende Wert war ein hochkarätiges Wellness-Hotel in wertvoller Innenstadtnähe, aber in einem Viertel, das aufgrund einer unglücklichen Durchmischung von Gewerbe und Wohnhäusern und durch einen problematisch gewordenen Sozialbaukomplex ins Zwielicht geraten war. Das Hotelprojekt würde auch das Ansehen des Viertels steigern – und ein vom Verfall bedrohtes Industriedenkmal retten, die ehemalige Maschinenfabrik Himmel.

Falls er dafür Anerkennung erwartet hatte, war Viktor enttäuscht worden. Sein Projekt war unter anderem als Schändung alten Baubestands gegeißelt worden, und dass Viktor vom Denkmalschutzamt und dann vom Bauamt grünes Licht für seine Sanierungspläne erhalten hatte, hatte die Kritikerstimmen keineswegs verstummen lassen. Ganz im Gegenteil.

»Gab es an der Entscheidung der Ämter etwas auszusetzen?«, fragte Peter. Sabrina zuckte mit den Schultern und scrollte in den Dokumenten herum, die das System zeigte.

»Keine Ahnung«, sagte sie. »Wenn, dann nicht so offensichtlich, dass es aktenkundig geworden wäre. Sie wissen ja selbst, wie das mit solchen Projekten ist, besonders wenn es um den Denkmalschutz geht: Sie sind eine einzige rechtliche Grauzone.«

Zumindest ein Kritiker musste überzeugt gewesen sein, dass die Ämter eine Gefälligkeitsentscheidung getroffen hatten. Und das war auch der Grund, warum Viktors Name in den Akten der Staatsanwaltschaft auftauchte, wenn auch in den Fällen, die als erledigt galten. Er hatte eine Morddrohung erhalten. Daraufhin hatte er die Kripo eingeschaltet und eine Anzeige gegen unbekannt erstattet. Die Beamten hatten den Absender der Drohung nicht fassen können, aber Viktor war mit dem Vorgang an die Presse gegangen und hatte deutlich gemacht, dass er die Sache nicht als Spaß verstand und dass er Anzeige erstattet hatte. Es hatte keine weitere Morddrohung gegeben.

»Die Presse hatte jemanden aus dem Umkreis des Vereins *Rettet die Landshuter Gotik* in Verdacht«, sagte Peter, der weitergelesen hatte.

»Das ging nahe an Rufmord heran, wenn Sie mich fragen«, bestätigte Sabrina. »Die ReLaGo war schon damals nicht überall gut angeschrieben, weil sie ein paar äußerst fischige Immobiliendeals mit eigentlich denkmalgeschützten Gebäuden ans Tageslicht gezerrt hat. Es scheint, als wäre die Presse eher aufseiten derer gestanden, deren Machenschaften dabei ans Licht kamen. Wie auch immer, die Reputation des Vereins wurde dadurch nachhaltig beschädigt, und heute nimmt ihn niemand mehr wirklich ernst. Was schade ist, denn eigentlich braucht eine Stadt wie Landshut eine Stimme wie die eines solchen Vereins. Unser Kapital ist die Schönheit der Stadt, und die gehört geschützt. – Sind Sie zufrieden mit dem Ergebnis? Ach, was frage ich: Sie hätten natürlich lieber gehabt, wenn sich Viktor von Closen als Schwerverbrecher mit zehn Gigabyte Strafregister herausgestellt hätte. Da muss ich Sie enttäuschen. Der Bursche ist sauber. Außerdem gutaussehend, freundlich, erfolgreich, vermögend und für fast jede Frau der Mann ihrer Träume.«

»Wie viele Strophen hat das Loblied noch?«

»Ich sagte ›für fast jede Frau‹. Nicht für alle.« Sabrina fuhr mit dem Finger am Rand ihres Ausschnitts entlang und schaffte es, den Stoff ihrer offenen Bluse noch weiter nach unten zu ziehen. »Gibt es sonst noch was, was ich unter Umgehung der Dienstvorschriften für Sie tun kann?«

»Vielen Dank«, sagte Peter. »Sie haben mir sehr geholfen.«

»Na gut. Der bis jetzt erbrachte Service hat natürlich seinen Preis – nämlich, dass Sie endlich eine Abendesseneinladung von mir annehmen.«

Peter antwortete so lange nicht, dass ihr Lächeln erlosch. Sie schüttelte den Kopf. »Entschuldigen Sie«, sagte sie. »Vergessen Sie's. Ich komm mir gerade ziemlich dämlich vor.«

»Ich nehme an«, sagte Peter.

»Was?«

»Soll ich den Wein mitbringen?«

Sabrina sprang auf. Der Bürostuhl krachte gegen die Wand. »Nein!«, rief sie. »Ich besorge alles! Bitte! Bringen Sie nur sich selbst.«

Peter lächelte. »Wann?«

»Sagen Sie einen Termin.«

»Ich muss in drei Tagen bei einer Geisterführung den Herzog spielen. Danach?«

»Um wie viel Uhr ist danach? Damit das Essen rechtzeitig fertig ist.«

»Ich schau Ihnen gerne beim Kochen zu und klaue Ihnen derweil ein paar von Ihren DVDs.«

Sabrina starrte ihn sprachlos an.

Ihre Überraschung tat Peter in der Seele weh. Schon bereute er, sich darauf eingelassen zu haben. Er wusste selbst nicht genau, warum er es getan hatte – hauptsächlich wohl aus plötzlich aufwallender Zuneigung, weil Sabrina ihm ohne zu zögern geholfen hatte. »Ich will aber nicht, dass Sie glauben, ich würde Sie jetzt ... quasi weil

Flora und ich … also bitte glauben Sie nicht … sonst lassen wir das lieber, und ich …«

»Nehmen Sie mich als Lückenbüßerin her!«, sagte sie. »Ist mir völlig egal.«

»Sabrina«, sagte Peter langsam.

Sie horchte auf, weil er ihren Vornamen so gut wie nie benutzte.

»Es ist nur ein Abendessen unter Kollegen, ja? Und ich bringe den Wein, weil ich mir blöd vorkomme, wenn ich mit leeren Händen antanze.«

»Nur ein Abendessen«, sagte sie. Plötzlich blitzte der Schalk in ihren Augen auf. »Was dachten Sie denn, was ich denke, was aus dem Abend noch werden soll?«

»Ich dachte, Sie wollten mich nachher noch zu einer Partie Monopoly überreden.«

Sabrina schüttelte den Kopf. »Ach Gott, ganz falsch, Herr Hauptkommissar.«

Sabrina schwebte aus Peters Büro. Ein paar Sekunden später steckte sie ihren Kopf wieder herein. »Sie wohnen doch am Dreifaltigkeitsplatz, oder?«

»Ja, warum?«

»Ich habe mitbekommen, dass die Stadtwerke den ganzen Bereich der Oberen Länd bis zum Ländtorplatz vorhin wieder unter Strom genommen haben. Die Sprecherin der Stadtwerke kommuniziert vorbildlich mit allen Behörden. Damit dürften Sie auch wieder Strom in der Wohnung haben.«

Peter starrte sie an. »Bockmist!«, sagte er.

12.

Peter beeilte sich, zu seiner Wohnung zu gelangen. Er konnte sich nicht erinnern, was er in seinem halb verschlafenen Zustand heute Morgen in der dunklen Wohnung alles angeschaltet hatte. Er hatte rot glühende Herdplatten vor Augen, eine qualmende Espressomaschine, deren Wasser längst verkocht war, im Bad einen vor sich hin fauchenden Fön …

Vor dem Hauptportal der Martinskirche, zu Füßen des Martinsturms, waren Stiftspropst Sebastian Tiodoro, die Angestellten des Pfarrbüros und einige freiwillige Helfer damit beschäftigt, einen Sandsackwall zu errichten. Der Stiftsvorsteher nickte Peter zu und packte dann weiter mit an. Er schwitzte. Peter war sicher, dass die Feuerwehr und das THW ihm ihre Unterstützung zugesichert hatten. Aber Propst Tiodoro wäre nicht er selbst gewesen, wenn er die Geduld besessen hätte, darauf zu warten. Sollte das Hochwasser seiner Kirche irgendeinen Schaden zufügen, würde er nicht daran schuld gewesen sein. Sollte sie jedoch aus einem noch so großen Chaos ohne Kratzer hervorgehen, dann würde es ihm zu verdanken sein. Sebastian Tiodoro war für den Martinsdom, was die Glucke für das Küken war.

Viktor von Closen hatte also vor zehn Jahren eine Morddrohung wegen eines Bauprojekts erhalten. Ob sie nun ernstgemeint gewesen war oder nicht: Wenn solche Dinge einmal in der Welt waren, begannen sie, ein Eigenleben zu entwickeln und sich jeglicher Kontrolle zu entziehen.

Nun, zehn Jahre später, hatte Viktor endlich beschlossen, das Bauprojekt zu realisieren, und der Bauunternehmer

Hannes Waltz wurde ermordet. Waren Waltz und Viktor Geschäftspartner gewesen? Hatte Waltz die Ausführung des Baus übernehmen sollen? Es schien nicht besonders wahrscheinlich, wenn man sich die Erfolgsgeschichte Viktors und die Glücklosigkeit Waltz' anschaute.

War irgendjemand auf den Gedanken gekommen, die Drohung von einst nun zu realisieren? Hätte die Polizei damals doch noch länger nach dem anonymen Absender der Morddrohung fahnden sollen?

Doch warum war dann Hannes Waltz tot und nicht Viktor von Closen? Irgendetwas stimmte nicht an Peters Gedankengang.

Das war es jedoch nicht, was ihn quälte. Was ihn beschäftigte, war vielmehr die Ahnung, dass irgendetwas daran *stimmte*. Aber was? Wo lag die Gemeinsamkeit? Beim Thema »Bau«? Beim Thema »Schützt den alten Baubestand«? In der Zeitspanne von zehn Jahren? Wo war das Motiv für den Mord an Hannes Waltz?

Er würde mit Flora darüber reden müssen. Sie würde nicht begeistert sein über seine Einmischung. Aber sie war ein Profi, und sie würde Hinweise nicht beiseitewischen, selbst wenn sie von dem Mann kamen, den sie im Moment am liebsten zum Teufel gewünscht hätte.

13.

Peter erreichte sein Wohnhaus gerade rechtzeitig, um die zivile Festnahme eines Einbrechers durch seinen Wohnungsnachbarn mitzuerleben. Peters Wohnungsnachbar war ein kleiner, älterer Herr, der Peter nicht weiter als bis zum Kinn reichte und nass und mit Wechselgeld in der Tasche vielleicht fünfzig Kilo auf die Waage brachte. Er schien sich von hinten an den Einbrecher herangeschlichen zu haben, hatte ihm die Arme um den Körper geschlungen und hing jetzt an dessen Rücken wie ein Rucksack, von dem Beine herabbaumelten.

»Auf frischer Tat ertappt!«, keuchte der Nachbar. »Wollte sich wohl das allgemeine Chaos zunutze machen. Wollte gerade in Ihre Wohnung einbrechen, Herr Hauptkommissar.«

»Ein starkes Stück«, sagte Peter. Er wandte sich an den Einbrecher. »Haben Sie nichts dazu zu sagen?«

Der Einbrecher sagte: »Der Schlüssel, den du mir gegeben hast, klemmt mal wieder, Sohnemann.«

Der Nachbar schaute von Peter zu seinem Gefangenen und zurück. Er öffnete seinen Klammergriff. Seine Füße sanken auf den Boden zurück. Im Gegenzug stieg Röte in sein Gesicht.

»Darf ich vorstellen – mein Vater, Daniel Bernward«, sagte Peter.

Daniel Bernward ergriff die widerstandslose Rechte des Nachbarn und schüttelte sie. »Freut mich, dass hier alle so auf die Wohnung meines Sohnes aufpassen.«

Peter nahm ihm den Schlüssel aus der Hand, steckte ihn ins Schloss. Er ließ sich ohne Probleme herumdrehen. »Sollen wir das mal gemeinsam üben, Pa?«

»Ich … ich …«, gurgelte der Nachbar.

Peter klopfte ihm auf die Schulter. »Nehmen Sie's nicht tragisch. Das passiert ihm ständig. Danke fürs Achtgeben.«

In Peters Wohnung grinsten sich Vater und Sohn an und umarmten sich. Peter stellte einmal mehr fest, dass sein Vater immer noch fast genauso groß war wie er und nur unwesentlich breiter. Mit seinem stets gebräunten Gesicht und den buschigen weißen Koteletten sah er aus wie Ben Cartwright aus der Fernsehserie *Bonanza*. Deswegen hatten Peter und seine Schwester ihren Vater auch »Pa« genannt, seit sie denken konnten, so wie die Cartwright-Söhne. Es war ein Fall von gegenseitiger Motivierung: Weil Daniel Bernward einmal diese Koteletten getragen hatte, hatten seine Kinder ihm diesen Namen verpasst, worauf Daniel so stolz gewesen war, dass er sie gegen jedes Modediktat hatte stehenlassen, weshalb sich der Name verfestigt hatte.

»Wenn du mir mitgeteilt hättest, dass du kommst, hätte ich dich vom Flughafen abgeholt – oder von der Bahn.« Peter wies auf die prallvolle Reisetasche, die Daniel mit hereingebracht hatte, während er gleichzeitig alle Elektrogeräte inspizierte. Er hatte keines angeschaltet gelassen. Manchmal war man besser organisiert, als man selbst für möglich hielt.

Daniel winkte ab. »Ich wusste selbst nicht, dass ich kommen würde. Ich hab erst am Münchner Flughafen mitgekriegt, was hier in Landshut los ist. Ich war die letzten zehn Tage in Florenz.«

»Und da hast du beschlossen, du fährst gleich im Anschluss nach Landshut anstatt zu dir nach Augsburg?«

»Ich lass doch meine alte Heimat nicht im Stich in Zeiten der Not. Oder meinen Sohn.«

»Die Not ist vorüber, Pa«, sagte Peter. »Ich hab sogar wieder Strom in der Wohnung, und der Keller ist auch trocken geblieben.«

»Das meine ich nicht.« Daniel Bernward sah sich in der Wohnung um, als erwarte er, Anzeichen totaler Verwahrlosung zu entdecken. Zu seiner Erbitterung sah Peter, dass er ein getragenes Hemd und eine Jeans auf dem Sofa liegengelassen hatte und dass durch die offene Schlafzimmertür von weitem erkennbar war, dass er heute Morgen das Bett nicht gemacht hatte.

»Pa«, warnte Peter, »das ist ein Gebiet, auf das wir uns jetzt nicht wagen wollen.«

Daniel ignorierte Peters Warnung vollkommen. »Du bist ein Depp, eine Frau wie sie gehenzulassen.«

»Ich hab sie nicht gehenlassen, sie ist ausgezogen! Und ich frage mich erstens …«

»Ja?«, sagte Daniel freundlich.

»… woher du das überhaupt weißt. Wann haben wir uns zum letzten Mal gesprochen? Vor zwei Monaten? Da war zwischen Flora und mir noch alles in …«

»Sie hat mich angerufen«, sagte Daniel. »Um mir zu sagen, dass es ihr leidtut.«

»Wieso zum Teufel ruft sie bei dir …?« Peter war fassungslos. »Zu mir hat sie so was nicht gesagt.«

»Was hast du denn erwartet? Was war die zweite Frage?«

Peter blinzelte und versuchte, sich zu erinnern, was er noch hatte sagen wollen. »Bei all meinen vorhergehenden gescheiterten Beziehungen hast du nie gesagt, dass ich ein Depp wäre. Nicht mal, als Barbara und ich uns haben scheiden lassen.«

»Ist das jetzt die Frage?«

»Ja!«, röhrte Peter.

»Weil Flora die Erste ist, die du wirklich hättest festhalten sollen.«

Mittlerweile waren sie ins Wohnzimmer gegangen. Peter ließ sich aufs Sofa plumpsen. Daniel klaubte die getragenen Klamotten auf, legte sie auf einen Stuhl und setzte sich neben Peter.

»Mit einer Portion Glück kannst du das vielleicht wieder in Ordnung bringen. Die Chance ist gering, aber sie ist da.«

»Danke. Vielen Dank. Genau das wollte ich hören.«

»Ich helf dir natürlich, wenn du mich brauchst.«

»Ich dachte«, sagte Peter sarkastisch, »du wolltest helfen, Landshut vor dem Untergang zu bewahren.«

»Das mach ich tagsüber«, erklärte Daniel selbstbewusst. Dann stand er auf, zerrte seine Tasche herüber, öffnete den Reißverschluss und nahm ein dickes Notizheft heraus, das ganz oben lag. Er setzte sich wieder neben Peter und gab ihm einen Rippenstoß. »Schau mal«, sagte er und blätterte das Notizheft auf. Daniels gestochene Großbuchstaben-Handschrift bedeckte viele Seiten. »Ich hab keinen Urlaub in Florenz gemacht, sondern recherchiert.«

Peter stöhnte. »Dreimal darf ich raten, worüber.«

»Ich habe Hinweise gefunden, dass er dort war«, sagte Daniel geheimnisvoll. »Anscheinend während der Zeit des Pazzi-Aufstands gegen die Medici. Nichts Offizielles, verstehst du, eher ein Hinweis auf einen Hinweis ...«

»Und dafür hast du hundert Seiten vollgeschrieben?«

Daniel blätterte. »Es sind nur zwanzig Seiten. Und ich hab viele Absätze gemacht.«

»Pa, es ist doch völlig egal, ob es diesen mittelalterlichen Peter Bernward gegeben hat oder nicht und ob er sich in Florenz an einem Aufstand beteiligt hat oder dort nur zum Plätzchenessen war und ...« Seine Stimme verklang, als er sich an das Gespräch von heute Morgen erinnerte. Er war drauf und dran, es seinem Vater zu verschweigen, um ihn nicht noch mehr für sein Projekt zu entflammen. Doch Daniel Bernward versuchte seit Jahren, hartnäckig Beweise für die Existenz des mittelalterlichen Peter Bernward zu finden; was Viktor von Closen heute Morgen erwähnt hatte, musste Daniel in Jubelschreie ausbrechen lassen. Es wäre unfair gewesen, nichts davon zu erzählen.

Daniel brach nicht in Jubelschreie aus, sondern in schweigende Fassungslosigkeit. »Ist dir klar, was das bedeutet?«, fragte er dann.

»Ich hab so eine leise Ahnung …« Peter seufzte.

»Das ist ein Beweis von unbeteiligter Seite, dass Peter Bernward existiert hat. Ich muss den Mann unbedingt kennenlernen.«

»Er ist Floras Neuer.«

Es brachte Daniel nur für eine Sekunde aus dem Konzept. »Dann ist sein Vorfahre wahrscheinlich von Peter Bernward verhaftet worden.«

14.

Der pensionierte Bauamtsleiter Gerd Leinberger lebte bedeutend bescheidener, als es der tote Unternehmer Hannes Waltz getan hatte. Statt eines Palastes auf dem Englberg bewohnte er eine Doppelhaushälfte aus den siebziger Jahren in der Wolfgangsiedlung. Wie es schien, hatte Leinberger sein Geld in etwas anderes investiert als eine luxuriöse Wohnlage. Die Nachbarschaft bestand aus Häusern gleichen Baustils. Da und dort waren neuere Wohngebäude eingestreut, erkennbar an einer gefälligeren Gestaltung, vor allem aber an den winzigen Gartenflächen, die die Modernisierung von den Grundstücken übriggelassen hatte. Modernes Wohnen opferte den Raum an der frischen Luft der Quadratmeterzahl im Inneren der Häuser. Dahinter ragten die massigen Wohnblocks auf, mit deren Hilfe ebenfalls in den Siebzigern das einst ruhige, geräumige Bahnangestellten- und Kleinbauernhöfe-

Gebiet in eines der am engsten besiedelten Viertel Landshuts verwandelt worden war.

Flora sah einzelne Pumpen am Werk, die Keller trockenzulegen versuchten. Alles in allem wirkte das Viertel halbwegs vom Hochwasser verschont. Gerd Leinberger hatte keine Pumpe in Betrieb.

Flora klingelte an der Haustür, zu der ein paar Treppenstufen nach oben führten. Die Höflichkeit hätte geboten, ein paar Schritte zurückzutreten, damit man dem Hausbesitzer, wenn er die Tür öffnete, nicht sofort auf den Zehen stand. Die Polizeistrategie gebot, sich von Anfang an einen taktischen Vorteil zu verschaffen. Flora trat so nahe an die Tür heran wie möglich und machte neben sich Platz für Tanja. Wie zu erwarten, prallte der Mann, der die Tür öffnete, überrascht zurück, als er sich Nasenspitze an Nasenspitze mit zwei entschlossen aussehenden Frauen fand.

»Gerd Leinberger?«, fragte Flora und hielt ihren Ausweis hoch. Aus dem Augenwinkel sah sie, dass Tanja das Gleiche tat. »Kriminalpolizei.«

Der Mann nickte, ohne die Ausweise richtig angeschaut zu haben. Gerd Leinberger war bullig gebaut, sein Gesicht grobporig und kantig. Sein weißes Haar wirkte umso bleicher, weil er tief gebräunt war. Die in den letzten Wochen wenig in Erscheinung getretene niederbayerische Sonne konnte daran nicht schuld sein. Leinberger musste frisch aus einem Urlaub im Süden kommen.

»Was kann ich für Sie tun?«, fragte Leinberger nach einer unnatürlich langen Pause, die nicht ausschließlich der Überraschung geschuldet sein konnte.

»Uns reinlassen, für den Anfang«, sagte Flora und machte eine Geste, die die Nachbarschaft umfasste und andeutete, dass es vernünftiger war, die Kripo hereinzubitten, statt sie vor der Tür stehen zu lassen und damit die Neugier der Nachbarn zu provozieren.

»Natürlich«, murmelte Leinberger und trat beiseite. »Äh … gehen wir ins Esszimmer.«

Das Esszimmer war ein kleiner, schwer möblierter Raum, in den man durch die Küche gelangte. Auf dem Herd stand nichts, die Küche war sauber, obwohl der Vormittag fortgeschritten war. Das Wohnzimmer schloss sich mit einem bogenförmigen Durchgang ans Esszimmer an. Es war ebenso übermöbliert. Die Möbel bestanden aus hellem Holz und wirkten nicht drückend, aber es waren einfach zu viele, und die einzelnen Stücke waren zu groß. Auf einem Zweiersofa saß eine ältere Dame. Sie starrte in ihre Richtung. Flora erwartete, dass sie aufstehen und sich zu ihnen gesellen oder dass Gerd Leinberger sie vorstellen würde, aber es geschah weder das eine noch das andere. Leinberger bot ihnen Sitzplätze am Esstisch an. Flora lehnte sich zurück und spähte zu der Frau im Wohnzimmer hinüber. Sie saß dort wie eine atmende Schaufensterpuppe. Als sie sich Leinberger zuwandte, spürte sie den Blick aus dem Wohnzimmer zwischen ihren Schulterblättern.

»Worum geht es denn?«, fragte Leinberger, blinzelte, besann sich auf seine Manieren und fügte hinzu: »Kann ich Ihnen etwas zu trinken anbieten?«

»Wasser, bitte«, sagte Flora und gab Tanja unter dem Tisch einen Tritt. Die junge Polizistin saß mit gesenktem Kopf da und wirkte plötzlich geistesabwesend.

»Für mich auch«, murmelte Tanja.

Floras erste Hoffnung bezüglich ihrer Bestellung wurde enttäuscht. Die Frau im Wohnzimmer erhob sich nicht. Ihre zweite Erwartung hingegen erfüllte sich. Die Wasserkaraffe, aus der Leinberger einschenkte, klingelte gegen die Gläser. Leinberger zitterte wie Espenlaub, und der Grund war nicht Parkinson.

»Kennen Sie einen Mann namens Hannes Waltz?«, fragte Flora.

Leinberger setzte sich an den Tisch. Seine Hände umklammerten einander. »Na ja«, sagte er. »Klar. Von früher. Entfernt. Ich war der Leiter des Bauamts in Landshut, müssen Sie wissen. Da kennt man viele Leute.« Er spähte unsicher zu der schweigsamen Tanja hinüber und runzelte die Stirn, als hätte Tanja etwas gesagt, das er nicht verstanden hatte.

»Vor allem Bauunternehmer, möchte man meinen«, sagte Flora freundlich.

Leinberger wandte sich mit einer nervösen Bewegung wieder Flora zu, aber nicht, ohne Tanja noch einmal gemustert zu haben. »Und natürlich viele Entscheidungsträger in Politik und Wirtschaft«, ergänzte der ehemalige Bauamtsleiter dann. Es war eine klare Botschaft, unbeholfen formuliert: *Passt auf, ihr kleinen Polizistinnen, ich habe gute Beziehungen!*

Flora grinste innerlich. Ihrer Erfahrung nach erwiesen sich Beziehungen sehr schnell als nicht besonders belastbar, wenn polizeiliche Ermittlungen ins Spiel kamen.

»Waren Sie im Urlaub?«, fragte Flora.

Leinberger schien von der Frage völlig aus dem Gleichgewicht gebracht zu sein. »Was?«, japste er. »Was hat das damit zu tun?«

»Womit?«, fragte Flora.

Leinberger fuchtelte in der Luft herum, dann verschränkte er die Hände wieder andersherum vor sich. Mit einem Daumen rieb über die Wurzel des anderen, so dass weiße Striemen auf der Haut aufschienen. »Damit«, stotterte er. »Mit Ihrem Besuch, meine ich.«

»Ich wollte nur höflich sein«, sagte Flora. »Und weil Sie so beneidenswert braungebrannt sind.« Sie lehnte sich erneut zurück und sagte in Richtung der schweigsamen Frau auf dem Wohnzimmersofa: »Wirklich beneidenswert, so eine schöne Bräune.« Sie bekam weder eine Reaktion noch eine Antwort.

»Ja«, sagte Leinberger. »Was kann ich denn nun für Sie tun?«

»Wo waren Sie im Urlaub?«

Leinberger räusperte sich. »Ich bin ein bisschen in Eile ...«, sagte er.

Flora nickte. »Entschuldigen Sie. Wir sind hier wegen Hannes Waltz.«

»Ja?«

»Wegen seines Todes«, präzisierte Flora.

Leinberger starrte sie an. Seine Hände hielten einander fest. Seine Lider zuckten. »Er ist tot?«, brachte er hervor.

Flora war beinahe beeindruckt. »Das scheint Sie schwer zu treffen. Tut mir leid. Ich hätte das anders sagen sollen. Aber ich dachte, da Sie erklärten, ihn nur entfernt gekannt zu haben ...«

»Ja. Hab ich. Entfernt. Wie ich schon sagte. Aber ...«, Leinberger suchte nach einem Argument, »... wenn ein Mensch ermordet wird, das erschüttert einen doch, nicht wahr?«

Flora seufzte. »Das hört sich jetzt gleich an wie aus einem Film, aber: Niemand hat gesagt, dass Waltz gewaltsam getötet wurde.«

Auf Leinbergers Miene erschien der Schatten eines herablassenden Lächelns. Seine Hände hatten weiße Knöchel. »Wenn er einen Autounfall gehabt hätte oder im Krankenhaus oder an einem Herzinfarkt gestorben wäre, würde kaum die Kripo bei mir sitzen, oder?«

»Normalerweise würde überhaupt niemand wegen des Todes von Hannes Waltz bei Ihnen sitzen, wenn Sie ihn doch nur entfernt gekannt haben.«

Leinberger starrte Flora wortlos an. In seinen Augen regte sich etwas, das Flora schon tausendmal gesehen hatte – plötzlicher Hass gegenüber dem Polizeibeamten, der einen gerade darauf hingewiesen hatte, dass man sich in seinen eigenen Worten verfangen hatte. Dann schweiften seine Blicke erneut zu Tanja ab.

»Warum hat Manuela Waltz bei Ihnen angerufen, Herr Leinberger?«

»Was?« Leinberger blinzelte. »Sie hat nicht bei mir angerufen!«

»Nicht?«

»Nein.«

Flora schüttelte den Kopf und griff in ihre Jackentasche. Sie holte ihr Mobiltelefon heraus wischte darauf herum, als ob sie etwas nachsehen würde. Die Batterieanzeige wies sie darauf hin, dass sie noch sechsundsiebzig Prozent Ladekapazität hatte, aber das konnte Leinberger nicht erkennen. Sie nickte, als ob das Telefon etwas bestätigen würde, das sie ohnehin schon gewusst hatte. Ohne Leinberger anzusehen, murmelte sie: »Wollen Sie das vielleicht ein wenig anders formulieren?«

»Wie meinen Sie das?«

»Stellen Sie sich vor, ich würde Sie noch mal fragen: Hat Manuela Waltz bei Ihnen angerufen? Würden Sie Ihre Antwort neu formulieren wollen?«

»Junge Frau …«, begann Gerd Leinberger und ließ durch seine Nervosität etwas von der Autorität durchschimmern, mit der er jahrelang eines der größten Ämter der Stadt nach Gutdünken geführt hatte.

»Hauptkommissarin«, sagte Flora sanft. »Hauptkommissarin Flora Sander. Sie müssen sich den Namen aber nicht merken, weil Sie ihn auch noch auf der Vorladung lesen können, die ich Ihnen morgen zustellen lasse.«

»Vorladung?«

»Ich bin geneigt, Sie als Verdächtigen im Mordfall Hannes Waltz zu betrachten. Vielleicht nehme ich Sie gleich in Untersuchungshaft. Nicht, dass Sie gleich wieder in Urlaub fliegen und ich Sie dann von der Polizei auf Ibiza oder Mallorca aus dem Swimmingpool holen lassen muss.«

In Leinbergers Gesicht stritten sich Furcht und Wut. Er öffnete den Mund und schloss ihn wieder. Flora hatte erwartet, dass er sagen würde, junge, aufmüpfige Fräuleins wie sie habe er in seinen aktiven Jahren zu Dutzenden noch vor dem Frühstück verspeist; doch dann holte er nochmals Atem und sagte: »Ich habe Beziehungen, wissen Sie.«

Flora lächelte. Sie kannte die Wirkung, die dieses zugleich verächtliche und mitleidige Lächeln auf ihrem klassisch-schönen Gesicht hatte.

Leinberger blinzelte.

»Wie ist das nun?«, fragte Flora. »Fällt Ihnen wieder ein, wer Sie heute Morgen angerufen hat?«

»Manuela Waltz«, sagte Leinberger nach einer langen, qualvollen Pause. Unter seiner Bräune war er jetzt grau vor hilfloser Wut.

»Was hat sie Ihnen mitgeteilt?«

»Dass die Kripo bei ihr gewesen sei und sie vom Tod ihres Mannes unterrichtet habe. Dann sagte eine andere Person plötzlich, dass sie zurückrufen würde, und die Verbindung wurde unterbrochen. Ich nehme an, das waren Sie.«

»Hat sie zurückgerufen?«

»Ja.«

»Was hat sie gesagt?«

»Ich bin nicht mehr drangegangen.«

»Weshalb nicht?«

»Ich wusste ja bereits, was sie mir mitteilen wollte.«

»Vielleicht wollte sie nur ein paar tröstende Worte hören. Sie hatte soeben erfahren, dass sie Witwe geworden war.«

Leinberger sagte resigniert: »Hatten Sie den Eindruck, dass sie Trost brauchte?«

Zum ersten Mal war Flora überzeugt, dass der Mann nicht versuchte, ihr etwas vorzuspielen, und fuhr fort: »In welcher Beziehung stehen Sie zu Manuela Waltz? Sind Sie verwandt?«

»Sie war einmal meine Sekretärin. Bis sie Hannes Waltz geheiratet hat.«

»Oh. Sie wird Witwe und ruft als Erstes ihren ehemaligen Chef an?«

»Sie war eine vorzügliche Kraft. Wir haben uns eine freundschaftliche Bindung bewahrt.«

»Übers Diktat hinaus?«

Leinbergers Augen flackerten erneut vor Zorn. »Ich gebe auf so etwas keine Antwort.«

»Jetzt müssen Sie auch noch nicht«, sagte Flora gelassen.

»Ich glaube, ich werde mich über Sie beschweren!«

»Wenn Sie schon mal dabei sind, können Sie mir auch gleich noch sagen, wo Sie gestern Abend vor Mitternacht waren?«

Leinberger stand auf. Sein Mund verzog sich. »Das kann ich Ihnen sogar ganz genau sagen.« Er nahm ein Bündel Dokumente von der Anrichte. Seine Hände zitterten noch immer. Ein Brief in einem Kuvert fiel zu Boden. Flora beugte sich aus dem Sessel und hob ihn auf. Leinberger riss in ihr fast aus der Hand. Dann warf er die Abrisse von Flugtickets und eine Taxirechnung auf den Tisch. »Da!«, sagte er. »Ich weiß genau, was Sie mit Ihrer Frage andeuten wollen. Aber meine Frau und ich sind gestern Abend um 21.55 Uhr am Flughafen München gelandet. Direktflug, Air France, aus Havanna. Vierzehn Stunden Flugzeit.« Er legte einen weiteren Beleg auf den Tisch. »Dann haben wir zwei Stunden an der Gepäckermittlung gestanden, weil unsere Koffer nicht mitkamen. Danach sind wir mit einem Taxi hierhergefahren. Zufrieden?«

»Die Air France hat Ihre Koffer nicht mit zurückgeflogen?«

»Das Hotel hat sie anscheinend nicht zum Flughafen geliefert. Wir sind kurzfristig abgereist. So was raffen die da drüben nicht. Die sind versaut von der Planwirtschaft.«

»War's wenigstens schön auf Kuba?«

»Ja«, erwiderte Leinberger missmutig. Dann schien er einzuknicken. Er räumte die Unterlagen wieder weg, setzte sich Flora gegenüber, seufzte und sagte: »Ich weiß, was Sie denken. Deshalb habe ich geleugnet, dass Manuela Waltz mich angerufen hat. Ich wollte vermeiden, dass genau dieser Eindruck entsteht.«

»Welcher Eindruck?«

»Dass Frau Waltz und ich, als sie noch meine Mitarbeiterin war, eine Affäre gehabt hätten.«

Flora lehnte sich erneut zurück und spähte ins Wohnzimmer hinüber. Frau Leinberger saß anders da, aber sie gab immer noch keinen Ton von sich und starrte Flora unentwegt an.

»Was können Sie uns über Hannes Waltz sagen?«, fragte Flora.

Leinberger erzählte nicht viel Neues. Waltz hatte sich am Rande der Legalität bewegt, Waltz hatte ein Talent dafür gehabt, Geld auszugeben, war aber weniger geschickt darin gewesen, es anders als über riskante Kredite hereinzubekommen, Waltz war ein Versager gewesen, und zwar schon immer.

»Haben Sie Ihrer Sekretärin damals nicht davon abgeraten, ihn zu heiraten?«, fragte Flora.

»Nein. Ich habe nie zu den Menschen gehört, die Dienstliches und Privates miteinander vermischen.«

Flora schwieg einen Moment, weil sie die unwillkürliche Frage verdrängen musste, ob das ein Seitenhieb gegen sie gewesen war. Natürlich konnte Leinberger nichts davon wissen, dass sie und ihr Kollege Peter Bernward ein Dreivierteljahr lang ein Paar gewesen waren ... Sie fühlte Ärger in sich aufsteigen, dass eine solche unschuldige Bemerkung sie traf; und noch mehr Ärger, weil sie einen Stich des Bedauerns darüber fühlte, wie alles gekommen war.

»Wer könnte Ihrer Meinung nach ein Motiv gehabt haben, Hannes Waltz umzubringen?«, fragte sie schließlich.

Leinberger verzog erneut den Mund. »Was wollen Sie jetzt von mir hören?«

»Was wollen Sie denn, dass ich nicht höre?«

Leinbergers Mund klappte erneut auf und zu.

Flora seufzte innerlich. Sie begann, dieses Verhör zu hassen. Nicht, weil der dunkel gebrannte Leinberger ein unangenehmer Gesprächspartner war und seine stumm auf dem Sofa sitzende Frau geradezu unheimlich. Sondern weil hinter jedem Trick, den sie anwendete, die Erfahrung aus der Zeit mit Peter Bernward steckte. Wenn sie beide gemeinsam einen Verdächtigen verhörten, spielten sie sich die Bälle zu. Peter war derjenige, der ständig Druck ausübte – um dann ganz plötzlich eine vollkommen unerwartete persönliche Bemerkung zu machen. Flora spielte die entgegengesetzte Rolle – freundliches Entgegenkommen, ungeteilte positive Aufmerksamkeit, herzliches Lachen bei irgendwelchen müden Scherzen; und dann kam aus dem Nichts eine Frage, die den Gesprächspartner aufspießte. Verdächtige, die in die Mühle von Peter Bernward und Flora Sander gerieten, torkelten nach den Verhören in der Regel in ihre Untersuchungszellen zurück mit der Überzeugung, dass ein Vierzigtonner sie gerade überrollt hatte.

Flora versuchte nun, beide Rollen gleichzeitig zu spielen, weil Tanja zu unerfahren und diesmal auch viel zu still war. Sie seufzte erneut in sich hinein. Peter fehlte ihr.

Jetzt, sagte sie sich. *Jetzt fehlt er mir. Bei diesem Verhör. Sonst nicht.*

»Es gibt sicherlich viele Leute, die Hannes Waltz nicht mochten. Dass man ihn deswegen aber gleich umbringt – da muss man schon Polizist sein, um gleich auf so etwas zu kommen, oder?«

Flora beschloss, die Bosheit zu überhören. Sie stand auf. »Ich muss Sie bitten, in den nächsten Tagen die Stadt nicht zu verlassen«, sagte sie. »Vielleicht brauchen wir noch einmal Ihre Hilfe.«

»Um das von mir zu verlangen, müssen Sie mir schon einen richterlichen Beschluss vorlegen«, murrte Leinberger.

Flora starrte ihn an. »Nichts leichter als das«, sagte sie und ärgerte sich im gleichen Moment, sich darauf eingelassen zu haben. Der Rhythmus dieses Verhörs war zerstört, das war nicht zu leugnen. Alles wegen der Reminiszenz an Peter. Sie hätte sich ohrfeigen können.

»Ich kenne meine Rechte«, sagte Leinberger.

»Schon gut. Und Sie haben Beziehungen. Gott persönlich sitzt vor dem Telefon und wartet, dass Sie ihn anrufen.«

»Ich muss mir nicht gefallen lassen, dass Sie meinen Glauben beleidigen. Hoffen Sie, dass ich mich nicht wirklich noch über Sie beschwere.«

Da wärst du heute nicht der Einzige, dachte Flora. Sie wandte sich ab und trat bewusst ins Wohnzimmer. »Auf Wiedersehen, Frau Leinberger«, sagte sie.

Die Frau auf dem Sofa sah sie an. Kein Muskel regte sich in ihrem Gesicht.

Flora nickte, machte eine Kopfbewegung zu Tanja hin, und gemeinsam verließen sie das Haus.

Als sie im Auto saßen und losfuhren, sagte Flora zu Tanja: »Erklär's mir. Und zwar so, dass es mir einleuchtet.«

15.

Tanja sah sie überrascht von der Seite an.

Flora fuhr bis zur nächsten Kreuzung, an der die Ampel rot war. Dann wandte sie sich Tanja zu. »Deine Vorstellung eben. Schweigen, Weggucken, so tun, als wärst du gar nicht da. Was sollte das?«

»Ich … ich wusste nicht, wie ich mich verhalten sollte. Du hast mir keine Anweisungen gegeben.«

»Bei Manuela Waltz warst du nicht so ratlos.«

»Da hatte ich dir ja auch noch nicht bei der Arbeit zugeschaut. All diese kleinen Tricks und Gesprächswendungen, um das Gegenüber unsicher zu machen … ich hab so was noch nie in echt erlebt. Das hat *mich* unsicher gemacht.«

Flora sagte nichts.

Tanja seufzte. »Ich hab Angst, dass ich irgendeinen

blöden Fehler mache, und dann schickst du mich zurück, und ich kann meine Bewerbung für die Kripo ein für alle Mal vergessen.«

»Ich schicke dich eher zurück, wenn du gar nichts machst«, sagte Flora. »Sich in die falsche Richtung zu bewegen, ist besser, als sich gar nicht zu bewegen. Erste Regel: Wenn du nicht weißt, was du tun sollst, tu irgendwas. Das kannst du dann immer noch korrigieren. Stillstand lässt sich nicht korrigieren!«

»Ist gut«, sagte Tanja kleinlaut.

Flora fuhr eine Weile schweigend weiter. Sie kämpfte mit einem Bauchgefühl, das anzuerkennen ihr schwerfiel. Das Bauchgefühl sagte: Tanja hatte sie gerade angelogen.

Wenn du nicht weißt, was du tun sollst, tu irgendwas.

»Das Dokument, das Leinberger so schnell an sich genommen hat …«, sagte sie.

»Ja?«

»Hast du einen Blick darauf werfen können?«

»Nein, es ging viel zu schnell.«

»Es war von einer Arztpraxis in Regensburg. Abgeschickt vor knapp vierzehn Tagen. Die Adressleiste war im Fenster zu sehen und der Poststempel gut erkennbar.«

»Regensburg? Nicht grade um die Ecke. Gibt's in Landshut nicht genug Ärzte?«

»Jedenfalls keine Schwerpunktpraxis für Infektiologie. Ich kenne die Adresse, weil wir öfter damit zu tun haben.«

»Infektiologie?«

»HIV«, sagte Flora.

Tanja schwieg eine Weile. »Er hat sich auf Aids testen lassen?«

»Das Schreiben ist vor knapp vierzehn Tagen eingegangen.«

»Ja, das hast du schon gesagt. Was ist daran …« Tanja

stockte. »Wie lange fliegt man gewöhnlich in Urlaub? Eine Woche … vierzehn Tage. Bucht man andere Zeitspannen, wird's mit den Flügen und mit den Hotels schwierig. Das heißt …«

»Ich gehe davon aus, dass Leinberger das Untersuchungsergebnis angefordert hat, kurz bevor er in den Urlaub geflogen ist. Er hat selbst gesagt, dass sie kurzfristig zurückgereist sind – ich würde sagen Hals über Kopf. Deshalb hat er einen Linienflug nehmen müssen. Und das Hotel hat seine Koffer nicht rechtzeitig zum Airport geliefert.«

»Du meinst, dass er wegen des Mordes an Hannes Waltz vorzeitig …?«

»Nein. Als er in Havanna abflog, war Waltz noch am Leben, und er ist nicht früh genug nach Hause gekommen, um es selbst getan zu haben. Aber irgendwas hat ihn heimgescheucht. Die Frage ist, ob es mit dem Mord an Waltz zusammenhängt. Es muss jedenfalls gravierend genug gewesen sein, dass er seinen Bumsurlaub abgebrochen hat.«

»Bumsurlaub?«

»Weswegen lässt jemand kurz vor einem Urlaubsflug einen HIV-Test machen? Und gehen wir mal davon aus, dass er nach dem Urlaub erneut einen machen lassen wird?«

Tanja sagte nichts. Flora nutzte die nächste rote Ampel, um sie so lange anzustarren, bis Tanja den Kopf wandte und ihr mit flackerndem Blick in die Augen sah.

»Ich hätte getippt, dass er in Thailand Urlaub macht«, sagte Flora langsam. »Aber ohne seine Frau.«

Tanja schüttelte den Kopf. »Nein. Er ist immer schon nach Kuba geflogen. Und sie war immer mit dabei.«

16.

Peter war seit einigen Minuten zurück in seinem Büro – sein Vater hatte sich einen Schlafplatz auf dem Sofa eingerichtet und war dann losgezogen, um sich entweder beim THW oder der Feuerwehr als freiwilliger Helfer aufzudrängen – und starrte die Wände an, als ein Anruf von Michael Maiers Sekretärin bei ihm ankam.

»Der Chef wünscht, dich zu sehen«, sagte sie.

»Was hab ich ausgefressen?«

»Wo soll ich anfangen?«, fragte die Sekretärin.

Im Büro des Kriminaloberrats saß eine Frau in einem der Besucherstühle. Aus ihrer und der Körpersprache von Peters Chef war zu schließen, dass das bisherige Gespräch kein freundschaftliches gewesen war. Maier sah auf, als Peter durch die Verbindungstür des Vorzimmers trat.

»Ah, Herr Hauptkommissar«, sagte Maier betont offiziell. »Ich möchte, dass Sie sich um eine Beschwerde kümmern. Gegen zwei unserer Kolleginnen. Batic und Leitmayr. Ivana Batic und Franka Leitmayr«, fügte er hinzu, als Peter verblüfft die Augenbrauen anhob. Maier deutete auf die Frau in seinem Besucherstuhl. »Das ist Frau Rechtsanwältin Karin Schätz-Holdinger. Sie ist die Rechtsvertreterin von Hannes Waltz.«

Maiers Besucherin nickte Peter ungnädig zu.

Peter nickte ebenfalls. Er hatte seine Überraschung mittlerweile überwunden. Die von Maier äußerst elegant übermittelten Informationen sagten ihm, dass es in Wahrheit um Flora und Tanja Parsberger ging. Flora hatte schon jetzt die Beschwerde einer Rechtsanwältin provoziert? Alle Achtung!

»Batic und Leitmayr«, sagte Peter.

»Tun Sie bloß nicht so, als würden Sie Ihre Kolleginnen nicht kennen«, schnappte Karin Schätz-Holdinger. »Ich wette, die beiden haben nicht die erste Beschwerde am Hals. Mir kommen die Namen vage bekannt vor.«

»Die beiden sind die zuverlässigsten Beamtinnen der gesamten K1«, sagte Peter. »Sie könnten sie als Vorbilder fürs Fernsehen nehmen.«

Michael Maier bedachte ihn mit einem warnenden Blick. »Hauptkommissar Bernward wird sich um die Angelegenheit kümmern«, sagte er dann zu der Rechtsanwältin. »Wenn Sie ihm bitte in sein Büro folgen wollen.«

Karin Schätz-Holdinger stand auf und trat an Peter vorbei, als dieser eine einladende Geste machte. Maier deutete mit dem Finger auf sein linkes Handgelenk. Peter verstand die Botschaft: Er sollte zusehen, dass er die Rechtsanwältin loswurde. Wenn Flora und Tanja in die Dienststelle zurückkehrten, bevor sie draußen war, würden sie in echten Schwierigkeiten stecken.

In Peters Büro bot er seiner unwillkommenen Besucherin Floras Stuhl an. Die Rechtsanwältin setzte sich und musterte ihn. Er gab die Musterung freimütig zurück. Ihr Gesicht war glatt und solariumsgebräunt und das einer jungen Frau Anfang zwanzig, aber das Alter passte nicht zu ihrem Beruf. Peter schätzte sie auf Ende dreißig bis Mitte vierzig. Ihr zu weiter Ausschnitt verriet, dass in ihrem Büstenhalter zwei Brüste aufbewahrt wurden, für die ein Schönheitschirurg mindestens ebenso viel Geld erhalten hatte wie für das Gesicht. Die Menge des verwendeten Silikons hätte die Fenster einer großen Schule verfugen können. Peter war bereit zu wetten, dass an ihren Hüften die kleinen halbmondförmigen Narben von Fettabsaugungen zu sehen waren. Ihre Hände waren gepflegt und manikürt und mit einem grellroten Nagellack versehen. Das Gesamtensemble, das er vor sich sah, war mit Sicherheit teuer gewesen, und der Chirurg musste sich nicht dafür verstecken. Die Verkäufer in ihrer Lieblingsboutique auch nicht – schwarzweiß karierter Rock, ein hüftkurzer sandfarbener Blouson aus weichem Leder, die Bluse mit dem zu weiten Ausschnitt von einem tiefen Königsblau; und alles körperbetont geschnitten und als ob es für sie gemacht worden wäre.

»Sie sind Hauptkommissar Peter Bernward?«, fragte die Rechtsanwältin.

Peter nickte.

Sie legte den Kopf schief. »Ich habe die Geschichte voriges Jahr verfolgt. Die Geiselnahme und das alles.«

»Wir haben alle nur unsere Arbeit getan«, sagte Peter.

»Und das grottenschlecht«, meinte Karin Schätz-Holdinger. »Wenn ich die Eltern vertreten hätte, deren Kinder in Gefahr geraten waren, wären Sie und Ihre Kollegen nicht so leicht davongekommen! Schade, dass niemand sich an mich gewandt hat. Die meisten Leute haben einfach zu viel Angst vor der Polizei!«

»Man kann eben nicht alles haben«, sagte Peter. »Dass dreißig Kinder die Geiselnahme durch einen Killer überlebten, weil eine Polizistin und vier Zivilisten ihr Leben für sie riskierten, *und* dass man diese Leute nachher dafür in die Pfanne hauen darf.« Er lächelte in Karins eisig werdende Miene, obwohl es ihm schwerfiel. »Die meisten Leute haben einfach zu viel Verstand, um sich an einen Rechtsanwalt zu wenden.«

»Darf ich fragen, wie Sie mit meiner Beschwerde umgehen wollen?«

»Indem ich sie aufnehme, kommentiere und dann an die zuständigen Stellen weiterleite.«

»Dann schreiben Sie mal! Heute Morgen ist die Witwe meines Klienten Hannes Waltz von den Polizeibeamtinnen …«

»Um wie viel Uhr?«, unterbrach Peter.

»Was?«

»Um wie viel Uhr heute Morgen?«

»Was weiß ich denn! Äh … um acht, schätze ich. Ist das wichtig?«

Peter tat mit großem Geklapper so, als würde er etwas in eine Bildschirmmaske tippen. Er murmelte dabei: »… Beschwerdeführerin ist sich über die Uhrzeit nicht sicher, glaubt aber zumindest zu wissen, dass es heute Morgen war …« Was er schrieb, war: *LDLJBGEKUGFEZ*.

»Sie interpretieren meine Aussage!«, zischte Karin.

»Ich interpretiere, dass Sie die Uhrzeit nicht wissen. Hab ich das falsch verstanden?«

Die Rechtsanwältin plusterte sich auf.

Peter hätte sie noch endlos hier festhalten können mit scheinheilig-eifrigen Nachfragen und sich dabei dumm stellen. Batic? Wie schreibt man das? Leitmayr mit ay? Ohne e? Sind Sie wegen des Dienstrangs sicher? Doch er erinnerte sich an Maiers Geste und verzichtete auf weitere Unterbrechungen. Stattdessen tat er so, als würde er die Beschwerde aufnehmen.

»Ich lasse Ihnen in den nächsten Tagen eine Abschrift zukommen, die Sie dann bei mir hier in der Dienststelle unterschreiben können«, sagte er schließlich.

Karin Schätz-Holdinger widersprach nicht. Peter hatte den Eindruck, dass mit dem Vorbringen der Beschwerde ihre Energie verbraucht war. Er war beinahe sicher, dass sie, hätte er tatsächlich mitgeschrieben und würde ihr einen Ausdruck der Beschwerde zustellen, niemals darauf antworten und auch nie wegen ihrer Unterschrift bei der Kripo auftauchen würde.

»Ermitteln Sie auch?«, fragte sie nach einer Pause.

»Gelegentlich. Wenn mal irgendwas passiert.«

»Ich meine, im ... im Fall meines Klienten!«

»Nein, aber ich kenne die Daten.«

»Haben Sie denn schon eine heiße Spur?«

»Eine heiße Spur?«, fragte Peter, amüsiert über ihre Wortwahl.

Sie schnaubte ungeduldig. »Werden Sie den Täter bald gefasst haben?«

»Dazu kann ich Ihnen nichts sagen.«

Sie suchte seinen Blick. Peter sah ihr unverwandt in die Augen. Ihre Lider zuckten. Plötzlich gab sie sich einen Ruck und stand auf.

»War das alles?«, stieß sie hervor.

»Von meiner Seite aus schon.«

»Gut, dann ... geh ich jetzt.«

»Vielen Dank, dass Sie sich herbemüht haben.«

Sie musterte ihn nochmals – halb eindringlich, halb erwartungsvoll. Schließlich stapfte sie hinaus. Peter blieb nachdenklich sitzen und betrachtete die Bildschirmmaske, die er aufgerufen hatte und in deren Textfeld sinnlose Buchstabenkombinationen zu sehen waren. Langsam bewegte er den Mauszeiger auf das Datei-Schließungssymbol und klickte es an. Als das Programm ihn fragte, ob er die Datei speichern wollte, verneinte er. Dann stand er auf und ging zum Fenster. Sein Büro schaute auf die Neustadt hinab. Er lege die Stirn an die Glasscheibe und spähte nach unten.

Wenige Augenblicke später kam Karin Schätz-Holdinger aus dem Gebäude. Sie hatte bereits ihr Mobiltelefon am Ohr und telefonierte mit eckigen Bewegungen ihrer freien rechten Hand: Karateschläge, ausholende Gesten, Faustschläge gegen die Luft. Einmal griff sie sich an den Hals. Dann war sie in der Kirchgasse verschwunden.

Peter fragte sich, mit wem sie telefoniert haben mochte. Manuela Waltz? Der anderen Hälfte des Namens Schätz-Holdinger? Ihrem Schönheitschirurgen?

Es war müßig, darüber nachzudenken. Eher lohnte es sich schon zu grübeln, ob er einen Fehler gemacht hatte, Maiers Anweisung zu befolgen und dafür zu sorgen, dass die Rechtsanwältin das Gebäude so schnell wie möglich wieder verließ. Vielleicht hätte er sie hierbehalten und ihr genauer auf den Zahn fühlen sollen.

Zum Beispiel, warum bei der Frage, ob sie dem Mörder von Hannes Waltz schon auf der Fährte waren, nackte Angst in ihren Augen zu lesen gewesen war …

17.

Flora war an der Kreuzung zur Altdorfer Straße nicht nach rechts in Richtung Innenstadt, sondern nach links abgebogen. Jetzt stand der Dienstwagen auf dem Parkplatz eines Autohauses, und Flora und Tanja hielten je einen Becher mit einem schokobraunen Logo darauf in der Hand. Flora bröselte die Serviette auf ihrem Schoß mit einem Muffin voll und trank mit kleinen Schlucken von ihrem Latte. Tanja hatte sich mit einem schwarzen Kaffee begnügt.

»Ich kenne Leinberger von früher«, sagte Tanja zögernd. »Er war ein Freund meiner Eltern.«

»War?«

Tanja ging nicht darauf ein. Sie fuhr mit dem Zeigefinger auf dem Rand des Plastikdeckels entlang, der ihren Kaffeebecher verschloss. »Meine Eltern waren total gesellig. Wir hatten ständig die Bude voller Freunde – oder jedenfalls voller Leute, die für meine Eltern als Freunde galten. Silvesterfeiern, Geburtstage, Fasching … meine Eltern hatten einen Kellerraum als Partykeller eingerichtet. Komplett mit einer Bar und einem riesigen Barspiegel dahinter, den mein Papa bei der Hausratversteigerung einer pleitegegangenen Szenebar in Berlin ergattert hatte … mit einer Mords-Soundanlage drin, auf der sie dann die Achtziger und Siebziger rauf- und runterdröhnten, dass das Haus wackelte …«

»Muss doch für dich als Kind toll gewesen sein«, sagte Flora, die Tanja nicht drängte, zum Kern ihrer Geschichte zu kommen, weil sie wusste, dass jeder Mensch einen längeren Anlauf braucht, wenn er etwas preisgeben muss, was er seit seiner Kindheit mit sich herumträgt.

»Toll?«, fragte Tanja. »An solchen Abenden gab es immer ein kaltes Büfett, das meine Mutter zubereitet hat. Das konnte sie gut; es sah besser aus als von einem Partyservice. Es sah so gut aus, dass mir streng verboten war, irgendwas davon zu essen, bevor die Gäste sich daran bedient hatten. Das heißt, ich saß den ganzen Abend hungrig in meinem Zimmer und musste warten, bis die Erwachsenen die Schlacht am Büfett geschlagen hatten. Dann – und erst dann – durfte ich mir von den Resten was nehmen.«

»Das«, sagte Flora, »hört sich nach einer Schweinerei an.«

»Und wenn ich dann am Büfett stand, versuchte ich, mich zu beeilen und mit den Resten so schnell wie möglich in mein Zimmer zu verschwinden. Wenn nämlich jemand aus dem Keller raufkam und aufs Klo ging, wurde ich immer angeredet. *Ach Mensch, die Tanja, du bist schon eine richtige junge Dame, hehe, so gut gewachsen … Alles klar bei dir, hast du schon einen Freund? Zwinker-zwinker …* Und das alles mit einer freundlichen Berührung auf dem Rücken, genau so weit oberhalb meines Hinterns, dass es gerade noch als okay durchgehen konnte, wenn jemand anderer raufgekommen wäre.«

Flora verzog das Gesicht. »Hast du das deinen Eltern gesagt?«

»Meine Mama meinte, ich wäre hysterisch, und mein Papa sagte, er würde sich den Ersten vornehmen, der mir auf den Arsch tatscht. Er verstand nie, dass ich es schon als Grabschen empfand, wenn mir die Kerle nur mit ihrem schleimigen Grinsen die Hand gaben.«

»Leinberger war einer von ihnen?«

»Ich habe sie alle gehasst damals. Ihn am meisten.«

Flora verstand nun, warum Leinberger die junge Polizistin mehrfach verwirrt gemustert hatte. Was sie nicht verstand, war, weshalb er sie nicht erkannt hatte. Sie schien ihm bekannt vorgekommen zu sein, aber offenbar hatte er sie nicht zuordnen können.

Tanja holte ihre Brieftasche heraus und zog einen alten rosa Führerschein heraus. Sie reichte ihn Flora ohne Kommentar.

Flora schlug ihn auf.

Tanja Parsberger war laut ihrem Geburtsdatum sechsundzwanzig Jahre alt. Sie besaß den Führerschein Klasse drei sowie den Motorradführerschein für Krafträder bis siebenundzwanzig PS. Aber das hatte Tanja gar nicht herzeigen wollen. Es ging um das Foto in ihrem Führerschein.

Tanja mit sechsundzwanzig war dunkelhaarig, hatte ein schmales Gesicht mit ausdrucksstarken Augen und den drahtigen, knabenhaften Körper einer leidenschaftlichen

Sportlerin mit breiten Schultern und schmalen Hüften. Sie war hübsch, aber wenn das Gesicht nicht gewesen wäre, hätte man sie in ihren pragmatischen zivilen Klamotten auch für einen schlanken jungen Mann halten können.

Tanja mit neunzehn – dem Ausstellungsdatum ihres Führerscheins – war rotblond gewesen, mit den prallen roten Apfelbäckchen einer jungen Frau, die ihren Babyspeck noch nicht verloren hat und aufpassen muss, dass er ihr nicht ein Leben lang auf den Hüften bleibt. Flora hatte geahnt, dass Tanjas Haare gefärbt sein mussten, als sie die Sommersprossen gesehen hatte.

Das wenige, was man auf dem Foto von der Kleidung sehen konnte, wies darauf hin, dass die neunzehnjährige Tanja sich damals sehr mädchenhaft gekleidet hatte. Sie war stark geschminkt gewesen, entweder für das Foto oder weil sie gedacht hatte, ihr rundes Gesicht brauche härtere Konturen, und sie gehofft hatte, diese hineinmalen zu können. Man musste schon genau hinschauen, um die heutige Tanja Parsberger in dem aufgeregt grinsenden, drallen Mädchen zu erkennen.

Flora gab den Führerschein zurück und fragte: »Was ist mit deinen Eltern?«

»Haben sich scheiden lassen. Ich war noch ein Teenager.«

»Oh. Leben sie in Landshut?«

»Nur meine Mama. Wir reden nicht miteinander. Seit Jahren nicht.«

»Und dein Vater? Wo lebt der?«

»Gar nirgends«, sagte Tanja. »Mein Vater war Banker. Er hat sich vor zehn Jahren umgebracht.« Sie räusperte sich, als habe sie zu viel gesagt.

Flora schwieg und hörte Tanja dabei zu, wie sie den

heißen Kaffee aus der Trinköffnung des Plastikbechers schlürfte. Sie versuchte, keine Parallelen zu ihrer Tochter Julia zu finden, die ebenfalls ihren Babyspeck noch nicht verloren hatte, ebenfalls nicht gut auf ihre Mutter zu sprechen war und ebenfalls die Scheidung ihrer Eltern hinter sich hatte. Wobei sie den Verlust ihres Vaters Harald, der nach dem Ende der Ehe nach München gegangen war und zu dem Flora mittlerweile jeglichen Kontakt verloren hatte, gut verkraftet zu haben schien. Dass Floras private Beziehung zu Peter Bernward in die Brüche gegangen war, belastete Julia hingegen weitaus mehr.

»War Leinbergers Frau schon immer so seltsam?«, fragte sie.

»Ich hab nie besonders auf sie geachtet. Es waren ja auch immer nur die Männer, die nach dem Klogang zum Büfett kamen und mich anmachten. Die Frauen kamen und gingen wortlos und ignorierten mich.«

Flora sagte langsam und vorsichtig: »Tanja, du weißt, wenn es nicht bei dieser Art von Komplimenten geblieben ist, kannst du mir das ohne Furcht erzählen. Sollte Leinberger tiefer in den Fall verwickelt sein, als es heute scheint, wärst du sogar dazu verpflichtet, weil du sonst kompromittiert bist und ich dich nicht weiter als Partnerin halten kann, wenn die Karten nicht auf dem Tisch liegen.«

Tanja sah Flora offen an. »Da war nicht mehr. Was war, war unangenehm genug. Mein Papa hat schon aufgepasst, auch wenn er es sich vermutlich nie eingestanden hat, dass er auf die Finger seiner Freunde ein Auge haben musste, wenn seine Tochter ins Spiel kam.«

»Gut.« Flora war nicht sicher, ob Tanja die Wahrheit sagte, weil sie die ganze Zeit schon einen leisen Missklang in Tanjas Worten spürte, seit die Rede auf ihre Familie und ihre Jugend gekommen war. Aber sie konnte es nicht greifen. Es war, als umgäbe sich die junge Polizistin mit einer Mauer. Alles, was Flora über ein solches Verhalten jemals gelernt hatte, deutete darauf hin, dass in der Vergangenheit etwas vorgefallen war, was Tanja mit niemandem teilen wollte und am liebsten vor sich selbst verborgen hätte.

Tanja sagte: »Wenigstens passt das zusammen – Leinberger und Kuba und der HIV-Test, meine ich. Auf Kuba kommt man genauso leicht an Minderjährige ran wie in Thailand.«

»Wer sagt das?«, fragte Flora.

Tanja schien verärgert. »Man kann es sich kaum vorstellen, aber auch wir von der PI lesen die einschlägigen Berichte.«

»Da ist der Kriminaler in mir durchgegangen.« Flora seufzte. Sie hatte genau gewusst, was sie sagte, war aber zugegebenermaßen auch nicht schlauer aus Tanjas Reaktion geworden. Als ihr Telefon klingelte, war sie fast froh, den Blickkontakt abbrechen zu können.

Sie hatte den Motor abgestellt und den Schlüssel abgezogen, daher funktionierte die Freisprecheinrichtung nicht. Sie lauschte der Nachricht, die der Kollege von der K7, der Spurensicherung, für sie hatte. »Danke«, sagte sie dann. »Ist ja schnell gegangen. Alle Achtung.«

»Kein Mensch vergibt schwierige Passwörter«, seufzte der Kollege am anderen Ende. »Die sind alle so leicht zu knacken wie der Safe aus der Playmobil-Bank.«

Flora beendete das Gespräch und wandte sich wieder Tanja zu. Die verkrampfte Stimmung im Fahrzeug war verflogen. Tanja schaute Flora neugierig an.

»Die Gespräche und SMS von Waltz' Handy sind ausgewertet«, sagte Flora. »Es gibt wohl eine Geliebte – jedenfalls legen das die Texte der SMS-Nachrichten nahe. Der Dame statten wir mal einen Besuch …«

Das Telefon klingelte erneut. Flora zog die Augenbrauen in die Höhe und meldete sich. Ein anderer Kollege von der K7 war dran. Flora schaltete den Lautsprecher des Mobiltelefons ein, damit Tanja mithören konnte.

»Was ist denn mit euch los?«, fragte sie dann. »Ich dachte, bei euch arbeitet immer nur einer auf einmal.«

»Als letztens jemand fragte, wie viele Leute bei der K1 arbeiten, war die Antwort: ungefähr die Hälfte«, erwiderte der Kriminalbeamte. »Willst du nun hören, von wo der anonyme Anruf kam, der auf den toten Waltz hinwies?«

»Eigentlich nicht«, sagte Flora und grinste. »Aber ich tu dir den Gefallen und hör's mir trotzdem an.«

»Der Name lautet Eliska Sládek, sie kommt aus Býchory – das ist östlich von Prag –, und ihr Handy hält sich derzeit in Regensburg auf.«

»In Regensburg?«

»Der Dame geht es wie der K7 – sie muss arbeiten, arbeiten, arbeiten, egal, wer gerade umgebracht worden ist. Frau Sládek meldet sich übrigens in Regensburg unter dem Namen Cleo.«

»Jemand soll sie in Regensburg aufgabeln und nach Landshut bringen. Wenn sie sich weigert, soll man sie verhaften. – Gute Arbeit, Herr Kollege«, sagte Flora. »Danke.«

»Wie immer ein Vergnügen, Frau Kollegin.«

Flora beendete das Gespräch. Sie dachte einen Augenblick lang nach.

»Wir müssen uns aufteilen«, sagte sie. »Eine sucht Waltz' Geliebte auf, die andere nimmt Frau Sládek in Empfang.«

»Ich melde mich freiwillig für Frau Sládek«, sagte Tanja.

Flora nickte. Wenn Tanja sich nicht gemeldet hätte, hätte sie die Aufteilung dennoch so vorgenommen. »Ich fahr dich zur Dienststelle.«

Sie ließ den Motor an und rollte vom Parkplatz auf die Straße hinaus. »Das HIV-Testergebnis in Leinbergers Unterlagen«, sagte sie, als sie in Richtung Stadt fuhren, »war übrigens nicht an ihn adressiert. Den Test hat seine Frau machen lassen, nicht er.«

18.

Auf dem Weg zu der nahe gelegenen Bäckerei beim Kriegerdenkmal, die mit dem kleinen Hunger der Polizeibeamten ein gutes Geschäft machte, traf Peter auf Polizeihauptkommissar Rudolf Strutiow. Der uniformierte Polizeibeamte trug Bäckereitüten in beiden Händen und grinste, als er Peter herankommen sah.

»Die guten Sachen sind alle weg«, sagte er und schwenkte die beiden Tüten. »Die Kripo ist wie üblich zu langsam.«

»Reine Kameradschaft«, erklärte Peter. »Wenn wir so schnell täten, wie wir können, würdet ihr euch im Keller verkriechen und weinen.«

»Lachen, Peter, lachen«, sagte Strutiow. »In den Keller geht man, um zu lachen.«

»Derzeit geht man in den Keller, um zu tauchen«, gab Peter brummelig zurück. Er deutete auf die Tüten. »Mittagessen?«

Strutiow, der noch müder als am Morgen aussah, zuckte mit den Schultern. »Ist schon Mittag? Keine Ahnung.

Ich hab Butterbrezen bestellt für die Kollegen. Wir gehen schon auf dem Zahnfleisch.« In einer der für ihn typischen Gesten hielt Strutiow Peter eine der Tüten vor die Nase. »Möchtest du eine? Nimm dir was raus.«

Peters schüttelte den Kopf. »Sag mir lieber, was du mir über Tanja Parsberger erzählen wolltest.«

»Kann mich nicht daran erinnern, dass ich das wollte.«

»Komm schon, Rudi – das ist keine Kollegenschelte oder Tratsch. Tanja ist Floras neue Partnerin in einem Mordfall. Wenn es was Wichtiges gibt, was man über die Kleine wissen sollte, dann solltest du uns das mitteilen.«

»Flora sollte ich es sagen, wenn schon«, berichtigte Strutiow.

»Da hast du recht«, sagte Peter und sah Strutiow unbewegt in die Augen. »Mich geht das überhaupt nichts an.«

Strutiow sah sich um, als ob sich ein Lauscher irgendwo verstecken würde, dann seufzte er. »Bockmist, Peter! Was ist das eigentlich für eine Kacke mit dir und Flora? Wie habt ihr das so verbocken können?«

»Ist alles meine Schuld«, sagte Peter, ohne es wirklich zu meinen.

»Davon gehe ich mal aus«, entgegnete Strutiow und gab Peters unbewegten Blick von vorhin zurück. Dann rollte er mit den Augen. »Schmarrn. Themawechsel. Pass auf: Bei uns ist keiner wirklich unglücklich, dass Tanja jetzt an euch ausgeliehen ist, obwohl wir mindestens zehn Beamte mehr brauchen könnten in der derzeitigen Situation. Niemand geht gern mit ihr auf Streife.«

»Weshalb? Ist sie zu grün? Macht sie Fehler?«

»Nur die üblichen, die jeder von uns macht.« Strutiow sah sich erneut um, als fürchte er, dass man sie belauschte. »Es ist … ich weiß auch nicht, wie ich es sagen soll … Sie macht aus sich selbst ein Geheimnis.«

Peter zog die Augenbrauen hoch. Er war nicht sicher, ob er verstand, was Rudolf Strutiow ihm mitteilen wollte.

»Du weißt doch, wie das normalerweise ist«, sagte Strutiow. »Du sitzt Ewigkeiten zusammen im Streifenwagen und fährst herum, du gehst nach Dienst eine Halbe trinken, besonders wenn du irgendwas gesehen hast, was dir auf den Magen schlägt, du treibst zusammen Sport und hältst dich fit … und dabei redest du natürlich. Von Gott und der Welt, am meisten aber von dir selbst. Was dich heute gefreut hat, was dich gestern geärgert hat, was du schon seit langem auf dem Herzen hast … manchmal erzählst du den Kollegen mehr über dich selbst, als deine eigene Frau von dir weiß.«

Peter nickte. Es war bei der Kripo nicht anders als bei der uniformierten Polizei.

»Von Tanja weiß keiner was. Sie hat sich von Straubing nach Landshut versetzen lassen und ist schon seit einem Vierteljahr hier, und keiner kennt sie wirklich. Sie redet nicht viel, sie hört zu. Sie hört immer nur zu. Es ist natürlich toll, wenn du mal auf jemanden triffst, der dir wirklich zuhört, aber mit der Zeit fällt dir dann auf, dass du der Einzige bist, der redet. Sie weiß alles über dich, was so aus dir herausplatzt während der Dienststunden, und du weißt nichts über sie. Wenn sie was erzählt, dann von irgendwelchen unpersönlichen Dingen. Wenn du sie doch so weit kriegst, von sich selbst zu erzählen, dann …« Strutiow schnaubte und schüttelte den Kopf.

»Was dann?«

»Dann stellst du fest, dass sie fünf Leuten fünf verschiedene Versionen erzählt hat.«

»Sie lügt also.«

»Du kannst keinen Beamten zwingen, seinen Kollegen die Wahrheit über sich selbst zu erzählen, solange die Bewerbungsunterlagen und die offiziellen Dokumente richtig sind. Aber es hinterlässt ein komisches Gefühl. Die einen fühlen sich von ihr verarscht, die anderen sind vor den Kopf gestoßen, und keiner vertraut ihr mehr. Sie macht ihren Job gut und ist eine intelligente Polizistin. Du weißt aber so gut wie ich, dass es letzten Endes darauf ankommt, ob du dem Kollegen, der dir den Rücken freihalten soll, trauen kannst. Im Ernstfall ist dir ein dämlicher Kollege, der zu dir hält, lieber als ein schlauer, der dich hängenlässt.«

»Aber was soll sie schon verbocken?«, fragte Peter, mehr um sich selbst zu beruhigen. »Das ist ja hier nicht wie im Krieg, wo es darauf ankommt, dass dein Kamerad dir bei feindlichem Feuer Deckung gibt.«

»Nein, ist es nicht. Außer in dem einen Moment, in dem es doch so ist und in dem dein Leben davon abhängt, dass dein Partner auf deiner Seite ist.« Strutiow hob eine Hand mit einer Bäckereitüte und deutete mit dem Daumen auf eine Stelle unter seinem Kiefer. »Tanja hat hier eine Narbe. Davon abhängig, wen du fragst, wirst du erfahren, dass sie entweder von einer Ungeschicklichkeit als Teenager beim Sport, einem Angriff durch einen Hund, als sie noch ein Kind war, oder von einem Fahrradunfall stammt.«

»Und was ist deine Meinung?«

»Ich würde gern die Meinung des Polizeipsychologen hören, aber solange nichts gegen sie vorliegt, werde ich sie nicht erfahren. Wenn sie wirklich zu euch versetzt wird, frag Maier danach. Er soll sie anfordern.«

»Da du so darauf bestehst, gehe ich davon aus, dass du eine eigene Meinung dazu hast.«

Strutiow kämpfte mit sich, dann sagte er: »Ich glaube, die Narbe stammt von einem Selbstmordversuch. Manchmal sägt sich der Strick in die Haut, wenn man zappelt. Ich glaube, dass sie sich irgendwann mal erhängen wollte, aber es hat nicht geklappt.«

19.

Flora setzte Tanja beim Ländtor ab, von wo aus sie in fünf Minuten zu Fuß die Dienststelle in der Neustadt erreichen würde, dann wendete sie und fuhr über die Luitpoldbrücke zu der Adresse, die mit der Telefonnummer von Hannes Waltz' vermutlicher Freundin verbunden war.

Gegenüber der Altstadt, direkt am anderen Ende der Luitpoldbrücke, ragte der große, architektonisch uninspirierte Kasten des leerstehenden Hotels auf. Der Hotelbetreiber und die Investorengruppe hatten ihren jahrelangen Streit, wer für eine Sanierung des Baus zuständig wäre, mit der Schließung des Hotels und der Vernichtung Dutzender Arbeitsplätze beendet. So wie der Bau dastand, war er ein Symbol für das gesellschaftliche Verantwortungsgefühl von Immobilienmanagern.

Flora fragte sich, während sie in der Gasse dahinter einen regulären Parkplatz fand, ob Viktor sich bereits für das Gebäude interessierte. Sie hatten bislang nicht darüber gesprochen. Viktor schien in seinem eigenen Hotelprojekt in der ehemaligen Firma Himmel aufzugehen. Sie traute es ihm zu, dass er auch diesen leblosen Kasten zum Leben erweckte, wenn die behördlichen Auflagen und der Vorschriftendschungel es zuließen.

Als sie um die Ecke kam, hörte sie bereits das Donnern des Wassers, das durch die Öffnungen des Ludwigswehrs schoss. Über dem Wehr hing ein feiner Nebel aus Wasserdunst, es roch nach dem kalten, modrigen Isarwasser und frischem Schlamm und Nässe. Durch ihre Schuhsohlen spürte sie das leichte Beben des Bodens. Sie trat ans Ufer heran und betrachtete das Schauspiel. Die braun-weißen Wasserwalzen, die ohrenbetäubend unter dem Steg hervorbrodelten und das Wasser aufspritzen und schäumen ließen, verursachten ihr eine Gänsehaut. Wie jeder Landshuter fühlte sie sich unbehaglich, wenn ihre friedliche, behäbige, unspektakuläre Isar zu solcher Wildheit erwachte. Das Wasser schäumte und strudelte bis hinter die Fußgängerbrücke, die vom Stadtpark hinüber zum Parkhaus auf der Hammerinsel führte. Der Steg über das Wehr war geschlossen. Es war schwer, sich vorzustellen, dass jemand freiwillig darüberging, wenn unter ihm dieser Mahlstrom tobte.

Sie trat vom Ufer zurück und rief die Nachrichten auf, die Hannes Waltz und eine Frau namens Daniela Aisch ausgetauscht hatten. Die Kollegen von der K7 hatten ihr den Inhalt der ausgewerteten SMS-Nachrichten auf ihr Mobiltelefon geschickt. Die meisten waren das übliche Hin und Her, das mit kurzfristig vereinbarten, dann wieder abgesagten oder verschobenen Treffen zu tun hatte. Dazwischen fanden sich Zeilen, die sich durchaus zärtlich lesen ließen. Flora verlor den Faden, ohne es zu merken. Auch sie und Peter hatten Dutzende SMS-Nachrichten ausgetauscht, manchmal, obwohl sie gerade im selben Büro saßen oder nur in verschiedenen Zimmern von Peters Wohnung. Viktor war in dieser Hinsicht anders. Er sandte nur dann Nachrichten, wenn es etwas zu sagen gab, nicht, um einen momentanen Gefühlszustand auszudrücken.

Die Adresse von Daniela Aisch gehörte zu einer der schönen alten Bürgervillen, die sich von der Hotelruine zum Stadtpark am Isarufer entlangzogen. Das Klingelschild war aus gediegenem Messing und wies einen geschwungenen Schriftzug auf: *CosMedic Institute*. Darunter war der Name Daniela Aisch zu lesen, mit dem Namenszusatz: Ph. D. Jemand hatte mit Tesafilm einen handgeschriebenen Notizzettel an das Schild geklebt: Geschlossen. Flora war erleichtert. Hier würde sie zumindest nicht die Überbringerin der schlechten Nachricht sein.

Neben der Tür fand sich eine weitere Klingel mit dem Hinweis *Privat* und dem Lautsprecher einer Türsprechanlage darüber. Flora lehnte sich auf den Klingelknopf.

Nach einer Weile ertönte das Knacken der Sprechanlage im Lautsprecher. »Die Praxis 's heute geschlossn«, ertönte eine Frauenstimme in nicht mehr sehr sicherer Diktion.

»Hier ist die Krimimalpolizei.«

»Gehn Sie weg.«

»Sind Sie Frau Aisch? Daniela Aisch?«

»Sie soll'n weggehn.«

»Lassen Sie mich rein, Frau Aisch«, sagte Flora mit der Mischung aus Geduld und Schärfe, die man als Polizeibeamter schnell lernte, wenn man auf fremde Klingelknöpfe drücken musste.

»Ham Sie einen Durchsuchungsbefehl?«

Flora verdrehte die Augen und verfluchte im Stillen alle Kriminalschriftsteller und Drehbuchautoren, die diese Frage in die Köpfe der Leute eingepflanzt hatten.

»Nein«, sagte sie. »Ich will auch Ihre Praxis nicht durchsuchen, sondern mit Ihnen über den Tod von Hannes Waltz sprechen.«

Etwas wie ein Schluchzen erklang aus dem Lautsprecher.

Flora wartete. Nach einer Weile klingelte sie wieder.

»Gehn Sie endlich weg«, war die tränenerstickte Stimme erneut zu vernehmen.

»Lassen Sie mich rein, Frau Aisch.«

Nach einer weiteren Pause ertönte der Türsummer. Flora hörte noch, wie die Frau durch den Lautsprecher sagte: »Erster Stock«, dann drückte sie die Tür auf und trat ein.

20.

Auf dem Display von Peters Bürotelefon blinkten zwei versäumte Anrufe auf, als er mit einer Nussschnecke vom Bäcker zurückkam. Einer war von Sabrina Hauskeck, einer von Michael Maiers Sekretärin. Was Maier von ihm wollte, konnte Peter sich denken: Der Chef wollte erfahren, wie es mit Karin Schätz-Holdinger gelaufen war. Und Sabrina hatte ihn vermutlich fragen wollen, ob er irgendwelche Lebensmittelunverträglichkeiten oder Allergien hatte. Er hob ab und drückte auf den Rückrufknopf für Michael Maier.

»Er telefoniert«, sagte Maiers Sekretärin und seufzte.

»Hallo?«, sagte Peter. »Wer ist dort? Hier ist der Talentscout von *Deutschland sucht den Superstar.* Ich wollte mit der Assistentin von Kriminaloberrat Michael Maier sprechen, aber wenn sie nicht da ist, rufen wir eine Konkurrentin an …«

»Er telefoniert immer noch, Peter«, sagte die Sekretärin. »Wenn du ein Talentscout bist, bin ich Heidi Klum.«

»Heidi Klum ist ein Nichts gegen dich.«

»Das ist offensichtlich und daher kein Kompliment.«

»Was wollte der Chef?«

»Keine Ahnung. Er telefoniert gerade mit der Staatsanwaltschaft in Straubing. Und vorher hat er mit Carmen Miskowski gesprochen.«

»Das ist doch die von der Bewährungshilfe am Landgericht.«

»Richtig. Ich ruf dich zurück, sobald er frei ist. Ich hab noch was anderes zu tun, als mit dir zu plaudern.«

Peter sagte: »Ich würde für dich stimmen.«

»Wobei?«

»Bei *DSDS*.«

Er konnte das Grinsen von Maiers Assistentin förmlich durchs Telefon hören. Die Kollegin war weit über fünfzig und so kompakt gebaut wie ein Traktor. Sie züchtete in ihrer Freizeit eine seltene alte Hausschweinrasse und hatte sich bislang beim Armdrücken auf diversen Feiern nur einem einzigen männlichen Kollegen geschlagen geben müssen.

»Schnucki«, sagte die Assistentin, »für diese Freundlichkeit darfst du ein Wochenende gratis meine Ferkel streicheln.«

Peter hörte das Anklopfsignal und sah gleichzeitig auf dem Display seines Telefons einen Namen aufleuchten: Hauskeck, Sabrina.

»Ich muss auflegen«, sagte er. »Heidi Klum ruft an.« Dann nahm er den Anruf der Staatsanwältin entgegen und sagte: »Ist das jetzt ein Zufall, oder überwachen Sie mich? Ich bin gerade wieder reingekommen.«

»Ja, und Sie haben das Telefon abgehoben, weswegen mein Telefon ein Signal bekommen hat, dass Sie wieder frei sind. Ich habe nämlich den automatischen Rückrufknopf gedrückt. Haben Sie mal das Manual Ihrer Telefonanlage gelesen?«

»Im letzten Bedienerhandbuch, das ich gelesen habe,

hieß es: *Drehen Sie an der Kurbel und warten Sie, dass die Vermittlung sich meldet.*«

»Respekt. Ich dachte, es hätte geheißen: *Nehmen Sie die Pferdedecke auf und bewegen Sie sie gleichmäßig durch den aufsteigenden Rauch.* Können Sie sich erinnern, dass wir herausgefunden haben, dass Ihr Freund Viktor von Closen das Genehmigungsverfahren für den Umbau der Firma Himmel beim Denkmalschutzamt und beim Bauamt durchgeboxt hat und am Ende gar nicht mit dem Bau begann?«

»Vage. Ist immerhin schon heute Vormittag gewesen. Und Viktor ist nicht mein Freund.«

»Als ich in mein Büro zurückkehrte, begann etwas bei mir zu klingeln. Ich glaube, ich habe die Lösung gefunden.«

»Hoffentlich lautet sie, dass Viktor ein von Interpol gesuchter Massenmörder ist.«

»Können Sie sich an den Pegasus-Skandal erinnern?«

»Nie gehört«, sagte Peter.

»Wo waren Sie vor zehn Jahren? Auf dem Mond?«

»Nein, bei der Kripo in Augsburg.«

»Stimmt. Ich vergesse immer, dass sie erst vor ein paar Jahren hierhergekommen sind. Mir kommt es so vor, als würde ich Sie schon immer kennen. Jedenfalls – es ging um ein Buchhaltungsbüro namens Pegasus. Ein Ein-Mann-Unternehmen, das aber gut lief, weil viele von der High Society Landshuts ihre private Buchhaltung dorthin ausgelagert hatten. Nebenbei spekulierte der brave Buchhalter an der Börse. Das Geld dafür stellten ihm seine Klienten zur Verfügung, die ihn wohl für einen zweiten Gordon Gekko hielten.«

Gordon Gekko – Peter musste nicht nachdenken. Der gewissenlose, geniale Finanzmakler aus dem Film *Wall*

Street, verkörpert von Michael Douglas. »*Gier hat das Beste im Menschen hervorgebracht*«, zitierte er. »Lassen Sie mich raten – der gute Buchhalter ist über seine eigene Gier gestolpert und hat sich verspekuliert.«

»Irgendwann verspekulieren sich alle. Es stellte sich heraus, dass der Buchhalter von Anfang an die Gelder seiner Klienten veruntreut hatte, um Spekulationsverluste auszugleichen oder hochriskante Anlagen zu kaufen. Er hatte wohl in Wahrheit keine Ahnung von dem, was er tat. Er wanderte dafür in den Bau. Damals hieß es, dass wahrscheinlich nur ein Bruchteil der Landshuter, die ihm Geld für seine Spekulationen gegeben hatten, sich gemeldet hatten. Die meisten hielten sich wohl bedeckt, entweder weil es Schwarzgeld gewesen war, das sie ihm zugesteckt hatten, oder weil sie nicht als komplette Idioten in der Öffentlichkeit dastehen wollten, die auf einen Blender hereingefallen waren.«

»Sie glauben, dass Viktor …?«

»Nicht mit Schwarzgeld. Viktor von Closen ist schon mehrfach von der Steuerfahndung durchleuchtet worden. Wenn er wirklich Geld verloren hat, dann war das legale Kohle. Aber er ist nie in Verbindung gebracht worden mit der Pegasus-Sache.«

»Das würde erklären, warum er das Hotelprojekt verschieben musste. Er war ganz einfach pleite. Und an die große Glocke hängen wollte er den Verlust nicht, sonst hätte er seinen Status als allzeit smarter Sonnyboy des Landshuter Wirtschaftslebens eingebüßt. Zusammen mit den Schlagzeilen wegen der Morddrohung hätte das so viel negatives Image für ihn und das Projekt gebracht, dass er es hätte begraben können.«

»Image und Ehre sind manchmal wertvoller als Vermögen«, sagte Sabrina. »Wir glauben alle, dass wir uns im

21. Jahrhundert befinden, aber was das betrifft, sind wir noch im Mittelalter.«

»Wissen Sie, um wie viel Geld es damals ging?«

»Die Behörden damals gingen von sechzig Millionen Euro aus!«

»Großer Gott!«

»Alles verpufft! Weg. Verspekuliert. Versenkt im Ozean der Gier.«

»Ich stelle mir gerade vor, wie viele Landshuter dem Mann Geld gegeben haben müssen, damit so ein Betrag zusammenkommt.«

Sabrina lachte leise. »In Landshut ist mehr Geld vorhanden, als man glaubt. Nur die Stadt selbst hat keines.«

»Darf ich fragen, wie Sie auf diese Geschichte gekommen sind? Da besteht ja kein offensichtlicher Zusammenhang.«

»Das stimmt. Nennen Sie es eine Assoziation. Ich sagte doch, dass beim Rückweg in mein Büro plötzlich eine Erinnerung anklopfte. Sie betraf eine Meldung, die ich vor ein paar Tagen bekommen habe – Haftentlassung aus der JVA Straubing nach Verbüßung der Strafe.«

Peter brauchte nur einen Augenblick, um Sabrinas Assoziation nachvollziehen zu können. »Hören Sie auf«, sagte er.

»Doch. Der Name des Entlassenen lautet Thomas Usperg. Vor Haftantritt bekannt als Inhaber des Buchhaltungsbüros Pegasus. Der Mann, der sechzig Millionen Euro der Landshuter High Society verzockt hat.«

»Wieso haben Sie darüber eine Meldung bekommen?«

»Weil ihm die Restschuldbefreiung nicht zuerkannt worden ist. Der Fall liegt zwar in der Zuständigkeit der Kollegen in Regensburg, weil Usperg in Straubing eingesessen hat, aber die Staatsanwaltschaft Landshut hat die

Meldung ebenfalls erhalten. Die Rechtsanwälte von ein paar der Geprellten, die sich damals gemeldet haben, haben für den Fall der Haftentlassung Uspergs Rechtsmittel eingelegt, und das ist wiederum unsere Zuständigkeit hier in Landshut. Wenn man sich mal so tief reingeritten hat wie Usperg, kommt man eben nie wieder raus.«

»Das heißt, auf Usperg wartet eine neue Vorladung, kaum dass er die paar Kröten, die er in der JVA verdient hat, für einen Satz normaler Klamotten ausgeben konnte.«

»Richtig.«

Peter holte tief Luft. »War Hannes Waltz einer von den Geprellten, die jetzt Rechtsmittel haben einlegen lassen?«

»Ich weiß, was Sie denken. Ich hab schon nachgesehen. Nein. Oder wenn, dann hat er sich damals genauso wenig gemeldet wie Viktor von Closen, vermutlich allerdings weniger aus Publicitygründen, sondern weil er wirklich mit Schwarzgeld hantiert hat. Nur eine Vermutung … man soll den Toten ja nichts Schlechtes nachsagen. Jedenfalls gibt es keine Verbindung zwischen Usperg und Waltz.«

»Können Sie feststellen, wie Usperg damals aufgeflogen ist? Wer hat ihn angezeigt?«

»Sie denken, Waltz könnte es gewesen sein? Sie denken, Usperg hat ihn aus Rache umgebracht?«

»Ich denke, dass es keine Zufälle gibt.«

»Das passt eigentlich nicht zu Uspergs Profil … aber im Gefängnis ändern sich die Leute ja bekanntlich, und selten zum Besseren.« Peter hörte Sabrina eine Weile auf ihrer Tastatur klimpern. Dann hörte er sie scharf einatmen. »Anonym«, sagte sie. »Aber die Kollegen, die den Fall damals bearbeitet haben, waren fest davon überzeugt, dass die Anzeige aus Uspergs unmittelbarer Umgebung kam.«

»Also nicht Hannes Waltz?«

»Nein«, sagte Sabrina. »Familie.«

21.

Daniela Aisch war eine erstaunlich nach nichts aussehende Frau, deren Haar zerzaust war. Ihre Wangen waren geschwollen, die Augen rot vom Weinen, ihre Iris schwammen in Tränen und zu viel Alkohol.

»Ausweis?«, fragte Daniela Aisch und spähte durch die halbgeöffnete Tür.

Flora zeigte ihn vor.

»Sin' Sie allein?«

Flora nickte.

Daniela Aisch zögerte und seufzte schließlich. »Kommen Sie rein«, sagte sie. Sie wandte sich ab und ging vor. Noch auf dem Weg begannen ihre Schultern zu zucken, und sie schluchzte erneut.

Flora biss die Zähne zusammen. Sie hatte einmal gehört, dass ein guter Arzt sein Mitleid mit seinen Patienten hintanstellen musste. Für einen Polizisten hingegen, so vermutete Flora jedenfalls, war es essentiell, sich das Mitleid zu bewahren. Sie wusste, dass Peter Bernward sogar Mitleid mit den meisten Tätern verspürte, und ihn hielt sie nach wie vor für den besten Kripobeamten, der ihr je begegnet war.

Verärgert darüber, dass sie schon wieder an Peter dachte, folgte sie Daniela Aisch in einen Wohnraum, der auf den ersten Blick völlig zugestellt wirkte, aber seinen eigenen gemütlich-chaotischen Charme entfaltete, wenn man länger darin stand. Flora begann zu ahnen, welche Qualitäten Hannes Waltz an Daniela Aisch geschätzt haben musste – in ihrer Gegenwart brauchte er nicht so tun, als sei er eine Persönlichkeit, die in das Haus auf dem Englberg passte.

Auf einem runden Tisch standen eine geöffnete Flasche Wodka, die noch zu einem Viertel voll war, und ein Wasserglas. Die Tischplatte schwamm. Wenn die Flasche heute Morgen voll gewesen war, dann musste Daniela Aisch – selbst wenn man das abzog, was sie danebengegossen hatte – einiges intus haben.

»Wer hat es Ihnen mitgeteilt?«, fragte Flora.

Daniela Aisch ließ sich in einen Sessel plumpsen, der beim Tisch stand. Sie griff nach dem Wodkaglas, verfehlte es, schielte es überrascht an und richtete dann einen verschwommenen Blick auf Flora. Flora schnappte sich Flasche und Glas und stellte sie achtlos irgendwo außer Reichweite ab.

»Lassen Sie mich raten«, sagte sie. »Manuela Waltz.«

Nach Aussage der Kollegen vom K7 hatte Hannes Waltz seine SMS-Kommunikation mit seiner Geliebten weder verschlüsselt noch gelöscht gehabt. Er schien keine Furcht davor gehabt zu haben, dass seine Frau sie entdecken würde; wahrscheinlich, weil sie ohnehin Bescheid wusste.

»Ja«, sagte Daniela Aisch simpel. »Sie hat gelacht.«

Flora erwiderte nichts. Daniela Aisch wischte sich mit dem von Tränen, Rotz und Wimperntusche befleckten Ärmel ihrer Bluse über die Augen und schniefte. »Dreckiges, dreckiges Miststück!«, flüsterte sie.

»Das heißt, Manuela Waltz wusste vom Verhältnis ihres Mannes zu Ihnen?«

»Hannes wollte sich von ihr scheiden lassen«, sagte Daniela.

Mein Gott, dass jeder Mann seiner Geliebten denselben Mist erzählt!, dachte Flora. »Welchen Grund hätte er dafür gehabt, wenn seine Frau Ihre Beziehung doch tolerierte?«, fragte sie.

Daniela Aisch starrte sie an wie eine Minderbemittelte. »Weil er mich liebte.« Sie begann erneut zu weinen.

Flora zog sich einen Stuhl heran und setzte sich. Sie wartete ruhig ab, bis Daniela Aisch ihre Fassung leidlich wiedergefunden hatte. Dann, während die Chirurgin sich mit einem durchnässten Taschentuch die Nase putzte, füllte sie einen kleinen Schluck Wodka in das Glas und reichte es Daniela. Sie trank es hastig aus und stellte es so nahe zur Tischkante, dass es heruntergefallen wäre, wenn Flora es nicht aufgefangen hätte.

»Hannes wollte sich von Manu scheiden lassen«, sagte Daniela Aisch. »Sobald die Warterei vorüber wäre!«

Flora hörte in ihrer Erinnerung, wie Manuela Waltz zum Fenster ihrer millionenschweren Designerburg hinaus sagte: *All das Warten hatte keinen Zweck.*

»Worauf wartete er denn?«

Daniela Aisch blinzelte.

Flora dachte: *Gleich werde ich ein zweites Mal angelogen.*

»Auf den großen Auftrag«, sagte Daniela.

»Etwas Konkretes, oder nur Der Große Auftrag, Den Das Schicksal Mir Demnächst Um Die Ecke Schickt?« Flora wurde bewusst, dass sie zynisch geklungen hatte.

»Etwas Konkretes«, sagte Daniela und klang nun feindselig.

Flora seufzte. »Hören Sie, Frau Aisch, es ist ja nicht so, dass wir nicht Bescheid wüssten über die Verhältnisse von Herrn Waltz' Unternehmen und der Verschuldung seines Privatbesitzes. Gestatten Sie der Polizei den Luxus des Zweifels.«

»Nein, es is' wirklich eine große Sache. Wirklich! Und wenn die beendet is', wird man Hannes in der Stadt mit anderen Augen anschauen, das könn' Sie glauben.«

Flora sagte nichts darauf.

Daniela lauschte ihren eigenen Worten hinterher, erkannte, dass sie das falsche Tempus gewählt hatte, und verlor aufs Neue die Fassung.

Flora goss ihr einen weiteren Schluck Wodka ein und seufzte erneut. Daniela Aisch die Frage zu stellen, ob sie für die Tatnacht ein Alibi hatte, war auf jeden Fall überflüssig, aber sie würde sie dennoch stellen müssen.

Worauf hatte Hannes Waltz gewartet? Es war etwas, worüber sowohl seine Frau als auch seine Geliebte Bescheid wussten. Etwas, wobei selbst die am Rand des Nervenzusammenbruchs stehende Daniela Aisch noch genügend Geistesgegenwart besaß zu lügen. Oder ging es die beiden Frauen ebenfalls etwas an? Wie nahe standen sich Daniela und Manuela? Wenn Daniela von Waltz' Witwe als »Manu« sprach ... wie hatte dann Frau Waltz die Geliebte ihres Mannes angeredet? Dani?

»Was für ein Auftrag sollte das sein?«, fragte Flora.

»Muss ich der Polizei das mitteilen?«

»Wenn es zum Fall beiträgt. Und im Augenblick trägt alles zum Fall bei, Frau Aisch.«

»Ich möchte mit meiner Rechtsanwältin sprechen.« Daniela stolperte mehrfach über das Wort.

»Karin Schätz-Holdinger?«

Daniela machte ein misstrauisches Gesicht. Plötzlich wirkte sie halbwegs nüchtern. »Wieso wissen Sie das schon? Ham Sie mich überwacht? Das is ungesetzlich! Die Sache von damals is ausgestanden. Alles is vorbei. Vergessen und vorbei.«

Flora, die so tat, als sei sie von der Wendung nicht überrascht, deutete auf die Flasche. »So ganz vergessen wohl nicht.«

Daniela schluckte. »Das ...«, begann sie, »das hat

nichts damit …« Sie schwieg einen Moment. »Das geht Sie gar nichts an«, stieß sie dann hervor.

Flora änderte die Taktik. »Wie lange sind Sie schon mit Frau Waltz befreundet?«

»Wir sin' nicht befreundet!«

»Ich dachte nur, weil Sie sie ›Manu‹ genannt haben.«

»Jeder nennt sie Manu.«

»Wer ist ›jeder‹?«

Daniela Aisch musterte Flora verächtlich. »Die Bundeskanzlerin«, sagte sie. »Der amerikanische Präsident. Gott.«

Flora stöhnte innerlich. Das Mobiltelefon in ihrer Jackentasche, das sie auf lautlos gestellt hatte, vibrierte. Sie ignorierte den Anruf. »Hatte Herr Waltz Ihres Erachtens Feinde?«, fragte sie.

»Macht das Geld uns nich' alle zu Feinden?«

»Nur, wenn man welches hat«, sagte Flora und hatte das Gefühl, dass sie versehentlich eine Botschaft erhalten hatte, die sie nicht verstand. Das Gefühl verstärkte sich, als Daniela Aisch zu Boden blickte und ein Schauer über sie lief.

»Sie haben doch einen Verdacht«, sagte Flora.

Daniela Aisch schüttelte den Kopf. Sie tat es so heftig, dass ihre zerzausten Haare um ihren Kopf flogen.

»Die Polizei kann Ihnen helfen«, sagte Flora. Sie ahnte, dass sie den Augenblick verpasst hatte. Daniela Aisch hatte sich bereits verschlossen wie eine Auster. Zorn auf sie selbst stieg in Flora auf.

»Kann ich Ihnen noch helfen?«, fragte Daniela Aisch. »Wenn nich', und wenn Sie nichts gegen mich vorliegen haben, möchte ich jetzt allein sein.«

»Wo waren Sie in der Nacht von gestern auf heute?«, fragte Flora.

Daniela lachte bitter. »Zu Hause«, sagte sie. »Und Hannes war nicht bei mir!«

»Waren Sie allein?«

»Was denken Sie denn?« Daniela schnaubte. »Ich hab kein Alibi, wenn Sie's genau wissen wollen.«

»Hat Frau Waltz Ihnen erzählt, wo wir die Leiche von Hannes Waltz gefunden haben?«

»Das war das Erste, was sie sagte!«, stieß Daniela hervor und begann aufs Neue zu schluchzen. »Lassen Sie mich allein!«, stieß sie dann hervor, als sie wieder Luft bekam. »Gehen Sie raus oder verhaften Sie mich! Ist doch alles egal. Ich wollte, ich hätte nicht …«

»Was?«

Daniela Aischs Gesicht verzerrte sich in einer Emotion, die wie Wut wirkte, aber Flora war sicher, dass es in Wirklichkeit Angst war.

»Ich hätte die verdammte Tür gar nicht erst öffnen sollen! Verschwinden Sie oder werfen Sie mich in eine Zelle! Aber lassen Sie mich endlich allein!«

22.

Peter hatte kaum ein paar Notizen auf ein Blatt Papier gekritzelt und sie auf Floras Schreibtisch gelegt – *Waltz – Usperg – Pegasus – 60 Mio EUR – wir müssen reden!* –, als er in Maiers Büro gebeten wurde. Zuvor hatte er versucht, Flora auf dem Handy zu erreichen, aber sie hatte es offenbar auf lautlos geschaltet und das Vibrieren ignoriert oder seinen Namen auf dem Display gesehen und nicht mit ihm sprechen wollen. Auf dem Weg über den Gang zu Maiers

Büro hoffte er, dass der Chef ihn nicht lange beanspruchen würde. Er musste dringend einen Besuch machen.

»Kennen Sie Carmen Miskowski?«, fragte Maier.

»Nicht persönlich. Ich weiß, dass sie Bewährungshelferin am Landgericht Landshut ist.«

»Richtig.«

»Lassen Sie mich raten: Es geht um Thomas Usperg.«

Maier blinzelte überrascht.

»Ich hab ein bisschen recherchiert«, sagte Peter vage. »Ich kenne den Fall grob.«

Maier wäre nicht Kriminaloberrat, wenn er nicht die Fähigkeit besäße, ebenso schnell zu assoziieren wie seine besten Mitarbeiter. Er sagte: »Wenn sich eine Verbindung zwischen Usperg und Waltz herstellen lässt …«

»Keine offensichtliche. Es scheint festzustehen, dass Waltz weder damals über Usperg spekuliert hat noch dass er zu den Gläubigern gehört, die Usperg nach seiner Haftentlassung an den Kragen wollen. Aber ich hab noch nicht genügend gegraben, um das abschließend sagen zu können.«

»Sie haben noch nicht genügend gegraben, weil das auch gar nicht Ihr Fall ist.«

»Stimmt«, sagte Peter geschmeidig. »Und jemand, der nach Verbüßung seiner Strafe in die Freiheit entlassen wird, sollte einem auch nicht gleich als Erster bei einem Mordfall als Verdächtiger einfallen.«

»Es sei denn, er bietet einem Grund dafür.«

»Deswegen sitze ich wahrscheinlich hier«, sagte Peter.

»Ich habe den Mordfall Waltz der Kollegin Sander übertragen«, sagte Maier. »Ich bin eigentlich nicht glücklich darüber, dass Sie sich dort einmischen.«

»Wenn mir Informationen vor die Füße fallen, kann ich sie ja nicht ignorieren, Chef.«

»Sie teilen diese Informationen mit Hauptkommissarin Sander, nehme ich an?«

Peter dachte an den Zettel auf Floras Schreibtisch. »Ja«, sagte er einfach.

»Na gut.«

»Wollen Sie Ihre Entscheidung nicht noch mal überdenken? Flora und ich wären trotz allem ein klasse Team …«

»Tut mir leid. Ich habe die Entscheidung nicht leichtfertig getroffen, also werde ich sie auch nicht leichtfertig widerrufen.«

Peter antwortete nichts.

»Usperg hat uns einen Grund gegeben, ihm mal auf den Zahn zu fühlen«, sagte Maier. »Er ist vor drei Tagen entlassen worden und hat sich seitdem weder bei der Bewährungsstelle noch beim Sozialamt, noch sonst wo gemeldet. Er ist aus der JVA Straubing marschiert und sofort untergetaucht.«

»Verflucht«, sagte Peter.

»Ich übertrage Ihnen diesen Fall«, erklärte Maier. »Ihre Fähigkeiten sind mit Verwaltungsarbeiten total verschwendet. Ich verstehe nicht, warum Sie diese Arbeiten überhaupt angefangen haben. Ich hoffe, das ist kein Anzeichen von beginnender Sesselfurzerei bei Ihnen.« Maiers Gesicht war vollkommen ausdruckslos.

»Sorry, Chef«, sagte Peter, der ein breites Grinsen nicht unterdrücken konnte. »Mir war es draußen zum Herumlaufen zu nass.«

»Leihen Sie sich Gummistiefel. Und finden Sie raus, ob es eine Verbindung zwischen Usperg und dem Mord an Waltz gibt.«

»Und wenn? Waltz ist immer noch Floras Fall.«

»Ich verlasse mich auf Ihrer beider Professionalität.

Was es an Unterlagen und Kontaktadressen gibt, sende ich Ihnen auf Ihre Mobilnummer.«

23.

Peters Bürotür war geschlossen, obwohl er sie offengelassen hatte. Er trat ein und dachte im ersten Moment, Flora wäre zurückgekehrt. Doch die Frau, die auf Floras Schreibtischstuhl saß und gerade in ihr Mobiltelefon sagte: »Warte, ich bekomme einen Anruf rein … bleib dran …«, war Tanja Parsberger. Die junge Polizistin fuhr zusammen und sah ihn erschrocken an. Was Rudolf Strutiow über sie gesagt hatte, fiel ihm wieder ein, und er fühlte eine plötzliche Abneigung gegen die junge Frau.

Tanja wurde rot vor Verlegenheit. Sie sprang auf und trat mit einer entschuldigenden Geste einen Schritt zurück. Aus ihrem Handy drang ein quäkendes »Hallo? Hallo?« Tanja presste sich das Gerät hastig ans Ohr. Peter setzte sich an seinen Platz und hörte zu, wie sie sich meldete. »Hallo? Entschuldigung. Nein … nein, ich bin Polizeiobermeisterin Tanja Parsberger … Was? … Nein, ich bin derzeit an die Kripo Landshut ausgeliehen. Ich arbeite mit Hauptkommissarin Flora Sander zusammen. Ja. Ja? Gut. Bringt sie mir halt zur Befragung vorbei, sobald ihr angekommen seid … äh …«

Peter sah sie aus dem Augenwinkel gestikulieren. Er wandte sich ihr zu. Tanja hatte das Handy gesenkt.

»Kann ich … ich müsste jemanden befragen … ist es recht, wenn ich das Büro hier …?«

»Ich bin ohnehin gleich weg«, sagte Peter und versuchte, freundlich zu klingen.

»Ja, das Büro von Hauptkommissarin Flora Sander«, sagte Tanja ins Telefon. »Gut. Danke.« Sie beendete das Gespräch und sagte zu Peter ebenfalls: »Danke.«

»Wo ist Flora?«

»Sie hat mich hergeschickt, um mit der Prostituierten zu sprechen, die wahrscheinlich den Tod von Hannes Waltz gemeldet hat. Die Frau ist in Regensburg gefunden worden. Flora selbst spricht gerade mit der Geliebten von Hannes Waltz.«

»Allein?«

»Sie wollte es so.«

»Brauchst du Hilfe bei dem Gespräch?«

»Vernehmungen hab ich schon etliche gemacht.«

»Entschuldigung!« Peter hob die Hände.

»Oh … so war das nicht gemeint!«

»Schon gut. Ich bin weg.«

Tanja strich sich nervös mit einem Finger über die Narbe an ihrem Hals. Peter konnte nicht anders, als daraufzustarren. Er räusperte sich und schaute woandershin, als Tanja auf seinen Blick aufmerksam wurde und die Hand wegzog, als hätte sie sich verbrannt. Einen Moment lang herrschte peinliches Schweigen.

Tanja beendete ihn, indem sie an Floras Schreibtisch trat und Peter den Notizzettel mit seinem Gekritzel reichte. »Ist der von … äh … dir?«

Peter zögerte kurz, dann nahm er den Zettel an sich. Er war froh, dass er nicht noch die Bemerkung hingeschrieben hatte, die er ursprünglich hatte dazufügen wollen: *Tanja – Achtung – frag Rudi S.* Er hatte das T schon geschrieben und wieder durchgekritzelt.

»Ja. Viel Glück bei der Vernehmung.«

»Danke.«

Peter deutete auf das Mobiltelefon in Tanjas Hand. »Ich würde zurückrufen.«

Tanja blickte verwirrt auf das Telefon. »Wen?«

»Wen immer du in der Leitung hast hängen lassen, als der zweite Anruf reinkam.«

Tanjas Augen weiteten sich. »Ach du Schande«, rief sie. »Mist!« Sie hob das Handy, als müsse sie Peter alles erklären. »Das war Andi. Mein Kollege, mit dem ich gestern Streife gefahren bin. Ich wollte mich mit ihm treffen und ihm erklären, dass ich jetzt mit Flora zusammenarbeite, aber dann riefen schon die Kollegen aus Regensburg an. Er ist eh sauer auf mich. Jetzt wird er doppelt grantig sein.«

»Polizisten sind es gewohnt, versetzt zu werden. Sie versetzen auch dauernd ihre Partner und Freunde. Erste Lektion bei der Kripo: Hier ist es genauso.«

Tanja lächelte ihn verlegen an.

Peter eilte aus dem Büro. Der geplante Besuch wartete auf ihn. Nun, da er den Fall mit dem verschwundenen Exhäftling Thomas Usperg bearbeitete, war dieser noch wichtiger als zuvor.

Der Besuch galt Connor Lamont.

24.

Connor meldete sich, nachdem Peter es vergeblich auf seiner Festnetznummer versucht hatte, an seinem Handy.

»Bist du noch bei Stefan?«, fragte Peter. Im Hintergrund hörte er das Klappern von Geschirr.

»Nein, ich bin im Lifestyle-Hotel. Wegen dieser Führungskräftetagung, für die wir die Geisterführung machen. Hast du hoffentlich nicht vergessen, oder?«

»Sind die Leute dort untergebracht?«

»Ein paar von ihnen. Ich organisiere gerade, dass sie alle abgeholt werden.«

»Vom THW?«

»Daran hab ich noch gar nicht gedacht«, erwiderte Connor gutgelaunt. »Du könntest den Geist des Herzogs als Wassermann spielen ... Ja? Ah, super. Einen Moment ...«

Die letzten Worte mussten jemandem gegolten haben, der Connor angesprochen hatte. Connor sagte ins Telefon: »Mein Gesprächspartner ist da. Kann ich dich zurückrufen, Peter?«

»Ich muss dich was fragen. Wie lang dauert dein Gespräch?«

»Halbe Stunde?«

»Bleib vor Ort, ich komme hin.«

»Ist gut«, sagte Connor, und Peter bildete sich ein, einen kaum hörbaren Unterton der Befremdung in der Stimme seines Freundes wahrzunehmen. Er wurde sich bewusst, dass er förmlicher als sonst geklungen hatte. *Bleib vor Ort.* Es hörte sich beinahe an wie: *Rühren Sie sich nicht vom Fleck, wir senden einen Streifenwagen.*

Da Flora mit dem Dienstwagen unterwegs war, der auf sie beide eingetragen war, startete Peter den Tank und rollte die Neustadt hinauf. Die weite Straße – die parallel zur Altstadt verlief und zusammen mit ihr und den Gassen, die die beiden Straßen verbanden, das Herz der Stadt bildete – war überraschend leer, die Parkplätze links und rechts fast völlig verwaist. Wer aus den Vororten kam und trotz des Hochwassers nicht umhinkonnte, in die Innenstadt zu fahren, hatte vermutlich den Bus genommen. Wenn THW und Feuerwehr das Wasser nicht von der Altstadt fernhalten konnten, würde es auch in die Neustadt laufen, und wer dann dort sein Auto abgestellt hatte, würde es erst wiederbekommen, wenn die Katastrophe vorüber war. Ob es dann noch fahrtüchtig war, würde sich erst zeigen müssen. Vor den meisten Hauseingängen auf der Ostseite waren kniehohe Sandsackwälle aufgestapelt – dorthin würde wegen des leichten Gefälles das Wasser als Erstes laufen. Einmal mehr hatte Peter das Gefühl, durch einen schlechten Traum zu fahren.

An beiden Enden der Heilig-Geist-Brücke standen THW-Mitarbeiter, rauchten und beobachteten die Wassermassen, die sich unter der Brücke hindurchwälzten. Peter fragte sich, ob das Technische Hilfswerk die Erlaubnis, die Brücke für den Publikumsverkehr zu schließen, bereits bekommen hatte und nur noch abwartete, welche Meldungen über den zu erwartenden Pegelstand der nächsten Stunden eingingen. Polizei und Kripo würden danach weiterhin über die gesperrten Brücken fahren können, ebenso wie die Erste-Hilfe-Dienste, Notärzte und das technische Personal der Energieversorgungsunternehmen und der Stadtverwaltung.

Und diejenigen Mitglieder der politischen Führungsschicht der Stadt, die überzeugend darlegen konnten, dass ohne ihr tatkräftiges Herumstehen an den Katastrophenbrennpunkten Landshut verloren wäre …

An der Ampel vor dem Bismarckplatz kam Peter plötzlich eine Idee. Er hatte noch gute zwanzig Minuten Zeit – und wenn er hier links abbog, würde er bei Viktors Baustelle vorbeikommen: der Firma Himmel. Vielleicht sollte er sich einmal ansehen, was sein Widersacher dort eigentlich trieb. Er setzte den Blinker und bog von der Geradeausspur nach links in die enge Gasse ab, die ins Nikolaviertel führte.

25.

Die Baustelle war mit Trassierband abgesperrt, ein Tieflader stand quer in der engen Einfahrt und machte es unmöglich, mit dem Auto hineinzufahren. Peter fuhr an der Baustelle vorbei und stellte den Tank etwas weiter vorn ab. Als er zur Baustelle zurückmarschiert war, stand dort bereits ein THW-Mitarbeiter mit Warnweste und Plastikhelm. Davon abgesehen, trug er normale Kleidung und nicht den THW-Einsatzanzug. Es musste sich um einen freiwilligen zivilen Helfer handeln – jemanden wie Daniel Bernward. Peter lächelte ihn freundlich an.

»Hab gesehen, wie Sie langsam vorbeigefahren und dann zurückgekommen sind«, sagte der Helfer. »Die Baustelle ist geschlossen.«

Peter holte seinen Dienstausweis hervor. Der Mann betrachtete ihn mit ernstem Gesicht. Er schien von der Wichtigkeit seiner Aufgabe erfüllt zu sein, denn er erwiderte Peters hartnäckiges Lächeln auch nicht mit dem geringsten Zucken eines Mundwinkels.

»Ich weiß nicht, Herr Hauptkommissar«, sagte er und kratzte sich mit einer ratlosen Geste am Hals. »Es hat geheißen, niemand darf die Baustelle betreten.«

»Ich wundere mich, dass das THW über eine Privatbaustelle wacht.«

Der freiwillige Helfer zuckte mit den Schultern. »Die

Keller«, erklärte er. »Da steht das Wasser drei Meter tief. Wenn da jemand reinfällt, kommt er nicht mehr raus.«

»Ich sehe es mir trotzdem an.«

Der Mann trat beiseite. »Die Polizei soll man nicht aufhalten, oder?« Er klang jetzt genervt und fast feindselig.

Peter ließ ihn stehen und stapfte über den Schlamm und Lehm des Vorplatzes zum Gebäude hinüber. Was an Verwaltungsgebäuden noch gestanden hatte, war von Viktors Bauarbeitern bereits abgerissen worden; es waren nichtssagende Zweckbauten gewesen. Nur die aus zweifarbigem Klinker errichtete ehemalige Werkshalle stand noch und würde die Außenfassade für Viktors Hotelpläne bilden. Vor dem massigen Trockensilo der Mühle dahinter wirkte der Bau klein. Als späteres Hotel würde er nur über wenige, aber vermutlich sehr exklusive Zimmer verfügen.

Der Zugang war am anderen Ende. Peter drehte sich nach dem freiwilligen Helfer um, doch dieser hatte ein Telefon herausgezogen und tippte darauf herum. Vermutlich gab er seiner Zentrale Bescheid, dass ein naseweiser Kripobeamter auf der Baustelle herumschnupperte, und holte sich Rat, ob er dafür verantwortlich sein würde, wenn der neugierige Beamte ins Wasser fiel. Peter betrat das Gebäude.

Der Eingang bestand aus einem kurzen Flur. Eine Baustellentreppe aus roh gezimmertem Holz führte hinauf in die Dunkelheit. Nach rechts ging eine Türöffnung ab. Peter folgte ihr und versuchte, sich in dem düsteren Licht zu orientieren, das durch die Spalten und Schlitze der mit Läden und Brettern vernagelten Fenster im Erdgeschoss drang. Es roch nach nassem Ziegel, nach schlammigem Wasser und beginnendem Moder.

Zur Linken war eine Wand in die Höhe gezogen, deren Ziegel auch im schlechten Licht neuer wirkten als die der

Außenwand. Drei Türöffnungen waren in regelmäßigen Abständen ausgespart, die Türen darin waren aus verbeultem Stahl und würden sicher später durch anderes Material ersetzt. Rechts zog sich die Reihe der verrammelten Fenster entlang.

Peter sah sich um. Er stand in einem Gang, der vermutlich einmal Teil des Erdgeschosses der Werkshalle gewesen war und der zur Rechten durch die Außenmauer, zur Linken durch die neu hochgezogene Wand gebildet wurde. Direkt vor ihm wurde der Gang durch eine Palette verengt, über deren Last eine Plane gebreitet war. Expander hielten die Plane fest. Peter hakte einen von ihnen aus der Öse der Plane und schaute darunter. Soweit er es in der Düsternis erkennen konnte, war es eine Tauchausrüstung. Er befestigte die Plane wieder und musterte die neu hochgezogene Wand.

Wozu hatte Viktor den Gang von der Werkshalle abtrennen lassen? Hinter der neuen Wand konnten keine Zimmer liegen. Das Gebäude war dafür zu tief; die Zimmer würden riesig und unwirtschaftlich sein. Er öffnete eine der Türen und spähte hinein. Dann wusste er, was es mit dem Kellergewölbe der Firma Himmel auf sich hatte.

Jenseits der Tür gähnte Finsternis, in die Lichtbahnen von den Ritzen der verrammelten Fenster gegenüber stachen. Die Lichtbahnen trafen auf eine unbewegte Wasseroberfläche. Ein unregelmäßiges Sims lief außen um den gesamten riesigen Raum herum, aus dem noch Teile von Baustahlgewebe ragten. Das Sims war, soweit Peter sehen konnte, höchstens einen halben Meter tief. An drei Stellen fehlte es fast ganz. Die Lücken waren mit schweren Bohlen überbrückt.

Peter legte den Kopf in den Nacken. Geschätzte drei Meter über ihm schloss sich die Decke zu einem Gewölbe. Wenn es stimmte, dass das Wasser dort unten ebenfalls drei Meter tief war, dann maß die Raumhöhe vom Boden bis zur Decke sieben, acht Meter. Eine Halle wie in einer Kirche – das zukünftige Wellness-Paradies Viktor von Closens. Peter konnte nun verstehen, warum die Bauarbeiten nicht weitergingen. Viktor hatte über den größten Teil der gesamten ehemaligen Werkshalle hinweg den Boden herausstemmen lassen, um einen durchgehenden Raum vom Kellerniveau bis zur früheren Decke der Halle zu erhalten. Im ersten Stock würden die Hotelzimmer sein – mit etwas architektonischem Geschick zwanzig Stück. Viktor plante kein riesiges Hotel; aber zusammen mit der phantastischen Wellness-Halle würde es ein Aufreger sein, der ihm auf Jahre hinweg einen ausgebuchten Terminkalender und Landshut eine neue Attraktion bescherte. Es gehörten Mut und Vision dazu, dieses Projekt anzugehen.

War dies das Geheimnis, warum sich Flora für Viktor von Closen erwärmt hatte? Weil er ein Mann mit einer Vision war? Und Peter nur ein Clown, dessen Vision sich darauf beschränkte, ungebeten den falschen Urlaubsort für die Frau seiner Träume zu buchen?

Peter schob sich auf dem Sims entlang. Die Lichtbahnen von den Fensterläden ließen das Wasser unten seltsame Lichtreflexe werfen. Mit einer Hand fummelte er in der Jackentasche nach seinem Handy. Es besaß eine Taschenlampenfunktion, die in der Düsternis willkommen gewesen wäre. Aber er hatte das Telefon im Auto liegenlassen. Nun, dies sollte ja auch keine stundenlange Besichtigung werden. Eigentlich hatte er genug gesehen. Eigentlich hatte er schon jetzt *genug* von dem ganzen Projekt.

Er trat auf die Bohlen, die eine der Lücken überbrückten.

Als er mit beiden Füßen darauf stand, brachen die Bohlen in der Mitte durch. Peter stürzte in eiskaltes, dunkles Schlammwasser.

26.

Flora saß im Wagen und betrachtete die Mitteilungen über verpasste Anrufe auf dem Display. Peter war einer davon, der andere war Viktor. Sie widerstand der Versuchung, Viktor sofort zurückzurufen, verdrängte den Gedanken an Peter und tippte stattdessen auf ihrem Smartphone ein, was sie bisher herausgefunden zu haben glaubte.

Manuela Waltz war nicht über den Tod ihres Mannes betrübt; höchstens war sie schockiert gewesen. Was immer sie irgendwann an Liebe für ihn empfunden haben mochte, war vorbei. Es konnte nicht am Erfolg und Ansehen ihres getöteten Mannes gelegen haben, dass sie bei ihm geblieben war – beides hatte Hannes Waltz nämlich in reichlichem Maß vermissen lassen.

All das Warten, hatte Manuela Waltz gesagt.

Worauf hatte Hannes Waltz gewartet – und seine Frau mit ihm? Es konnte nichts sein, was erst in jüngster Zeit geschehen war. *All das Warten* implizierte, dass das Warten schon über einen längeren Zeitraum hinweg geschehen war. Was war es gewesen? Und war es überhaupt wichtig für den Fall?

Flora ahnte, dass ihr der nächste Schritt in den Ermittlungen nicht erspart bleiben würde. Sie würde ihn wohl mit einer Richtigstellung und einer Entschuldigung einleiten müssen. Sie hasste die Vorstellung, weil sie bedeutete, dass sie mit einer geschwächten Position in das Gespräch ging, das sie führen musste.

Hauptkommissarin Franka Leitmayr würde der Rechtsanwältin Karin Schätz-Holdinger erklären müssen, dass sie in Wahrheit Flora Sander hieß. Und sie dann zum Tod von Hannes Waltz befragen.

Flora klemmte das Mobiltelefon in die Halterung und startete das Fahrzeug. Dann erfragte sie bei der Einsatzzentrale die Adresse der Kanzlei. An der ersten Ampel drückte sie die Rückruftaste, um mit Viktor zu sprechen.

»Hey«, sagte Viktor über die Freisprecheinrichtung des Wagens.

»Hey«, sagte Flora und lächelte.

»Hab ich dich vorhin mit meinem Anruf gestört?«

»Gestört hätte es, wenn ich rangegangen wäre.«

Sie hörte Viktor leise lachen. »Hast du jemanden verhört?«

»Berufsgeheimnis.«

»Na gut. Ich wollte dich und Julia heute Abend zum Essen einladen.«

»Gibt es noch Lokale in Landshut, die nicht unter Wasser stehen?«

»Nicht genug. Ich dachte auch nicht an Landshut …«

»Sondern?«

Viktor lachte erneut. »Berufsgeheimnis.«

»Viktor, ich bin mitten in einem neuen Fall.«

»Was heißt das?«

»Dass ich mich im Moment nicht weit von Landshut wegbewegen möchte. Ich freue mich auf die Einladung, aber mir wäre es lieber, wenn sie irgendwo in der Nähe stattfinden würde.«

»Ich hab schon einen Tisch reserviert …«

»Tut mir leid!«

»Na schön. Ist auch egal, wo wir uns sehen, Hauptsache, wir sehen uns. Ich suche was anderes und geb dir noch mal Bescheid, wann ich euch abhole.«

Flora beendete das Gespräch und fragte sich, wo der Unterschied war – ungefragt einen Urlaub zu buchen oder ungefragt einen Tisch fürs Abendessen zu reservieren. Gab es überhaupt einen? Warum empfand sie das eine als Einmischung in ihre Freiheit und das andere als liebevolle Aufmerksamkeit? Nur weil der Urlaub eine Woche gedauert hätte und das Essen lediglich einen Abend? Aber gab es abgesehen von dieser zeitlichen Komponente sonst noch einen Unterschied? Was hatte Peter falsch und Viktor richtig gemacht?

Hatte Viktor es richtig gemacht?

Diese Gedanken führten zu nichts und vor allem nicht zu der nötigen Konzentration, die sie für das nächste Gespräch brauchte. Sie schob sie beiseite.

Die Kanzlei von Karin Schätz-Holdinger befand sich im ersten Stock eines Gebäudes, das direkt an der Harlanderbrücke stand. Dahinter wälzte sich das abgeleitete Wasser der Isar durch die Flutmulde, spritzte an den Brückenpfeilern der Harlanderbrücke hoch und floss über den Weg, der die Dammkrone der Flutmulde bildete. Dass die Kanzlei im ersten Stock war, wusste Flora nur aufgrund des Klingelschilds. Niemand öffnete ihr, obwohl sie den Daumen nach den ersten Fehlversuchen eine halbe Minute lang auf der Klingel ließ.

Im Erdgeschoss war einmal ein Geschäft für Büroeinrichtungen gewesen. Es stand seit einer Ewigkeit leer. Im zweiten Stock schien sich eine Wohnung zu befinden. Auch dort meldete sich niemand auf Floras Klingeln. Vielleicht war es die Wohnung der Familie Schätz-Holdinger.

Alles in allem sah das Ensemble nicht nach einem prestigeträchtigen Unternehmen aus.

Hannes Waltz, der Schaumschläger mit dem großen, verschuldeten Haus und dem Immobilienbesitz in Form eines heruntergekommenen Puffs. Seine Geliebte, die eine kleine ambulante Schönheitspraxis in einem alten Haus in einem Wohnviertel betrieb statt moderner Behandlungsräume im Klinikum. Karin Schätz-Holdinger mit der Art von Rechtsanwaltspraxis, bei der man vermuten würde, sie hielte sich mit illegalen Anzeigen wegen angeblicher Urheberrechtsverletzungen beim Anschauen von Internetpornos über Wasser. Sie alle hatten das Flair von Misserfolg und Scheitern gemeinsam. Unwillkürlich fragte sich Flora, ob auch Karin Schätz-Holdinger auf etwas *wartete*.

Der Einzige, der bisher nicht wirklich in das Schema passte, war Gerd Leinberger. Bedeutete das, dass er nicht dazugehörte? Oder dass es kein Schema gab? War es noch zu früh, nach Mustern zu suchen? Begann sie schon, den klassischen Fehler zu begehen, nämlich die Aspekte eines Falls durch die Brille eines Vorurteils zu sehen?

Flora holte das Telefon heraus und rief die Praxisnummer von Karin Schätz-Holdinger an. Der Anrufbeantworter meldete sich. Entweder hatte die Rechtsanwältin ihren Mitarbeitern freigegeben, oder sie arbeitete allein. Flora nahm an, dass eher Letzteres zutraf. Sie wählte die Privatnummer der Anwältin – mit dem gleichen Ergebnis, denn die Privatnummer war auf die Mailbox der Anwaltspraxis umgeleitet. Die Informationen der Zentrale hatten auch noch eine Mobilnummer beinhaltet. Bei dieser meldete sich eine zuckersüße Frauenstimme und informierte Flora, dass der Anschluss im Augenblick nicht erreichbar und sie per SMS benachrichtigt werden konnte, wenn er wieder verfügbar sei.

Karin Schätz-Holdinger war allem Anschein nach vom Erdboden verschwunden.

27.

Das Wasser war so kalt, dass Peter der Atem wegblieb, als es über ihm zusammenschlug. Er kämpfte sich an die Oberfläche. Er hatte Wasser im Mund, in der Nase, in den Augen. Für einen Moment wollte ihn Panik überwältigen. Seine wild umhergreifenden Hände spritzten weiteres Wasser auf und trafen dann etwas Hartes – die Bohlen, die mit ihm zusammen ins Wasser gefallen waren. Instinktiv hielt er sich daran fest. Er spuckte und hustete das Wasser aus und versuchte, zu Atem zu kommen. Dann ließ er mit einem gewaltigen Willensakt das Brett los, an das er sich geklammert hatte, und machte einen Schwimmzug. Seine Augen tränten, weil ihm das Wasser in die Nase gedrungen war. In seinem Mund war der Geschmack von Schlamm und Moder, und er japste immer noch nach Luft, aber die Panik verging. Wasser tretend und spürend, wie seine nasse Kleidung ihn nach unten ziehen wollte, versuchte er, sich Überblick über seine Lage zu verschaffen.

Das Betonsims, von dem er abgestürzt war, lag eineinhalb Meter über ihm – zu hoch, um es fassen zu können. Er stemmte sich trotzdem aus dem Wasser und griff nach oben, aber er bekam nur Luft zu fassen. Die Ziegelwand vor ihm, an der das Wasser hochschwappte und ihm in die Augen spritzte, bot nicht genügend Halt, um sich daran emporzuziehen. Er bäumte sich mehrmals auf, versuchte mit den Fingerspitzen, an der Ziegelwand Halt zu bekommen. Vergeblich. Er stieß sich von der Wand ab und schwamm erneut einen Zug lang hinaus ins Freie, um sich umzusehen. Zitternd und zähneklappernd drehte er sich im Wasser einmal um sich selbst. Nirgendwo führte eine Treppe oder eine Leiter ins Wasser hinein. Die Bauarbeiter mussten die Baustellentreppen alle geborgen haben, als das Wasser gekommen war. Überall war das Sims gleich hoch, so dass er nirgends danach würde greifen können.

Seine Kleidung wurde immer schwerer und schwerer. Gewohnheitsmäßig hatte er seine alte Lederjacke angezogen, deren Oberfläche mehr aus Patina denn aus Leder bestand, und diese hatte sich nun endgültig vollgesaugt. Er wollte sich aus ihr herauswinden, aber dabei geriet er mit dem Kopf unter Wasser und schluckte so viel davon, dass es ihn würgte. Erneut sah er sich um, schwer atmend und zum zweiten Mal mit aufsteigender Panik kämpfend.

Verflucht!

Sollte er am Rand des Gewölbes entlangschwimmen in der Hoffnung, irgendwo Boden unter die Füße zu bekommen? Aber welche Chance bestand dafür? Er war in einem riesigen Becken, dessen Boden drei Meter unter ihm lag und dessen Wände senkrecht noch oben gingen, mit der einzigen Chance, sich aus dem Wasser zu ziehen, dem Sims, außerhalb seiner Reichweite.

Die Bruchstücke der Bohlen schaukelten zwischen ihm und der Wand auf dem Wasser. Stöhnend schwamm er zu ihnen und zog sie zu sich heran. Die Bruchkanten waren hell und regelmäßig. Vielleicht konnte er sich auf eines der Bretter hinaufschwingen wie auf ein Surfboard und darauf aufrichten. Er musste sich nur eine oder zwei Sekunden halten können, dann würde er das Sims fassen können – das Sims, das so lächerlich nahe war und doch nicht zu greifen.

Die Bohlen waren allesamt zu kurz und zu schmal. Wann immer er danach griff und den Versuch unternahm, ein Knie hinaufzubekommen, drehten sie sich herum, tauchten ihn unter Wasser und trieben dann gleichgültig davon.

Mit tränenden Augen, hustend und keuchend und spürend, dass seine Muskeln zu erlahmen begannen, machte Peter sich klar, dass er nicht aus seiner Lage entkommen konnte, ohne dass jemand ihn rettete. Wie lange würde er sich über Wasser halten können? Die Temperatur betrug keine fünfzehn Grad – zu kalt, um sich länger darin aufzuhalten. Bilder kamen ihm in den Kopf von Leichen, bei deren Bergung er dabei gewesen war: Landwirte, die in ihrer eigenen Jauchegrube, und Besoffene, die mit dem Gesicht nach unten in einer Pfütze gelegen hatten und darin ertrunken waren. Der alte Mann, den sie in seinem Regenwasserfass im Garten gefunden hatten, in das er beim Wasserschöpfen kopfüber hineingefallen und nicht mehr herausgekommen war. Seine Beine hatten aus dem fast leeren Fass geragt. Er hatte die Gießkanne noch in der Hand gehalten.

In vollem Bewusstsein, dass die schwere Stahltür oben beim Eingang hinter ihm zugefallen war und kaum einen Laut nach draußen dringen lassen würde, begann er zuerst zu rufen, dann zu schreien und schließlich zu brüllen.

28.

Das Hochwasser zwang Flora zu einem Umweg, als sie vom geschlossenen Anwaltsbüro zurück zur Dienststelle fuhr. Das THW hatte die beiden Brücken über die Kleine und die Große Isar an der Podewilsstraße gesperrt, weil man das Treibgut entfernen musste, das sich an den flussaufwärts zeigenden Brückenpfeilern gesammelt hatte. Flora sah einen großen Ast oder Baumstamm über das Brückengeländer hinaus senkrecht in die Luft ragen. Er hatte das Geländer eingedrückt und schwankte in der Strömung lebensgefährlich hin und her. Die THW-Mitarbeiter standen mit Kettensägen in sicherem Abstand davor und schienen zu beratschlagen, wie sie sich dem Monster am besten nähern konnten. Flora bog in die Innere Regensburger Straße ab.

An der Kreuzung beim Bismarckplatz überlegte sie einen Moment, ob sie geradeaus darüberfahren sollte. Dieser Weg hätte sie bei Viktors Baustelle vorbeigeführt. Aber was hätte sie dort gewollt? Unsicher, warum ihr der Gedanke überhaupt in den Sinn gekommen war, setzte sie den Blinker nach links in Richtung Innenstadt und rief Tanja Parsberger an.

Die junge Polizistin meldete sich so schnell, als hätte sie das Telefon die ganze Zeit über in der Hand gehalten.

»Ist Eliska Sládek schon da?«, fragte Flora.

»Vor einer Viertelstunde eingetroffen. Sie sitzt hier mit mir in deinem Büro.«

»Ist Peter da? Kollege Bernward, meine ich.«

»Der ist vor einiger Zeit weggefahren. Er lässt dich schön grüßen.«

»Nein, tut er nicht.«

Tanja räusperte sich und sagte nichts.

Die Ampel wurde grün. Flora fuhr los.

»Soll ich schon anfangen, Frau Sládek zu verhören?«, fragte Tanja schließlich.

Flora dachte an das Gespräch mit Daniela Aisch und dass es wahrscheinlich erfolgreicher verlaufen wäre, wenn sie es nicht allein geführt hätte. »Ich bin schon auf dem Weg ins Büro. In höchstens zehn Minuten bin ich da. Beschäftige sie irgendwie. Spielt eine Runde Mikado.«

»Ich hab ihr ein Sakko gegeben, das ich im Schrank gefunden habe. Ich glaube, es gehört dem Kollegen Bernward.«

»Wozu das Sakko?«

»Die Kollegen haben Eliska in ihrer … äh … Dienstkleidung hergebracht.«

»Was? Nackt?«

»Um ehrlich zu sein, wenn sie nackt wäre, wäre sie noch mehr angezogen als mit dem, was sie trägt.«

»Du liebe Güte. Und was sagt sie dazu?«

»Sie fragt, ob sie das Sakko behalten darf. Es riecht so männlich …«

»Ich bin in fünf Minuten da«, sagte Flora und beschleunigte.

29.

Als der plötzliche Krampf Peters Oberschenkel steinhart werden ließ, erkannte er, dass die Angst, die sich seiner bemächtigt hatte, noch gesteigert werden konnte. Er massierte die verkrampfte Stelle mit einer Hand und versuchte mit der anderen und dem funktionierenden Bein, sich über Wasser zu halten. Nach Luft schnappend und mittlerweile zitternd vor Kälte, platschte er auf die im Wasser treibenden Bohlen zu und hielt sich daran fest. Der Krampf schien seine Muskeln zerreißen zu wollen.

»Verflucht!«, brüllte er und hieb auf das Wasser ein. Es spritzte hoch und in seine Augen und seinen Mund. Er spuckte aus. Sein Kopf pochte vor Schmerz. Der Oberschenkelkrampf ließ ihn stöhnen. »Verflucht, verflucht, verflucht!«

»Hallo?«, ertönte eine gedämpfte Stimme von jenseits der unerreichbaren Stahltür über ihm. Die Tür wurde aufgerissen. Jemand schaute zu Peter herunter. »Herr Bernward? Du lieber Gott … Was ist denn passiert? Wie sind Sie denn …?«

Der Ankömmling unterbrach sich und schaute sich hektisch um. »Warten Sie … ich helfe Ihnen …«

»Da wäre ich sehr verbunden.« Peter ächzte, legte den Kopf auf das Brett und fühlte, wie ihn Erleichterung durchströmte. Er war so froh, dass er für den Augenblick den Krampf und die Kälte nicht mehr spürte.

Er war tatsächlich so froh, dass es ihm nicht einmal etwas ausmachte, dass der Ankömmling Viktor von Closen war.

Viktor verschwand und kam kurze Zeit später mit einem Metallgestell wieder. Es entpuppte sich als kurze Leiter, deren Holme an einem Ende zweifach im rechten Winkel gebogen waren, so dass er sie auf dem Sims ablegen und dann in den Türrahmen einhaken konnte. »Schaffen Sie's?«, fragte Viktor.

Peter klammerte sich an die Holme und versuchte, die Leiter emporzuklettern. Die eineinhalb Meter waren schwerer zu überwinden als der Mount Everest. Er hatte das Gefühl, dass seine Arme und Beine mit eiskaltem Blei ausgegossen waren. Der verkrampfte Muskel kam ihm vor wie ein Knoten aus kaltem Schmerz. Viktor half ihm über den Rand des Simses und aus dem Gewölbe heraus in den Gang. Peter ließ sich an der Außenwand herabrutschen und saß dann in einer immer größer werdenden Pfütze. Seine Hände bebten unkontrollierbar vor Kälte. Er versuchte, seinen Oberschenkel zu massieren, aber seine Finger waren klamm und kraftlos. Seine Zähne begannen aufs Neue zu klappern.

»Wie ist denn das passiert?«, fragte Viktor.

»H... holen Sie die B... Bohlen aus dem Wasser«, stammelte Peter. »A... aber helfen Sie mir zuerst auf.«

Viktor zog ihn auf die Füße.

Schwankend stand Peter da. Er stampfte mit dem Fuß auf, bis er das Gefühl hatte, dass der Krampf in seinem Oberschenkel nachließ und er sicherer stehen konnte. Dann versuchte er, sich aus der triefenden Jacke zu befreien.

»Was haben Sie vor?«

»Ich m... muss diese nassen Sachen los... loswerden!«

Viktor packte mit an und zerrte Peter die Jacke vom Leib.

Peter fummelte mit steifen Fingern an den Knöpfen seines Hemds, dann stöhnte er und riss an der Knopfleiste.

Viktor zog seine Hände weg. »Ich mach das!« Er knöpfte Peters Hemd auf und half ihm, herauszuschlüpfen.

»Die H... Hose krieg ich alleine ab, v... vielen Dank«, stieß Peter hervor.

»Ich hole Ihnen eine Decke aus dem Auto. Meine Fresse. Wie kalt ist denn das Wasser?«

»Schei... scheißkalt«, sagte Peter.

Viktor war innerhalb kürzester Zeit zurück und hüllte Peter, der nun splitternackt dastand, umgeben von den klitschnassen Bündeln seiner jeweiligen Kleidungsstücke, in eine raue Decke aus Bundeswehrbestand. Wenn Peter die Kraft gehabt hätte, die Augen zu verdrehen, hätte er es getan. Er hatte eine gleichartige Decke im Kofferraum des

Tanks. Hoffentlich besaßen er und der verdammte Viktor nicht noch weitere Ähnlichkeiten.

Peter rubbelte sich mit der Decke über die Haut, bis das Zittern verging und er nur noch innerlich eiskalt war. Der Schmerz in seinem Oberschenkel pochte immer noch, aber er war erträglich. Auf einmal fühlte er sich so schwach, dass er sich am liebsten hingelegt und geschlafen hätte. »Danke«, murmelte er. »Ich glaube, ich wäre dort drin abgesoffen.«

»Wie ist denn das passiert?«, fragte Viktor erneut, ohne auf Peters Dank einzugehen.

Peter hob den Kopf und musterte ihn. Der Unternehmer war blass und gab Peters Blick besorgt zurück. »Ich zeig's Ihnen«, sagte Peter. Er bückte sich, um seine Schuhe zu ergreifen, und dachte, dass er sich nie wieder würde aufrichten können. Mit einer Hand hielt er die Decke über dem Hals zusammen, mit der anderen schüttete er das Wasser aus den Schuhen. Dann schlüpfte er hinein. Es war in etwa so angenehm, wie ins Maul eines toten Fischs zu schlüpfen.

Langsam hinkte er Viktor voraus, stieg mit Beinen wie aus Blei über die Leiter, die ihn gerettet hatte, und deutete auf die Bohlen, die im Wasser schwammen.

»Können Sie eine davon rausziehen?«

Viktor ermaß die Entfernung, dann schüttelte er den Kopf. »Zu weit weg vom Rand. Wieso? Was ist mit den Dingern? Sind Sie da durchgebrochen? Lieber Gott, da sind meine Bauarbeiter drübergelaufen, bevor das Wasser kam. Da geht's vier Meter runter.« Viktor ballte die Hände zu Fäusten. »Um Gottes willen, was hätte da passieren können.«

Peter seufzte. »Mir reicht, was passiert ist. Und Ihre Bauarbeiter waren nie in Gefahr.«

Er sah sich um. Ein paar Schritte zur Rechten war eine andere Stelle, an der bei den Abbrucharbeiten zu viel vom Boden herausgebrochen worden war, um ein vernünftiges Sims abzugeben. Auch sie war mit Bohlen überbrückt.

»Wie meinen Sie das?«, fragte Viktor.

»Ich zeig's Ihnen.«

Er führte Viktor zu der Überbrückung. Ihm schien, dass sein Blut langsam wieder zu zirkulieren begann und Wärme in seine unterkühlten Gliedmaßen pumpte. Es war ein zugleich angenehmes und schmerzhaftes Gefühl. In Peters Stirnhöhlen begann sich ein bohrender Druck auszubreiten.

Als Peter stehen blieb, wollte Viktor sich an ihm vorbeischieben und über die Bohlen gehen. Peter hielt ihn auf.

»Geben Sie mir Ihre linke Hand«, sagte er. Als Viktor sie ratlos ausstreckte, schob er mit den Fingern die Armbanduhr des Unternehmers nach oben und umklammerte Viktors Handgelenk. »Treten Sie so heftig wie möglich auf die Bohlen. Aber ohne dass Sie ihr volles Gewicht darauflegen.«

»Was soll das werden?«

»Vertrauen Sie mir«, sagte Peter und grinste schief. »Ich weiß, was ich tue.«

»So sehen Sie auch aus«, erklärte Viktor, aber er lehnte sich nach vorn und trat mit aller Wucht auf die Bohlen. Es waren zwei. Eine davon schepperte und federte zurück, die andere brach in der Mitte entlang einer schönen geraden Linie. Platschend fielen beide Teile ins Wasser. Viktor, der keinen Augenblick aus dem Gleichgewicht geraten war, trat einen Schritt zurück. Er starrte ins Wasser und dann zu Peter.

»Deshalb wollte ich eigentlich, dass Sie die Planken rausfischen, mit denen ich ins Wasser gefallen bin. Ich wollte Ihnen die Bruchkanten zeigen. Oder sollte ich sagen: die Sägekanten?«

Viktor gaffte ihn an.

Peter deutete zu der dritten Stelle, an der eine Lücke im Sims überbrückt worden war. »Ich wette, dass die Bohlen dort drüben auch angesägt sind«, sagte er. »Wer außer Ihnen betritt diese Baustelle im Moment?«

»Niemand«, sagte Viktor, dessen Blick wieder auf den Bohlen ruhte. Seine Wangenmuskeln zuckten. »Sie haben doch gesehen, dass ich sogar einen Mann engagiert habe, der die Baustelle abriegelt. Der hat mich übrigens auch angerufen, dass Sie sich hier Einlass verschafft haben. Sonst wäre ich gar nicht hergekommen.«

»Da hab ich ja noch mal Glück gehabt, was? Hätten Sie auch so viel Glück gehabt, frage ich mich.«

Viktor war nicht von gestern. Er kniff die Lippen zusammen. »Sie meinen, wenn ich alleine hierhergekommen wäre, um die Baustelle zu inspizieren, und auf eine der Bohlen getreten wäre? Wer hätte mich dann aus dem Wasser geholt?«

»Wer?«

»Wahrscheinlich niemand. Ich komme normalerweise allein hierher. Ist ja kein großer Aufwand. Ich schaue durch die Räume und überprüfe, ob das Wasser gesunken oder gestiegen ist, und gehe wieder. Da braucht es keine Begleitung.«

Peter versuchte, den plötzlich auftauchenden Gedanken zu verdrängen, dass Viktor vielleicht mit Flora hierhergekommen wäre, am besten noch spätabends – *Schau mal, Süße, ich zeig dir meine Baustelle ...!* –, und sie dann beide ins Wasser gestürzt wären. Hätte sie jemand rufen gehört?

Hätten sie sich gegenseitig retten können? Oder hätte die Feuerwehr am nächsten Morgen zwei Leichen …?

Er schüttelte sich und gab unwillkürlich einen Laut von sich.

»Alles okay bei Ihnen?«, fragte Viktor.

»Ja.«

Viktor stieß die Luft aus. »Aber bei mir nicht. Großer Gott. Mir wird gerade klar, dass ich jämmerlich dort drin abgesoffen wäre.«

»So wie ich, wenn Sie nicht gekommen wären.«

»Glauben Sie mir, dass ich mich ehrlich darüber freue, gekommen zu sein?« Er wandte sich ab und klopfte Peter auf die Schulter. Sein Lächeln wich wieder einer ernsten Miene. »Gott, wenn ich mir vorstelle, dass ich mir zuerst gedacht hatte: *Lass ihn ruhig die Baustelle anschauen, ich habe ja nichts vor der Polizei zu verbergen …*, und beinahe nicht hergekommen wäre!«

»Weshalb sind Sie dann trotzdem gekommen?«

»Irgendwie dachte ich mir, Sie würden das erwarten. Ihnen musste ja klar sein, dass der Wachmann mich anrufen würde.«

Peter zuckte mit den Schultern. Er wäre lieber verdammt gewesen, als zuzugeben, dass er daran nicht gedacht hatte.

»Warum sind Sie überhaupt hier?«, erkundigte sich Viktor.

»Ich habe so viel über Ihr Projekt gelesen und gehört, dass ich mir dachte, ich schau es mir mal aus der Nähe an.«

»Ich hätte Ihnen gerne eine Führung gegeben.«

»Sie kennen doch die Polizei. Wir finden Dinge lieber selbst heraus.«

»Und was haben Sie herausgefunden?«

Peter sah dem Unternehmer in die Augen. Viktor blinzelte nicht. »Sagen Sie es mir.«

»Irgendein Dreckschwein hat die Planken angesägt. Und da meine Arbeiter noch unfallfrei darübergegangen sind, bis das Wasser kam, muss es erst vor kurzem geschehen sein.«

»Und durch jemanden, der wusste, dass nur Sie allein die Baustelle besichtigen würden.«

Viktor holte tief Luft und atmete langsam wieder aus. »Ein gezielter Anschlag auf mich.« Er schüttelte den Kopf. »Ich kann das gar nicht fassen. Das hätte ich denen nie und nimmer zugetraut. Ich ... ich werde Anzeige erstatten, und ...«

»Wem hätten Sie das nie zugetraut?«

»Der ReLaGo! Die nageln mich ans Kreuz, seit ich den Bau wiederaufgenommen habe.«

»Glauben Sie ernsthaft, die haben das getan?«

»Ich habe schon mal Morddrohungen von denen bekommen.«

»Es wurde nie bewiesen, dass wirklich die ReLaGo dahintersteckte.«

Viktor starrte Peter an. »Sie haben über mich nachrecherchiert?«

»Was ich ohne großen Aufwand finden konnte ...«

Viktor musterte Peter eine lange Weile. Schließlich wandte er den Blick ab und kratzte sich am Kopf. »Aber – wer kann es denn sonst gewesen sein.«

»Ich weiß es nicht. Haben Sie Feinde?«

»Wer hat keine Feinde?«

»Mutter Teresa.«

»Aber auch nur, weil sie tot ist«, sagte Viktor.

Peter erkannte verdrossen, dass er an Viktors Stelle genau die gleiche Antwort gegeben hätte. »Wenn Sie Anzeige erstatten wollen, fahren Sie zur Polizeiinspektion«, sagte er schließlich. »Ich kümmere mich dann darum.«

»Ist gut. Danke.«

»Ich habe zu danken«, sagte Peter. »Kommen Sie, lassen Sie uns verschwinden. Ich brauch was Trockenes zum Anziehen. Ihre Decke gebe ich Ihnen so schnell wie möglich zurück.«

»Ich schaue mir die anderen zwei Gewölbe noch an. Nicht dass dort auch die Planken angesägt sind. Die Türen lasse ich vorsichtshalber zusperren; ich rufe gleich nachher meinen Vorarbeiter an. »

»Sieht es denn in den anderen beiden Gewölberäumen genauso aus wie hier?«

»Ja. Der Boden ließ sich nur schwer herausbrechen, so dass überall Lücken im Sims entstanden sind.«

Sie verließen den Gewölberaum und traten zurück auf den Gang hinaus. Viktor nahm die Leiter auf und ließ die Tür zufallen. Peter hob seine nassen Klamotten auf und presste sie schaudernd an sich. Mit dem Kopf deutete er auf die Palette, von der die Plane heruntergezogen war.

»Tauchausrüstung?«, fragte er.

Viktor nickte und legte die Leiter, die er von der Palette genommen hatte, wieder zurück. Er befestigte die Plane über der Ausrüstung. »Das Wasser kam über Nacht und so schnell, dass einiges an Werkzeug dort unten liegen blieb. Ich habe es heraufgetaucht, um größere Schäden zu vermeiden.«

»Sie können tauchen?«

»Ich leiste mir das kleine Hobby, ja.«

»Malediven?«, fragte Peter, der während der Recherche für seine unseligen Reisepläne auch diese Möglichkeit in Betracht gezogen, aber dann nach einem Blick auf sein Konto verworfen hatte.

Viktor lächelte breit. »Die Malediven sind langweilig. Ich tauche in Bergseen. Eine düstere, abgeschiedene, durch und durch spannende Welt.«

»Dann hatten Sie hier ja keine Schwierigkeiten, oder?«

»Doch, schon. Der feine Schlamm, der überall im Wasser schwebt, hat alle Filter verstopft und die Atemgeräte beinahe kaputtgemacht. War gar nicht so einfach. Ich bin da etwas blauäugig gewesen, als ich runterging. Ich hoffe, dass der Schlamm sich noch legt, dann versuche ich, den Rest raufzuholen, der noch dort unten liegt.«

»Ich hoffe«, sagte Peter mit Nachdruck, »dass das Wasser vorher wieder abläuft.«

»Ja«, sagte Viktor, »das wäre natürlich ideal.«

30.

Auf dem Vorplatz fragte Viktor: »Soll ich Sie irgendwohin fahren? Nach Hause, damit Sie sich umziehen können?«

»Danke, ich hab trockene Sachen im Auto. Die Karre steht gleich um die Ecke.«

»Und bis dahin wollen Sie so herumlaufen?« Viktor deutete auf Peters Aufzug – die Decke, die bis zu seinen Waden ging, darunter nackte Beine in vor Nässe quietschenden Schuhen.

»Wenn mich jemand für einen Exhibitionisten hält, verhafte ich mich einfach selbst.«

»Na gut, wie Sie wollen.«

Sie gingen nebeneinander her bis zu dem querstehenden LKW. Der THW-Mann dort glotzte Peter mit offenem Mund an und glotzte noch mehr, als Peter eine Hand ausstreckte, ihm auf den Arm klopfte und sagte: »Danke schön!«

Vor der Zufahrt zur Baustelle parkte ein dunkel-metallicfarbener BMW, blitzblank geputzt und nur unwesentlich kleiner als ein Flugzeugträger. Viktor blieb davor stehen und machte eine einladende Geste. Peter schüttelte den Kopf.

Viktor schien sich ein Herz zu fassen. Er trat an Peter heran und fragte leise: »Hören Sie ... glauben Sie, diese Sache hat etwas mit dem Tod von Hannes Waltz zu tun?«

»Warum fragen Sie?«

Viktor seufzte. »Es hat kaum jemand gewusst, aber ... Hannes hätte mein Partner beim Aufbau des Hotels sein sollen. Es hätte später erst bekanntgegeben werden sollen.«

Peter riss die Augen auf. »Hannes Waltz? Ausgerechnet er?«

Viktor nickte. »Wissen Sie«, sagte er, »die Idee, den Bau hier zu einem Hotel umzufunktionieren, stammte ursprünglich von ihm. Von mir ist das Konzept, *wie* es geschehen soll. Hannes hatte nie die finanzielle Spannkraft, so ein Projekt zu schultern. Aber er hat mich dazu inspiriert, also wollte ich ihn teilhaben lassen. Es hätte seinem Standing in der Stadt und seinem Bankkonto sicher gutgetan.«

»Ihrem Bankkonto auch, weil er Ihnen vermutlich hervorragende Preise für seine Arbeiten angeboten hat.«

»Herr Hauptkommissar ... ich bin Unternehmer. Ich glaube nicht daran, dass man auch noch draufzahlen muss, wenn man sich etwas Altruismus leistet. Sie und ich, wir haben doch Vorfahren im Mittelalter ... die mittelalterlichen Kaufleute haben genauso gedacht. Jede Menge soziales Engagement: Waisenhäuser, Häuser für gefallene

Frauen, Spenden für Kirchen und Klöster, aber die Kasse musste dabei auch stimmen. Ich sehe darin nichts Verwerfliches.«

»Kannten Sie Hannes Waltz schon lange?«

»Nein. Muss man mit jemandem die Schulbank gedrückt haben, um sich ihm gegenüber anständig zu verhalten?«

»Ich sende Ihnen die Spurensicherung vorbei, bevor Sie die Türen verschließen lassen. Am liebsten wäre mir, Sie würden die anderen beiden Gewölbe vorher nicht betreten.«

»Verstanden.« Viktor zögerte. »Es fällt mir schwer, zu glauben, dass Hannes' Tod und das hier irgendwie zusammenhängen. Aber es fällt mir ja schon schwer, zu glauben, dass jemand Hannes umgebracht hat.«

»Woher wissen Sie eigentlich Bescheid? Ich habe die Zeitungsmeldung überflogen, die war nicht sehr ausführlich.«

»Manuela hat mich angerufen. Hannes' Frau.«

Peter, der nicht geglaubt hatte, dass Flora ihrem Verehrer zu viel erzählt haben könnte, fühlte sich dennoch erleichtert. »Wollen Sie Polizeischutz beantragen?«

»Nein«, sagte Viktor. Dann lächelte er und machte den halbwegs guten Eindruck, den Peter von ihm gewonnen hatte, zunichte, indem er sagte: »Ich hab ja eine Kripobeamtin zur Freundin, da hab ich den besten Polizeischutz, den man sich denken kann.«

31.

Auf dem Weg zum Tank – auf dem ihm glücklicherweise nicht viele Leute begegneten – fragte sich Peter, wie viel Viktor über ihn und Flora wusste. Er verhielt sich ständig so, als wisse er nicht Bescheid, dass sie bis vor kurzem ein Paar gewesen waren; bis auf die kleinen Randbemerkungen so wie eben, die man durchaus als höhnische Spitzen interpretieren konnte.

Im Auto setzte er sich erst einmal so, wie er war, auf den Fahrersitz und hüllte sich in die Decke ein. Innerlich war ihm immer noch eiskalt, und der Kopfschmerz wollte auch nicht vergehen. In seinem Magen war ein bleiernes Gefühl. Er erinnerte sich daran, dass er ordentlich Wasser geschluckt hatte. Wie viele Bakterien mochten wohl darin gewesen sein? Würde er die nächsten Tage im Bett verbringen oder sich den Magen auspumpen lassen müssen? Aber dann regte sich eine ungläubige, dankbare Erleichterung in ihm. Er hätte tatsächlich in Viktors verfluchter Baustelle sterben können! Womöglich wäre er jetzt bereits tot, wenn Viktor nicht gekommen wäre! Er streckte eine Hand zum Innenspiegel aus, sah sie an wie einen Fremdkörper, als er merkte, wie sehr sie zitterte, dann justierte er den Spiegel so, dass er sich darin ins Gesicht sehen konnte. Sein nasses Haar stand in alle Richtungen ab, die Bartstoppeln waren wie Schmutz auf seiner bleichen Haut.

»Noch mal geschafft«, sagte er mit krächzender Stimme zu seinem Spiegelbild. Er schloss die Augen und lehnte sich mit der Stirn auf das Lenkrad. *Noch mal geschafft.* Plötzlich wünschte er sich nichts mehr, als Flora bei sich zu haben, den Kopf in ihren Schoß zu legen und die Tatsache langsam einsickern zu lassen, dass er am Leben war.

Er richtete sich auf und öffnete die Augen. »Oh, verflucht!«, murmelte er. Er hatte Connor vergessen.

Das Handy war im Handschuhfach. Das Display zeigte ihm drei Anrufe von Connors Mobilnummer an. Ihr vereinbarter Termin war seit fast einer Stunde vorüber. Mit einem immer noch heftig zitternden Finger betätigte er den Rückruf und presste sich das Telefon ans Ohr. Sein Kopf pochte. Er massierte sich die Stirn und schloss wieder die Augen.

Connor meldete sich mit: »Hab ich was falsch mitgekriegt? Ich hoffe, du hast nicht die ganze Zeit irgendwo anders auf mich gewartet.«

Peter schnaubte – britische Höflichkeit in Reinkultur. Connor wusste genau, dass er am richtigen Treffpunkt gewesen war.

»Meine Schuld«, sagte Peter. »Ich erklär's dir, wenn wir uns sehen. Wo bist du gerade?«

»Ich bin wieder in die Stadt gefahren. Wir könnten uns bei …«

»Treffen wir uns bei dir zu Hause.«

»Bei mir herrscht aber immer noch Chaos. Warum willst du nicht …?«

»Das wirst du wissen, wenn du mich siehst.«

»Plötzlich publikumsscheu? Was ist los? Ist dir ein zweiter Kopf gewachsen?«

»In einer halben Stunde?«

»Das krieg ich hin. Wenn du einen Kaffee willst, musst du von irgendwo einen mitbringen. Ich hab immer noch keinen Strom.«

32.

In Floras Büro saßen Tanja Parsberger und eine junge, dunkelhaarige Frau mit halblangen, seitlich gescheitelten Haaren, die ein altes, total unmodern gewordenes Sakko von Peter über den Schultern hatte, das im Garderobenschrank des Büros ein vergessenes Dasein fristete. Sie trug weniger Schminke im Gesicht, als Flora erwartet hatte, saß auf der Kante von Floras Schreibtisch, tippte auf einem Mobiltelefon herum und zog eine verdrossene Miene. Bei Floras Eintreten sah sie uninteressiert auf.

Tanja erhob sich von Floras Schreibtischstuhl und sagte: »Das ist Frau Sládek. Frau Sládek – Hauptkommissarin Sander. Sie leitet die Ermittlungen.«

Flora streckte die Hand aus. Eliska Sládek legte das Mobiltelefon beiseite und schüttelte Flora die Hand. Ihr Händedruck war weich. Flora konnte sehen, dass sie unter Peters Jacke nur ein nabelfreies, enganliegendes Top in Neonfarben und Hotpants trug. Ihre Füße steckten in Plateauschuhen, die ihr bestimmt fünfzehn Zentimeter mehr Körpergröße verliehen.

»Dauert lange?«, fragte Eliska.

»Was?«

»Hier.« Eliska machte eine umfassende Handbewegung. »*Policie*.«

»Sie wollen wissen, wie lange das Gespräch dauert? Das kommt darauf an, Frau Sládek. Wir sind natürlich sehr dankbar, dass Sie die Polizei verständigt haben, und wissen Ihre Aussage sehr zu schätzen. Und selbstverständlich«, Flora lächelte freundlich, während sie es ihrer Stimme erlaubte, eine plötzliche Schärfe anzunehmen, »können wir gut verstehen, dass Sie im ersten Schreck vom Tatort geflohen sind, anstatt auf das Eintreffen der Polizei zu warten.«

Eliska musterte sie. »Dauert lange?«, fragte sie dann.

Flora wurde klar, dass ihre versteckte Drohung ebenso an Eliska vorbeigegangen war wie der größte Teil ihrer Ansprache. »Wie gut sprechen Sie deutsch, Frau Sládek?«

»Ficken kost fünzig Euro, halbe Stunde hundert, ganze Stunde hundertfünzig, Extras fünzig dazu.«

»Das ist alles?«

Eliska murmelte etwas auf Tschechisch, von dem Flora überzeugt war, dass es bedeutete: *Was wollen die Kerle sonst noch hören?*

»Verflucht«, sagte Flora und sah Tanja an.

Tanja fragte: »Spricht hier irgendwer tschechisch?«

»Von den Kolleginnen und Kollegen meines Wissens niemand. Wir haben Dolmetscher für so etwas, aber ...« Sie zog sich Peters Stuhl heran, setzte sich und sah Eliska Sládek schweigend an. Die junge Prostituierte hatte sich bei Floras Begrüßung vom Schreibtisch erhoben; jetzt setzte sie sich wieder und gab Floras Blick ebenso schweigend zurück.

Flora deutete auf Eliskas hohe Schuhe. »Wollen Sie die Dinger ausziehen? Sie müssen unbequem sein.«

Eliska horchte, schien das meiste von dem, was gesagt worden war, verstanden zu haben, und schüttelte den Kopf.

»Einen Kaffee? Irgendwas zu trinken?«

Eliska schüttelte wieder den Kopf. Dann sagte sie: »Dauert lange, ja?«

»Sieht so aus«, brummelte Flora. »Warum fragen Sie?«

Eliska deutete ungeniert auf ihren Schoß. »Euro.«

Flora wandte sich an Tanja. »Was habt ihr gesprochen, bevor ich ankam?«

»Nicht sehr viel mehr als das. Ich habe versucht ...«

Eliska Sládek griff nach ihrem Handy und begann zu tippen.

Flora beugte sich vor und nahm es ihr weg, ohne Tanja ausreden zu lassen. Eliska sah sie überrascht an. Flora spähte auf das Display. Eliska hatte begonnen, eine Botschaft in das Textfeld des SMS-Editors zu tippen. Flora konnte kein Wort davon lesen.

»Meins«, sagte Eliska und streckte die Hand nach dem Telefon aus.

Flora hielt es außer Reichweite. »Wem schreiben Sie hier?«, fragte sie.

Die junge Frau breitete die Hände in einer Geste des Unverständnisses aus.

»Kommen Sie, Frau Sládek«, sagte Flora ungeduldig. »Machen Sie mir nicht weis, dass Sie gar nichts verstehen. Ihre Kunden reden mit Ihnen, die Zimmervermieter reden mit Ihnen, die Leute auf dem Gesundheitsamt reden mit Ihnen ... Die werden nicht alle einen Übersetzer dabeihaben oder selbst Tschechisch können. Sie sind eine wichtige Zeugin in einem Mordfall. Mir ist es egal, wie Sie Ihr Geld verdienen. Ich möchte Sie gerne mit dem gebührenden Respekt behandeln, aber wenn Sie mir hier die dumme Nutte vorspielen, dann behandle ich Sie wie eine dumme Nutte, deren behördliche Genehmigungen vermutlich nicht völlig sauber sind und bei deren Extras einige Dienste dabei sein dürften, die gesetzlich verboten sind.«

Eliska blinzelte. Ihr Gesicht verzog sich in einer Grimasse, die zugleich Ärger und Furcht ausdrückte.

»Fangen wir an. Wem wollten Sie da gerade schreiben?« Flora hob das Handy in die Höhe.

»Freund«, sagte Eliska und sah zu Boden. »Zu Hause. Bei Praha. Býchory.«

Flora hielt ihr das Handy vor die Nase. Sie glaubte kein Wort. »Was haben Sie geschrieben?«

Eliska seufzte und fuhr mit dem Finger über die Worte, die in dem Textfeld standen. »Komme zurück eine Woche«, übersetzte sie stockend. »Freue darauf mich. *Miluji tě* – ich l…«

»Schon gut«, unterbrach Flora verlegen. Sie reichte Eliska das Handy zurück.

Die junge Frau zögerte einen Moment, dann legte sie das Telefon beiseite und sah Flora an. »Was zu wissen?«, fragte sie.

Es war mühsam. Flora wagte nicht, sich auszumalen, was in der Gefühlswelt Eliska Sládeks vorgehen mochte, wenn sie arbeitete. Sie konnte sich schon nicht wirklich vorstellen, wie es sein mochte, mit irgendwelchen Freiern für Geld ins Bett zu gehen; umso weniger, wie sich das in einem fremden Land anfühlte, dessen Sprache man nur rudimentär verstand, dessen Kultur sich von der eigenen unterschied und in dem die Männer anders dachten, anders fühlten, anders *vögelten*, als sie es vielleicht zu Hause taten. Es musste ein Gefühl von überwältigender Isolation sein. Je länger Flora ihr stockendes Gespräch mit Eliska führte, desto weniger verstand sie sie. Eliska war hübsch, natürlich und offenbar nicht dumm. Zu Hause in Býchory – wo immer das genau lag! – schien sie sogar einen Freund zu haben. *Herrgott, Mädchen, warum machst du das?*, rief sie in Gedanken. *Gibt's bei euch keinen Supermarkt, wo du die Regale einräumen oder den Boden wischen kannst, wenn sonst alles andere nicht geklappt hat?*

Eliska Sládeks Entdeckung der Leiche war so ähnlich verlaufen, wie Peter Bernward es bereits vermutet hatte. Sie und die anderen beiden Mädchen im *Tiger's Girl's* waren nach oben geschlichen, sobald ihre Freier weg waren.

Sie hatten den toten Hannes Waltz gefunden und gewusst, dass sie in Schwierigkeiten steckten. Sie hatten sich Hals über Kopf davongemacht. Eliska war anders als vermutet allerdings nicht in ihre Heimat, sondern nur bis nach Regensburg gefahren, wo sie unter dem Namen Cleo in einem Etablissement namens *Donaukätzchen* arbeitete. Um bis nach Býchory zu kommen, hätten weder ihr Benzin noch das Geld gereicht.

»Können Sie uns sagen, was Sie gehört haben, bevor Sie das Blut entdeckten?«

»Zwei Männer streiten. Laut. Und …« Eliska sah sich um und nahm eine Coladose auf Floras Schreibtisch in die Hand. Die Dose war leer, der Deckel sauber herausgetrennt. Flora nutzte sie, um Stifte darin aufzubewahren; Julia hatte sie bei irgendeinem Werkunterricht in der Schule angefertigt und ihrer Mutter geschenkt. Eliska stellte die Dose auf die Kante und ließ sie umfallen. Ein paar Bleistifte und Kugelschreiber rollten heraus.

»Etwas ist umgestürzt?«, fragte Flora.

»Laut«, sagte Eliska. »Und vorher bum-bum-bum!« Sie deutete auf den Heizkörper unter dem Fenster.

Flora wechselte einen Blick mit Tanja. Sie erinnerte sich an die Situation am Tatort. Was Eliska Sládek erzählte, deckte sich mit ihren eigenen Schlussfolgerungen und denen von Spurensicherung und Gerichtsmedizin.

»Konnten Sie die Stimmen der Männer erkennen?«, fragte Flora ohne die geringste Hoffnung. »Oder worüber gestritten wurde?«

Eliska schüttelte den Kopf.

»Aber es waren zwei?«

Eliska zögerte. Flora sah, wie sie Tanja einen Blick zuwarf. Sie sah die junge Polizistin auffordernd an.

»Soweit ich das vorhin verstanden habe, war eines der

beiden anderen Mädchen der Ansicht, drei Stimmen gehört zu haben«, erklärte Tanja. »Frau Sládek selbst hat anscheinend nur zwei Männerstimmen gehört, aber sie ist auch später als ihre Kolleginnen im *Tiger's Girl's* angekommen.«

»Welches der beiden anderen Mädchen spricht von drei Männern?«, fragte Flora. Sie empfand die übliche Aufregung, wenn ein Fall plötzlich eine unerwartete Wendung nahm. »Wir brauchen ihre Aussage.«

»Ich hab mir die Handynummern schon geben lassen«, sagte Tanja und hielt einen Zettel hoch. »Frau Sládek kennt nur ihren … hm … Künstlernamen, aber die Mädchen tauschen wohl gewohnheitsmäßig ihre Nummern aus, damit sie sich gegenseitig helfen können, wenn eine von ihnen in Schwierigkeiten gerät. In den Häusern gibt es zwar Aufpasser, die ein Auge auf die Mädchen haben, aber der im *Tiger's Girl's* ist dem Vernehmen nach eine Pfeife.«

»Schreib sie zur Fahndung aus. Selbst wenn die beiden schon über der Grenze sind. Geh zu Michael Maier und besprich den Fahndungsaufruf mit ihm.«

Tanja nickte. »Ist gut.« Sie stand auf und verließ den Raum.

Eliska blickte ihr nach, dann richtete sie ihre Aufmerksamkeit wieder auf Flora. »Fertig?«, fragte sie.

Flora überflog die Notizen, die sie gemacht hatte. »Gibt es aus Ihrer Sicht noch etwas hinzuzufügen?«

»Was?«

»Glauben Sie, dass wir fertig sind?«

Eliska nickte. *»Ano.«*

»Ich nehme an, das heißt ja.«

»Ano«, sagte Eliska und lächelte zum ersten Mal.

Flora erwiderte das Lächeln. »Nach unserem Gespräch bin ich für den nächsten Prag-Urlaub gerüstet, was?«

Eliska schaute verwirrt.

Flora winkte ab.

Die junge Frau stand auf und wand sich aus der Jacke. »Fertig.«

»Wo wollen Sie jetzt hin?«

»*Tiger's Girl's*. Euro.«

»Das kommt nicht in Frage«, stieß Flora hervor. »Sie arbeiten heute nicht mehr. Außerdem ist das *Tiger's Girl's* geschlossen.« Sie sah Eliskas ratlose Miene. »*Tiger's Girl's* zu. Aus.«

Eliska machte ein besorgtes Gesicht. »*Donaukätzchen*«, sagte sie. »Wie nach Regensburg? Brauche Euro zu heimfahren nach Býchory.«

»Verflucht noch mal«, murmelte Flora. »Ich besorge Ihnen hier in Landshut ein Zimmer. Das Zimmer zahlt die Kripo. Schlafen Sie mal eine Nacht allein in Ihrem Bett.«

Eliska sagte langsam: »Arbeit. Oder kein Euro. Nicht heimfahren. Daheim: Freund. Zu warten auf mich.«

»Frau Sládek, ich kann Sie nicht nach Regensburg oder heim nach Býchory fahren lassen. Sie müssen sich für weitere Fragen bereithalten, solange die Ermittlungen laufen. Und ich möchte nicht, dass Sie währenddessen arbeiten. Wie kann ich Ihnen helfen?«

»Helfen?«, fragte Eliska. »Arbeiten. Halbe Stunde hundert …«

»Ja, ja, ich bin nicht interessiert an Ihren Tarifen.« Flora fragte sich, wie weit sie die Zeugenentschädigung für Eliska auf die Spitze treiben konnte. Eine Hin- und Rückfahrt mit der Bahn erste Klasse Regensburg – Landshut, die Aufwandsentschädigung für vierundzwanzig Stunden, eine zusätzliche Reisekostenpauschale, der maximale Stundensatz für den Verdienstausfall von einundzwanzig Euro pro Stunde …

»Ganze Stunde hundertfünzig«, sagte Eliska.

»Liebe Güte«, sagte Flora. Sie stand ebenfalls auf und schnappte sich Peters Jacke. Sie reichte sie Eliska. »Ziehen Sie die wieder an. Ich bringe Sie zu einem Hotel und arrangiere Ihre Übernachtung. Meine Kollegin Tanja wird Ihnen einen Satz ordentlicher Klamotten besorgen und im Hotel vorbeibringen. Ich sehe, was ich wegen der Aufwandsentschädigung für Sie tun kann.« *Und wie viel Geld ich für Wäsche, Socken, eine Hose, ein Hemd und eine Jacke bei den Kollegen einsammeln und dem Chef aus dem Kreuz leiern kann*, dachte sie. *Den Rest zahle ich dann eben drauf. Die Polizei, dein Freund und Helfer.* »Haben Sie das verstanden?«

»Du mir hilfst«, sagte Eliska. »Das zu verstehen ich habe.«

»Sie haben das Richtige getan, die Polizei anzurufen«, sagte Flora, die aufs Neue Verlegenheit verspürte. »Auch wenn das für Sie Unannehmlichkeiten bedeutet. Ein Mord ist geschehen. Ein Mord ist immer auch ein Verbrechen an der ganzen Gesellschaft. Wenn alle Leute so mutig und uneigennützig handeln würden wie Sie, wäre die Welt besser. Ich bedanke mich bei Ihnen.«

Sie war sicher, dass Eliska nicht alles verstanden hatte. Und richtig, die junge Frau zuckte mit den Schultern. Doch sie tat es nicht, weil sie nicht wusste, wovon Flora sprach. Eliska sagte: »Táta lernt mich so tun wie richtig.«

»Ihr Vater ist ein aufrechter Mann.«

»Ist tot«, sagte Eliska.

»Das tut mir leid.«

»Ist geschossen worden.«

»Du lieber Gott!«

Eliska zuckte erneut mit den Schultern. »War Táta *Policista*«, sagte sie.

33.

»Ist dir jetzt klar, warum ich dich nicht irgendwo in der Stadt treffen wollte?«, fragte Peter, als Connor ihm die Tür öffnete.

Connor betrachtete ihn von oben bis unten. »Du hast die Hose falsch herum an«, sagte er und trat beiseite.

Peter schlüpfte aus den Schuhen, goss das Wasser heraus und folgte ihm in den Windfang des Hauses, wobei er nasse Trittspuren auf den Bodenfliesen hinterließ. Die paar Meter von der Stelle, wo er den Tank abgestellt hatte, bis zu Connors Haustür hatten seine Füße bis zu den Knöcheln durchnässt. Das Wasser in Connors Straßenzug stand immer noch so hoch wie gestern Nacht.

»Was tust du da?«, fragte Connor alarmiert, als Peter Anstalten machte, aus der Hose zu schlüpfen.

»Ich hab das Ding doch verkehrt herum an«, gab Peter knurrend zurück. »Und außerdem will ich keine triefenden Fußtapper durch den trockenen Teil deines Anwesens ziehen.«

»Ich hol dir trockene Socken und eine Hose …« Connor seufzte und verschwand ins Obergeschoss.

Peter wand sich aus der engen, zweifarbigen Hose, die er in der Hektik mitten auf der Straße tatsächlich mit der Rückseite nach vorn angezogen hatte. Darüber trug er eine knielange, ebenfalls zweifarbige Tunika mit dem eingestickten Wappenzeichen Landshuts auf der Brust – drei Eisenhüte. Es war das Gewand eines Stadtwächters. Connor hatte es ihm vor Wochen für eine neue Mittelalterführung anfertigen lassen, die er plante und in der Peter zur Abwechslung nicht den Geist des Herzogs, sondern einen Stadtknecht spielen sollte. Peter hatte die Klamotten wegen des Auszugs von Flora aus seiner Wohnung im Kofferraum seines Wagens vergessen. Nun war er froh darüber – das Gewand hatte es ihm erspart, nackt mit Viktors Decke um die Hüften zu Connor zu fahren.

»Lass mich raten, was passiert ist«, sagte Connor, als sie in seinem Wohnzimmer saßen, Peter in einer von Connors Hosen, die ihn an der Hüfte zwickte. Connor war einen halben Kopf größer als er, aber er hatte die schlanke Figur eines Windhunds. Peter hielt sich an einer Tasse Kaffee fest und versuchte, die Flüssigkeit so heiß wie möglich in sein Inneres zu bekommen. Die Kopfschmerzen waren nicht vergangen, seine Augen brannten. Er ahnte, dass er sich unterkühlt haben musste. »Oder nein, lass mich nicht raten. Ich bin sicher, dass ich nie draufkomme. Wo sind deine normalen Klamotten?«

»Im Kofferraum. Sie sind durch und durch nass.«

»Aha.«

»Ich bin damit schwimmen gegangen.«

»Ich glaube, ich lass dich mal der Reihe nach erzählen. Noch einen Kaffee?«

»Ich könnte einen Schuss Whisky rein vertragen.«

»Ist schon drin.«

»Guter Junge.«

In knappen Worten erzählte Peter, was ihm zugestoßen war und weshalb er ihre Verabredung versäumt hatte.

Connors Grinsen verschwand und machte einer bestürzten Miene Platz. »Ich fahr dich ins Krankenhaus«, sagte er.

»Was sollen die mir dort sagen? Dass mir der Schädel brummt und es mich innerlich immer noch friert wie einen Urwaldaffen am Nordpol, weiß ich selber.«

»Daingit«, sagte Connor. Er fluchte nicht oft auf Gälisch. Peter hatte keine Ahnung, was das Wort bedeutete,

aber da er in Connors Situation wahrscheinlich *So eine Kacke!* oder Ähnliches gesagt hätte, nahm er an, dass es sich um etwas Vergleichbares handelte. »Es war unverantwortlich, die Baustelle nicht abzusperren!«

»Sie war sogar bewacht, Connor. Und Viktor hat die Bretter sicher nicht selber angesägt, sosehr ich mir das auch wünschen würde, damit ich sie ihm um die Ohren hauen könnte. Wenn ich nicht vor ihm reingefallen wäre, wäre *er* baden gegangen, wahrscheinlich mit tragischerem Ausgang.«

Connor schüttelte den Kopf. »Hast du einen Verdacht, wer es gewesen sein könnte? Das ist kein einfacher Streich mehr.«

»Ich würde mich dazu hinreißen lassen, zu vermuten, dass dieser Anschlag und der Mord an Hannes Waltz miteinander zu tun haben, aber welches Motiv dahinterstecken könnte … keine Ahnung! Waltz war mit Viktor verbandelt; er sollte für ihn den Ausbau des Hotels übernehmen. Eine Verbindung besteht also zwischen den beiden.«

»Falls du an die ReLaGo denkst …«

»Nein, nicht wirklich. Wir haben es hier mit jemandem zu tun, der es ernst meint.«

»Du hast es vor allem mit einem Fall zu tun, den Flora bearbeitet«, sagte Connor.

»Fang du nicht auch noch an«, sagte Peter missmutig.

»Was hat euer Chef dir zur Bearbeitung gegeben? Baustellenüberwachung?«

Peter grinste schief. Connor hatte ihm gerade das perfekte Stichwort geliefert, um zum Thema zu kommen. Er nahm noch einen Schluck vom Kaffee und fühlte Connors Musterung.

»Ich kümmere mich um einen verschwundenen Haftentlassenen. Sein Name ist Thomas Usperg.«

»Oh«, sagte Connor.

»In dem Ordner, der mir bei dir im Keller ins Wasser gefallen ist und den du mir weggenommen hast, habe ich Schriftverkehr mit dem Briefkopf des Buchhaltungsbüros Pegasus gesehen – Uspergs damalige Firma.«

»Würde mich nicht wundern, wenn du das dort gesehen hast«, sagte Connor.

»Kann ich den Ordner noch mal sehen?«

»Ich hab ihn vernichtet.«

»Mhm.«

»Na schön«, sagte Connor. Er stand auf und stellte sich hinter seinen Sessel, als suche er Deckung. Er legte beide Hände auf die Rückenlehne. Es sah beinahe so aus, als hielte er sich daran fest. »Ich erspar dir die Polizistenfragen und lege ein Geständnis ab.«

»Nein, tust du nicht«, sagte Peter. »Du erzählst mir als Freund eine Geschichte, die dich schon lange bewegt. Mein Ausweis ist draußen im Wagen und bekommt Wasserflecken. Ich bin rein außerdienstlich hier.«

»Dann können wir uns ja beide noch einen Whisky einschenken«, sagte Connor, machte aber keine Anstalten, die Flasche zu holen. Er starrte auf seine Hände, dann hob er den Blick und sah Peter ins Gesicht. »Keine Angst, ich habe niemanden umgebracht. Du kannst dich schon noch mit mir sehen lassen. Ich hasse es nur, eine Geschichte zu erzählen, in der ich das Arschloch bin.«

»Wie hast du heute Nacht gesagt? Jeder ist mal ein Arschloch, sogar ein Schotte?«

»Aber nicht so ein großes.«

»Wenn es nach Flora geht, halte ich da den Weltrekord.«

Ein schwaches Lächeln huschte über Connors Gesicht. »Irgendwie passt das sogar – jedenfalls zum Anfang meiner Geschichte.«

»Wie meinst du das?«

»Weil sie mit einer Liebesbeziehung beginnt.«

Connor, alle deine Geschichten fangen mit einer Liebesbeziehung an, dachte Peter bei sich. Connors Durchsatz an Freundinnen war atemberaubend. Irgendwie schaffte es der Schotte aber, dass auch seine abgelegten Liebhaberinnen immer in den höchsten Tönen von ihm schwärmten.

»Und außerdem handelt sie davon, dass ich beinahe nach Schottland zurückgekehrt wäre und Landshut nie wiedergesehen hätte.«

»Jetzt fang schon an, Connor«, sagte Peter. »Am besten von vorn.«

Connor seufzte. »Ich habe Geld bei Pegasus investiert.«

Peter sagte nichts.

»Viel Geld.«

Peter nickte.

»So viel Geld, dass ich, als Thomas Usperg es durch den Kamin geschossen hatte, bankrott war.«

»Ich nehme an, da warst du nicht der Einzige.«

»Sicher nicht. Aber es gab zwei Investorengruppen. Die Peripherie und den Inneren Kreis.«

»Wo hast du dazugehört?«

»Man könnte sagen, ich war rechtzeitig pleite, bevor ich in den Inneren Kreis kam.«

»Und wie passt das jetzt alles mit einer Liebesgeschichte zusammen?«, fragte Peter.

»Wenn du mich mal ausreden lassen würdest, wüsstest du es schon längst.«

Peter breitete die Arme in einer einladenden Geste aus. Dann nieste er. »Mist«, sagte er resigniert und streckte die Hand nach einem Papiertaschentuch aus, das Connor ihm reichte.

Connor verriet nicht, wie lange er schon in Deutschland gewesen war oder wie er überhaupt hierher nach Landshut gekommen war, als er in den Pegasus-Skandal verwickelt wurde. Einmal mehr wurde Peter klar, dass sein Freund es bisher sehr erfolgreich geschafft hatte, aus seiner Vergangenheit ein Geheimnis zu machen. Eigentlich stand nur fest, dass er ein Abkömmling des Lamont-Clans war und seine Vorfahren in direkter Linie eintausendfünfhundert Jahre lang zu einem der berühmtesten irischen Hochkönige zurückführen konnte, von dem später die schottischen Lamonts abstammten.

»Ich war damals erst kurz in Landshut und hatte eine Frau kennengelernt. Sie war einigermaßen bekannt in den Landshuter Unternehmerkreisen und machte es sich zur Aufgabe, mich den wichtigsten Leuten vorzustellen. Ich brauche dir ja nicht zu sagen, dass ›die wichtigsten‹ nicht immer gleichbedeutend mit ›die besten‹ ist.«

Peter nickte erneut und ahnte, dass er mit dieser Geschichte den Grund erfuhr, warum Connor, solange er ihn kannte, niemals wieder eine Freundin aus Landshut gehabt hatte. Sein Kopf schmerzte immer noch, und er hatte das Gefühl, dass seine Nase anschwoll. Aber er riss sich zusammen und konzentrierte sich auf Connors Erzählung.

»Gott, war das eine durchgeknallte Person. Man konnte ihr förmlich dabei zusehen, wie sie immer überspannter wurde. Mich bat sie, sie nicht bei ihrem Namen, sondern *Lassie* zu nennen.«

»Wie den Hund?«, fragte Peter überrascht.

»*Lassie* ist ein schottisches Kosewort für ›Mädchen‹. So wie man hier ›Schätzchen‹ sagt.«

»In Niederbayern sagen wir zu unseren Mädchen nicht ›Schätzchen‹.«

»Ich weiß«, seufzte Connor. »Man kann nicht alles von euch erwarten. Jedenfalls kam ich über *Lassie* mit Thomas

Usperg in Kontakt. Ich ging zu ein paar von den Abendveranstaltungen mit, bei denen er vorgestellt wurde. Er warb für Geldanlagen. Es hörte sich alles vollkommen wasserdicht an. Ich bin heute und war auch damals kein Anfänger, was Geldanlagen angeht, Peter, und ich bin auch nicht leichtsinnig. In meinen Adern fließen tausendfünfhundert Jahre guter, ehrlicher schottischer Geiz. Aber auch ich war überzeugt, dass man Usperg trauen konnte. Ich bin mir bis heute nicht sicher, ob er ein superdurchtriebener Schauspieler mit einem Talent für den Oscar war oder ob er tatsächlich glaubte, was er erzählte, und nur auf die Nase fiel.«

»Waren diese Abendveranstaltungen öffentlich? Ich hatte bis jetzt den Eindruck, dass Usperg sein Ding unter der Oberfläche durchzog.«

»Nein, es waren keine öffentlichen Veranstaltungen. Man musste jemanden kennen, der jemanden kannte … Du weißt schon, wie das läuft. Es waren auch immer nur ein paar Leute anwesend, und die vermieden peinlich, einander vorgestellt zu werden. Wenn man sich trotzdem kannte, nickte man sich verlegen zu und tat so, als kenne man sich nicht. Als wenn man seinem Nachbarn beim Eintreten in einen Puff begegnet, aus dem der gerade herauskommt.«

»Wie kam deine Freundin in diese Sache hinein?«

»Durch ihre Freundin. Ich glaube, wenn ich damals gleich mitbekommen hätte, was für eine Figur diese Freundin war, wäre ich misstrauisch geworden. Aber ich war einfach dämlich.«

»Was war denn mit …«, Peter rollte mit den Augen, »… *Lassies* Freundin?«

»Die hatte gerade einen Prozess verloren.« Connor machte eine resignierte Handbewegung. »Heutzutage wäre der Prozess an die große Glocke gehängt worden, und sogar ich Trottel hätte es mitbekommen. Aber das war vor über zehn Jahren. Die glückliche Prä-Guttenberg-Ära.«

»Wieso Guttenberg?«

»Weil die Dame, von der wir hier reden, ihre Doktorarbeit komplett aus bereits vorhandenen Schriften abgeschrieben hatte. Sie hatte gerade begonnen, sich hier in Landshut einen Namen zu machen, als der Betrug auffiel. Ihr wurde der Doktortitel aberkannt. Es gab kein großes Presse-Trara, aber gesellschaftlich ruiniert war sie hier trotzdem. Und wenn du mich fragst, ist das ein Jammer, denn in ihrem Job war sie hervorragend. Ich habe *Lassie* gesehen, nachdem sie bei ihr gewesen war – dass sie überhaupt zu ihr ging, war der Grund für mich gewesen, mich von ihr zu trennen –, und ich muss sagen, die Arbeit war phantastisch. So phantastisch, dass ich mich gegruselt hätte, *Lassie* noch einmal anzufassen.«

»*Lassie* hat sich liften lassen?«

»Deine Beherrschung der Alliteration ist perfekt, mein Lieber. Aber: Nein, sie hat eine Gesichts-OP machen lassen, nicht nur ein Lifting.« Connor deutete auf seine Nase, seine Wangenknochen, sein Kinn. »Dabei war sie in meinen Augen perfekt. Sie war ein paar Jahre älter als ich, aber das sah man ihr nicht mal im hellen Tageslicht an, und selbst wenn, war sie immer noch eine schöne Frau. Ich sagte doch, sie war von Anfang an durchgeknallt.«

»Könntest du gelegentlich mal mit dem richtigen Namen *Lassies* herausrücken?«, fragte Peter.

»Karin.«

Peter blinzelte. Vor seinem inneren Auge sah er eine Frau mit einem perfekten Gesicht, deren silikonverstärkte Brüste gegen eine königsblaue Bluse drängten. »Karin Schätz-Holdinger?«

»Nur Schätz. Der Holdinger kam nach mir.« Connor musterte Peter lange. »Wie kommst du auf ihren Namen?«

»Sie ist … sie war die Rechtsanwältin von Hannes Waltz, der gestern erschlagen worden ist.« Wenn Karin Schätz-Holdinger ein paar Jahre älter war als Connor, dann hatte seine Schätzung gestimmt – sie musste etwa Mitte vierzig sein. An ihr war wirklich ausgezeichnete Arbeit geleistet worden. Und offenbar immer und immer wieder, seit Connor sich von ihr getrennt hatte.

»Hannes Waltz?!«, sagte Connor verblüfft.

»Ja. Liest du keine Zeitung?«

»Der Zeitungsbote kann nicht schwimmen. Zumindest hat er es nicht bis zu mir geschafft. Aber – ich kenne Waltz!«

»Ich denke, er war kein Unbekannter hier.«

»Nein, ich meine – von damals. Er war einer der Typen, die damals auch auf Uspergs Veranstaltungen waren.«

Peter starrte seinen Freund an. »Waltz hat Geld bei Usperg investiert? Es gibt keinerlei Unterlagen darüber. Das weiß ich von Sabrina Hauskeck.«

»Natürlich gibt es keine Unterlagen darüber. Du würdest auch keine über meine Verwicklung finden. Wie auch immer, Waltz kann keine große Freude dran gehabt haben.«

»Du hast vorhin gesagt, wenn du gleich mitbekommen hättest, dass Karins Freundin ihren Doktortitel verloren hatte, wärst du misstrauisch geworden. Mir ist nicht klar, was das miteinander zu tun hat.«

»Na – weil die Gute danach dringend Geld brauchte, um sich über Wasser zu halten. Ihre Kunden sprangen ja fast alle ab. Ich bin sicher, dass sie Karin zu einem Sonderpreis neu modelliert hat, nur um im Geschäft zu bleiben. Bei Hannes Waltz, der dauernd am Rand der Pleite schwebte, aber vorher noch ein Riesenanwesen auf dem Englberg gekauft hatte, war es nicht anders. Oder bei Karin, die Geld ausgab, als wäre sie die Vorstandschefin von BMW.«

»Die Gescheiterten, die Versager und die Verschwender«, sagte Peter. »Die klassischen Kunden für einen Anlageberater.«

»Und die Idioten«, erklärte Connor. »In diesem Fall: ich.«

»Du hattest damals genug Geld, oder?«

»So was fragt man seine Freunde nicht«, sagte Connor und grinste.

»Ist dir schon mal der Gedanke gekommen, dass sie dich vielleicht gezielt angelockt haben? Vielleicht steckten alle drei mit Usperg unter einer Decke.«

»Natürlich hab ich mich das später gefragt. Aber ich halte es für unwahrscheinlich. Als Uspergs Machenschaften aufflogen, wären sie sonst mit ihm angeklagt worden. Sie waren ebenso Opfer wie ich. Nur, dass ich es nicht nötig gehabt hätte, bei diesem Spiel mitzumachen. Ich tröste mich mit dem Gedanken, dass ein paar hundert Landshuter genauso dämlich waren wie ich. Oder so gierig. Nenn es, wie du willst.«

»Hast du damals Strafanzeige gestellt?«

»Nein. Es gab eine Sammelklage, aber ich war nicht dabei.«

Peter öffnete den Mund und schloss ihn wieder. Er hatte nach dem Grund fragen wollen, doch dann ließ er es lieber bleiben. Er ahnte, dass er Connor damit noch mehr in Verlegenheit bringen würde. Wenn die Summe des Geldes, die Connor zur Verfügung gehabt hatte – und, seinem lässigen Lebensstil nach zu urteilen, noch immer zu haben schien –, aus illegalen Geschäften von damals stammte, waren diese verjährt. Wenn sie einen anderen Ursprung hatten, der mit Connor persönlich zu tun hatte, ging es Peter nichts an.

Connor stand weiterhin hinter dem Sessel und betrachtete seine Hände. Peter konnte sich nur an wenige Gelegenheiten erinnern, an denen er Connor so unbehaglich gesehen hatte. Es tat ihm weh, den Schotten so zu sehen; die Freundschaft, die er zu ihm empfand, war echt und tief. Er wusste, dass er Connor das nicht erklären musste. Doch den Grund für seine polizeiliche Neugier war er ihm schuldig. Er holte Atem. Connor kam ihm zuvor.

»Warum willst du das jetzt alles wissen, Peter? Nur, weil ich dir den verdammten Ordner mit den Unterlagen von damals so grob aus der Hand gerissen habe? Ich entschuldige mich dafür. Es war unnötig. Aber die Sache ist mir noch immer peinlich …«

»Und ein Bulle, der seine Nase in eine peinliche alte Angelegenheit steckt, ist lästig«, sagte Peter und lächelte. »Es gibt keinen Grund, sich zu entschuldigen. Dafür muss ich mich entschuldigen, dir so auf den Zahn gefühlt zu haben.«

»*Ach*, wir Lamonts haben so viele dunkle Familiengeheimnisse, da kann man schon mal eines preisgeben.«

Die beiden ungleichen Männer grinsten sich an. Peter genoss die unausgesprochene Einigkeit zwischen ihnen ein paar Augenblicke, bis ihm bewusst wurde, dass die dritte Person, die eigentlich noch mit dazugehört hätte, fehlte; und dass es einen Grund gab, warum er hierhergekommen war.

»Ich bin nicht aus Neugier gekommen«, sagte er. »Thomas Usperg ist aus der Haft entlassen worden.«

Connors Gesicht fror einen Augenblick ein, dann machte er eine wegwerfende Handbewegung. »Schnee von gestern. Ich war selbst schuld daran, dass er mein Geld verbrannt hat. Und er hat die letzten Jahre im Knast gesessen, während ich ein schönes Leben hatte. Vorbei.«

»Das Problem ist, dass er sofort nach der Haftentlassung verschwunden ist. Ich bearbeite die Sache.«

»Verschwunden?«

»Connor – soweit ich weiß, ist Usperg damals durch einen anonymen Tipp aufgeflogen. Von Sabrina Hauskeck habe ich erfahren, dass man den Hinweisgeber in Uspergs Familie vermutete; seine Frau, wenn er eine hatte, sein Bruder, ein neidischer Onkel oder ein Cousin ... was weiß ich. Oder kannst du dir vorstellen, dass einer aus dem Kreis, den du gerade namentlich genannt hast, es war?«

Connor sah Peter lange an. »Und jetzt ist Hannes Waltz tot. Du glaubst doch nicht ...?«

»... dass Usperg Rache dafür nimmt, dass er eingefahren ist? Wenn es so wäre, brauchen wir Polizeischutz für Karin Schätz-Holdinger und die anderen!« Peter sprang auf. »Ich muss zu Sabrina Hauskeck!«

»Du hast noch immer die Tunika an«, sagte Connor und deutete auf Peter.

Peter sah an sich herab. »Oh. Kannst du mir ein Hemd leihen? Nicht, dass ich am Ende noch auf Verbrecherjagd gehe und dabei aussehe wie mein legendärer Vorfahre im Mittelalter.«

Connor nickte. Dann sagte er langsam: »Vielleicht ist es ja auch andersherum? Einer der Manager der Bank, über die Usperg seine Spekulationen tätigte, brachte sich damals um. Er hatte Familie.«

In Peters Magen schien sich ein zweiter Knoten zu bilden. »Du meinst, Usperg selbst ist einem Racheakt zum Opfer gefallen, der jetzt erst verübt werden konnte, weil er bis dahin einsaß? Und Waltz ebenfalls? Weil Usperg auch mit seinem Geld spekulierte und so zum Selbstmord des Bankers beitrug? Aber warum war er dann erst jetzt dran?« Im nächsten Moment gab er sich die Antwort selbst: »Weil seine Verwicklung darin bis jetzt unbekannt war! Wenn es einen derartigen Täter gibt, muss er seine Information aus Usperg herausgeholt haben. Dann hat der Anschlag auf der Baustelle vielleicht auch Waltz gegolten … aber nein, dazu müsste der Täter gewusst haben, dass Waltz von Viktor beauftragt war, den Hotelumbau durchzuführen. Nein, das passt nicht. Die angesägten Bretter waren für Viktor. Connor – war Viktor damals ebenfalls einer von Uspergs Kunden? Du hast doch ein paar davon gesehen.«

»Er war nicht dabei. Aber es gab sicherlich viele Zusammenkünfte, bei denen ich nicht anwesend war.«

»Trotzdem passt das mit den Informationen der Staatsanwaltschaft zusammen. Mist. Je mehr man in dieser Angelegenheit gräbt, desto mehr Löcher tun sich auf.«

»Ich habe gerade darüber nachgedacht, dass ich, wenn jemand Uspergs damalige Kunden im Visier hat, auch auf der Liste stehen könnte.«

Sie wechselten einen Blick. Peter ahnte, dass Connor einem Geständnis, dass die Summe, die er damals eingesetzt hatte, substantiell gewesen sein musste, nicht noch näher kommen würde.

Dann sagte Connor: »Such dir eines von meinen Hemden aus und beeil dich ein bisschen, Herr Hauptkommissar. Ich will nicht umgebracht werden, bloß weil du den Fall wegen Garderobenproblemen zu langsam aufgeklärt hast.«

»Was willst du denn? Solange ich bei dir bin, hast du doch Polizeischutz!«

»Schon fühle ich mich besser«, sagte Connor und drängte Peter die Treppe nach oben in sein Schlafzimmer.

34.

Auf dem Weg zurück in die Dienststelle versuchte Peter, seinen Vater anzurufen, aber Daniel meldete sich weder auf dem Festnetztelefon in Peters Wohnung noch auf seinem Handy. Peter überlegte, ob er zu Hause nach dem Rechten sehen sollte; mittlerweile war der Nachmittag weit fortgeschritten, und er hatte das Gefühl, er sollte eine Pause einlegen. Sein Kopfschmerz hatte sich in einen stetigen dumpfen Druck verwandelt, der jedes Mal heftig pochte, wenn er niesen oder husten musste. Vielleicht sollte er etwas in seinen Magen bekommen. Doch beim Gedanken an Essen wurde ihm schlecht. Daher parkte er den Tank im Hof des Polizeigebäudes und fand sich wenige Minuten später im Büro von Michael Maier wieder.

»Polizeischutz für mehrere Personen?«, fragte Maier. »Das wird einigermaßen schwierig. Wenn Sie noch jemanden finden, der nicht seit achtundvierzig Stunden auf den Beinen ist und gegen die Sintflut kämpft, sagen Sie mir Bescheid. Für wen sehen Sie denn Polizeischutz als nötig an?«

»Für Karin Schätz-Holdinger – Sie wissen schon, die Rechtsanwältin von Hannes Waltz; möglicherweise für Waltz' Witwe; für …«

Maier schüttelte den Kopf. »Das ist Flora Sanders Fall«, sagte er und klang leicht genervt.

»Es gibt hier eine gewisse Schnittmenge zu der Geschichte von Thomas Usperg – also meinem Fall«, erklärte Peter.

»Wie groß ist diese Schnittmenge?«

»Hundert Prozent«, sagte Peter, ohne mit der Wimper zu zucken.

Maier hob das Telefon ab und drückte einen Knopf des Telefonnummernspeichers. »Frau Sander?«, fragte er dann. »Maier hier. Ich brauche Sie bitte mal in meinem Büro.«

»Ah«, machte Peter und fühlte sich gleichzeitig froh und unbehaglich. »Flora ist im Haus.«

»Und wahrscheinlich gleich aus dem Häuschen«, sagte Maier.

Peter konnte an Floras Gesichtsausdruck erkennen, dass es ihr ähnlich gehen musste wie ihm. Als sie ihn vor Maiers Schreibtisch sitzen sah, huschte zuerst ein unwillkürliches Lächeln über ihre Miene, doch dann wurde sie misstrauisch.

Peter stand auf und sagte unbeholfen: »Hi, Flora.« Er wartete, bis sie sich in den zweiten Besuchersessel gesetzt hatte. Dann nahm auch er wieder Platz.

Flora musterte ihn von der Seite. »Was ist mit dir passiert?«, fragte sie dann. »Du siehst aus, als hätte dich jemand durch den Kakao gezogen. Und wieso hast du Connors Klamotten an?«

»Lange Geschichte«, wehrte Peter ab.

»Die wir, so wie ich die Sachlage einschätze, nachher noch hören werden«, mischte sich Maier ein. »Bitte erklären Sie zunächst noch einmal, warum Sie glauben, dass der Fall Waltz und der Fall Usperg eigentlich ein gemeinsamer Fall sind.«

»Was?«, rief Flora und fuhr halb aus dem Sessel hoch.

»Setzen Sie sich wieder hin und hören Sie zu«, befahl Maier.

Peter erklärte, was er sich aus den Gesprächen mit Sabrina Hauskeck und Connor zusammengereimt hatte. Connors Rolle beim Pegasus-Skandal ließ er aus und spielte auch seinen Beitrag bei der Informationsgewinnung herunter – nicht, um sich mit fremden Lorbeeren zu schmücken, sondern um Connors unausgesprochenen Wunsch, dass ihr Gespräch privat bleiben sollte, zu würdigen. Als Peter erneut begann, die Personen aufzuzählen, die seiner Ansicht nach Polizeischutz benötigten, verwandelte sich Floras abweisende Miene in Bestürzung.

»Moment mal«, sagte sie, holte ihr Mobiltelefon heraus und betätigte eine Rufwiederholung. Dies tat sie ein weiteres Mal mit einer anderen, im Rufprotokoll des Telefons gespeicherten Nummer. Dann sah sie auf und wirkte noch bestürzter als zuvor. »Karin Schätz-Holdinger meldet sich seit heute Mittag auf keiner der Telefonnummern, die wir von ihr haben. Ihre Kanzlei ist leer, in ihrer Wohnung geht niemand an die Tür.«

»Verflucht«, sagte Peter.

»Die Schönheitschirurgin von Karin Schätz-Holdinger heißt Daniela Aisch«, fuhr Flora fort. »Nun ist mir klar, warum sie nicht mehr aus ihrer Ausbildung gemacht hat und an der Flasche hängt. Ganz nebenbei war sie auch die Geliebte von Hannes Waltz.«

»Eine glückliche Familie …« Maier seufzte.

Flora sagte zu Peter: »Das bedeutet noch lange nicht, dass wir einen gemeinsamen Fall haben.«

Peter verdrehte die Augen.

Flora sagte zu Maier: »Wir müssen eine Ortung von Karins Handy beantragen. Wir müssen wissen, wo sie ist.«

Maier nickte. »Das dauert ein, zwei Stunden, selbst wenn wir Gefahr für Leib und Leben voraussetzen und damit den Gerichtsbeschluss umgehen. Und ich brauche Ihnen nicht zu sagen, dass wir damit nicht den Standort des Telefons, sondern nur den des nächsten Funkmasts ausfindig machen.«

Flora schnaubte verdrossen.

»Haben Sie schon bei der Familie der Frau nachgefragt?«

»Es gibt einen Ehemann – Holger Holdinger. Er führt mit ihr zusammen die Kanzlei. Ich habe ihn in Dubai erwischt.«

»In Dubai?«

»Ja – und er wusste natürlich weder, wo sich seine Frau befindet, noch hörte er sich sonderlich besorgt um ihr Wohlergehen an. Kinder gibt es keine, weitere Verwandte habe ich noch nicht aufgespürt.«

»Nun gut«, sagte Maier. »Ob das jetzt nun zwei Fälle sind oder einer – wir müssen dranbleiben. Ich sehe zu, dass ich die Handy-Ortung so schnell wie möglich in Gang bekomme. Frau Sander, ich möchte, dass Sie eine Liste der Namen und Adressen zusammenstellen, die im Fall Hannes Waltz eine Rolle spielen könnten. Herr Bernward, ich nehme an, Ihre nächste Tätigkeit wird sein, in der JVA Straubing anzurufen und alles herauszufinden, was die Beamten dort über Thomas Usperg wissen.«

»Sie sagen es«, stimmte Peter zu, dessen nächster Plan es gewesen war, Flora auf einen gemeinsamen Besuch in einem Café und ein Friedensgespräch zu überreden.

»Bis auf weiteres betrachten wir den Tod von Hannes Waltz und das Verschwinden von Thomas Usperg als zwei getrennte Vorgänge«, sagte Maier.

»Gut!«, erklärte Flora mit mehr Nachdruck, als Peter lieb gewesen wäre.

»Sonst noch was?«, fragte Maier.

Beide schüttelten den Kopf. Peter tat es mit schlechtem Gewissen, weil er bislang versäumt hatte, den Selbstmord des Bankmanagers, der sich wegen des Pegasus-Skandals umgebracht hatte, zu erwähnen. Er wusste, dass es keinen vernünftigen Grund für seine Heimlichtuerei gab – nur den, dass er sich vor Flora keine Blöße geben wollte, bevor er nicht selbst genauer nachgeforscht hatte, was es damit auf sich hatte. Verärgert und traurig, dachte er daran, dass er bislang keinerlei Schwierigkeiten damit gehabt hatte, auch halbgare Gedanken vor Flora auszubreiten. Die Ermittlungsarbeit lebte nicht zuletzt davon, dass der Partner einem beim Nachdenken half. Sich gegenseitig alle Vermutungen mitzuteilen und gemeinsam zu beleuchten, war professionelles Vorgehen. Kam ihm und Flora ihre berufliche Professionalität abhanden, nur weil ihre private Beziehung so schwierig geworden war?

Er erinnerte sich, dass Flora ihm nicht nur einmal vorgeworfen hatte, dass er im Grunde ihrem Exmann Harald nicht so unähnlich war. Harald Sander hatte sie letztes Jahr durch seinen übertriebenen Ehrgeiz und sein unprofessionelles Vorgehen in größte Schwierigkeiten und eine ganze Reihe von Menschen in Todesgefahr gebracht. Peter ahnte, dass Flora nicht ganz unrecht gehabt hatte mit ihren Vorwürfen. Beinahe hätte er doch noch von dem Banker erzählt, doch Maier rief bereits zu seiner Sekretärin hinaus, dass sie den Antrag für die Ortung von Karin Schätz-Holdingers Handy auf den Weg bringen sollte.

Flora stand auf und verließ Maiers Büro. Peter folgte ihr. Sie gingen schweigend nebeneinander die paar Schritte bis zu ihrem gemeinsamen Büro. Peter wollte Flora den Vortritt lassen, doch sie blieb in der geöffneten Tür stehen.

»Anfangs dachte ich, das sei ein weit hergeholtes Argument, damit du dich in meinen Fall einmischen kannst«, sagte sie mit ihrer üblichen, manchmal schroffen Ehrlichkeit.

»Du denkst zu schlecht von mir.«

Sie seufzte, dann musterte sie ihn. Die Musterung war

zum ersten Mal seit langem ohne Feindseligkeit. Peter spürte geradezu, wie wohl sie ihm tat.

»Du siehst wirklich fertig aus«, sagte sie.

Peter zuckte mit den Schultern und nieste plötzlich, als wäre ihre Bemerkung ein Stichwort gewesen. Sein Schädel protestierte.

»Gesundheit.«

»Sehr gern.«

Flora wies auf die geliehene Kleidung. »Was ist nun das Geheimnis hinter dieser Modenschau?«

Peter schaute an sich herab. Er trug eines von Connors extralangen, schmal geschnittenen Sakkos, das ihm an den Schultern und unter den Achseln zu eng war, ein auf Taille geschnittenes Hemd, dessen Knöpfe spannten, und darunter die farblich nicht gerade abgestimmte Hose, mit der ihn Connor gleich nach Peters Ankunft in seinem Haus ausgestattet hatte. Einzig die Schuhe passten. Er und Connor hatten die gleiche Schuhgröße. Allerdings nicht den gleichen Geschmack. Ihm fiel ein, dass seine nassen Sachen immer noch im Kofferraum seines Wagens lagen.

»Ich bin ins Wasser gefallen«, sagte er. »Connor hat mir trockene Sachen geliehen.«

»Und *wie* bist du ins Wasser gefallen?«

»Ich bin auf einer Baustelle durch ein Brett gebrochen und in ein drei Meter hoch überschwemmtes Kellergewölbe gestürzt. Nicht der Rede wert.«

»Ist dir was passiert?«

»Ich bin so heil, wie ich vor dir stehe. Ah – Moment …« Er nieste heftig, stöhnte wegen seiner Kopfschmerzen und zuckte dann mit den Schultern. »Sag ich doch. Natürlich ist mein Ego angekratzt.« Er suchte in den leeren Sakkotaschen, erinnerte sich, dass die Jacke nicht ihm gehörte, und fragte: »Hast du ein Taschentuch?«

Flora reichte ihm ein frisches Papiertaschentuch. Peter säuberte sich die Nase und ächzte. »O Mann, ich glaube, ich hab mir was eingefangen.«

»Wie lange bist du denn im Wasser gewesen?«

»Keine Ahnung«, sagte Peter, der den Verdacht hatte, mindestens eine halbe Stunde in der eiskalten Brühe verbracht zu haben. »Schon ein paar Minuten.«

Zu seiner Überraschung rubbelte Flora ihm plötzlich über die Haare. Die Geste war durchaus zärtlich. »Die sind auch noch feucht«, sagte sie und schüttelte missbilligend den Kopf.

Peter fing ihre Hand ein und hielt sie fest. »Keine Sorge, Unkraut vergeht nicht.«

Sie schüttelte erneut den Kopf. Ihr Blick fand den seinen. Dann sah Peter mit Bestürzung, wie sich ihr Gesicht plötzlich verspannte. Sie zog ihre Hand zurück.

»Auf einer Baustelle?«, fragte sie gedehnt. »Auf der Baustelle von Hannes Waltz?!«

»Äh … was?«

»Tu doch nicht so. Waltz hat derzeit nur eine Baustelle in Landshut betrieben, die Sanierung eines Studentenwohnblocks draußen bei der FH. Ich bin dort gewesen, bevor ich ins Büro gefahren bin, und habe die Arbeiter erst mal nach Hause geschickt. Verflucht, Peter, du hast dich von Anfang an in meinen Fall eingemischt! Um wie viele Minuten hab ich dich verpasst …?« Sie stockte und dachte nach.

Peter sagte nicht ohne Schärfe: »Aha. Hat das Hirn den Mund eingeholt?«

»Dort draußen gibt es kein Kellergewölbe«, sagte Flora.

Peter nickte, aber ihm war klar, dass diese Erkenntnis alles nur noch schlimmer machte, weil die eigentliche Erkenntnis, wo er gewesen war, darauf folgen musste. Deshalb hatte er versucht, die Episode die ganze Zeit über klein zu halten.

»Die Firma Himmel«, sagte Flora jetzt. »Viktors Baustelle. Da gibt es ein Kellergewölbe. Ich hab es gesehen.«

»War mir klar, dass er dir sein Ding schon gezeigt hat«, versetzte Peter ätzend und wusste, dass er die Sache damit nur noch schlimmer machte.

»Gott, Peter, du bist so erbärmlich. Schnüffelst du Viktor hinterher? Und auch noch während der Dienstzeit?«

»Willst du wissen, was dort passiert ist? Warum ich wirklich ins Wasser gefallen bin? Ich …«

»Nein, ich will es nicht wissen! Am Ende erzählst du noch, Viktor hat dich reingeschubst!«

»Die Planken, auf die ich trat, waren …«

»Das ist so niederträchtig! Bist du jetzt glücklich, dass dein Fall und meiner sich überschneiden? Meinst du, das rechtfertigt deine Schnüffelei?«

»Ich schnüffle nicht, verflucht noch mal!«

»Das ist doch scheiße!«, rief Flora, die kaum jemals zu Kraftausdrücken griff, es sei denn, eine Verhörtaktik verlangte es.

»Das ist superscheiße!«, schnappte Peter zurück, dessen Wut schneller emporschäumte, als er sie in den Griff bekam.

Sie starrten sich beide wütend an. Peter hörte ihre Worte in dem weiten, kahlen Gang im dritten Stock des Polizeigebäudes widerhallen und wusste, dass kaum jemand, der in seinem Büro arbeitete, sie hatte überhören können – oder nicht wusste, wer sie gerufen hatte.

Jemand räusperte sich. Tanja Parsberger stand in der Bürotür und sagte verlegen: »Ich muss ohnehin was erledigen … Also, wenn ihr lieber in das Büro gehen wollt … ich meine, ich störe euch dann nicht …«

»Ich für meinen Teil«, zischte Flora, »geh mir jetzt einen Kaffee holen.«

»Ich will keinen«, sagte Peter.

»Gut, ich hätte dir nämlich keinen mitgebracht!«

Sie wandte sich abrupt ab und stapfte über den Gang davon. Peter sah ihr hinterher. Sein Zorn verflog. Na prima! Wie hatte er gesagt? *Superscheiße?* Eine treffende Beschreibung dafür, wie er diese Konfrontation gehandhabt hatte.

»Sorry für das alles«, sagte er nun zu Tanja, die noch immer an der Tür stand. Dann wandte auch er sich ab und ging davon.

35.

Peter wusste, dass er Sabrina Hauskeck nur noch einmal schöne Augen machen musste, um an die Namen im Fall Usperg zu kommen. Und da er es ohnehin mittlerweile schwer bereute, sich auf die Einladung zum Abendessen eingelassen zu haben – nicht weil er keine Lust, sondern weil er schon im Vorfeld ein schlechtes Gewissen hatte, Sabrinas Erwartungen enttäuschen zu müssen –, hatte er das Gefühl, dass er seine Seele auch noch mit einer kleinen Ausnutzung von Sabrinas emotionaler Empfängnisbereitschaft belasten konnte. Er würde sowieso für all das in der Hölle schmoren.

Der Tank brachte ihn bis zur Staatsanwaltschaft. Normalerweise wäre er die kurze Strecke zu Fuß gegangen, aber seine Kopfschmerzen und das dauernde Niesen ließen ihn die bequemere Variante wählen. Er rollte durch die noch immer beunruhigend leere Neustadt und an den Sandsackwällen vor den Hauseingängen vorbei und bog in die Regierungsstraße ein. An der Kreuzung stapelten sich weitere Sandsäcke und Plastikbarrieren entlang der Häusermauern. Falls das Wasser von der Ländgasse in die Altstadt und von da in die Neustadt vordringen sollte, würde es auch in die Regierungsstraße laufen und dann auch den Platz vor dem Amtsgebäude der Regierung von Niederbayern überschwemmen. Die Sandsäcke und die weichen Plastikschienen sollten dem abhelfen. Man konnte für das Kellerarchiv der Regierung nur hoffen, dass diese Rechnung aufging.

Das Gebäude der Staatsanwaltschaft hatte zwei markante Nachbarn. Zur einen Seite, über die Niedermayerstraße, die Justiz mit dem Landgericht, zur anderen den Hauptfriedhof, der mit seinem alten Baumbestand Landshuts innerstädtische grüne Lunge war. Sabrina Hauskeck stand am Fenster und schaute hinaus. Als Peter nach einem Klopfen eintrat, drehte sie sich nicht mal um.

»Heute ist ein gesegneter Tag, wenn er Sie und mich gleich zweimal zusammenbringt«, sagte sie. Dann wandte sie sich vom Fenster ab und lächelte ihn an. »Rasante Garderobe. Das Hemd zeichnet Ihre Bauchmuskeln nach. Können Sie das auch anziehen, wenn Sie zu mir zum Essen kommen? Wollen Sie einen Kaffee?«

Einen Augenblick lang fragte sich Peter, ob selbst der kurze Schlagabtausch zwischen Flora und ihm wegen des Kaffees schon zu ihr gedrungen war, aber dann wischte er den Gedanken beiseite. Es war simple Höflichkeit, die Sabrina dieses Angebot machen ließ.

»Gern«, sagte er.

Sie trat vom Fenster weg und sagte: »Dann kommen Sie mit.«

In der Teeküche auf ihrem Stockwerk befand sich eine der vollautomatischen Kaffeemaschinen, aus denen man alles Mögliche einschließlich heißem Wasser zapfen konnte, was entfernt mit Kaffee zu tun hatte. Zu Peters Überraschung trat Sabrina nicht zu dem Automaten, sondern holte aus einem Schränkchen einen Espressokocher der Sorte heraus, wie sie bei Peter in mehreren Varianten auf dem Küchenherd zum Einsatz kamen.

»Sie haben hoffentlich nicht gedacht, ich traktiere Sie mit dem Automatengesöff.«

»Nie im Leben.«

Auch das Fenster der Kaffeeküche führte in Richtung Friedhof. Während das Wasser im unteren Teil des Kochers erhitzt wurde, sagte Sabrina mit einem Nicken zum Fenster: »Haben Sie schon gehört? Die Stadtverwaltung macht sich Sorgen wegen des Friedhofs. Wenn er überschwemmt wird, kann es durchaus sein, dass viele Gräber ausgespült werden. Können Sie sich vorstellen, was dann los ist? Särge treiben durch die Gegend, Leichenteile werden davongespült ... Sie hören ein Pochen an Ihrer Haustür und schauen aus dem ersten Stock hinunter und sehen einen Sarg, der herangeschwommen ist und an Ihre Tür klopft. Wenn das Wasser in Ihrem Garten zurückgeht, finden Sie dort womöglich die sterblichen Überreste eines armen Teufels, den das Wasser aus seinem Grab gezerrt hat. Über Ihren abgesoffenen Rosenstöcken hängt ein zerfetztes Leichentuch. Und selbst wenn man all die fortgespülten Überreste wiederfindet: Wie wollen Sie die Toten dann noch mal ihren letzten Ruhestätten zuordnen? Niemand, der nachher das Grab seiner Verstorbenen besucht, kann jemals mehr sicher sein, wer unter dem Grabstein liegt ...«

Der Espressokocher begann zu blubbern. Sabrina unterbrach sich und schaute Peter freudestrahlend an. »Mit Zucker?«

»Sie sollten dieses Szenario Stephen King vorstellen«, sagte Peter. »Gut, dass ich keinen Garten habe.«

»Ich habe auch keinen«, sagte Sabrina. »Ein Segen in solchen Zeiten.«

Als sie mit zwei großzügig gefüllten Espressotassen wieder in Sabrinas Büro saßen und Peter dankbar einen Schluck genommen hatte, sagte er: »Ich hätte zwei Fragen.«

»Ich höre.«

»Erstens: Woher wussten Sie, dass ich es war, der in Ihr Büro kam? Und zweitens: Wieso haben Sie noch kein einziges Mal gefragt, was mich eigentlich herführt?«

»Ich nahm an, Sie wollten sich nach dem Rezept erkundigen, das ich für Sie ausgesucht habe. Aber das bleibt mein Geheimnis, mein Lieber.«

»Und jetzt«, sagte Peter, »probieren wir es noch mal mit der Wahrheit.«

Sabrina lächelte resigniert. »Es konnten nur Sie sein, weil ein paar Minuten vor Ihnen Flora da war. Und Sie wollte das Gleiche wie Sie: die Unterlagen zum Pegasus-Skandal.«

»Flora war vor mir da?«

»Sie war etwas außer Atem, zugegeben.«

»Das gibt's doch nicht!«, stieß Peter hervor, der erkannte, dass Flora ihn mit der Kaffeegeschichte übertölpelt hatte. Er hatte gedacht, er könne sich Zeit lassen mit seinem Besuch bei der Staatsanwaltschaft, dabei war sie ihm zuvorgekommen und nicht zur Teeküche gegangen, sondern die Treppe hinuntergerannt und zu Sabrina gefahren. Ein widerwilliges Grinsen stahl sich auf sein Gesicht. Er kämpfte dagegen an, als er sah, mit welcher Miene Sabrina auf dieses Grinsen reagierte. »Dann hat also Flora die Akte?«

»Alles, was sich davon auftreiben ließ. Den Rest habe ich ihr bereits als PDF-Datei per Mail zugesandt.«

Peter schnaubte. Er machte Anstalten, den Espresso wegzustellen, doch dann überlegte er es sich anders. Er nahm noch einen Schluck.

»Ich pfeif auf die Akte«, sagte er. »Von Ihnen einen frischen Espresso gebraut zu bekommen lohnt das Herkommen allemal. Schmeckt übrigens köstlich.«

»Vergessen Sie nicht die anregende Unterhaltung.«

»Särge, die an Haustüren klopfen, und Leichen in den Rosenbüschen?«

»Leichenhemden!«

»Hab mich selten besser unterhalten.«

Sabrina musterte ihn. »Meinen Sie das ehrlich, dass Ihnen die Akte egal ist?«

»Nein«, sagte Peter ehrlich.

»Gut«, erwiderte Sabrina. »Dann druckt meine Assistentin Ihnen den ganzen Mist ja nicht umsonst noch mal aus.«

36.

Ins Büro zurückzufahren, hatte Peter keine Lust. Eine neuerliche Konfrontation mit Flora wollte er sich ersparen. Er steuerte daher seine Wohnung an, um die Akten dort durchzulesen und nötige Telefonate zu führen. In der Wohnung traf er seinen Vater Daniel an, der auf dem Sofa im Sitzen eingeschlafen war. Auf dem Wohnzimmertisch befand sich ein offener Pizzakarton mit einer halben Pizza. Daniel schnarchte mit offenem Mund und hatte eine Hand wie beschützend auf eine Schachtel gelegt, die neben ihm auf dem Sofa stand. Die vier Deckelteile der Schachtel waren geschlossen. Peter spähte durch die Spalten hinein und sah etwas metallisch schimmern.

Als er vorsichtig ein Stück der Pizza vom Rest löste und hineinbiss, wachte Daniel auf.

»Hey, Sohn«, sagte er mit vom Schlaf rauer Stimme.

»Morgen, Pa.«

»Morgen?«, fragte Daniel alarmiert. »Wie lange hab ich geschlafen?«

»Hmmm … als ich vorgestern mal kurz hier reinschaute, hast du schon so dagesessen.«

Daniel beugte sich vor und drückte einen Finger in die Pizza. »Ist noch lauwarm«, sagte er. »Haha. Wenn alle Verbrecher so schlecht lügen wie du, ist es kein Wunder, dass du sie alle fängst.«

»Ich fange sie alle, weil ich so gut bin«, sagte Peter.

»Und was hast du dir außerdem eingefangen?«, fragte Daniel.

»Wie meinst du das?«

Daniel stand auf und streckte sich. Er gähnte. »Ich hab mich zum Sandsackfüllen draußen beim THW einteilen lassen«, sagte er und drückte die Hände ins Kreuz. »Als ihnen die Sandsäcke ausgegangen sind, hab ich eine Pause gemacht und bin hierhergefahren. Kaum war ich da, kam Connor an und brachte diese Kiste hier.« Daniel nahm sich ebenfalls ein Stück von der Pizza und kaute darauf herum. Dann legte er es angewidert zurück in den Karton. »Hat den Pappe-Geschmack angenommen«, brummte er. »Ich denke immer noch mit Freuden an das Gulasch zurück, das dir letztes Jahr die Dame vom Lieferservice gebracht hat. Von dem jeder von uns an einem Abend ein halbes Dutzend Portionen aß.«

»Du weißt genau, dass das Gulasch von Sabrina Hauskeck, der Staatsanwältin, kam.«

»Aber es ist dir geliefert worden«, sagte Daniel und grinste.

»Wolltest du damit vorhin andeuten, dass ich mir das Gulasch eingefangen hätte?«

»Nein, da bin ich nur vom Thema abgekommen. Verzeih einem alten Mann.« Daniel grinste noch breiter. Peter wusste, dass sein Vater sich an den meisten Tagen jünger fühlte als er selbst. »Connor hat mir erzählt, was dir passiert ist. Und ich brauch dir nur in die Augen zu sehen, um zu wissen, dass es dir nicht gutgeht.«

»Mir brummt die Birne noch einen halben Meter neben dem Kopf.«

»Lässt du dich untersuchen?«

Peter schüttelte den Kopf. »Das wird von allein wieder. Heute Abend, wenn der Dienst vorbei ist, lege ich mich mit einem Glas Bowmore in die heiße Wanne.«

»Weichei«, sagte Daniel, aber wie er sagte, bewies Peter, dass sein Vater sich Sorgen um ihn machte.

»Alles halb so schlimm«, winkte er ab. »Ich zieh mich erst mal um und werde Connors Sachen los, dann muss ich mal telefonieren.« Er hielt den Schnellhefter in die Höhe, den er von Sabrina erhalten hatte. »Dienstlich.«

»Ich hau schon wieder ab. Allerdings frage ich mich, was aus deinem Büro bei der Kripo geworden ist.«

»Da sitzt Flora und telefoniert«, sagte Peter grimmig.

Daniel seufzte und holte Luft.

»Minenfeld, Pa«, warnte Peter ihn.

Daniel schloss den Mund und sagte nichts, aber wie er es nicht sagte, sprach Bände.

Peter rollte mit den Augen und wandte sich ab.

»Hier, nimm die Schachtel mit«, rief Daniel.

Peter legte den Schnellhefter darauf und hob die Schachtel hoch. Sie war schwer. »Was zum Teufel ist denn da drin?«, stieß er hervor. Er öffnete die Deckel. Eine metallisch schimmernde Kuppel kam vom Vorschein. Peter griff hinein und holte die Replika eines mittelalterlichen Eisenhuts heraus. Ihm folgten zwei schwere Panzerhandschuhe. Darunter lagen die Kostümteile, die Peter durchnässt bei Connor zurückgelassen hatte – die Tunika, ein langes Hemd und die zweifarbigen, engen Hosen. Sie waren getrocknet und sorgfältig zusammengelegt.

Daniel hob den Helm hoch. »Donnerwetter«, sagte er. »Der ist allein schon eine Waffe.«

»Kamen da vielleicht irgendwelche Ansagen von Connor mit?«

»Nur, dass er das Konzept für die Firmenveranstaltung geändert hat. Statt einer Geisterführung durch den alten Burgstall will er jetzt die Überschwemmung zum Thema machen und zeigen, dass die Landshuter sich auch damals nicht haben unterkriegen lassen, als die Stadt 1342 total unter Wasser stand. Du und er, ihr sollt zwei Stadtwächter spielen, die die Gruppe führen. Den Text dazu muss er noch schreiben.«

»Die Führung ist ja auch erst übermorgen«, sagte Peter sarkastisch und fragte sich, wann Connor diese Idee gehabt hatte. Er vermutete stark, dass sie ihm gekommen war, als er Peters nasse Gewandteile in den Trockner gesteckt hatte, also kurz nachdem Peter ihn heute Mittag verlassen hatte.

»Schade, dass er für mich keine Rolle hat«, meinte Daniel.

»Letztes Mal hattest du genau einen Satz, und da bist du halb gestorben vor Aufregung.«

»Das war letztes Mal. Mittlerweile hab ich Erfahrung.«

»So?«

»Ja, ich hab doch den einen Satz gesagt.«

»Du hättest sowieso keine Zeit, du musst Landshut vor der Überschwemmung retten.«

»Zieh dich um und telefoniere, Sohnemann, während ich Landshut retten gehe.« Daniel knurrte und wandte sich ab. Aber er zwinkerte dabei, so dass Peter wusste, sein Vater war nicht eingeschnappt.

»Hat Connor gesagt, welche Rolle Flora spielen soll?«, fragte er, während Daniel sich im Flur die Gummistiefel überstreifte.

Daniel blickte nicht auf. »Keine«, sagte er. »Flora spielt nicht mit. Connor meinte, wenn ihr beide zusammen wärt, fliegen dauernd die Fetzen. Das kann er bei einer Veranstaltung nicht brauchen.«

Peter stand betroffen da.

Daniel richtete sich auf und sagte: »Ihr beide müsst euch wieder vertragen, sonst geht noch alles kaputt, was euch etwas wert ist.«

»Ich bin nicht daran schuld«, sagte Peter, der sich in der Defensive fühlte.

»Das sagt Flora auch«, erklärte Daniel. »Und keiner von euch beiden hat recht.«

37.

Während die Ortung von Karin Schätz-Holdingers Handy anlief, arbeitete sich Flora durch die Akten, die sie von Sabrina erhalten hatte. Das Triumphgefühl, als ihr klar wurde, dass sie Peter ausmanövriert hatte, war schal geworden, noch bevor sie ins Büro zurückgekehrt war.

Natürlich war es die Aufgabe eines umsichtigen Ermittlers, auch die Unterlagen eines anderen Falles zu studieren, wenn die Möglichkeit bestand, dass es eine Verbindung zum eigenen gab – besonders in einer Situation wie dieser, in der schon beinahe klar war, dass die beiden Fälle irgendwie zusammengehörten. Aber Flora musste zugeben, dass dies nicht die alleinige Triebfeder ihres Handelns gewesen war. Sie hatte Peter ganz einfach ausstechen wollen. Mittlerweile wünschte sie, sie hätte Peter bei der Staatsanwaltschaft getroffen, weil sie hoffte, sie hätten dort einen Weg gefunden, wieder normal miteinander umzugehen. Zähneknirschend musste sie sogar zugeben, dass sich Sabrina Hauskeck, deren Schwärmerei für Peter ihr nicht verborgen geblieben war, würdevoller aus der Affäre gezogen hatte als sie.

Und jetzt wünschte sie, sie könnte die Unterlagen zusammen mit Peter durcharbeiten. Nicht, weil sie sich selbst für den schlechteren Polizisten hielt, sondern weil sie sich in dienstlichen Belangen stets voll aufeinander verlassen hatten. Wenn es Akten zu lesen gab, hatten sie den Papierberg redlich in der Mitte geteilt und dann zu studieren begonnen. Die Schnittstellen, die dadurch entstanden, hatten sie verbunden, indem sie nachher über die erhaltenen Informationen diskutiert hatten, Flipcharts vollkritzelten, Mindmaps aufbauten und sich gegenseitig im Eifer mit den Markerstiften die Finger beschmierten. Flora hatte die Unterlagen, die Peter gelesen hatte, niemals selbst durchgearbeitet, ebenso wenig wie Peter umgekehrt. Es hatte viel Zeit gespart.

Dieses Vertrauen hatte Flora zu ihrer neuen Partnerin Tanja nicht. Deshalb saß Tanja auf Peters Stuhl und bekam von Flora diejenigen Dokumente gereicht, die Flora bereits überflogen hatte, um sie gegenzulesen. Die Arbeit dauerte doppelt so lange wie sonst. Vom Bekritzeln irgendwelcher Flipcharts, um die Erkenntnisse zu sortieren, waren sie noch meilenweit entfernt.

Schließlich kam Michael Maier persönlich ins Büro. In seiner Begleitung war Polizeihauptkommissar Rudolf Strutiow, der grau und erschöpft aussah. Maier machte ein verdrossenes Gesicht. Strutiow und Tanja begrüßten sich äußerst reserviert. Flora schrieb es dem Umstand zu, dass Tanjas Kollegen weiterhin durch das Überschwemmungsgebiet patrouillierten, während Tanja im Büro der Kripo im Trockenen saß.

»Den Polizeischutz, von dem Sie gesprochen haben, können wir vergessen«, sagte Maier.

Strutiow seufzte. »Es gibt schlicht keine Möglichkeit, Beamte dafür abzustellen. Die Stadt fürchtet, dass der Flutmuldendamm brechen könnte. Es gibt mehrere gefährdete Stellen. Und was den Damm bei Bruckberg betrifft, hat das Wasserwirtschaftsamt schon gesagt, dass wir nur noch beten können. Wenn das passiert, müssen zehntausend Menschen evakuiert werden. Wir halten uns dafür bereit, dass die Stadt die Evakuierungspläne öffentlich macht, um bei einer entstehenden Panik gegensteuern zu können. Ich kann niemanden entbehren. Und ich kann auch keine Verstärkung von der Zentrale in Straubing bekommen, weil Straubing ebenfalls kurz davor steht abzusaufen.« Der Hauptkommissar fuchtelte während seiner Ausführungen mit der Namensliste herum, die Flora ihm vor der Aktenlektüre gegeben hatte. Maier schnappte sie sich.

»Meine Assistentin wird die Leute anrufen und sie warnen, dass sie keinem ungebetenen Besucher die Tür öffnen und am besten ihre Wohnungen nicht verlassen sollen, bis wir uns wieder melden. Ich sehe nicht, was wir im Augenblick und bei der aktuellen Beweislage sonst tun können.«

»Damit versetzen wir die Leute aber in Panik, Chef.«

»Lieber sind sie lebend in Panik als entspannt tot.«

Flora biss sich auf die Unterlippe. Es gehörte einiges dazu, nur aufgrund von Vermutungen in das Leben von Menschen einzubrechen und sie in Todesangst zu versetzen. Sie spürte den fragenden Blick ihres Chefs auf sich.

»Wir sollten es tun«, sagte sie.

Maier nickte, klopfte Strutiow kameradschaftlich auf den Oberarm und verabschiedete sich von dem uniformierten Hauptkommissar. Als Strutiow gegangen war, fragte Maier in Richtung Tanja: »Alles klar bei Ihnen, Frau Parsberger?«

Tanja blickte überrascht auf. »Ja«, sagte sie.

Maier musterte die junge Polizistin noch etwas länger, dann lächelte er, sagte »Gut!«, und verließ das Büro.

Tanja warf Flora einen fragenden Blick zu. Diese zuckte mit den Schultern. Die unterkühlte Begrüßung zwischen dem üblicherweise leutseligen Rudolf Strutiow und Tanja kam ihr in den Sinn. Was hatte das zu bedeuten?

Dann sagte Tanja, die sich wieder abgewandt und weitergelesen hatte, plötzlich: »Wer ist eigentlich Armin Kersch?«

Flora musste einige Augenblicke lang nachdenken. »Das ist der Typ, der das *Tiger's Girl's* betrieben hat. Peter war an ihm dran. Weshalb?«

Tanja hob einen Notizzettel hoch, der auf Peters Tisch gelegen hatte. In Michael Maiers hastiger Handschrift stand der Name des Bordellbetreibers darauf. »Ich hab den Zettel die ganze Zeit nicht beachtet, aber nachdem ich das hier gesehen habe … hast du diese Aktennotiz über die

Klagen gegen Thomas Usperg gelesen?« Sie wies auf das Blatt, das vor ihr lag.

»Ja.«

»Schau mal.« Sie kreiste mit einem Bleistift eine Stelle im Text ein und reichte Flora das Papier. Der Text war eine Abschrift aus der *Landshuter Zeitung*, dass einer der Kläger, die durch Uspergs Manipulationen Geld verloren hatten, so weit gegangen war, eine Klage gegen die Staatsanwaltschaft einzureichen. Diese hatte seiner Meinung nach ihre Aufsichtspflicht verletzt und würde gegen das Gleichheitsprinzip vor dem Gesetz verstoßen – nämlich indem sie manche Erwerbszweige ständig unter die Lupe nehme, während andere tun und lassen könnten, was sie wollten. Die Klage war abgewiesen worden. Jemand hatte neben die Abschrift des Artikels die Initialen A. K. geschrieben. Der Scan hatte auch diese handschriftliche Notiz erfasst.

Flora musste zugeben, dass ihr die Notiz nicht aufgefallen war. Sie legte Maiers Notizzettel neben das Blatt. A. K. – Armin Kersch.

»Ich meine«, sagte Tanja, »das ist tatsächlich mal ein Hinweis auf einen Namen, der sich mit dem Mord an Hannes Waltz verbinden lässt – und mit der Pegasus-Sache.«

Flora kniff die Augen zusammen. »Peter meinte, der Mann wäre nicht der, den wir suchen.«

»Wahrscheinlich hat er recht«, sagte Tanja demütig.

Flora sah auf. »Nein!«, rief sie. »*Wahrscheinlich* reicht nicht bei einer Ermittlung.« Sie dachte nach, was Peter nach seinem Besuch bei dem Bordellbetreiber erzählt hatte. »Der Kerl ist heute am Landgericht. Vielleicht ist er immer noch da. Wir fühlen ihm auf den Zahn. Komm mit!«

38.

»Verschwunden?«, gab Regierungsdirektor Manfred Kowalewski, der Leiter der JVA Straubing, am anderen Ende der Telefonleitung wie ein Echo zurück. »Thomas Usperg? Den haben wir doch erst vor drei Tagen entlassen!«

»Er hat sich nirgendwo gemeldet«, sagte Peter. »Weder bei der Bewährungshilfe noch auf dem Sozialamt. Er hat nirgendwo ein Zimmer gemietet, soweit ich das bis jetzt feststellen konnte, kein Bankkonto eröffnet, keinen Handyvertrag ausgefüllt und auch sonst keine offiziellen Stellen kontaktiert. Sind Sie sicher, dass er die JVA überhaupt verlassen hat?«

»In der Regel sind wir nicht sicher, ob alle Insassen noch da sind«, sagte der JVA-Leiter sarkastisch. »Haben Sie schon eine Theorie?«

»Entweder er ist Opfer eines Verbrechens geworden, oder er hat selbst eines begangen und ist untergetaucht.«

Kowalewski spottete nicht, wie Peter es erwartet hatte, sondern war einen Augenblick lang ruhig. »Haben Sie denn einen Fall, in den er als Täter hineinpassen würde?«, fragte er dann.

»Es gibt einen Mordfall, den man mit ihm in Verbindung bringen könnte, wenn man die Schnittstellen so interpretieren will.«

Peter hörte Kowalewski auf seiner PC-Tastatur herumklickern. »Hannes Waltz? Bauunternehmer, tot aufgefunden gestern Nacht um …«

»Genau der. Können Sie feststellen, ob Usperg jemals von ihm gesprochen hat?«

»Du lieber Himmel. Wir überwachen unsere Insassen nicht Tag und Nacht, wissen Sie?«

»Bei irgendeinem der Gespräche mit der Anstaltsleitung, dem Psychologen … was weiß ich …?«

Kowalewski klickte etwas länger herum und brummelte dann: »Wie geht das gleich wieder?« Im Hörer raschelte es, als ob Kowalewski die Sprechmuschel zuhielt. Gedämpft hörte Peter ihn rufen: »Frau Reschmann? Wie geht das gleich wieder mit der Suchfunktion in den Gesprächsprotokollen? Ah ja!«

Nach weiterem Klicken und Gebrummel sagte der JVA-Leiter: »Der Name taucht in keinem der Protokolle auf. Es gibt allerdings auch nur ein paar. Usperg war nicht sehr gesprächig während seiner Haft. Worin besteht die Verbindung, die man hineininterpretieren könnte?«

»Rache?«, sagte Peter. »Irgendjemand hat Usperg damals auffliegen lassen. Offiziell war die Anzeige anonym. Die Staatsanwaltschaft glaubt, sie wäre aus dem Kreis von Uspergs Familie gekommen, aber es besteht auch die Möglichkeit, dass Waltz einer derjenigen war, die damals von Usperg betrogen wurden. Waltz hat sich dazu allerdings nie geoutet.«

»Weil er mit Schwarzgeld spekuliert hat?«

»Zum Beispiel.«

»Haben Sie schon mit der Familie von Usperg gesprochen? Er hatte eine Frau und zwei Kinder. Seine Frau hat sich allerdings während des Prozesses scheiden lassen.«

»Dort hätte ich mich als Nächstes gemeldet. Ich wollte zuerst ein paar Fakten über den Mann haben.«

»Ich kann Ihnen die psychologischen Gutachten senden. Wer ist Ihr Chef dort in Landshut?«

»Kriminaloberrat Michael Maier.«

»Er soll mir per Mail eine offizielle Anfrage stellen, dann schicke ich die Dateien sofort auf den Weg. Funktioniert das noch bei euch?«

»Wie meinen Sie das?«

»Na, wegen des Hochwassers. Seid ihr überhaupt noch online? Sie rufen von einem Handy aus an. Ist das Festnetz der Kripo Landshut schon abgesoffen?«

»Nein«, sagte Peter. »Wir treiben auf Rettungsflößen die Isar hinunter, aber wir haben die Server dabei – und ganz lange Kabel. Wie sieht's bei Ihnen aus?«

»Auf dem Festplatz könnte man eine Regatta veranstalten und die Gäubodenhalle als Schwimmbad vermieten.«

»Dazu ist das Wasser zu kalt«, sagte Peter. »Ich spreche aus Erfahrung.«

Kowalewski fragte nicht nach, was Peter damit meinte. »Viel Glück bei dem Fall«, sagte er stattdessen. »Ihnen ist klar, dass Usperg einfach auch nur die sechzig Millionen Euro, die er damals veruntreut hat, abgegriffen haben und damit nach Patagonien abgehauen sein könnte. Es hieß damals zwar, dass er die Kohle samt und sonders verheizt hat, aber das muss ja nur die offizielle Stellungnahme sein.«

»Mir ist schon klar, dass ihm irgendwer auf die Finger schaut. Sonst wäre die Meldung von seinem Verschwinden nicht so schnell zu uns gelangt. Üblicherweise ist das Interesse an einem Exknacki geringer, auch wenn er mal ein paar Tage verlorengeht.«

»Sechzig Mio. sind ein Haufen Kies. Es ist schon für weniger jemand umgebracht worden. Melden Sie sich, wenn Sie noch was brauchen …«

»Warten Sie. Hat Usperg während der Haft Besuche erhalten?«

»Moment.« Grummeln. »Nur offiziellen. Sein Anwalt, der Anstaltspsychologe … in den letzten zwei Jahren mehrfach die Polizei …«

»Niemand von seiner Familie?«

»Sieht nicht so aus.«

»Starkes Stück. Das würde wirklich darauf hindeuten, dass jemand von seiner Familie Usperg ans Messer geliefert hat.«

»Lesen Sie die Unterlagen durch, die ich Ihrem Chef sende. Ich hab das jetzt nur überflogen. Vielleicht finden Sie was.«

»Danke.« Peter brach das Gespräch ab und legte das Handy auf den Wohnzimmertisch. Das Gefühl, dass das Verschwinden Uspergs und der Mord an Hannes Waltz zusammenhingen, wurde immer stärker, aber er konnte nicht sagen, worin dieser Zusammenhang bestand. Nach kurzem Überlegen nahm er das Handy wieder auf und wählte Sabrina Hauskecks Nummer.

»Zweimal von Angesicht zu Angesicht und jetzt noch mal am Telefon?«, gurrte Sabrina. »Was hab ich getan, um so viel Glück zu verdienen?«

»Noch nicht genug«, sagte Peter, »aber Sie können gleich damit anfangen.«

»Wenn Sie das gesagt hätten, während Sie bei mir im Büro stehen, hätte ich jetzt die Tür abgesperrt.«

»Keine Angst, ich wäre nicht geflohen.«

»Damit keiner reinkommt, Sie Klotz!«

Peter räusperte sich. »Können Sie feststellen, was aus Thomas Uspergs Familie geworden ist?«

»Das können Sie doch genauso gut. Sie sind die Polizei.«

»Ich kann mir nicht vorstellen, dass die Staatsanwaltschaft die Familie jemals aus den Augen gelassen hat – bei den sechzig Millionen, deren Verschwinden nur offiziell geklärt ist …«

»Denken Sie, Uspergs Frau weiß, wo Ihr Exmann abgeblieben ist?«, fragte Sabrina, aber Peter hörte sie schon auf die Tastatur einhacken. »Hmmm … Gabriele Usperg, geborene Langfelder … hat ihren Mädchennamen wieder angenommen nach der Scheidung … zwei Kinder, ein Sohn, eine Tochter … sind drei Jahre nach dem Prozess aus Landshut weggezogen nach Berlin … tja, mehr hab ich hier nicht im unmittelbaren Zugriff. Die Sache ist an die Kollegen in Berlin übergegangen. Ich kann aber einen Antrag stellen, um sie einsehen zu dürfen. Dauert bis morgen.«

»Würden Sie das tun?«

»Mögen Sie Ratatouille?«, fragte Sabrina zurück.

»Was?«

»Ich habe es als Vorspeise geplant.«

»Was immer Sie wollen«, sagte Peter, von der unerwarteten Frage aus dem Tritt gebracht. Aus Sabrinas Schweigen konnte er entnehmen, dass er gerade extrem unhöflich gewesen war. »Entschuldigung. Ich war mit den Gedanken woanders. Ratatouille?«

»Ich habe da ein tolles Rezept in einem Buch gefunden von einem französischen Koch namens Auguste Rémy. War einer der Kochkünstler seiner Zeit. Fünfziger Jahre … Paris … Mögen Sie Paris?«

Peter, der sich noch gut daran erinnerte, dass Sabrina das köstliche Rezept für das Gulasch, von dem Daniel heute noch schwärmte, aus den Akten eines alten Falls entnommen hatte, fragte argwöhnisch: »Der hat aber niemanden vergiftet, oder?«

»Nein, wo denken Sie hin!«

»Na, dann …«

»Man hat ihn guillotiniert, weil er drei Leute in seinem Lokal erschossen hat. Vor aller Augen.«

»Äh …?«, machte Peter.

»Sie hatten über das Ratatouille gelästert, das als Rémys Lieblingsrezept galt. War gar nicht so einfach, an das Kochbuch zu kommen, das er damals veröffentlicht hat.«

»Haben Sie einen Waffenschein?«, fragte Peter.

»Warum, wollen Sie über mein Ratatouille lästern?«

»Gott bewahre«, sagte Peter. »Ich bin sicher, es ist phantastisch.«

»Verlassen Sie sich drauf.«

Nach dem Gespräch starrte Peter eine Weile die Unterlagen vor sich auf dem Wohnzimmertisch an. Dann raffte er sie plötzlich zusammen, steckte das Handy in die Tasche und sprang auf. Michael Maier konnte sagten, was er wollte – er würde den Fall Usperg und den Fall Waltz ab sofort als *eine* Angelegenheit betrachten. Und dazu gehörte, dass er sich mit Flora aussprach und dass sie beide zu dem zurückfanden, worauf sie stolz waren: ihr Berufsethos als Polizisten. Wenn das geklärt war, würden sie wieder zusammenarbeiten können.

39.

Vor dem Gericht kamen Flora und Tanja Gruppen von Menschen entgegen, die das Gebäude verließen. Flora schaute auf die Uhr – es war kurz vor fünf. Feierabend für die Beamten und Angestellten des Gerichts. Sie hatte das Gefühl, dass ihr der Tag zwischen den Fingern zerronnen war.

An der Auskunft fragte sie nach dem Fall »Kersch gegen Freistaat Bayern« und erhielt die Information, dass die Verhandlung im Sitzungssaal Nummer fünf stattgefunden hatte.

»Hatte«, sagte Flora enttäuscht.

»War schon vor dem Mittagessen beendet.«

»Wie ist es ausgegangen?«

»Das darf ich Ihnen leider nicht sagen.«

Flora zeigte ihren Dienstausweis. Der Beamte hinter dem Panzerglas lächelte bedauernd. »Ich darf es Ihnen immer noch nicht sagen, Frau Hauptkommissarin. Aber vielleicht können Sie mir helfen: Haben Sie einen Kollegen namens Peter Bernward?«

»Ja«, sagte Flora.

Der Beamte griff in eine Ablageschale und holte einen Briefumschlag heraus. Er war nicht zugeklebt. »Können Sie den Ihrem Kollegen übergeben? Herr Kersch hat ihn hier abgegeben, und wir sind noch nicht dazu gekommen, ihn rüber zur Kripo zu bringen.«

»Ich nehme ihn mit«, sagte Flora.

Auf dem Umschlag stand Peters Name in einer fremden Handschrift darauf, und darunter: *Hasta la vista, Herr Kommissar!* Sie und Tanja verließen das Gerichtsgebäude wieder. Kaum saßen sie im Wagen, holte Flora die Nachricht heraus, die im Briefumschlag war.

»Darfst du das?«, fragte Tanja.

»Wen sollte ich fragen?«

»Peter Bernward!«

»Armin Kersch steht möglicherweise mit unserem Fall in Verbindung, und Peter ist nicht in der Nähe, so dass ich ihn nicht fragen kann. Was ist die erste Maxime in einem Mordfall?«

»Wenn er nicht in den ersten achtundvierzig Stunden …«

»Genau. Die Zeit drängt also. Und deshalb …« Flora faltete den Brief auseinander und las.

Freu dich, herr kommissar. Es gibt noch gerechtigkeit. Es gibt einen vergleich. Ich krieg was von meiner kohle wieder. Ich hab dir gesagt dass ich dir sage wo ich hingehe aber ich hab keine lust noch zu dir rüberzugehen. Ich schreib dir die adresse unten hin. Da kannst du sehen dass ich ein kerl bin wo auch die schmiere mag wenn sie anständig daherkommen so wie du. Hast pech gehabt dass ich weggeh. Bei mir hättst du nix zahlen müssen. Und bei meinen mädels ist noch jeder auf allen vieren rausgekrochen.

Wegen dem waltz. Dem hat das haus wo meine mädel drin waren übrigens nicht gehört. Hat er mal gesagt. Er hat nur den Kasperl gemacht für den wo es wirklich gehört. Ich glaub dem waltz hat gar nix gehört in den letzten jahren aber wem alles gehört weiß ich auch nicht.

Der Brief endete mit einer Adresse in Brasilien. Flora reichte die Nachricht wortlos an Tanja weiter. In ihrem Kopf drehten sich die Räder.

»Waltz war nicht der Eigentümer des Hauses, in dem das *Tiger's Girl's* war?«, fragte Tanja überrascht.

Flora dachte an das monströse Haus auf dem Englberg. Sie dachte daran, dass sowohl Manuela Waltz als auch Daniela Aisch von einer Wartezeit gesprochen hatten. Ein phantastischer Gedanke stieg in ihr auf, der mit verschwundenen sechzig Millionen Euro zu tun hatte und was man dafür alles kaufen konnte. Worauf hatten Waltz und Daniela Aisch gewartet?

Auf das Ende einer Haft?

Auf die Entlassung von Thomas Usperg?

Laut sagte sie: »Und wenn Usperg derjenige ist, dem alles gehört? Wenn das Geld damals nicht verspekuliert wurde, sondern zehnmal reingewaschen und dann so investiert, dass man die Spuren nicht so leicht findet? In alte Häuser? In neue Villen?«

»Aber das wäre doch ans Licht gekommen«, sagte Tanja.

»Wenn sich Strohmänner wie Waltz vor die Transaktionen gestellt haben …?«

»Hm!«, machte Tanja und schwieg.

»Wir müssen Thomas Usperg finden. Peter hat recht – sein Fall und unserer sind in Wahrheit ein einziger Fall. Fahren wir zurück ins Büro.« Flora reichte Tanja ihr Telefon. »Ruf Peter an. Er ist eingespeichert. Wenn er im Büro ist, soll er auf uns warten. Wenn nicht, sag ihm, er soll hinkommen. Wir müssen miteinander reden.«

»Du hast einen Anruf reinbekommen, als wir im Gericht waren«, sagte Tanja.

»Von wem?«

»Äh … das Display sagt *Vic*«, erklärte Tanja und wurde rot.

»Verflucht! Ich hab ihn vergessen. Wir wollten heute Abend … aber so wie es aussieht, hab ich jetzt überhaupt keine Zeit!«

»Wenn du telefonieren willst, geh ich zu Fuß«, bot Tanja an. »Bis du das Auto geparkt hast, bin ich auch in der Dienststelle angekommen.«

Floras erster Impuls war, Tanjas Angebot abzulehnen. Polizisten hatten vor ihren Partnern nicht viele Geheimnisse. Ein Anruf beim Ehepartner oder Lebensgefährten oder aktuellen Lover führte nicht dazu, dass man einen Kollegen um Privatsphäre bat. Außer man hatte vor, Telefonsex zu haben. Doch dann nickte Flora und fragte sich selbst, warum sie es tat. Lag es daran, dass sie Tanja als Partnerin noch nicht wirklich akzeptiert hatte? Oder daran, dass es Viktor war, mit dem sie telefonieren wollte? Sie schüttelte die Gedanken ab, winkte Tanja zu, die sie an der Kreuzung zur Podewilsstraße hatte aussteigen lassen, steckte das Handy in die Freisprecheinrichtung und rief bei Viktor an, um ihm beizubringen, dass man sich auf die privaten Terminvereinbarungen eines Polizeibeamten nicht verlassen konnte.

Wie sich herausstellte, musste sie sich gar nicht bei Viktor entschuldigen. Er hatte angerufen, um seinerseits ihre Verabredung abzusagen.

»Die Amis noch mal«, sagte er zerknirscht. »Mir tut das so leid, Flora. Du weißt, wie viel mir das Himmel-Projekt bedeutet. Ohne meine amerikanischen Geschäftspartner funktioniert die Finanzierung nicht. Ich mach es wieder gut … und dann essen wir wirklich im *Ikarus*, du, Julia und ich.«

»Mach dir keine Gedanken. Ich wollte zurückrufen, um von mir aus abzusagen.«

»Oh!«

»So ist das, wenn man mit einer Polizistin zusammen ist.«

Viktor schwieg ein paar Augenblicke, und Flora wurde sich bewusst, was sie gerade gesagt hatte. Und dass es sich noch im Nachhinein gut anfühlte. War sie mit Viktor zusammen? Noch nicht … aber wie lange wollte sie sich noch dagegen sträuben?

»Kein Problem, Schönste«, sagte Viktor und klang plötzlich rau. »Bei den Immobilienhaien ist es nicht anders.«

»Du bist kein Hai.«

»Nein, aber mir reicht es, dass du das weißt. Hey, ich … ich …«

Flora schwieg mit klopfendem Herzen. Ein Teil von ihr fürchtete sich davor, was Viktor als Nächstes sagen würde.

»… ich muss jetzt Schluss machen und noch was vorbereiten für das Gespräch«, sagte Viktor. Er klang selbst enttäuscht, dass er nicht das gesagt hatte, was ihm augenscheinlich auf der Zunge gelegen hatte.

Er konnte nicht so enttäuscht sein wie Flora. Und gleichzeitig so erleichtert. Verwirrt sagte sie: »Ich ruf dich an, sobald ich kann, Peter.«

»Viktor«, sagte Viktor mit einem hörbaren Lächeln in der Stimme.

»Was hab ich gesagt?«

»Einen anderen Namen. Ist nicht schlimm.«

»O Gott«, sagte Flora.

40.

Peter platzte in das Büro, das er sich mit Flora teilte, und musste feststellen, dass niemand da war. Er fluchte in sich hinein und ging zu Michael Maier. Dessen Assistentin war noch da und hatte eine Reihe nagelneuer Smartphones vor sich auf dem Tisch liegen. Auf dem Boden stapelten sich Kartons, Verpackungsfolien und Garantieerklärungen in Sprachen, deren Buchstaben Peter nicht einmal entziffern konnte. Maiers vierschrötige, grauhaarige Sekretärin vor den supermodernen Geräten sitzen zu sehen war auf den ersten Blick ein Anachronismus. Aber Peter wusste, dass kaum jemand in der gesamten Kripo Landshut so gut mit moderner Datentechnik umgehen konnte wie Maiers Assistentin, abgesehen von den IT-Spezialisten der K7, die von sich selbst die Legende verbreiteten, dass jeder Neuling erst von der Sekretärin angelernt wurde, bevor er zu ihnen stoßen durfte.

»Der Chef ist ein Genie«, sagte sie, als sie zu Peter

aufsah. »Er hat die Situation genutzt und dem Präsidium Smartphones für all die Abteilungsleiter aus dem Kreuz geleiert, die bisher noch keins hatten.«

»Ich verwende mein privates Handy«, sagte Peter.

»Das darfst du auch weiterhin, bis du mal Abteilungsleiter wirst.«

»Ich bin kein Chefmaterial«, sagte Peter und grinste.

»Stimmt, bei deinem Privatleben …«

Peter stutzte, aber Maiers Sekretärin zwinkerte ihm zu. Aus Maiers Büro, dessen Tür wie üblich nur angelehnt war, ertönte Maiers Stimme: »Herr Bernward?«

Peter betrat das Büro des Kriminaloberrats. »Wie er leibt und lebt.«

»Ist Flora Sander im Büro?«

»Nein. Ich suche sie selbst und dachte, Sie wissen, wo sie ist.«

Maier schaute ihn groß an. »Der letzte Tag, an dem einer von Ihnen beiden sich offiziell bei mir abgemeldet hat, war der 31. Februar 1890.« Er gab Peter einen Notizzettel. »Hier, das sind die Koordinaten der Handymasten, die zuletzt das Signal von Karin Schätz-Holdingers Telefon aufgefangen haben. Sind vor fünf Minuten reingekommen. Ich hab sie schon umgesetzt.«

Peter betrachtete die Zahlenkombinationen und die Adressen dahinter. Drei Masten hatten das Signal geortet – einer befand sich auf dem Gebäude der BayWa, einer auf dem Tennisplatz des Postsportvereins, einer auf dem Gelände des TÜV. Maier winkte ihn heran und zeigte ihm auf seinem Monitor einen Plan, auf dem die Masten eingetragen waren. Sie bildeten ein Dreieck, das einen Teil des Harlanderviertels umfasste.

»Es liegt in der Kanzlei oder der Wohnung«, sagte Peter, der sich an Floras Angaben erinnerte.

Maier nickte. »Und ist immer noch eingeschaltet. Allem Dafürhalten nach befindet sich Frau Schätz-Holdinger zu Hause und geht weder an die Tür noch ans Telefon.«

»Weil sie tot im Wohnzimmer liegt …«

Maier musterte Peter ernst.

Peter seufzte. »Haben wir ein Bewegungsprofil der letzten Stunden?«

Es stellte sich heraus, dass Karin Schätz-Holdingers Telefon nach dem Besuch in der Kripo von Masten auf der Stadtresidenz in der Altstadt, der Jugendherberge auf dem Grätzberg, dem Sportzentrum West und dem Restaurant auf dem Klausenberg geortet worden war; und danach wieder in umgekehrter Reihenfolge bis zu seinem aktuellen Standort.

»Sie hat sich mit jemandem auf dem Klausenberg zum Essen getroffen und ist dann wieder nach Hause gefahren«, sagte Peter.

»So lässt sich das interpretieren. Sie könnte aber auch beim Schlittschuhlaufen in der Eissporthalle gewesen sein. Oder dort im Restaurant.«

»Oder in der Naturfreundehütte oberhalb der B11, wenn wir schon dabei sind! Alles im Umkreis des Masts auf dem Klausenberg. Verflucht. Die moderne Datentechnik ist doch zu gar nichts nutze!«

Maiers Sekretärin schaute zur Tür herein. »Christian Toller vom KDD ist in der Leitung.«

Maier und Peter blickten auf. Der KDD oder Kriminaldauerdienst bestand aus zwölf Kripobeamten, die rund um die Uhr ihren Dienst verrichteten, um anfallende Delikte sofort qualifiziert aufzunehmen. Maier drückte auf die Taste, um den Anruf auf seinen Apparat herüberzuziehen. Er sagte ein paarmal »Ja« und »Verstanden« und am Ende »Nein, ich regle das.« Dann legte er auf und schaute Peter an. »Beim Maxwehr ist eine Frauenleiche angeschwemmt worden. Arbeiter von den Stadtwerken haben sie gefunden, als sie das Fangnetz von Treibgut befreien wollten. Kommissar Toller vom KDD hat sich gerade abgemeldet, um hinzufahren.«

Peter sprang auf. »Christian kann sich den Weg sparen. Ich fahre hin.«

Maier lächelte. »Das habe ich dem Kollegen bereits gesagt.«

»Sie glauben auch, dass es sich um die Rechtsanwältin handelt?«

»Ich glaube nur, dass ein Handy, das friedlich in einem Haus liegt, nicht bedeuten muss, dass sein Besitzer sich gleich daneben befindet.«

Im Hinauslaufen wandte Peter sich noch einmal um. »Wessen Fall ist das nun? Floras oder meiner?«

Maier verdrehte die Augen. »Finden Sie's gemeinsam raus.«

41.

Peter rief Floras Handy an, während er in seinem Büro die Unterlagen auf seinem Schreibtisch überflog. Belegt. Tanja Parsberger schien hier gearbeitet zu haben, denn an der Seite des Schreibtischs lag ein Teil der Kopien aus der Akte über den Pegasus-Schwindel. Die restlichen Kopien befanden sich in Floras üblicher kreativer Ordnung auf deren Tisch. Peter versuchte es erneut bei Flora, als er die Treppe ins Erdgeschoss hinunterlief. Der Anschluss war immer noch besetzt. Er würde sich wohl zu Fuß auf den

Weg zum Maxwehr machen müssen, wenn er nicht wieder in den dritten Stock hochlaufen und entweder den Kollegen vom KDD oder Michael Maier die Schlüssel zu deren Dienstfahrzeugen aus dem Kreuz leiern wollte.

Auf Höhe des Kriegerdenkmals sah er Flora auf der anderen Straßenseite mit ihrem Dienstwagen herankommen. Sie lächelte und redete in die Freisprecheinrichtung. Peter spurtete in die Straße hinein und winkte ihr. Sie trat nach einem raschen Blick in den Rückspiegel auf die Bremse.

Peter klopfte an die Seitenscheibe. Sie ließ sie herunter.

»Was ist denn los?«, fragte sie alarmiert.

»Wasserleiche beim Maxwehr«, sagte Peter.

Ihre Augen wurden groß. Dann wandte sie sich von Peter ab, sagte in Richtung des Mikrophons der Freisprecheinrichtung: »Sorry, ich ruf dich zurück, sobald ich kann!«, und trennte die Verbindung. Sie sah zu Peter hoch. »Karin Schätz-Holdinger?«

»Wissen wir noch nicht. Aber ich würde nicht dagegen wetten.«

»Steig ein!«

Peter saß auf dem Beifahrersitz und war noch damit beschäftigt, sich anzuschnallen, da wendete Flora den Wagen schon in einem raschen Manöver. Peter aktivierte die links und rechts des Innenspiegels an der Windschutzscheibe angebrachten Blaulichter. Auf das Signalhorn verzichtete er. Wenn er und Flora gemeinsam in einen Einsatz fuhren, wechselten sie sich beim Fahren ab, ohne sich lange abstimmen zu müssen. Er fühlte sich auf dem Beifahrersitz ebenso wohl wie hinter dem Steuer. Nur der misstrauische Blick, den Flora ihm zuwarf, während sie über das Pflaster der Neustadt in Richtung Maxwehr schossen, vergällte ihm das heimelige Gefühl.

»Was wissen wir?«, fragte sie.

»Die Leiche ist bei Aufräumarbeiten am Fangnetz entdeckt worden. Kann höchstens eine halbe Stunde her sein. Der Chef hat das Bewegungsprofil anhand von Karin Schätz-Holdingers Handyortung ausgewertet. So wie es aussieht, liegt ihr Handy immer noch brav eingeschaltet in ihrer Wohnung.«

»Das heißt gar nichts.«

»Ich weiß.«

»Wo ist sie überall gewesen?«

Peter zählte ihr die Funkmasten auf, die Karins Handy nach ihrem Besuch in der Kripo geortet hatten.

»Die Birkenallee«, sagte Peter schließlich.

»Was ist damit?«

»Da könnte sie auch gewesen sein.«

»Was willst du damit sagen?«

»Ich hab mir die Hochwasserpläne der Stadt angesehen. Die Birkenallee ist für den Publikumsverkehr gesperrt, weil nur noch der Fußgängerdamm aus dem Wasser herausschaut. Der Auwald links und rechts davon ist bereits Land unter.«

»Das heißt …«

»… dass die Birkenallee zurzeit einer der einsamsten Orte Landshuts ist.«

Flora bremste ab, als sie in das Nadelöhr am Nordende der Neustadt hineinfuhren, wo eine Flanke des Ursulinenklosters und die Häuser, die aus der Herrngasse herausführten, die Durchfahrt extrem verengten.

»Verflucht!«, sagte Flora.

42.

Das Maxwehr war wie mit einem Scheinwerfer angestrahlt, als sie den Wagen auf dem kleinen Platz vor dem Turbinengebäude anhielten und ausstiegen. Die Sonne stand tief über der Heilig-Geist-Brücke, die zweihundert Meter flussaufwärts aus dem Wasser ragte, und schien unter der Wolkendecke hindurch. Peter blinzelte gegen das Licht und fühlte, wie sich seine Kopfschmerzen zurückmeldeten und er gleich wieder niesen musste. Er konnte den feinen Gischtnebel sehen, der über der bestürzend schnell heranbrodelnden Isar stand. Der Orban-Kai, der linker Hand zur Heilig-Geist-Brücke führte, war abgesperrt und bereits überschwemmt, die neu gepflanzten Kastanien standen unter Wasser. Eine Sandsackbarriere trennte den Platz vor dem Turbinenhaus vom Orban-Kai ab, unter der Wasser in einzelnen kleinen Bächlein hindurch und über das Pflaster sickerte. Vor dem Steg über das Maxwehr waren Trassierbänder gespannt und riegelten ihn ab. Peter sah, dass entlang des jenseitigen Isarufers, an der Isarpromenade, kniehohe Sandsackwälle geschlichtet waren. Der Pegelstand der schäumenden Isar kam ihnen bereits bedenklich nahe. Peter nieste und stöhnte in sich hinein, weil sein Kopf dabei zu platzen schien.

Der strahlende Abendsonnenschein machte alles surreal, ebenso die Leere, die überall herrschte. Auf der Isarpromenade standen ein paar Schaulustige hinter dem Sandsackwall und gafften herüber, aber auf dieser Seite waren sie allein mit einem Bediensteten der Stadtwerke, der näher kam und ein verkniffenes Gesicht machte. Sie zeigten ihm ihre Ausweise. Er gestikulierte zu einem Greifbagger, der zwischen zwei Schleusenhäuschen stand, die

Greifzange nass und leer und im Abendlicht schimmernd wie Gold.

»Geht's Ihnen gut?«, fragte Peter den Mann.

Er schüttelte den Kopf. »Es geht einem immer wieder an die Nieren«, sagte er.

Zwei weitere Männer standen beim Bagger. Einer von ihnen rauchte, ein anderer, der eine Schwimmweste trug, telefonierte. Sie sahen auf, als Peter, Flora und der dritte Stadtwerker herankamen.

»Da unten«, sagte der Mann mit der Zigarette und deutete über das Geländer. Peter hielt ihn für den Führer des Greifbaggers, weil er keine Schwimmweste trug; er wäre mit ihr gar nicht in den engen Führerstand des Geräts gekommen. Er konnte ihn kaum verstehen, weil er leise sprach und weil das Donnern der Wasserwalzen, die aus den Schleusenöffnungen tosten, so ohrenbetäubend war. Auch die Vorstellung der beiden Männer ging im Brausen verloren. Peter nahm an, dass der Vorarbeiter, der sie in Empfang genommen hatte, die anderen Arbeiter in die Pause geschickt hatte. Mehrere lange Haken, neben denen Schwimmwesten lagen, deuteten darauf hin, dass die Räumarbeiten von mindestens einem halben Dutzend Männer durchgeführt worden waren.

Das Maxwehr bestand aus drei weiten Schleusentoren und einer weiteren Öffnung, die das herankommende Wasser direkt auf die Turbinen im Turbinenhaus leitete. Diese Öffnung war mit massiven Stahlstäben vergittert. Üblicherweise war das der Ort, an dem sich Wasserleichen und Treibgut verfingen.

Angesichts des Hochwassers hatten die Stadtwerke jedoch ein Fangnetz aus Stahlkabeln vor die Schleusenöffnungen gespannt, um zu verhindern, dass große Baumstämme über die Kante gezogen wurden und sich dort verkeilten. Das Netz war an vielen Stellen beschädigt. Über seine ganze Länge hingen Äste, ganze Heubüschel, zersplitterte Stämme, Abfall und sonstiges Treibgut darin. Vieles deutete darauf hin, dass die Isar weiter flussaufwärts Häuser und Gärten ausgeschwemmt hatte: zerfetzte, aufblasbare Planschbecken, Fußbälle, Gartenstühle und ein zerschmettertes Klettergerüst aus Holz.

Die Leiche hatte sich im Fangnetz vor der mittleren Schleusenöffnung verfangen. Das Wasser brodelte über sie hinweg, durch das Schwingen des Fangnetzes tauchte sie immer wieder unter. Deutlich sichtbar waren nur ein Arm und ein Teil der Hüfte bis zum rechten Oberschenkel; alles andere war zwischen Ästen und Zweigen versteckt, von langen flatternden Grasfahnen umwickelt oder unter Wasser. Der Rock war zusammengeknüllt und über die Hüfte hochgeschoben. Die nackte Haut schimmerte bleich im späten, schräg einfallenden Sonnenlicht. Es war klar, dass man die Tote nicht würde bergen können, ohne schweres Gerät einzusetzen. Es war Peter auch klar, wer sie war, ohne dass er das Gesicht sehen musste. Er hatte das, was von der Kleidung zu sehen war, erkannt: schwarzweiß gewürfelter Rock, helle Lederjacke. Karin Schätz-Holdingers Handy lag tatsächlich verlassen in ihrer Wohnung.

Er warf Flora einen Blick zu. Ihr Gesicht war steinern. Als fühlte sie seinen Blick, wandte sie sich zu ihm um.

»Und?«, fragte sie. »Ich hab sie nie gesehen.«

»Neunundneunzig Prozent …« Peter seufzte. »Es sei denn, die dort unten hatte den gleichen Modegeschmack.«

Der Baggerführer warf seine Kippe ins Wasser. Sie traf dicht neben der Leiche auf und wurde sofort von den Fluten davongerissen. Er räusperte sich, als ihm klarwurde, welche Geschmacklosigkeit er eben begangen hatte.

»Die kriegen wir nie da rauf«, sagte er. »Oder jedenfalls nicht ohne den Bagger.« Er wies auf die Greifzange. »Und dann ...«

Er sprach nicht weiter. Peter wusste auch so, was er hatte sagen wollen. Wenn sie die Greifzange einsetzten, würde es nicht ohne Verstümmelungen des toten Körpers abgehen.

»Wenn das Fangnetz nicht wäre, wäre sie schon längst über alle Berge«, sagte der Baggerführer. »Dann wäre sie hier über die Kante geschwemmt und erst beim Kraftwerk am Ende des Stausees aufgehalten worden.« Man konnte ihm deutlich ansehen, dass ihm das lieber gewesen wäre. Die Kollegen vom Stromkraftwerk hätten sich dann darum kümmern dürfen.

Ein Team der Spurensicherung kam herangefahren, zusammen mit dem Gerichtsmediziner. Es war derselbe Mann wie in der Nacht zuvor beim *Tiger's Girl's*, und er trug noch dieselbe Kleidung und dieselben Gummistiefel.

»Könntet ihr mal die Schweine schnappen, bevor sie noch jemanden umbringen«, stieß er mit knurrendem Unterton aus. »Unsereiner hat die Keller der ganzen Familie voller Wasser.« Er beugte sich über das Geländer und schaute nach unten. »Ah, Scheiße«, sagte er. »Wie sollen wir die jemals bergen, bevor das Wasser zurückgegangen ist?«

»Es könnte auch ein Selbstmord gewesen sein«, sagte Peter. Er sah, wie Flora mit den Kollegen von der K7 sprach. Diese warfen einen kurzen Blick auf die Leiche, schüttelten die Köpfe und stapften davon. Die einzigen Spuren, die man hier noch finden konnte, würden sich an der Leiche von Karin Schätz-Holdinger befinden, und sie festzustellen war die Aufgabe der Rechtsmedizin.

»Oder ein Unfall«, sagte der Mediziner, warf einen

Blick in Peters Gesicht und ergänzte dann: »Aber ihr habt schon einen Verdacht, oder?«

»Leider.« Peter hörte, wie Flora, die nun wieder direkt neben ihm stand, sich nach Vermisstenmeldungen erkundigte. Sie senkte das Telefon. »Keine Vermisstenanzeigen von hier bis Moosburg. Die Meldungen aus München werden gerade gecheckt.«

Peter nickte. »Was glauben Sie, wie lange hat sie im Wasser gelegen?«, fragte er den Mediziner.

»Machen Sie Witze? Soll ich Ihnen von hier oben auch noch ihre Schuhgröße verraten?«

»Wie wär's mit einer professionellen Einschätzung?«

»Ich kann unprofessionell raten, wenn es Sie glücklich macht.«

»Was mich glücklich macht«, sagte Peter, »kriege ich nicht von Ihnen. Aber Sie könnten so tun, als würden Sie uns helfen, einen möglichen Mordfall aufzuklären.«

Der Mediziner grummelte. Peter konnte ihn verstehen. Erste Schätzungen hatten die Tendenz, im Gedächtnis zu bleiben und Fakten zu schaffen.

»Keinen halben Tag, aber wenn Sie mich jemals darauf festnageln, werde ich schwören, dass Sie mich zu dieser Aussage gezwungen haben«, sagte der Mediziner. »Und damit Sie sich keine falschen Vorstellungen machen: Sollten wir die Leiche jemals hier raufbekommen, werden wir einen gewaltsamen Tod nur dann feststellen können, wenn sie erschossen, erstochen oder erdrosselt worden ist. Aber wenn sie von einer Fußballmannschaft mit Baseballschlägern zu Tode geprügelt worden ist, wird sich das nicht feststellen lassen. Nur, damit Sie einen Begriff davon haben, in welchem Zustand sich eine Leiche befindet, die so wie sie zwischen Treibholz von diesem Fangnetz aufgehalten worden ist.«

»Großer Gott«, sagte Peter.

Flora tippte wieder auf ihrem Telefon herum. »Ich stelle gerade sicher … Hallo? Hier ist Flora.« Sie begrüßte Maiers Sekretärin. »Gut, dass du noch da bist. Wir brauchen noch mal eine Bestätigung, dass die Leute, die du heute schon angerufen hast, noch in Sicherheit sind. Danke.«

Flora steckte das Telefon ein und starrte zu der Leiche hinunter. »So, wie sie liegt, könnten wir vielleicht das Gesicht freibekommen«, sagte sie nach einer Weile. »Siehst du den Ast und das ganze Gras dort? Wenn wir …«

Der Baggerführer, der neben ihnen gestanden hatte, hob abwehrend die Hände. Er rauchte mittlerweile die dritte Zigarette, seit Peter und Flora eingetroffen waren. »Nicht mit dem Greifer«, sagte er. »Und ich mache hier auch nichts, solange ich nicht eine Anweisung direkt von meinem obersten Boss habe.«

»Schon gut«, sagte Peter. Er sah sich um und nahm einen der langen Haken auf. »Vielleicht geht es damit.« Er beugte sich über das Geländer und hätte beinahe das Gleichgewicht verloren, weil das überraschende Gewicht des Hakens ihn nach vorn zog.

»Ziehen Sie eine Schwimmweste an«, sagte der Vorarbeiter.

»Glauben Sie, ich habe Lust zu schwimmen, wenn ich da reinfalle?«, fragte Peter. »Sollte ich da runterfallen, hoffe ich, ich bin gleich weg und alle Sorgen los.«

»Red keinen Unsinn, Peter«, sagte Flora.

Peter lehnte den Haken an das Geländer und schlüpfte in eine der herumliegenden Schwimmwesten. Er sah zu seinem Missvergnügen, dass Flora das Gleiche machte.

»Das ist meine Sache«, sagte Peter.

»Halt die Klappe«, sagte Flora und nahm ebenfalls einen der Haken auf. »Oder hast du gedacht, ich hätte vergessen, dass das immer noch mein Fall ist? Gott, ist das Ding aus Blei?«

Der bisher schweigsame dritte Stadtwerke-Arbeiter sagte plötzlich: »Ich helfe Ihnen.«

»Danke«, sagten Peter und Flora wie aus einem Mund.

Sie stocherten eine Weile verbissen in dem Treibguthaufen herum, missmutig beobachtet von dem Arzt, dem Vorarbeiter und dem Baggerführer. Die Haken waren schwer. Keiner von ihnen wollte riskieren, die Leiche damit zu verletzen. Peter kam ins Schwitzen. Seine Arme und Schultern schmerzten, als hätte er einen Tag lang den Garten umgegraben.

»Gleich haben wir's«, sagte der Arbeiter.

Zu dritt bekamen sie einen dichtbelaubten Ast zu fassen, um den sich lange Strähnen Gras, Heu und Algen gewickelt hatten und der die Leiche von den Schultern aufwärts unter Wasser zu drücken schien. Sie hoben ihn vorsichtig hoch. Er rutschte aus den Haken und fiel wieder zurück, aber im nächsten Moment schwemmte ihn das Wasser mit sich über die Kante der Schleuse und in den brodelnden Mahlstrom dahinter. Der Kopf der Leiche kam nach oben. Es sah aus, als ob die Tote kurz nachschauen wollte, wer oben auf dem Steg stand.

»Scheiße«, sagte der Arbeiter und prallte zurück. Sein Haken klapperte gegen das Geländer, fiel ins Wasser und war weg. Er hustete.

Peter manövrierte den Haken über das Geländer und legte ihn vorsichtig ab. Flora tat es ihm nach. Der Mediziner kam an das Geländer und schaute hinunter. Peter sah, wie seine Schultern sich in einem Seufzer hoben und senkten. Er massierte sich die Oberarme und trat an Flora heran. Flora schaute ins Leere und schüttelte den Kopf.

»Sie können wahrscheinlich davon ausgehen, dass die

Verletzung durch das Treibholz entstanden ist«, sagte der Arzt, obwohl es für diese Annahme noch weniger Grundlagen gab als für seine vorherige widerwillige Zeitschätzung. Offenbar besaß er doch so etwas wie ein Herz.

Was das Gesicht der Leiche betraf, hätte Peter nicht sagen können, ob es sich dabei um Karin Schätz-Holdinger handelte. Alles, was zu sehen gewesen war unter dem zerzausten Büschel triefender Haare und gefüllt mit Blättern, Gras und Algen, war ein Loch gewesen. Ein Loch aus blutlosem Fleisch, Knochen und Zähnen.

Floras Mobiltelefon klingelte. Sie gab sich einen Ruck und meldete sich. Sie sagte zweimal knapp »Ja!«, dann beendete sie das Gespräch und schaute Peter ins Gesicht. »Bei Gerd Leinberger geht niemand ans Telefon«, sagte sie.

43.

»Wer ist Gerd Leinberger?«, fragte Peter.

Flora erklärte es ihm ungeduldig. Ihr kam etwas in den Sinn, das die ganze Zeit schon in ihrem Hinterstübchen angeklopft hatte, und sie fragte: »Woher weißt du eigentlich, wie Karin Schätz-Holdinger ausgesehen hat?«

Zu ihrer Überraschung schien Peter verlegen. »Sie war heute Vormittag in der Kripo«, sagte er zögernd.

»Was hat sie da gewollt? Ah – die Beschwerde!«

»Ich hab das Protokoll aufgenommen«, sagte Peter. »Bevor es noch jemand anderer machte.«

»Was hat sie denn gesagt?«

»Unerlaubtes Eindringen ohne Durchsuchungsbeschluss, Einschüchterung ihrer Klientin, Hausfriedensbruch, Vertrauensbruch, Missbrauch der Amtsgewalt ...«

Flora schüttelte den Kopf. Sie war verärgert, aber auch ein wenig beunruhigt. »Mist«, sagte sie.

»Ja, das hätte die Kolleginnen Leitmayr und Batic ganz schön in Verlegenheit bringen können.«

Verwirrt blickte Flora ihn an. »Was? Du hast ihr nicht gesagt, dass Tanja und ich in Wahrheit ...?«

»Ich wollte, aber sie ließ mich nicht zu Wort kommen.« Peter grinste.

»Du hast eine Beschwerde gegen Leitmayr und Batic zu Protokoll genommen?!«

»Ja.«

»Und was hast du geschrieben?«

Peter tat ganz offensichtlich so, als müsse er nachdenken. »*Ghfjzxstrtz*«, sagte er. »Mehr oder weniger.«

Flora wusste nicht, ob sie amüsiert oder ärgerlich sein sollte. Peter breitete die Arme aus. »Ich hab einfach auf irgendwelche Tasten gehauen. Im Zehnfinger-System. Hat sich beeindruckend angehört, das kann ich dir sagen.«

Flora war sprachlos. Dann stahl sich, ohne dass sie es wollte, ein Lächeln auf ihr Gesicht. Das Lächeln wurde immer breiter. Plötzlich begann sie zu kichern. »Du hast geschrieben *Ghfxdfrst*?«

»Nicht in jeder Zeile.«

Flora konnte sich nicht helfen. Sie begann zu lachen. Die Vorstellung, wie Peter mit konzentriertem Gesicht und seiner sanften Vertrauen-Sie-mir-ich-weiß-was-ich-tue-Stimme die Beschwerde von Karin Schätz-Holdinger gegen die bekanntesten Münchner Kommissare der Fernsehgeschichte aufnahm, amüsierte sie über alle Maßen. Sie wusste, dass ihr Lachen nur ein Ventil für die Spannung war, die sich seit Wochen in ihr aufgebaut hatte, und dass es vollkommen unangebracht war angesichts der Tatsache, dass dort vorn eine Leiche ohne Gesicht im Fangnetz der Stadtwerke hing. Aber das Lachen ließ sich nicht abstellen. In ihre Heiterkeit mischte sich eine irre Mischung aus Dankbarkeit, dass ein Mann wie Peter ihr Partner war, tiefer Trauer, dass die Liebe, die sie geteilt hatten, gescheitert schien, und dem wehmütigen Wunsch, die Zeit zurückzudrehen vor den Moment, an dem alles angefangen hatte schiefzugehen. Die Tränen, die sie in den Augen hatte, waren nicht nur Lachtränen, und sie war froh, dass Peter, der ein wenig verwirrt, aber grinsend neben ihr stand, dies nicht bemerken konnte.

Schließlich zwang sie sich aufzuhören und nahm die Brille ab, um sich über die Augen zu wischen. »Was hättest du getan, wenn sie das Protokoll hätte durchlesen und unterschreiben wollen? Nein, sag's mir lieber nicht.«

Peter seufzte. »Diese Frage hat sich sowieso erübrigt, nicht wahr?«

Seine Worte ernüchterten Flora endgültig. Sie hatten sich während des Gesprächs in Richtung des Dienstwagens begeben und standen ein paar Dutzend Schritte vom Fundort der Leiche entfernt. Als sie hinüberblickte, starrten der Baggerführer und die beiden anderen Angestellten sie mit offenem Mund an. Ihr kam zu Bewusstsein, dass sie angesichts einer verstümmelten Frauenleiche in hysterisches Gelächter ausgebrochen war. Scham kroch in ihr hoch.

Peter sagte: »Wir wissen von Connor, dass Karin Schätz-Holdinger und Hannes Waltz irgendwie in die Pegasus-Geschichte verwickelt waren. Zusammen mit einer dritten Person, Karins Freundin …«

»Was?«, fragte Flora mit einiger Verspätung, als Peter abbrach.

»Diese Daniela Aisch … was hast du gesagt, macht sie beruflich?«

»Hab ich das gesagt? Sie hat eine ambulante Schönheitspraxis.«

»Ich werd verrückt. Die haben damals schon alle zusammengesteckt. Der Einzige, der nicht reinpasst, ist Leinberger, aber es kann sein, dass wir da bloß was übersehen. Und jetzt sind zwei von den dreien tot.«

»Daniela Aisch ist zu Hause und hat zugesagt, dass sie für niemanden die Tür öffnet, nicht mal für ihre eigene Mutter.«

»Ruf selber noch mal bei Leinberger an«, sagte Peter, als Flora im selben Moment das Telefon hochnahm, um genau das zu tun.

Es klingelte auf der einzigen ihr bekannten Festnetzleitung. Nicht einmal ein Anrufbeantworter meldete sich. Allein das war schon beunruhigend, wenn man es genau nahm.

»Ich fahr jetzt da hin«, sagte sie.

»Ich komme mit.«

Plötzlich war alles wieder so wie zuvor, nur dass Flora statt dem vorherigen Unmut über Peter nun Wehmut empfand. »Nein«, sagte sie. »Tanja ist jetzt meine Partnerin.« *In diesem Fall*, wollte sie hinzusetzen, aber dann schluckte sie es hinunter.

Peters Miene verschloss sich. »Dir ist doch klar, was hier wahrscheinlich abläuft«, sagte er. »Usperg denkt, dass Waltz und die anderen ihn damals ans Messer geliefert haben. Jetzt ist er frei. Und rächt sich. Glaubst du, er macht vor dem Mord an zwei Polizeibeamten halt, wenn sie ihm in die Quere kommen?«

»Der rasende Buchhalter?«, fragte Flora skeptisch.

»Das Gefängnis verändert die Menschen.«

»Du vergisst dabei, dass Usperg damals die anderen bloß hätte verraten müssen, dann wären sie mit ihm angeklagt worden. Warum hat er das nicht getan? Es steckt mehr dahinter als der Rachefeldzug eines entlassenen Knackis.«

»Kannst du dir da sicher sein?«

»Wenn man sich in diesem Stadium eines Falles zu sicher ist, verliert man ihn«, sagte Flora. »Weise Worte eines guten Polizisten.«

»Was interessiert mich mein Geschwätz von gestern?«, fragte Peter mit verdrossener Miene.

»Peter – ich hole jetzt Tanja ab, dann fahre ich mit ihr zu Leinberger ...« Sie stockte.

»Was ist los?«, fragte Peter.

Flora schüttelte den Kopf. Ihr war das Gespräch wieder eingefallen, das sie mit Tanja nach ihrem gemeinsamen Besuch bei Leinberger geführt hatten. »Tanja kennt Leinberger von früher«, sagte sie. »Er gehörte zum Freundeskreis ihres Vaters. Er hat sie allerdings nicht mehr wiedererkannt.«

»Ist sie kompromittiert?«

»Nein, ich glaube nicht. Schlimmstenfalls lasse ich sie im Auto sitzen. Ich muss zu Leinberger. Wenn er zu Hause ist und nur nicht ans Telefon geht, gut. Wenn nicht, lasse ich ihn zur Fahndung ausschreiben.«

»In einer Stadt, die im Wasser und im Chaos einer bevorstehenden Evakuierung versinkt?!«

»Hast du eine bessere Idee?«

»Ja. Nimm mich mit statt Tanja. Oder nimm uns beide mit.«

»Das ändert nichts am bevorstehenden Chaos.«

»Aber es ändert was daran, dass ich auf dich aufpassen kann.«

Flora horchte in sich hinein, ob sich ihr alter Zorn wieder regte nach dieser Aussage. Aber sie spürte weiterhin nur die Wehmut, dass sie und Peter alles verbockt hatten.

»Du bist der beste Mann, den ich kenne«, sagte sie und strich ihm zärtlich über die Wange. »Und du hast nicht die geringste Ahnung, wie es in mir aussieht. Ich bin der Chaot, nicht du. Es tut mir leid.«

Sie wandte sich ab und stieg in den Wagen, bevor Peter etwas sagen konnte. Als sie zurücksetzte und wendete, sah sie ihn noch immer dastehen, mit hängenden Armen, seinen wie stets zerzausten Haaren, seinem unrasierten Gesicht und diesem Ausdruck in den Augen, für den jede andere Frau ihn wahrscheinlich geküsst, in ihr Bett geholt und dann vor den Traualtar gezerrt und jeden Tag in der Kirche eine Kerze angezündet hätte für die Gnade, die ihr zuteilgeworden war. Er war tatsächlich der beste Mann, den sie kannte – nur wahrscheinlich nicht für sie.

Sie fuhr davon und holte Tanjas Mobilnummer aus dem Anrufspeicher, um ihr mitzuteilen, dass sie sie in drei Minuten vor dem Polizeigebäude aufgabeln würde.

44.

Für ein paar Momente war Peter hin- und hergerissen zwischen seinem Pflichtbewusstsein und seiner Sorge um Flora. Sollte er ihr hinterherfahren? Wenn er jetzt losrannte, wäre er in fünf Minuten zu Hause. Der Tank parkte direkt vor der Haustür. Er konnte hineinspringen und sich unterwegs über Maiers Sekretärin oder jemanden vom KDD, der Zugriff auf die Unterlagen hatte, Leinbergers Adresse besorgen.

Und dann? Sollte er plötzlich hinter Flora und Tanja an der Haustür Leinbergers auftauchen, am besten noch keuchend, und hervorstoßen: »Keine Angst, meine Damen, Siegfried der Recke beschützt euch!«?

Peter starrte ins Leere. Flora war Polizeibeamtin und nicht weniger wehrhaft als er selbst. Und sie war in Begleitung einer ehemaligen Schutzpolizistin, die auch nicht so aussah, als würde sie sich und ihre Partnerin nicht verteidigen können. Welchen zusätzlichen Schutz konnte Peter ihnen geben?

Er hob das Telefon hoch und wählte die Handynummer seines Vaters. Daniel meldete sich nach längerem Klingeln. Es hörte sich an, als säße er in einem Auto.

»Peter?«

»Wo bist du gerade, Pa?«

»Auf dem Weg vom THW zurück nach Hause. Jemand ist so nett und fährt mich bis in die Altstadt.«

»Überzeug den netten Jemand, dich direkt nach Hause zu fahren. Die Zeit drängt. Dann schnapp dir die Autoschlüssel und komm mit dem Tank zum Maxwehr. Ich brauche den Wagen dringend.«

»Ich hab keinen Panzerführerschein.«

»Ich dachte, du hättest beide Weltkriege mitgemacht.«

Daniel Bernward war nach dieser Anspielung auf sein Alter ein paar Momente lang still. Dann sagte er: »Wenn ich meine Kohle nicht ohnehin selbst verprassen würde, würde ich dich für so etwas enterben.«

»Bringst du mir den Wagen?«

»Was ist los, Peter?« Daniels Stimme klang plötzlich besorgt.

»Erklär ich dir, wenn du hier bist. Okay?«

»Gemacht«, sagte Daniel und beendete das Gespräch.

Peter stapfte zu den drei Stadtwerke-Arbeitern und dem

Mediziner hinüber. Der Arzt und der Vorarbeiter hatten versucht, noch weiteres Treibgut von der Leiche Karin Schätz-Holdingers zu entfernen, aber sie steckte immer noch unter zu viel Geäst und Abfall fest. Gnädigerweise war ihr Kopf wieder untergetaucht.

»Was jetzt?«, fragte der Mediziner. »Ich kann hier nicht warten, bis das Hochwasser zurückgeht.«

»Wir holen sie raus«, sagte Peter.

Der Baggerführer sagte: »Nicht ohne Anweisung von oben.«

»Wie ist die Telefonnummer Ihres obersten Chefs?«

»Woher soll ich das wissen?«

Peter erinnerte sich, dass er vor einiger Zeit die Nummer der Stadtwerke-Sprecherin gespeichert hatte. Nachdem ihm auch ihr Name wieder eingefallen war, wählte er sie an. Sie meldete sich nach kurzem Klingeln. In Zeiten wie diesen kampierte die Führungsmannschaft der Stadtwerke wahrscheinlich in ihren Büros. Peter stellte sich vor und fragte nach dem Leiter der Stadtwerke.

»Der Chef ist in einer Besprechung. Kann ich was für Sie tun?«

»Wir haben einen Leichenfund am Fangnetz beim Maxwehr.«

»O mein Gott!«

»Um die Leiche zu bergen, benötigen wir den Greifbagger, aber der Baggerführer weigert sich, weil er Konsequenzen befürchtet. Die Leiche lässt sich vermutlich nicht herausholen, ohne sie dabei zu verstümmeln.«

Peters Gesprächspartnerin schluckte hörbar. »Tun Sie, was Sie für richtig halten«, sagte sie dann. »Sie sind vor Ort.«

»Würden Sie dem Baggerführer die entsprechende Anweisung erteilen?«

»Geben Sie ihn mir.«

Peter reichte dem Mann das Handy, der es misstrauisch in Empfang nahm. Der Baggerführer meldete sich und lauschte dann. »Nicht, dass ich nachher eine Anklage am Hals hab wegen Leichenschändung oder wegen Behinderung bei der Spurensuche«, brummelte er. »Abgesehen davon, dass es ein Scheißjob ist, die Tote da rauszuholen. Warum kommen Sie nicht her und tun es?«

Er lauschte wieder und riss dabei die Augen auf. »Ich wollt's ja nur gesagt haben!«, stieß er hervor. »Nein, ich mach's schon. Verdammt.«

Der Baggerführer gab Peter das Handy zurück. Die Pressesprecherin fragte: »Soll ich zum Maxwehr kommen? Brauchen Sie mich dort? Ich hab nur gleich eine Pressekonferenz wegen der Flut ...«

»Nein, vielen Dank. Wir kommen zurecht. Bitte sagen Sie auf der Konferenz nichts über den Leichenfund. Die Presse kriegt das noch früh genug mit.«

»Ist gut. Viel Erfolg – und ...« Sie suchte hörbar nach Worten, um ihre Betroffenheit über den Leichenfund auszudrücken, und schien keine zu finden, die sie als passend erachtete. »Wenn noch was ist, rufen Sie mich an«, sagte sie schließlich. »Ich geb dem Chef Bescheid, sobald er aus der Besprechung kommt.«

Der Baggerführer sah Peter überrascht an, als dieser ihm auf die Schulter klopfte. »Es ist ein Scheißjob«, sagte er ruhig. »Und glauben Sie mir, es wäre auch für unsereinen ein Scheißjob. Aber er muss getan werden.«

Die Schultern des Baggerführers sanken herab. »Helft ihr mir?«, fragte er seine beiden Kollegen. »Wenn wir mit den Haken versuchen, sie noch ein bisschen mehr freizukriegen ...«

Die beiden anderen Arbeiter nickten mit ernsten Gesichtern. Der Arzt holte ein Handy heraus und erklärte jemandem am anderen Ende, dass es noch länger dauern würde. Peter rief währenddessen Rudolf Strutiow an.

»Kannst du jemanden entbehren, um einen Leichenfund weiträumig abzusichern?«, fragte er. »Hier wird es wahrscheinlich demnächst gruslig. Ich möchte keine Fotos davon auf Facebook finden.«

»Ich kann nicht mal jemanden entbehren, um den Bundespräsidenten vor einem Attentat mit einem nassen Lappen zu schützen«, sagte Strutiow. »Wie viele Leute brauchst du?«

»Ein Team an der Isarpromenade und eines auf der Heilig-Geist-Brücke.«

»Du kriegst ein Team, das hin und her fährt.«

»Danke.«

Der Arzt hatte sein Telefonat ebenfalls beendet und holte seine Utensilien aus dem Auto. Er überraschte Peter, indem er mit einem Blick auf die drei Stadtwerke-Arbeiter sagte: »Bei so einer Sache gibt es immer mindestens zwei Opfer: den Toten selbst und den, der ihn findet.«

»Die Gesichtsverletzung«, sagte Peter. »Glauben Sie wirklich, die ist post mortem vom Treibholz entstanden?«

»Die Leiche wird mehrere solche wüsten Traumata aufweisen. Sehen Sie sich doch das Ast- und Baumzeug an, in dem sie rumgerollt worden ist. Das ist, wie wenn man in einen Mähdrescher gerät.«

»Könnte sie trotzdem die Todesursache sein?«

»Wollen Sie mich schon wieder auf eine Aussage festnageln?«

Peter verdrehte die Augen.

»Sorry«, sagte der Arzt. »Ich bin seit achtundvierzig Stunden auf den Beinen. Meine Mutter ist beim Kellerausschöpfen ausgerutscht und hat sich die Hüfte gebrochen, einer meiner Nachbarn hat vor Aufregung einen Herzinfarkt bekommen, ich kümmere mich noch um zwei weitere Häuser von Verwandten, und wie ich meinem Sohn beibringe, dass sein gesamtes nagelneues Tonstudio im Keller abgesoffen ist, wenn er von seiner Studienreise zurückkommt, weiß ich auch nicht. Ja, natürlich könnte diese Verletzung die Todesursache sein, aber ich glaube es nicht. Die sicheren Erkenntnisse bekommen Sie ja dann von der Rechtsmedizin in München.«

Peter bedankte sich. Die Aussage half ihm im Grunde nicht weiter. Er dachte an die Leiche von Hannes Waltz, dem der Schädel an den scharfkantigen Rippen eines Heizkörpers eingeschlagen worden war. War das ein Hinweis darauf, dass auch beim Tod Karin Schätz-Holdingers massive Gewalt eine Rolle gespielt hatte?

Oder war es doch einfach nur ein Unfall? Peter erinnerte sich daran, wie er die Rechtsanwältin die Neustadt hatte überqueren sehen, wobei sie hektisch telefonierte und dabei herumfuchtelte. Plötzlich wurde ihm klar, dass sie unbedingt das Handy der Toten brauchten. In seinem Speicher würde sich finden lassen, mit wem sie telefoniert hatte – und welche Gespräche sie danach noch geführt hatte.

Christian Toller vom KDD meldete sich schnell.

»Hier ist Peter Bernward«, sagte Peter. »Christian – ich brauche doch jemanden von euch für den Leichenfund am Maxwehr. Ich muss den Fundort verlassen, um ein Indiz zu sichern. Rudi Strutiow kann nur ein Team senden, das die Schaulustigen vertreibt, aber nicht den Fundort selbst sichern lassen.«

»Euch Tagesdienstler kann man doch nichts alleine machen lassen«, sagte Toller gutgelaunt. »Zehn Minuten?«

Peter wies den Kollegen hastig in die bevorstehende

Leichenbergung ein und was er mit dem Arzt besprochen hatte. Dann legte er auf und wartete ungeduldig auf das Eintreffen seines Vaters. Den Gedanken, dass er eigentlich Flora wegen des Telefons benachrichtigen sollte, schob er beiseite. Darum würde nun er sich kümmern.

45.

Daniel weigerte sich, zu Fuß nach Hause zu laufen. »Ich bleib im Auto sitzen, was immer du vorhast«, sagte er.

»Pa, das ist ein Polizeieinsatz!«

»Ja? Wo sind deine Kollegen? Wo die Schutzpolizei?«

»Es ist ein Einzelgänger-Polizeieinsatz«, sagte Peter.

Daniel grinste und machte es sich erst recht auf dem Beifahrersitz bequem, auf den er sich hatte plumpsen lassen, bevor Peter hatte losfahren können. »Tatsächlich? Hört sich ganz nach unserem Vorfahren an. Der hat auch alles im Alleingang gelöst.« Bevor Peter eine Gelegenheit fand loszubrüllen, fügte Daniel an: »Jetzt fahr schon zu. Du hattest es doch eilig. Ich versprech dir, ich bleib im Auto sitzen und rühre mich nicht. Du kriegst mich hier sowieso nicht raus, außer mit Gewalt.«

Aufgebracht wendete Peter den Wagen und fuhr los. Nach ein paar Metern kam ihm Christian Toller mit einem Dienstfahrzeug entgegen. Er und Peter und wechselten ein paar Worte über die heruntergelassenen Seitenscheiben, dann gab Peter Gas, um ins Harlanderviertel zu gelangen.

»Was hast du eigentlich vor?«, fragte Daniel.

»Ich breche in eine Wohnung und in eine Kanzlei ein.«

»Arme Polizei«, seufzte Daniel. »Müsst ihr die Verbrechen jetzt auch noch selber begehen?«

Peter stellte den Tank auf dem Parkplatz eines Supermarkts in der Nähe des Hauses ab, in dem laut Flora die Kanzlei und die Wohnung Karin Schätz-Holdingers waren. Er lehnte sich zur Beifahrerseite hinüber und öffnete das Handschuhfach. Verdutzt betrachtete er die unordentliche Anhäufung alter Landkarten, CD-Hüllen, Kaugummipäckchen, laminierter Sonder-Parkgenehmigungen, Betriebsanleitungen für den Wagen und einer Haarbürste, die Flora zurückgelassen hatte. Dann fiel ihm ein, dass er nicht in einem Dienstwagen saß. Den Dienstwagen hatte Flora und damit die Ersatzpistole. Peters Dienstwaffe lag brav zu Hause, weil er nicht gedacht hatte, dass er sie brauchen würde.

Sein Vater durchschaute ihn. Er wandte sich um und öffnete die Klappe eines Kartons, den Peter bislang nicht bemerkt hatte und der ihm bekannt vorkam. Daniels Hand kam nach einigem Fummeln mit einem unterarmlangen Dolch in einer Lederscheide wieder zum Vorschein.

»Wieso hast du die Klamotten in den Wagen gepackt?«, fragte Peter genervt. »Ist da der verdammte Helm etwa auch mit dabei?«

»Alles«, sagte Daniel. »Und sei froh – du hast doch deine Waffe gesucht. Hier, nimm das Ding hier. Unser Vorfahr …«

»… hatte auch nur so was, wenn er in Gefahr geriet! Jaja! Wenn es ihn überhaupt gegeben hat, hat er wahrscheinlich König Artus' Tafelrunde angerufen, sobald es brenzlig wurde.«

»Ich höre solche Bemerkungen gar nicht mehr, weißt du das?«

»Bleib bloß im Wagen, Pa! Ich warne dich.«

»Schon gut. Ich füge mich der Polizeigewalt.«

Peter schob den Dolch mit der Scheide voran in den Ärmel seiner Jacke. Den Griff hielt er in der linken Hand und ließ diese herabhängen, so dass man die Parierstange der Waffe nicht auf den ersten Blick sehen konnte. Er hätte sich die Mühe ersparen können. Die wenigen Leute, die unterwegs waren, beachteten ihn nicht. Von der Harlanderbrücke kam nur wenig Verkehr. Peter konnte sehen, dass auf der anderen Seite der Flutmulde, über die die Brücke führte und durch die das Wasser schäumte wie ein dritter Flussarm, der Verkehr durch die Feuerwehr reguliert wurde. Offenbar wurde nur über die Brücke in Richtung Innenstadt gelassen, wer überzeugend darlegen konnte, dass er dort etwas zu tun hatte.

Peter klingelte lange und eindringlich bei beiden Klingeln, aber niemand öffnete. Er hatte es nicht anders erwartet. Nach einem Blick rundherum öffnete er das kleine Gartentor, das plan mit der Hausfassade das Grundstück von der Straße abtrennte, und schlich um das Haus herum.

Der schmale Garten wurde von einer Hecke und hohen Bäumen zum Damm der Flutmulde hin abgegrenzt. Er lag ein wenig tiefer als die Dammkrone. Der Boden fühlte sich an wie ein Schwamm. Die Nässe drang durch Peters Schuhe und ließ ihn nochmals niesen. Wütend wischte er sich die Nase am Ärmel ab und musterte die metallene Außentreppe, die auf der Gebäuderückseite in den ersten und zweiten Stock führte. So leise er konnte, schlich er die Treppe hinauf. Die Treppe endete vor einer Art Balkontür.

Peter wandte sich um. Die Hecke bot in diesem Bereich des Hauses keinen Sichtschutz mehr für Blicke vom anderen Ufer der Flutmulde. Aber dieses war weit entfernt. Peter holte den Dolch hervor, fummelte ein wenig damit herum und benutzte ihn an einer bestimmten Stelle als

Hebel, bis die Balkontür nachgab. Sie war nur normal verriegelt und nicht abgeschlossen. Nach einem letzten Blick rundherum öffnete er sie und war in der Wohnung.

Die Wohnung erstreckte sich über den ganzen zweiten Stock des Hauses. Alle Zimmer waren geräumig. Am geräumigsten war der lange Flur. Man hätte darin einem kleinen Kind das Radfahren beibringen können. Am einen Ende der Wohnung machte er einen Knick. Die Zimmer gingen links und rechts ab – ein Arbeitszimmer mit einem einsamen, leeren Schreibtisch und einem ausgeschalteten PC, ein Schlafzimmer mit einem Doppelbett, ein weiteres Zimmer mit einem nicht gemachten Einzelbett, ein vollkommen leerer Raum, ein Wohnzimmer mit einem monströsen Flachbildschirm, ein Esszimmer, ein Bad und zwei Toiletten und ein weiteres leerstehendes Zimmer. Eine zehnköpfige Familie hätte hier leben können, ohne sich auf die Zehen zu treten.

Das Licht in der Wohnung war düster. Dennoch fielen die rechteckigen Flächen an den Wänden auf, an denen die Wandfarbe heller oder dunkler war als darum herum. Peter trat in das Schlafzimmer und fuhr mit einer Hand über das mit einer Tagesdecke ordentlich gemachte Bett. Etwas Staub wirbelte auf. In diesem Bett hatte schon lange keiner mehr geschlafen. Die Wohnung war einmal von zwei Menschen eingerichtet worden; einer war ausgezogen und hatte das zurückgelassen, was ihm nicht gehörte oder was nach der Teilung des Vermögens der anderen Partei zustand. Karin Schätz-Holdinger, die den Doppelnamen wahrscheinlich wegen der Kanzlei behalten hatte, hatte der Wohnung danach kein eigenes, neues Flair aufgedrückt. Es kam Peter beinahe so vor, als wäre die Wohnumgebung nur eine Übergangslösung, bis sich im Leben der Rechtsanwältin etwas grundsätzlich änderte.

Nur, dass das nun nie mehr geschehen würde. Die grundsätzlichste Änderung war eingetreten.

Er suchte alle Stellen ab, an denen man ein Handy ablegen würde. Es lag nicht auf dem Schreibtisch, nicht auf der Küchenanrichte, nicht auf einem der Nachttischchen im benutzten und im unbenutzten Schlafzimmer, auf keinem Tisch, auf keinem Stuhl, in keinem der Regale. Es steckte nirgendwo in einer Ladestation und hing auch nicht am PC im Arbeitszimmer. Schließlich kam Peter auf die naheliegende Idee. Mitten im Flur stehend, wählte er eine Nummer aus seinem Anrufspeicher.

»Peter?«, meldete sich Flora. »Telefonierst du mir jetzt hinterher?«

»Nein! Aber da wir schon dabei sind – ist alles klar?«

Flora schnaubte, aber sie blieb friedlich. »Wir sind auf dem Weg zurück ins Büro. Bei Leinberger ist niemand zu Hause. Ich habe in die Garage reingeleuchtet – sie ist leer. Er und seine Frau sind ausgeflogen. Ich lasse im Büro den Fahndungsaufruf vorbereiten.«

»Flora – kannst du auf Karin Schätz-Holdingers Handy anrufen? Ich hab die Nummer nicht.« Peter sprach unwillkürlich leise, so als bestünde die Gefahr, dass jemand draußen auf Geräusche aus der leeren Wohnung lauschte.

»Wozu soll das gut sein?«

»Tu es einfach.«

Eine Pause entstand, dann fragte Flora gedehnt: »Wo bist du?«

Es hatte keinen Sinn, es zu leugnen. »In ihrer Wohnung. Ich suche das verdammte Telefon.«

»Wie bist du … Herrgott, Peter, du bist doch nicht …?«

»Bitte ruf die Nummer an. Ich brauche das Telefon. *Du* brauchst das Telefon. Als die Frau heute Vormittag in der Dienststelle war, hat sie auffällig unauffällig nachgefragt, ob wir dem Mörder von Hannes Waltz schon auf der Spur wären. Sie hatte Angst, das konnte man ganz deutlich erkennen. Und als sie die Dienstelle verließ, hat sie sofort jemanden angerufen, noch bevor sie richtig unten auf der Straße war.«

»Manuela Waltz.«

»Möglich. Möglicherweise hat sie aber den Menschen angerufen, mit dem sie sich später in Reichweite des Funkmasts auf dem Klausenberg getroffen hat. Der war vielleicht der Letzte, der sie lebend gesehen hat.«

»Sie hat doch das Handy danach wieder nach Hause gebracht. Die Ortungsprotokolle deuten darauf hin. Oder zumindest darauf, dass das Handy irgendwo in der Nähe der Wohnung und der Kanzlei sein muss. Womöglich in einem geparkten Auto, das um die Ecke steht …«

»Karin Schätz-Holdinger ist tot, Flora. Wir sind beide überzeugt, dass sie umgebracht worden ist. Und zwar von dem Täter, der auch Waltz auf dem Gewissen hat. Und ich bin sicher, das Handy ist irgendwo hier. Nur hat sie es nicht selbst hergebracht, weil sie schon tot die Isar hinuntertrieb, als es hier abgelegt wurde. Es diente nur als Ablenkung, falls jemand von der Polizei sie vermissen und die Ortung beantragen würde.«

»Die Isar runtertrieb …? Die Birkenallee … zurzeit einer der einsamsten Orte in Landshut, oder wie?«

»Sie hat den Treffpunkt entweder selbst vorgeschlagen oder ist dorthin bestellt worden. Ein praktischer Ort – sowohl um etwas zu besprechen, das sonst niemand hören sollte, oder …«

»… um getötet zu werden, ohne dass es Zeugen gibt«, vollendete Flora. »Mit der reißenden Isar gleich nebenan zur Entsorgung des Körpers. Wenn das Fangnetz am Maxwehr nicht gewesen wäre …«

»Genau. Wen sie angerufen hat, sehen wir auf dem Handy. Ich wette, es wird der letzte Anruf sein, der darauf getätigt wurde.«

»Moment.« Peter hörte plötzlich Musik, und Floras Stimme war weg. Einige Augenblicke später meldete sie sich wieder. »Ich hab die Nummer nachschauen müssen, deshalb hab ich dich weggedrückt. Tanja ruft das Handy an. Wir beide bleiben in Verbindung. Leg bloß nicht auf, hörst du?«

»*Sir, yes Sir!*«, sagte Peter zackig.

»Wollen wir hoffen, dass sie das Ding nicht auf lautlos gestellt hat.«

Im nächsten Augenblick hörte Peter gedämpfte, dünn klingende Musik von irgendwo aus der Wohnung. »Bingo!«, flüsterte er und folgte dem Klang von »Material Girl« von Madonna durch die Wohnung.

Nach wenigen Sekunden wusste er, dass das Handy in dem unbenutzten Schlafzimmer mit dem Doppelbett sein musste. Als er darin stand, brach die Musik ab.

»Warum hat Tanja aufgelegt?«, fragte Peter. »Sie soll noch mal anrufen.« Er ging um das Bett herum und stand vor dem Kleiderschrank.

»Tanja hat nicht aufgelegt. Sie ist …«

»… weggedrückt worden«, sagte Peter. Die Erkenntnis durchfuhr ihn wie ein Schock. Er war nicht …

»Du bist nicht allein in der Wohnung!«, schrie Flora durch das Telefon.

Die Doppeltüren des Kleiderschranks platzten auf. Ewas kam heraus und stürzte sich auf Peter und hüllte ihn in ein weites Kleidungsstück ein. Er stolperte nach hinten, ließ sein Handy fallen und versuchte, an den Dolch zu kommen, den er wieder in den Ärmel gesteckt hatte, während ihn parfümduftende Dunkelheit einhüllte. Seine Kniekehlen stießen an das Bett. Er fiel auf die so lange unberührte Tagesdecke. An den Dolch kam er nicht heran. Er hörte das Keuchen seines Gegners und dünn wie aus weiter Ferne Floras Stimme aus seinem Handy, die seinen Namen rief.

Etwas traf ihn am Kopf. Der Schlag wurde durch den Mantel, in dem er gefangen war, gedämpft, aber nicht sehr. Der Schmerz betäubte ihn einen Wimpernschlag lang. Dann setzten seine Reflexe ein. Mit den Füßen stieß er sich vom Boden ab und flog noch weiter nach hinten auf das Bett. Das Bettgestell ächzte, das Bett verschob sich. Ein zweiter Schlag traf nicht mehr seinen Kopf, sondern seine Seite. Dann landeten zwei rasche Schläge in seiner Magengrube und trieben die Luft aus seiner Lunge. Ein pelziges Gefühl breitete sich in seiner Mitte aus. Er bekam kaum Luft unter dem Mantel und würgte. Der Angreifer zerrte ihn vom Bett herunter und auf die Beine. Ein dritter Schlag in die Magengegend. Peters Knie knickten ein. Er fühlte sich herumgewirbelt, stolperte rückwärts und krachte in den offenen Kleiderschrank hinein. Kleidung wurde von Kleiderhaken gerissen, der Schrank wackelte. Die Kleiderstange wippte aus der Halterung und knallte Peter, der hilflos auf dem Hintern landete, auf den Kopf. Ein Fachboden, der über der Kleiderstange angebracht gewesen sein musste, kippte und fiel samt seiner Last auf Peter und begrub ihn unter weiterer Kleidung. Einige Augenblicke lang dachte er, er müsse ersticken, während sein Schädel von den Treffern brummte und sich Wellen von Übelkeit von seiner Mitte ausbreiteten. Dann schaffte er es, sich freizustrampeln, und fiel aus dem Schrank heraus auf den Boden. Er hustete. Um ihn drehte sich alles. Sein Mageninhalt stieg ihm in die Kehle. Er schluckte ihn mühsam hinunter.

»Peter? Was ist passiert? Peter?«

Er starrte das Handy, das vor ihm auf dem Boden lag und quäkte, verständnislos an. Endlich setzte sein Hirn wieder ein. Er kam auf die Beine. Der Dolch rutschte aus seinem Ärmel und polterte aufs Parkett. Peter raffte ihn und das Telefon auf, brüllte in den Apparat: »Ich krieg den Sack!«, und steckte das Handy in die Tasche, ohne es auszuschalten. Dann rannte er, den Dolch in einer Hand, aus dem Schlafzimmer.

Er hörte die Wohnungstür zuknallen, stürzte dorthin und riss die Tür wieder auf. Schritte klapperten mit mindestens einem Stockwerk Vorsprung unten durchs Treppenhaus. Peter nahm zwei Stufen auf einmal und rannte hinterher. Er hörte sich die alte Floskel rufen: »Stehen bleiben! Polizei!«, und wusste, dass sie nichts nützen würde. Er wiederholte sie trotzdem und setzte ein »Stehen bleiben, oder ich schieße!« hinzu. Der Flüchtige ließ sich nicht bluffen. Peter hörte, wie er die Haustür aufriss, als er selbst noch im ersten Stock war.

Zwei Halbtreppen zu je einem Dutzend Stufen. Er fiel mehr, als dass er lief, ins Erdgeschoss hinunter und platzte durch die Haustür auf die Straße hinaus. Wild sah er sich um in der Hoffnung, eine Gestalt in irgendeine Richtung davonrennen zu sehen. Niemand. Nur bei der Gebäudeecke, nach der die Straße einen Bogen machte und auf die Harlanderbrücke einmündete, saß jemand auf dem Boden und kam gerade mühsam auf die Beine – jemand mit weißem Haar und einer THW-Jacke am Leib.

Peter, durch den immer noch Übelkeitswellen von den Schlägen in seine Magengrube und gegen seinen Kopf pulsten, stürzte auf Daniel zu und zerrte ihn auf die Beine. Sein Vater deutete um die Ecke zum Dammweg.

»Da ist er hin«, stieß er keuchend aus. »Hab versucht, ihn …«

»Bist du okay?«

»Ja.«

Peter ließ seinen Vater stehen und bog um die Ecke. Das Trassierband, das den Weg absperrte, war gerissen und lag auf dem Boden. Der Dammweg war nur halb so breit wie üblich. Seine ganze Länge entlang war die hüfthohe Sandsackbarriere aufgeschichtet.

Noch war die Dammkrone nicht unter Wasser, aber viel konnte nicht mehr fehlen. Peter konnte die nächsten paar Dutzend Meter des Wegs überblicken, bis zu einer Stelle, wo der Sandsackwall nach innen abknickte und den Weg gänzlich versperrte. Ihm fiel ein, dass dort eine kleine Fußgängertreppe zum Boden der Flutmulde hinunterführte. Die Sandsackbarriere führte um sie herum.

Von dem Angreifer, den er verfolgte, sah er keine Spur.

Er rannte trotzdem auf dem Weg entlang. Wie weit konnte der Kerl gekommen sein, wenn auch Daniel ihn noch aufgehalten hatte? Hinter der Sandsackbarriere quer über den Weg glaubte er, eine Bewegung zu sehen. Sein Kopf wollte platzen, aber er lief weiter. Duckte sich jemand dort hinter die Sandsäcke? Ohne daran zu denken, die Scheide abzustreifen, streckte er den Dolch in der Rechten nach vorn, schlitterte gegen die Sandsäcke, beugte sich darüber, brüllte »Polizei!« – und griff ins Leere.

Eine Handvoll Krähen flatterte kreischend auf. Hinter der Barriere lag Müll, den jemand dort hingeworfen haben musste in der Hoffnung, dass die steigende Isar ihn schon mitnehmen würde. Die Krähen hatten darin gepickt.

»Hinter dir!«, schrie jemand. Daniel!

Peter fuhr herum, völlig außer Atem. Undeutlich sah er, wie sich hinter den Sandsäcken jemand aufrichtete, nur ein paar Schritte weiter vorn. Er machte blindlings einen Satz und flog mit einem Hechtsprung über den Wall hinweg und in die Gestalt hinein.

Er hatte viel zu viel Schwung.

Er prallte in die Gestalt hinein und riss sie um. Der letzte Rest des Dammwegs und die schmale Grasböschung reichten bei weitem nicht aus, um ihnen Boden zu geben. Peter und sein Gegner klatschten der Länge nach ins Wasser und wurden sofort mit der Strömung davongetragen.

46.

Flora steuerte den Dienstwagen mit quietschenden Reifen über die Kreuzung am Kennedyplatz und schoss in die Stethaimerstraße hinein. Die LED-Blitzer in der Windschutzscheibe flackerten, die Lautsprecher plärrten ihren Sirenenton. Flora war gerade aus dem Wohnviertel, in dem Leinbergers Haus stand, herausgefahren, als der Krach im Handy begonnen hatte.

Sie flogen geradezu über die nächste Kreuzung. Bei der Baustelle des Staatsarchivs lief Wasser aus den Pumpschläuchen auf die Straße. Das Heck des Wagens brach aus, aber Flora bekam das Fahrzeug unter Kontrolle, verfehlte die Verkehrsinsel vor der Ampel nur knapp, raste durch die Engstelle in die Kreuzung hinein, ohne anzuhalten, und weiter, bis sie gegenüber der Kanzlei Schätz-Holdinger in der Bushaltestelle schlitternd zum Stehen kamen. Flora sprang aus dem Wagen und lief über die Straße, eine Hand hinter dem Rücken am Griff der Dienstpistole, die dort im Gürtel steckte. Sie sah sich nicht nach Tanja um, doch die Schritte, die ihr folgten, verrieten ihr, dass die junge Polizistin dichtauf war.

»Peter? Peter!«

Zu Floras Überraschung kam Daniel Bernward um die Gebäudeecke. Er winkte ihr zu. Peters Vater trug eine THW-Jacke, von der das Wasser tropfte, sein Haar war nass und zerzaust, und er sah müde aus.

Flora und Tanja folgten seinem Wink. Ein Stück den Dammweg hinter der Kanzlei hinein saßen Peter und drei junge Leute auf den Sandsäcken. Zwei der jungen Leute waren Männer, die dritte eine junge Frau. Peter ließ den Kopf hängen. Alle vier waren noch nasser als Daniel. Am stärksten trieften Peter und einer der jungen Männer. Noch während Flora sich näherte, sah sie zu ihrer Fassungslosigkeit, wie Peter eine Flasche mit durchsichtiger Flüssigkeit entgegennahm und einen tiefen Schluck daraus nahm. Das Etikett kam ihr von ferne bekannt vor. In der Flasche war Wodka.

»Man kann ihn keine fünf Minuten alleine lassen«, sagte Daniel, der neben ihnen herging. Er streckte Tanja die Hand hin. »Wir kennen uns nicht. Ich bin Daniel Bernward. Der Vater von Peter Bernward.«

Tanja murmelte etwas. Sie schien ratlos, wie sie mit der Situation umgehen sollte.

Flora sagte: »Man kann ihn keine *drei* Minuten alleine lassen.«

Als sie vor Peter und den jungen Leuten stand, blickten alle vier zu ihr hoch. Die jungen Männer und die junge Frau waren bleich. Peter sah noch erkälteter und durchfrorener aus als am Mittag. Aus seiner Kleidung tropfte Wasser.

»Er ist mir entkommen«, brachte Peter krächzend hervor. »Oder sie. Ich hab nicht mal erkannt, ob es ein

Männlein oder Weiblein ist.« Er deutete mit der Hand, in der er noch immer die Wodkaflasche hielt, auf die Hecke um den Garten hinter der Kanzlei. Ein Gartentürchen, kaum zu erkennen, stand offen. »Da ist er rein, während ich den Weg entlanglief. Er hat mich ausgetrickst. Er hat das Gelände genau gekannt. Und er hatte einen Schlüssel zur Wohnung. Wahrscheinlich aus Karins Tasche.«

Der junge Mann neben Peter, der ebenso nass war wie er, streckte die Hand nach der Flasche aus. Peter nahm noch einen Zug, dann gab er sie weiter und stöhnte. »Mann, ist das ein Gesöff«, sagte er. »Aber wenigstens wärmt es einen von innen.«

»Soll ich es mir zusammenreimen, oder versuchst du dich an einer halbwegs kohärenten Rekonstruktion des Ganzen?«, fragte Flora.

Peter wies mit dem Kopf auf sie. »Das ist Hauptkommissarin Flora Sander. Und das ist Polizeiobermeisterin Tanja Parsberger. Den Herrn mit den Ben-Cartwright-Koteletten kennt ihr ja schon. Flora, Tanja, darf ich vorstellen: Selina, Felix und Eray. Gib mir noch mal den Wodka, Eray.«

»Bist du betrunken?«, fragte Flora.

»Wenn, dann von Isarwasser.«

»Wir haben ihn rausgezogen. Ihn und Eray«, sagte die junge Frau, die als Selina vorgestellt worden war.

»Weil er misch reingeschmissen hat, weis du«, sagte Eray in schönstem Klischee-Deutschtürk. »Gib ma Pulle wieda her.«

Mit Hilfe von Daniel bekam Flora heraus, dass Peter gedacht hatte, der Mann, der sich plötzlich hinter den Sandsäcken erhob, sei der Flüchtige. Er hatte sich auf ihn gestürzt. Der Schwung hatte sie beide ins Wasser befördert. Doch Peters Opfer war nicht der Flüchtige, sondern ein zu Tode erschrockener Eray gewesen. Der Strom hatte sie einige Dutzend Meter mit sich genommen, bis Selina, Felix und Daniel sie mit vereinten Kräften an Land hatten ziehen können. Eray hatte die ganze Zeit über geschrien: »Scheiße, Alda, geh isch drauf!«, jedenfalls wenn man Selina und Felix glauben wollte. Eray bestritt es vehement. Peter konnte nichts dazu beitragen, er hatte den Kopf unter Wasser gehabt.

Peter stand auf. Er sah elend und unterkühlt aus. »Flora, kannst du ihnen eine Karte geben? Meine sind ein einziger Brei, und mein Handy ist auch ersoffen.« Er wandte sich an Eray. »Tut mir leid, Mann«, sagte er. »Wir sind auf der Suche nach jemandem, der schon zwei Leute umgebracht hat. Ich dachte ...«

»Alles korrekt«, sagte Eray großzügig.

»Über Hauptkommissarin Sander könnt ihr mich erreichen, falls es Schadenersatzforderungen gibt.« Er zupfte an Erays triefender Kleidung. »Oder falls einer von euch krank wird. Ich stehe dafür ein.«

»Eines würde mich interessieren«, sagte Flora. »Was habt ihr hier eigentlich gemacht?«

Die drei jungen Leute sahen sich an. »Überschwemmungsparty«, sagte Selina. »Wir haben auch Kartoffelchips.«

»Überschwemmungsparty?!«

»Cool, oder?«

»Habt ihr irgendwas gesehen, während ihr hier wart? Jemanden, der in das Haus dort ...?«

»Ich hab sie schon befragt«, sagte Peter.

»Wir ham das Wasser angeschaut, ey, sonst nix«, sagte Felix.

»Und das Innere der Wodkaflasche«, versetzte Flora ätzend.

Felix, den die Anwesenheit der Kripo offenbar nicht sonderlich beeindruckte, erwiderte: »Nee, beim Trinken ham wir die Augen zugemacht.«

Peter sagte: »Verflucht, ich brauch schon wieder trockene Klamotten.«

»Es sind noch welche im Wagen«, sagte sein Vater und grinste dabei über das ganze Gesicht.

Flora sagte: »Daniel, bitte fahr Peter zum Krankenhaus. Ich lasse die Wohnung und die Kanzlei auf den Kopf stellen. Vielleicht finden wir Spuren, wer der Typ war, der uns Karins Handy vor der Nase weggeschnappt hat.«

47.

Peter zog sich im Sichtschutz der offenen Beifahrertür des Tanks und der Bundeswehrdecke, die Daniel aus dem Kofferraum geholt hatte, um. Er sah Tanja mit dem Dienstwagen wegfahren, während Flora zurückblieb und telefonierte, vermutlich mit der Einsatzzentrale, um die Kollegen von der K7 zu alarmieren. Sie winkte ihm zu, als er in seinen Wagen stieg und in den Beifahrersitz sank. Er winkte zurück. Daniel setzte sich ans Steuer und wendete das große Fahrzeug unbeholfen auf dem kleinen Parkplatz vor der Apotheke weiter vorn.

»Wir fahren natürlich nicht ins Krankenhaus«, sagte Peter.

»Natürlich …« Daniel seufzte.

»Mir geht's blendend.«

»Sieht man dir an.«

»Lass uns nach Hause fahren, Pa«, sagte Peter. »Ich zieh

mir nur was anderes an, dann muss ich zurück ins Büro. Ich kann mir nicht einen heißen Wickel machen, wenn der Fall gerade eskaliert.«

»Ich dachte, es sei Floras Fall.«

»Ich bin zweimal im Wasser gelandet in den letzten zwölf Stunden. Das macht den Fall zu meinem!«, sagte Peter martialisch.

»Ist ja gut, John Wayne.«

Peter ließ den Kopf hängen. »Unsinn«, murmelte er. »Mein Fall und der von Flora haben so viele Überschneidungen, dass man gar nicht mehr von zwei getrennten Vorgängen sprechen kann.«

»Welchen Fall bearbeitest du denn?«

»Einen Exsträfling, der nach Entlassung aus der JVA spurlos verschwunden ist.« Peter setzte sich anders hin, so dass er seinen Vater ansehen konnte. »Vielleicht sagt dir der Name was: Thomas Usperg.«

Daniel schwieg ein paar Sekunden. »Der ist wieder raus?«, sagte er dann. Seine Stimme klang eine Spur zu beiläufig.

»Jetzt sag nicht, du bist ihm damals auch auf den Leim gegangen.«

Daniel ordnete sich vor der Baustelle des Staatsarchivs auf der Linksabbiegerspur ein. Die Ampel war rot. Es dauerte, bis sie grün war und Daniel die Kreuzung überquert hatte.

»Ja, bin ich«, gestand er. »Es ist zwar keine Entschuldigung, aber fast jeder Landshuter hat in Uspergs Tricksereien investiert. Es war ein Fall von umfassender Gier. Wenn du auf der Straße willkürlich zehn Leute ansprichst, ist mindestens einer dabei, der durch Usperg Geld verloren hat. Nur, dass er das nicht zugeben wird.«

»Du warst doch damals gar nicht mehr in Landshut.«

»Was hat das damit zu tun?«

»Einmal ein Landshuter, immer ein Landshuter?« Peter lächelte schief.

Daniel erwiderte das Lächeln. »In guten wie in schlechten Zeiten.«

»Wir haben einen bewiesenen und einen noch festzustellenden Mord: an Hannes Waltz und an seiner Rechtsanwältin. Die Rechtsanwältin bergen sie hoffentlich gerade aus dem Maxwehr. Ich weiß, dass Waltz und die Rechtsanwältin damals auch bei Usperg spekuliert haben. Es scheint sogar so zu sein, dass sie ihm Kunden angeschleppt haben. Vielleicht haben sie mit ihm unter einer Decke gesteckt – sie und noch mindestens eine weitere Person aus dem Umkreis von Hannes Waltz. Deshalb sind der Mord an Hannes Waltz und das Verschwinden von Thomas Usperg mit Sicherheit nicht zwei, sondern ein einziger Fall.«

»Herzlichen Glückwunsch«, sagte Daniel.

Peter verkniff sich die Frage, was sein Vater damit meinte. »Wie bist du dazu gekommen, bei Usperg Geld zu investieren?«, fragte er stattdessen.

»Oh … Mundpropaganda. Jemand sagte, dass er jemanden kenne, der jemand kennt … und bei dem man aus ein paar Kröten, die man übrig hatte, ein paar mehr Kröten machen konnte, und das alles am Finanzamt vorbei …«

»Dann bist du nicht geworben worden?«

»Geworben?«

»Es gab nichtöffentliche Abendveranstaltungen, auf denen Usperg sein Konzept vorstellte und damit die Zuhörer überzeugte, ihm ihre Kohle in den Rachen zu schmeißen.«

»Auf so was war ich nie«, sagte Daniel. »Mir kommt es vor, als hätten die mich damals nicht ernst genommen!« Sein Zorn war gespielt. Peter ahnte, dass sein Vater in

Wahrheit erleichtert war, dass er nicht leichtgläubig oder verschwenderisch genug eingeschätzt worden war, um zum inneren Kreis zu gehören.

»Jedenfalls ist Usperg nun wieder frei und wie vom Erdboden verschluckt.«

Daniel musterte Peter an der nächsten Ampel von der Seite. »Du denkst, Usperg bringt seine damaligen Komplizen um? Weil sie ihn möglicherweise ans Messer geliefert haben?«

»Ich weiß nicht, was ich denken soll. Bis vor kurzem war ich noch der Meinung, aber Flora hat mir eine Schwachstelle in dieser Theorie gezeigt: Warum hat Usperg damals die anderen nicht mit reingezogen, wenn er dachte, dass sie ihn angezeigt hätten? Er hat aber geschwiegen und ist für zehn Jahre eingefahren.«

»Wer hat ihn angezeigt?«

»Weiß man nicht. Die Staatsanwaltschaft vermutet, dass es jemand aus seiner Familie war. Womöglich seine Frau. Ob es aber eine Anzeige aus freien Stücken war oder ob es einen Deal mit den Behörden gab, um die Familie aus der Sache rauszuhalten, ist völlig unklar.«

»Hast du mit der Familie Uspergs Kontakt aufgenommen?«

»Sie leben nicht mehr hier. Sabrina Hauskeck ist noch dran, mir ihre Anschrift zu besorgen. Natürlich muss ich mit ihnen sprechen.«

Daniel war am City Center vorbeigefahren und bog an der Regierungsstraße rechts ab in Richtung Innenstadt. Weiter vorn, vor dem seit Tagen gesperrten Josef-Deimer-Tunnel, der unter dem Hofberg um die Stadt herumführte, blinkten die Warnlichter an den rot-weiß gestreiften Reitern und auf der heruntergelassenen Schranke.

»Gott, ist das eine Katastrophe«, sagte Daniel. »Das

THW, die Feuerwehr und eine Bundeswehrkompanie aus dem Bayerischen Wald haben bis jetzt dreißigtausend Sandsäcke gefüllt und aufgeschichtet. Heute Nachmittag hab ich gehört, dass man wahrscheinlich im Lauf der kommenden Nacht die Luitpoldbrücke und den gesamten Bereich nördlich der Isar bis zum Rennweg absperren muss. Bei Bruckberg wird wohl demnächst noch ein Stück Damm nachgeben, und dann kommt ein weiterer Riesenschwall Wasser daher.«

»Das ist wie auf den alten Fotos vor dem Krieg – auf denen man die Leute mit Booten in den Gassen herumpaddeln sieht.«

»Oder wie Florenz 1966«, sagte Daniel düster. »Wollen wir hoffen, dass Landshut das erspart bleibt! Die Stadt hat schon genug unter den Bausünden gelitten, die man ihr seit dem Krieg angetan hat. Ein Stück Historie nach dem anderen wird hinterrücks zerstört.«

»Pa, man muss in einer Stadt auch leben können. Sie ist kein Museum.«

»Ich bin ja auch gar nicht dagegen, Gebäude zu sanieren. Aber zwischen Modernisierung und Kahlschlag liegt eine weite Strecke. In Landshut können die Verantwortlichen manchmal gar nicht schnell genug rennen, um diese Strecke zurückzulegen.«

»Soweit ich weiß, sind all die Abrisse vom Denkmalschutzamt …«

»Das Denkmalschutzamt ist in solchen Fällen ein Papiertiger. Wenn du auf deinem Privatgrundstück ein altes Bajuwarengrab findest, stellen sie dir den Bau für Monate ein, und die Ausgrabungen musst du auch noch finanzieren. Aber wenn es um die großen Immobilien geht, lassen sie schon mal ein Gutachten, das gegen einen Abriss spricht, in den Schubläden.«

»Du musst nicht so heftig werden. Ich bin ja deiner Meinung.«

»Nein, bist du nicht. Ich hab dich mal sagen hören, dass es dir egal ist, ob eine alte Bruchbude abgerissen wird, wenn das Haus, das dafür hingestellt wird, optisch ins Ensemble passt. Aber das stimmt nicht, Peter! Es geht nicht nur um Optik. Es geht um die Bewahrung von Dingen, aus denen wir unsere Kultur und unsere Gegenwart herleiten. Es geht darum, dass man Schönheit erhält, weil es die Schönheit ist, die unser tägliches Streben sinnvoll macht. Schön ist etwas auch, wenn es sperrig ist, wenn es sich nicht so genau einfügt. Schönheit ist Charakter, Peter, und wir ersetzen sie durch die steingewordene Charakterlosigkeit von Baurendite, Immobiliengewinnen und der Dummheit derer, die das alles zulassen.«

»Pa, jetzt reg dich nicht so auf.«

»Ich muss mich aufregen. Den ganzen Nachmittag habe ich mich beim Füllen der Sandsäcke damit befasst, dass viel von der Schönheit unserer Heimatstadt zerstört werden könnte, wenn das Wasser noch weiter steigt. Und dabei ist mir aufgefallen, dass das Wasser gar nicht so viel kaputtmachen kann, wie wir schon kaputtgemacht haben in den letzten Jahren. Du sagst, in der Stadt müssen Menschen leben; sie ist kein Museum. Da hast du recht. Aber man kann auch darin leben, wenn man das Schützenswerte schützt und um es herum bauliche Lösungen sucht. Die kosten halt dann zwanzig Prozent mehr!«

»Als man vor dreihundert Jahren ein paar alte gotische Fassaden barockisiert hat, haben die Leute da auch schon so gedacht und gegen die hässliche Modernisierung mit all den Schleifen und Rundungen und Ornamenten protestiert?«

Daniel stutzte, dann sagte er: »Guter Punkt. Aber es

gibt einen Unterschied. Heute wissen wir, dass die historische Pracht der Stadt einzigartig ist und den größten Anziehungspunkt darstellt, den wir haben. Und wir zerstören diese Pracht vorsätzlich, aus Faulheit zu denken, aus Profitgier oder aus falsch verstandenen Parteizwängen.«

Peter, der sich unbehaglich fühlte, weil er an der Leidenschaft seines Vaters erkannte, dass er das Thema bislang nicht zu Ende gedacht hatte, und dessen Kopf pochte, versuchte, dem Gespräch einen Schubs in eine andere Richtung zu geben. »Wo wir gerade beim Thema sind – was sagt dir der Name Gerd Leinberger?«

Daniel dachte kurz nach. »Leinberger war zwei oder drei Jahre Bauamtsleiter, oder?«

»Ich hab noch nicht nachgeforscht. Mir selbst ist der Name bisher nicht untergekommen – oder höchstens im Zusammenhang mit seinem historischen Namensvetter ...«

»Da besteht garantiert keine Verwandtschaft«, sagte Daniel.

»Wieso war er nur so kurz im Amt? Ist das nicht eine Stelle auf Lebenszeit?«

»Normalerweise schon. Soweit ich weiß, ist er über ein Sanierungsprojekt gestolpert, das er gegen alle Bedenken und Einsprüche des Denkmalschutzamts genehmigt hat. Dieser Verein, der sich den Schutz des alten Baubestands auf die Fahne geschrieben hat, hat massiv gegen ihn gewettert und sogar an einem Abend eine Mahnwache vor der Baustelle aufgezogen, an der sich der halbe Stadtteil beteiligte ...«

»*Rettet die Landshuter Gotik?*«

»Genau. Damals hatten die noch mehr Gewicht als heute. Irgendwer schaffte es, so viel Druck auszuüben, dass Leinberger seinen Hut nahm und sich frühpensionieren ließ. Er hatte wohl auch im Amt keinen großen Rückhalt. Der damalige OB hat persönlich seine Entscheidung kassiert und den Baubestand damit gerettet. Aber das weiß ich nur aus zweiter Hand, Peter! Wenn du es genau wissen willst, musst du selbst nachforschen.«

»Weißt du noch, welches Gebäude das war?«

»Die Firma Himmel.«

Peter nickte. Er war nicht überrascht. Stattdessen fühlte er eine gewisse Häme. »Viktor von Closen.«

»Der Sonnyboy? Nein, der war das damals nicht, der Leinberger entweder geschmiert oder unter Druck gesetzt hat. Tut mir leid.«

»Schade!«

»Es war Hannes Waltz.«

»Was …?«

»Ich dachte, du wüsstest das. Waltz hat den Baubestand der Firma Himmel seinerzeit gekauft und wollte alles abreißen. Als Leinberger seinen Hut nahm und die Aufregung in der Stadt zu groß wurde und die Baufreigabe rückgängig gemacht wurde, kam Waltz in Schwierigkeiten. Erst da ist Viktor von Closen auf den Plan getreten und hat ihm das ganze Zeug abgekauft – wahrscheinlich zu einem Spottpreis. Waltz ging auf dem Zahnfleisch und hat sicherlich jeden Preis akzeptiert. Viktor von Closen hat daraufhin einen neuen Plan eingereicht, der den schützenswerten Teil der Baulichkeiten erhielt und den Rest modernisierte. Dem wurde stattgegeben. Wenn du mich fragst, hat Viktor den alten Bau gerettet.«

»War Leinberger auch unter den Opfern von Usperg?«, fragte Peter.

»Woher soll ich das wissen?«

»Es gibt vielleicht einen Weg, das festzustellen«, brummelte Peter.

»Warum ist das wichtig?«

»Weil Leinberger nicht mehr zu Hause anzutreffen ist. Er ist ebenso verschwunden wie Usperg. Bislang war die Theorie, dass er ein Opfer sein könnte …«

»… aber ebenso gut könnte er der Täter sein – wenn Waltz ihn damals zu Usperg gelockt und ihn um Geld gebracht hat.«

»Aber warum wartet er dann zehn Jahre, um zuzuschlagen? Das passt nicht zusammen.«

Sie schwiegen, bis Daniel den Tank in einer der ungewöhnlich zahlreichen Parklücken vor Peters Wohnhaus abstellte. Peter stieg aus und lief die Treppe hinauf, die von dem tiefer gelegenen Straßenstück vor seiner Haustür zum Niveau des Dreifaltigkeitsplatzes führte. Vor dem dunklen Wolkenhimmel holte die noch immer knapp über dem Horizont stehende Abendsonne den Martinsturm und die oberen Drittel der schönen Häuserfassaden goldschimmernd in den Vordergrund. Die Schönheit seiner Heimatstadt … Daniel hatte recht. Sie musste erhalten werden. Nicht nur äußerlich, sondern in ihrem Kern. Man musste wissen, dass hinter den Giebeln, Türmchen und Verzierungen der alle Jahrhunderte umfassenden Baustile die Liebe zum Handwerk und der Schweiß von längst vergangenen Meistern steckte, deren Hauptlohn der Stolz an ihrer Arbeit war – und nicht nur ein seelenloser Betonteilguss. Die Gier durfte nicht siegen.

Daniel trat neben ihn.

»Die Geschichte damals – der Pegasus-Skandal – hat auch seinerzeit ein Todesopfer gefordert. Aber das weißt du wahrscheinlich.«

»Der Bankmanager, über den Usperg seine Transaktionen abwickelte«, sagte Peter. »Er hat sich umgebracht.

Aber das ist nur inoffiziell. Offiziell ist nie ein Zusammenhang hergestellt worden, wahrscheinlich um die Familie zu schützen.«

»Ich kannte den Mann. So wie man solche Leute halt kennt.« Daniel war in seinem aktiven Berufsleben ein Vorstandsmitglied eines großen Konzerns gewesen. Peter zweifelte nicht, dass Daniel unendlich viele ›solcher Leute‹ kennengelernt hatte. »Er hatte eine Tochter. Sie war damals ein Teenager. Soweit ich noch weiß, hat sie es damals sehr schwergenommen.«

Eine Alarmklingel, deren Schrillen von den Ereignissen der letzten Stunden übertönt worden war, regte sich erneut in Peters Kopf. »Sag mal …«, stieß er hervor. »Wenn das Mädchen damals ein Teenager war, dann ist sie heute …«

»Mitte bis Ende zwanzig«, sagte Daniel.

»Weißt du, was aus ihr geworden ist?«

»Beim besten Willen nicht, Peter!«

Peter tastete seine Kleidung nach seinem Handy ab, bis ihm aufging, dass er als mittelalterlicher Stadtwächter gekleidet war und sein Handy nur noch als Briefbeschwerer taugte. »Ich muss telefonieren. Ich brauche die Adresse und die Telefonnummer der Bankerfamilie!« Peter rannte die Treppe wieder hinunter, Daniel hinter sich. »Weißt du, wie die Leute hießen?«

»Ich muss mal nachdenken …«

»Oben, Pa! Oben. Na komm, worauf wartest du?«

Daniel war beim Wagen stehen geblieben und öffnete den Kofferraum. »Ich nehme deine nassen Sachen raus, sonst verschimmeln sie. Die dreißig Sekunden haben wir allemal. Der Fall ist über zehn Jahre alt.«

»Wir haben keine dreißig Sekunden, wenn das, was ich fürchte, wahr ist. Dann weiß ich nämlich, wer Waltz und

Karin und vermutlich auch Usperg umgebracht hat – und wem Flora arglos vertraut. Verfluchter Mist! Ich wusste es irgendwie die ganze Zeit.«

48.

Auf seinem Festnetztelefon drückte Peter zuerst die gespeicherte Rufnummer für Floras Handy, noch bevor er überlegt hatte, was er ihr sagen sollte. *Nimm dich in Acht vor Tanja, ich hab da einen Verdacht, aber ich kann ihn nicht belegen?* Was würde sie darauf antworten? Dass er tatsächlich ins Krankenhaus gehörte, weil er sich bei seinen Stürzen ins Wasser etwas zugezogen haben musste?

Er hörte das Besetzt-Zeichen. Wieso mussten die Frauen ständig telefonieren?

»Ist dir schon eingefallen, wie der Banker hieß?«, fragte er seinen Vater.

»Arnim«, sagte Daniel, auf dessen Gedächtnis Peter sich mehr verlassen konnte als auf sein eigenes. »Nur den Vornamen bringe ich nicht mehr zusammen.«

Peter wählte die Nummer von Michael Maiers Sekretärin. Niemand ging ans Telefon. Auch unverzichtbare Kräfte wie sie hatten irgendwann einmal Feierabend.

Die nächste Nummer wählte er an diesem Tag nicht zum ersten Mal.

»Sabrina? Bitte – ich brauche noch mal Ihre Hilfe. Der Banker, der sich damals wegen des Pegasus-Skandals umgebracht hat … ja, ich weiß, dass das nie offiziell in Verbindung … der Name war Arnim. Vornamen hab ich keinen. Können Sie feststellen, was aus der Familie geworden ist? Wo sie lebt? Bitte …!«

Er legte auf und sah seinen Vater an. »Sie ruft zurück.«

Peter wählte erneut Floras Nummer. Immer noch besetzt.

»Kannst du mir erklären, was du auf einmal hast?«, fragte Daniel.

»Ich fürchte, dass Tanja Parsberger in Wirklichkeit die Tochter des Bankers ist, der sich damals umgebracht hat. Sie ist kaum in Landshut, da sterben zwei Menschen, die mit dem Pegasus-Skandal zu tun hatten, und der Urheber, der aus der JVA Straubing entlassen wurde, ist verschwunden. Und von woher wurde Tanja nach Landshut versetzt? Aus Straubing! Ich dachte doch, dass Usperg auf einem Rachefeldzug wäre – dabei ist es Tanja, die Tochter des Bankers, die den Tod ihres Vaters rächen will! Wenn Flora sich ihr in den Weg stellt, wird sie nicht lange zögern und Flora wegräumen. Die Kleine muss vollkommen durchgeknallt sein!«

»Warum sollte sie jetzt erst auf diesen Feldzug gehen und nicht schon früher? Du hast vorhin den gleichen Einwand wegen Leinberger gebracht.«

»Vielleicht hat Uspergs Entlassung den Stein ins Rollen gebracht.« Peter griff nach dem Telefon, weil ihm ein neuer Einfall gekommen war. »Verdammt, ich bin wie vernebelt. Darauf hätte ich schon vorher kommen können.« Er wählte eine Nummer aus dem Gedächtnis.

»Hallo? Ja, Hauptkommissar Bernward. Stell mich mal zu Rudi Strutiow durch!« Eine Pause entstand. Peter lauschte ungeduldig. »Rudi? Peter hier. Sag mal – kannst du in der Personalakte nachschauen, ob Tanja Parsberger früher mal anders geheißen hat? Arnim, zum Beispiel?«

Rudolf Strutiows Stimme klang wie zerhackt. »Ich bin

in Bruckberg, Peter. Hier kommt jeden Augenblick der Damm daher.«

»Verflucht!«

»Das kannst du laut sagen. Falls das Ding nachgibt, haben wir ein Evakuierungsszenario vom Feinsten.«

Peter hatte etwas anderes gemeint, aber er sagte es Strutiow nicht. In sein Schweigen hinein fragte Strutiow: »Warum willst du das wissen?«

»Ich wollte was nachprüfen. Ist nicht so wichtig.«

»Tut mir leid.«

Peter legte auf und wählte erneut Floras Nummer. Immer noch besetzt.

Er schaute seinen Vater an.

Daniel erwiderte den Blick ruhig. »Machst du nicht ein bisschen zu viel Wind, Peter?«, fragte er. »Was lässt dich glauben, dass von der Kleinen Gefahr für Flora ausgehen könnte?«

»Wenn sie auf Rache aus ist und Flora versucht, sie daran zu hindern … ich muss sie unbedingt warnen.« Peter sprang auf. »Ich fahre noch mal zur Kanzlei. Vielleicht ist sie noch dort!«

»Mittlerweile wird Flora schon mitgekriegt haben, dass du im Sekundentakt anrufst. Sie ist ein großes Mädchen. Sie wird zurückrufen. Das geht schneller, als wenn du erneut losfährst. Und bis dahin …«

»Bis dahin?«

»Nimm ein Aspirin.«

»Toller Tipp!«

»Die elterliche Verantwortung hat mich gezwungen, es zu sagen. Peter, du steigerst dich rein. Und du siehst wirklich kaputt aus.«

»Das Mittelaltergewand steht mir nicht.«

Daniel seufzte und ging in die Küche. »Ich mach uns

was zu essen«, sagte er. »Einer muss ja so tun, als sei er vernünftig.«

Peter starrte das Telefon an, als könne er es dazu zwingen, ihn mit Flora zu verbinden. Dann fiel sein Blick auf die Autoschlüssel, die sein Vater auf den Wohnzimmertisch gelegt hatte. Sollte er …? Aber Daniel hatte recht. Und wenn die Spurensicherung trotz der Flut mit der bei ihr üblichen Geschwindigkeit arbeitete, waren die K7-Kollegen bereits vor Ort und Flora auf dem Weg ins Büro.

»Kann ich dein Handy benutzen?«, rief er in Richtung Küche.

»Liegt da irgendwo rum«, rief Daniel zurück.

Peter fand es und tippte eine SMS für Flora. Nachdem er sie abgeschickt hatte, fragte er sich, was er sinnvollerweise noch tun konnte, um Flora zu warnen.

Er nieste. Sein Kopf schien zu explodieren. Er ächzte und wartete, bis das Pochen verebbte. Vielleicht war es tatsächlich ein guter Tipp, ein Aspirin einzuwerfen, bevor er erwog, irgendeine Aktion zu beginnen.

Als er in den Badspiegel blickte und ein blasser Typ mit vollkommen zerzausten Haaren und geröteten Augen zurückschaute, fiel ihm auf, dass er immer noch das Mittelalterkostüm trug. Er schloss das Badschränkchen mit den wenigen Medikamenten darin wieder und rief beim Verlassen des Bads in Richtung Küche: »Ich zieh mir erst mal normale Klamotten an, Pa!«

Das Telefon klingelte.

49.

Flora telefonierte mit der Einsatzzentrale, um die Alarmierung der Kollegen von der K7 anzufordern, und hoffte, dass dies und der Umstand, dass sie Tanja vorgeschickt hatte, um direkt mit der Spurensicherung zu sprechen, eine schnelle Reaktion auslöste. Die Beamten der K7 waren ohnehin zuverlässig und meistens blitzartig vor Ort, aber sie waren so unterbesetzt wie alle Landshuter Dienststellen und in der aktuellen Situation noch knapper an Personal als sonst.

Dann telefonierte sie mit dem Bundesgrenzschutz wegen der Fahndung nach Gerd Leinberger, und mit den Polizeiinspektionen rund um Landshut, die für die verschiedenen Autobahnabschnitte zuständig waren. Noch war der pensionierte Bauamtsleiter nirgendwo aufgetaucht.

Flora unterdrückte den Wunsch, während der verschiedenen Telefonate das Grundstück zu untersuchen, auf dem das Haus mit der Wohnung und der Kanzlei Karin Schätz-Holdingers stand. Es reichte schon, dass Peter unabsichtlich den Tatort mit seinen eigenen Spuren kontaminiert hatte. Dies war wie immer der nervigste Teil der Polizeiarbeit: sich in Geduld zu üben und zu warten, bis die Spezialabteilungen ihre Arbeit getan hatten, bevor man selbst weitermachen konnte.

Müßig scrollte sie durch die Meldungen, die auf ihrem Telefon aufgelaufen waren. Sie fand einen Anruf, den sie nicht angenommen hatte. Er war keine halbe Stunde alt. Sie lächelte und aktivierte den Rückruf.

»Überwachst du mich?«, fragte sie, als er sich meldete.

Viktor seufzte. »Du verwechselst Kontrolle mit Sehnsucht.«

»Wo bist du?«

»Im Büro. Ich warte darauf, dass die Amis sich endlich entscheiden, mich richtig Kohle verdienen zu lassen.«

»Telefonierst du immer mit dem Handy, wenn du im Büro bist?«

»Ich habe Frau Köhler bereits nach Hause geschickt, und ohne sie komme ich mit der Telefonanlage nicht zurecht.« Viktor lachte. »Nein, natürlich nicht. Ich wollte die Festnetzleitung nicht besetzen, solange der Anruf aus den USA nicht gekommen ist.«

»Wie lange wolltest du denn mit mir telefonieren?«

Flora lächelte erneut, als sie Viktors Antwort hörte: »Die ganze Nacht.«

»Viktor, ich bin immer noch mitten in diesem Fall.«

»Deshalb hab ich ja auch nur angerufen, anstatt loszufahren und dich einfach ins Auto zu laden und mit dir irgendwohin zu fahren.«

Die Antwort hätte Peter ihr in dieser Situation auch gegeben, so dass Flora einen Augenblick lang nicht wusste, ob sie Ärger oder Wehmut empfinden sollte – und was davon in Bezug auf welchen der beiden Männer. Sie schwieg.

Viktor sagte: »Ich hol das nach, wenn's bei dir weniger hektisch ist.«

»Du brauchst mich nicht zu entführen, wenn du mit mir was unternehmen willst.«

»Es wäre aber romantisch.«

»Nein, wäre es nicht«, sagte Flora und erkannte, dass sie schärfer als beabsichtigt geklungen hatte. Nun schwieg Viktor. »Entschuldige. Dieser Fall geht mir an die Nerven.« Es war, was ihre grobe Antwort betraf, eine Lüge. Sie hoffte, dass Viktor sie glaubte. Die Wahrheit wäre viel zu kompliziert, am Telefon unmöglich zu erklären und für das Stadium, in dem sich ihre Beziehung befand, viel zu früh und unverständlich gewesen.

Ein Anrufer klopfte an. Flora ignorierte ihn.

»Keine Entschuldigung nötig«, sagte Viktor. »Mir ist schon klar, dass du dich schwertust damit, fremdbestimmt zu werden.«

»Das ist nicht wahr«, sagte Flora und setzte dann hinzu: »Okay, manchmal.«

Viktor lachte laut. »Spricht für deinen Charakter«, sagte er.

Nach einer Pause lachte Flora mit.

»Auf dem Newsticker habe ich vorhin gelesen, der Damm in Bruckberg könnte noch einmal brechen. Dann müsste fast die komplette Innenstadt geräumt werden. Gott, ist das eine gruselige Vorstellung! Das sind zehn-, fünfzehntausend Menschen, wenn's reicht.«

Flora stimmte zu. Und stellte sich vor, welche Chancen sie noch haben würden, den Mörder von Hannes Waltz und vermutlich von Karin Schätz-Holdinger zu fassen, wenn dieser Fall eintrat. Die Stadtbehörden hatten zwar die Evakuierungsszenarien säuberlich geplant und alles vorbereitet, und es hatte auch vor Jahren ein großes Trockentraining gegeben. Aber Trockentrainings waren vom Echtfall meistens so weit entfernt wie Computerfußball vom echten Spiel. Es würde ein monströses Chaos geben.

Erneut signalisierte ein Klopfzeichen einen Anruf.

»Ich muss rangehen«, sagte sie. »Da versucht jemand, mich zu erreichen. Moment ...« Sie nahm das Handy vom Ohr und spähte aufs Display. Peter. Von zu Hause aus. Natürlich war er nicht ins Krankenhaus gefahren. Sie verdrehte die Augen und beschloss, ihn zu ignorieren. »Nicht so wichtig«, sagte sie. »Ich muss aber trotzdem Schluss machen. Die Spurensicherung wird jeden Moment eintreffen.«

»Was? Wo bist du denn?«

»Am dritten Tatort der letzten vierundzwanzig Stunden.«

»Landshut ist die Hochburg der Kriminalität.«

»So sieht es aus.«

»Hey, Flora …« Viktor räusperte sich. »Äh … hat mich gefreut, dass du zurückgerufen hast. Ich … es ist nämlich so, dass mir mittlerweile klar ist, dass ich …«

»Die Kollegen von der K7 sind da. Ich muss auflegen, Vic!«, rief Flora schnell.

»Oh! Äh … ja … bis später, okay?«

»Bis später.«

Sie beendete das Gespräch und starrte ins Weite. Die Kollegen waren weit und breit nirgends zu sehen. Warum hatte sie nicht hören wollen, was Viktor im Begriff war zu sagen?

Wozu hatte er denn angesetzt? Dass ihm mittlerweile klar war, dass er …

… mit Flora zum Sushi-Essen gehen wollte?

… von den Amerikanern heute keinen Rückruf mehr erhalten würde?

… vergessen hatte, sich von Frau Köhler genug Kaffee aufbrühen zu lassen?

Dass er Flora …

… liebte?

Unterschiedlichste Gefühle, von Überwältigung bis zu Angst, durchströmten sie. Sie ließ das Telefon sinken. Dann hob sie es wieder hoch. Ihr Daumen schwebte über der Rückruftaste. Sollte sie Viktor noch einmal anrufen? Und ihn fragen, was er hatte sagen wollen?

Und was, wenn er sagte, dass er sie liebte?

Ein Teil von ihr wollte es hören.

Ein Teil von ihr erstarrte bei dem Gedanken daran.

Du bist so kaputt, Flora Sander, sagte sie innerlich zu sich selbst. *Und so ein Feigling!*

Sie zögerte immer noch.

Das Telefon gab einen leisen Alarmton von sich. Eine SMS war eingetroffen. Sie wechselte ins Eingangspostfach. Daniel Bernward. Nun kam Sorge um Peter in ihr auf. Sie las die SMS.

Ihr wurde schwindlig.

Aus dem Augenwinkel sah sie drei Fahrzeuge herankommen. Die LED-Blitzer in den Windschutzscheiben flackerten. Es waren zwei Einsatzfahrzeuge der K7, das dritte war Floras Dienstwagen. Tanja Parsberger saß am Steuer.

Flora fasste unwillkürlich nach hinten an ihren Hosenbund. Die Pistole war da, wo sie hingehörte. Sie schaltete das Handy ab, steckte es in die Hosentasche, winkte den drei Fahrzeugen zu und fragte sich dabei, ob Peter recht hatte und wenn ja, was sie jetzt tun sollte.

50.

Peter schlug Daniel auf dem Weg zum Telefon um eine ganze Länge. Daniel rollte mit den Augen und drehte wieder um. Peter riss den Telefonhörer hoch, ohne auf das Display zu schauen.

»Ja?«, stieß er hervor.

Sabrina Hauskeck sagte: »Ich fühle mich geehrt, dass Sie wegen eines Anrufs von mir so atemlos sind.«

Peter, in dessen schmerzendem Kopf die Gedankenprozesse verzögert vorankamen, konnte sich gerade noch zurückhalten, die Wahrheit zu sagen: dass er Flora erwartet hatte. »Für Sie immer«, sagte er stattdessen und empfand einen leisen Stich schlechten Gewissens, weil er wusste, dass Sabrina sich sogar über diese lahme Replik freuen würde.

»Sie wollten die Adresse der Witwe von Leander Arnim.«

»Leander?«

Peter hörte förmlich das Schulterzucken Sabrinas über das Telefon. »Machen Sie den Eltern den Vorwurf.«

»Wie lautet die Nummer?«

Sabrina diktierte ihm eine Telefonnummer. Peter biss die Zähne zusammen, als er die Vorwahl erkannte: 09421. Straubing.

»Der Name der Witwe lautet Sonja Hartl. Sie hat wohl wieder geheiratet.«

»Wie heißt die Tochter?«

»Keine Ahnung. Wenn Sie das hätten wissen wollen, hätten Sie danach fragen sollen.« Sabrina klang verlegen.

»Schon gut. Meine Schuld.«

»Rufen Sie dort jetzt an?«, fragte Sabrina.

Peter schaute unwillkürlich auf die Uhr. Es war beinahe zehn Uhr abends, aber es war Frühsommer. Er würde wohl niemanden aus dem Bett werfen, und wenn er mit seiner Vermutung recht hatte, war es ohnehin ein Notfall.

»Ja. Vielen Dank.«

»Ich kann das auch für Sie erledigen.«

»Nein, damit haben Sie nichts zu tun.«

»Wissen Sie, irgendwie macht das mehr Spaß als der sonstige Kram auf meinem Tisch.«

»Was?«

»Das Detektivspielen für Sie«, sagte Sabrina.

»Sie sollten Schluss machen und nach Hause gehen.«

»Oh, ich bin daheim. Der moderne Staatsanwalt arbeitet immer und von überall.«

»Danke noch mal.«

»Ich melde mich wieder, Sherlock Holmes.«

»Weswegen?«

»Sie wollten doch noch die Kontaktdaten für die Exfrau von Thomas Usperg.«

Peter, der vor Ungeduld mit den Füßen wippte, zwang sich zu sagen: »Elementar, mein lieber Watson.«

Sabrina legte auf. Peter wählte die Nummer, die sie ihm diktiert hatte. Nach ein paar Klingeltönen meldete sich eine Frau: »Hartl.«

Peter stellte sich vor. »Mit wem spreche ich bitte?«, fragte er und dachte: *Lass es die Tochter sein! Dann habe ich mir umsonst Gedanken gemacht!*

»Ich bin Sonja Hartl.« Die Stimme am anderen Ende klang jetzt reserviert und misstrauisch. »Was kann ich für Sie tun?«

»Ich muss leider wegen einer alten, tragischen Geschichte auf Sie zukommen …«, begann Peter.

»O bitte«, sagte Sonja Hartl müde. »Nimmt das nie ein Ende?«

Peter stutzte. »Darf ich fragen, ob sich sonst noch jemand wegen des Todes Ihres ersten Mannes bei Ihnen erkundigt hat?«

»Was? Um Leander geht es?«

»Ja«, sagte Peter.

»Was will die Kripo denn dazu noch wissen? Das ist so lange her – und es ist nicht gerade so, dass ich gern daran erinnert werde.«

»Eigentlich geht es mir mehr um Ihre Tochter – ich kenne Ihren derzeitigen Familienstand nicht, also verzeihen Sie meine Plumpheit, wenn ich sage: die Tochter, die Sie mit Leander Arnim hatten.«

Sonja Hartl schwieg.

Peter fuhr fort: »Wahrscheinlich kommt es Ihnen komisch vor, dass ich das frage, aber es ist wichtig – Ihre Tochter ist nicht zufällig eine Kollegin? Eine Polizistin?«

»Meine Tochter«, sagte Sonja Arnim nach einer weiteren Pause, »meine *einzige* Tochter – ist vor drei Jahren bei einem Verkehrsunfall ums Leben gekommen.«

Peters Unterkiefer klappte herunter. Er hatte das Gefühl, dass der Gedankenstrudel in seinem Kopf mit einem Ruck zum Stehen kam.

»Sie war mit Freunden in ihrem Auto unterwegs. Der Fahrer war angetrunken. Sie hat ihn trotzdem ans Steuer gelassen, weil er unbedingt fahren wollte – das Auto war ein nagelneuer BMW. Er hat sich überschätzt. Sie waren zu viert im Wagen. Sie waren alle tot.«

»Das wusste ich nicht«, sagte Peter betroffen, der dachte, dass er kaum jemals eine so tote, resignierte Stimme reden gehört hatte. In seinem Hinterkopf gellte die Frage: *Wer ist dann Tanja Parsberger?*

»Deshalb habe ich gefragt, ob das nie ein Ende nimmt. Die Eltern des Fahrers und der beiden anderen jungen Leute haben meinen Mann und mich damals angezeigt, weil unsere Tochter fahrlässig gehandelt habe, den Freund ans Steuer zu lassen.«

»Das tut mir leid.«

»Sie können nichts dafür«, erwiderte Sonja Hartl und klang so, als sei genau das Gegenteil der Fall.

Peter verabschiedete sich mit ein paar Floskeln und legte auf. Ratlos starrte er dann das Telefon an. Irgendwo in seinem Hinterkopf hörte er sich selbst jemandem erklären, dass es fatal war, aus den wenigen ersten Hinweisen eines

Falls eine Theorie zu konstruieren, weil diese meistens falsch war und man Gefahr lief, den falschen Schlussfolgerungen hinterherzulaufen. Wie es schien, hätte er auf sich selbst besser hören sollen.

Er merkte erst, dass er Sabrina Hauskeck anrief, als die Staatsanwältin sich meldete.

»Ich habe dort angerufen. Die Tochter von Sonja und Leander Arnim ist seit drei Jahren tot«, sagte er statt einer Begrüßung und reichlich zusammenhanglos.

»Oh.«

»Verflucht«, sagte Peter ratlos.

»Haben Sie die Mail schon gelesen, die ich Ihnen vorhin geschickt habe? Ihre Festnetznummer war ja belegt, und Ihr Handy behauptet, Sie seien nicht erreichbar.«

»Mein Handy ist kaputt. Ein Opfer des Hochwassers.«

»Dann haben Sie die Mail also nicht abgerufen?«

»Soll ich den Rechner hochfahren?«

»Nein, ich sage es Ihnen so. Aber halten Sie sich fest, Holmes. Dr. Watson hat mittlerweile selbst mit der Exfrau von Thomas Usperg telefoniert.«

51.

Tanja lehnte sich herüber und öffnete die Beifahrertür. »Ich dachte, ich komme wieder mit her und hole dich ab«, sagte sie.

Flora nickte. In ihrem Kopf ratterten die Räder auf Hochtouren. Sie zwang sich zu einem Lächeln. »Danke. Ich weise die Kollegen nur noch ein.«

Flora sah zu, wie Tanja den Wagen gegenüber in der

Bucht für den Bus abstellte und am Steuer sitzen blieb. Selbst wenn es wahr war, was Peter vermutete, hieß dies noch lange nicht, dass sie auch auf einem Rachefeldzug war.

Und wenn sie es doch war? Wenn ihre neue Partnerin bereits zwei, vielleicht sogar drei Menschen auf dem Gewissen hatte? Gab es genügend Gelegenheiten, dass Tanja die Morde hätte verüben können? Was Hannes Waltz und möglicherweise Thomas Usperg betraf, auf jeden Fall. Aber Karin Schätz-Holdinger? Konnte Flora für jede Minute des heutigen Tages sagen, wo Tanja gewesen war? Nein, konnte sie nicht. Und solange von der Rechtsmedizin kein eindeutiges Gutachten kam, war es völlig unklar, ob Karin Schätz-Holdinger heute Vormittag, heute Mittag oder nur eine Stunde vor dem Fund ihrer Leiche ermordet worden war.

Das Briefing der Kollegen von der Spurensicherung war kurz. Flora verabschiedete sich und stapfte zu ihrem Dienstwagen hinüber. Tanja ließ den Motor an.

»Ich fahre«, sagte Flora.

Tanja zuckte mit den Schultern und stieg aus, um sich auf die Beifahrerseite zu begeben. Flora sah, dass im Fond des Wagens eine große Sporttasche und ein langer schwarzer Kleidersack lagen. Die Sachen mussten bei der schnellen Fahrt von der Neustadt hierher von den Sitzen in den Fußraum gerutscht sein. Tanja folgte Floras Blick.

»Geht das in Ordnung?«, fragte sie. »Das sind die Sachen aus meinem Spind. Ich nehm sie zu Hause raus.«

»Kein Problem«, sagte Flora.

Sie setzte sich ans Steuer und fuhr los. Statt zu wenden, um in die Innenstadt zurückzukehren, fuhr sie über die Harlanderbrücke und auf die Schnellstraße. Die Dämmerung setzte jetzt, da die Sonne untergegangen war, schnell ein. Nur wenige Fahrzeuge waren unterwegs, noch weniger stadtein- als stadtauswärts.

»Wo fahren wir hin?«, fragte Tanja.

»Ein bisschen rum. Ich muss nachdenken. Hast du deine Dienstwaffe dabei, Tanja?«

»Ja, natürlich.«

»Dort hinten bei deinen Sachen oder bei dir?«

Tanja klopfte sich auf die rechte Hüfte. »Bei mir.«

Flora wandte sich ihr für einen Moment zu. »Gib sie mir.«

»Wie bitte?«

Flora korrigierte die Straßenlage des Wagens und blickte erneut zu Tanja hinüber. »Gib sie mir. Bitte!«

Tanjas Augenbrauen zogen sich zusammen. »Was …?«, begann sie und setzte dann erneut an: »Was soll das bedeuten?«

Flora hätte am liebsten die Augen geschlossen, weil es ihr so schwerfiel, der beinahe schmerzhaften Verwirrung Tanjas standzuhalten. Sie schnaubte und schüttelte sich innerlich. »Gib sie mir. Jetzt.«

Mit langsamen, zögernden Bewegungen machte Tanja die Waffe los und reichte sie Flora. Sie steckte in ihrem Lederhalfter – eine Heckler & Koch P7, die Standarddienstpistole der bayerischen Polizei. Flora nahm sie mit der rechten Hand entgegen, bewegte sich in ihrem Sitz und setzte sich auf sie. Das harte Päckchen war sofort unangenehm, aber nun fühlte Flora sich leichter – und zugleich noch schuldbewusster, weil Tanja ihre Waffe so widerstandslos und mit so verletzter Miene abgegeben hatte.

»Tanja«, sagte Flora, »ich hab dir heute bereits einmal das Angebot gemacht, zu mir zu kommen, wenn dich irgendetwas beschäftigt. Ich mache es dir jetzt noch mal. Und ich frage dich geradeheraus: War dein Vater der

Bankmanager, der sich wegen der Pegasus-Sache umgebracht hat? Führst du einen Rachefeldzug seinetwegen?« Sie wusste, dass sie schroff geklungen hatte, und wollte die Härte ihrer Worte abmildern, indem sie sich von der Straße abwandte und Tanja anzulächeln versuchte.

Sie kam nicht mehr dazu.

52.

Sabrina Hauskeck sagte: »Uspergs Frau hat nach der Scheidung ihren Mädchennamen wieder angenommen und beantragt, dass auch der Name der Kinder dahingehend abgeändert wird. Raten Sie mal, wie der Name lautet.«

Peter hatte das Gefühl, in einen tiefen Schlund zu fallen.

»Sind Sie noch dran?«, fragte Sabrina.

»Mein Geist«, sagte Peter.

Er hörte Sabrina seufzen. »Die Namensänderung ist natürlich auch rückwirkend in alle Papiere eingetragen worden, deshalb ist es niemandem aufgefallen, nicht einmal bei der Aufnahme in die Polizeischule.«

»Der Mädchenname lautet Parsberger«, sagte Peter.

»Ich dachte, Sie würden mir den Gefallen tun, wenigstens zweimal falsch zu raten.«

»Sorry«, sagte Peter wie von weit her.

»Ihre Kollegin Tanja Parsberger ist die Tochter von Thomas Usperg«, sagte Sabrina. »Ihre Mutter hat mir gesagt, sie sei überzeugt, dass sie damals ihren Vater bei der Polizei angezeigt hat. Tanja hat nie darüber gesprochen, aber sie war mehrere Jahre nach dem Prozess in einer Therapie. Tanjas Mutter meint, dass sie davon besessen sei, ihre Tat wiedergutzumachen. Und dass sie alles, alles dafür tun würde, um ihrem Vater das zu beweisen.«

»Gutmachen? Wie will sie denn …?« Peter fühlte, wie ihm das Blut aus dem Gesicht wich. »Sechzig Millionen Euro.«

»Genau. Der Verdacht bestand immer, dass das Geld nicht verspekuliert wurde, sondern irgendwo in einem Versteck liegt.«

»Tanja unterstützt ihren Vater dabei, an die Kohle zu kommen. Deshalb ist er gleich nach der Freilassung untergetaucht.«

»Und entweder er oder sie oder beide gemeinsam räumen alle Mitwisser auf, die es damals gab. Wer so lange im Bau gesessen hat wegen sechzig Millionen Euro, will die Beute nachher wahrscheinlich nicht mehr teilen.«

»Verflucht«, sagte Peter und legte auf, bevor Sabrina noch irgendetwas sagen konnte. Ihm kam nur vage zu Bewusstsein, dass er sich nicht einmal bei ihr bedankt hatte. Er betätigte die Kurzwahl für Floras Handy.

Eine Frauenstimme ertönte und vermeldete, dass der Anschluss derzeit nicht erreichbar sei und er eine Rückrufbitte per SMS hinterlassen könne. Er hörte ihr nicht bis zum Ende zu.

Er knallte den Hörer auf die Station. Sein Herz schlug bis zum Hals, und sein Mund war so trocken, dass er nicht schlucken konnte.

Daniel stand in der Tür zur Küche. Er wirkte erschrocken. »Peter … was ist …?«

»Heiliger Herrgott«, flüsterte Peter. »Wo sind sie hin? Wo finde ich Flora?«

53.

Floras Telefon, das sie in die Ablageschale der Handbremse gelegt hatte, klingelte. Gleichzeitig fühlte sie den Druck von etwas Hartem in der Seite. Sie brauchte nicht nach unten zu schauen, um zu wissen, was es war. Sie tat es trotzdem, während Tanja in aller Seelenruhe das Handy nahm, die Scheibe auf der Beifahrerseite nach unten fuhr und das Handy hinauswarf.

Sie sah eine Hand, die eine Pistole hielt. Der Lauf bohrte sich Flora ins Fleisch. Der Wagen geriet ins Schlingern.

Tanja sagte: »Schau auf die Straße.«

Eine Männerstimme ertönte vom Fußraum der Rücksitzbank. »Die Waffe ist geladen, Frau Hauptkommissarin. Bitte zwingen Sie mich nicht, sie zu benutzen. Fahren Sie dort vorn von der Schnellstraße ab und wenden Sie über die Brücke. Wir müssen zurück in die Stadt. Und geben Sie meiner Tochter ihre Pistole wieder.«

54.

»Wer sind Sie?«, fragte Flora und gab gleich darauf selbst die Antwort. Sie war so überrascht, dass sie noch nicht einmal Furcht empfand. »Sie sind Thomas Usperg.«

»Kompliment«, sagte Usperg.

»Warum tun Sie das? Sie waren ein freier Mann.«

»Mein Vater *ist* ein freier Mann«, sagte Tanja.

Flora ignorierte sie. In ihrem Universum hatte Tanja

aufgehört zu existieren. Sie war eine korrupte Polizistin, egal, aus welchem Grund sie korrupt geworden war. Sie hatte die Bedeutung verloren.

»Ich bin erst frei, wenn ich meinen Anteil von den sechzig Millionen Euro habe«, sagte Usperg heiser. »Und wenn ich irgendwo ganz weit weg bin.«

»Ihren Anteil? Sie meinen: alles.«

»Ich meine: meinen Anteil. Ich wollte von Anfang an nur meinen Anteil. Den Lohn für zehn Jahre Bau. Was mir zusteht.«

»Sie werden nie frei sein, Herr Usperg, selbst wenn Sie bis zum Südpol mit dem Geld flüchten. Die Geister der Menschen, die Sie ermordet haben, werden bei Ihnen sein.«

»Der Menschen, die ich ermordet habe …« Usperg lachte bitter.

»Du hast keine Ahnung, Flora«, sagte Tanja. »Du redest geschwollen, aber du weißt nichts. Du bist so, wie ich mal war.«

Flora wandte den Blick von der Straße ab und schaute Tanja an. Mittlerweile hatte sie gewendet und fuhr wieder stadteinwärts. Es wurde nun schnell dunkler; neue Wolken von Westen her hatten das Stück klaren Himmels, das den Abend vergoldet hatte, geschlossen. Der Dienstwagen war fast allein auf der Schnellstraße unterwegs. Flora hielt das Lenkrad fest und fuhr, ohne auf die Straße zu achten. »Ich«, sagte sie sanft, »war und bin in keiner Weise so wie du und werde es niemals sein.« Sie wusste, dass die Botschaft die junge Polizistin traf.

Tanja wurde blass. Ihr Mund formte ein paar Augenblicke lang vergeblich eine Entgegnung. »Schau auf die Straße«, sagte Tanja dann rau und zog die Pistole, die Flora ihr zurückgegeben hatte, aus dem Halfter. Aber sie richtete sie nicht auf Flora, sondern hielt sie nur fest. In ihrem Gesicht arbeitete es.

»Tanja hat recht«, sagte Thomas Usperg. »Sie haben keine Ahnung. Tanja, halt sie in Schach. Ich will mich ordentlich hinsetzen.«

Tanja richtete die Pistole nun doch auf Flora. Der Lauf zitterte, aber Flora hatte keinen Zweifel, dass ein Schuss sie trotzdem treffen würde. Die P7 hatte keine manuelle Sicherung, sondern einen sogenannten Spanngriff. Wenn der Schütze den Spannhebel in den Griff hineindrückte, indem er die Hand darum schloss, war die Waffe entspannt und entsichert; es war nur noch ein geringer Fingerdruck auf den Abzugshebel nötig, um einen Schuss zu lösen. Tanja hielt die Pistole locker und hatte den Spannhebel nicht gedrückt, aber sie würde nur Sekundenbruchteile dafür benötigen.

Flora spürte ein paar Bewegungen hinter sich und Stöße gegen den Fahrersitz und hörte dann das Klicken des Sicherheitsgurts, dann sagte Thomas Usperg: »Danke, Tanja. Bitte glauben Sie nicht, dass ich Sie nicht treffen kann, Frau Hauptkommissarin, auch wenn ich den Lauf der Waffe jetzt nicht mehr in Ihre Seite drücke.«

»Wenn Sie mich treffen, bauen wir einen Unfall.«

»Tanja und ich sind angeschnallt, und Sie fahren keine sechzig. Dieser Wagen ist stabil. Wir beide kommen auf jeden Fall besser weg als Sie.«

»Wenn ich schon so vollkommen ahnungslos bin – warum klären Sie mich nicht auf?«

Die Ampel vorn am Ende der Schnellstraße schaltete auf Rot.

»Fahren Sie geradeaus weiter«, sagte Usperg. »Und behalten Sie beide Hände oben am Lenkrad. Lassen Sie sich nicht verführen, aus dem Wagen springen zu wollen.«

Flora blickte in den Rückspiegel in der Hoffnung, dass die gut ausgeleuchtete Kreuzung ihr ermöglichte, den Mann auf dem Rücksitz zu sehen. Aber sie sah nur einen Schatten, in dem zwei Augen funkelten, und weiter unten das metallene Schimmern einer Waffe.

»Wo fahren wir hin?«

»Über die Brücke, solange es noch geht.« Sie sah Thomas Usperg eine Kopfbewegung nach vorn machen. Auf dem verbreiterten Bürgersteig jenseits der Kreuzung, wo die Harlanderbrücke begann, stand ein Fahrzeug des THW. Über den Brückenbelag zogen sich unregelmäßige Pfützen, wo das Wasser, das in der Flutmulde herankam, an der Brücke hochspritzte und über das Geländer schwappte.

»Und wohin?«

»Das sehen Sie, wenn wir dort sind.«

»Wozu brauchen Sie mich?«

»Wir brauchen dich nicht«, sagte Tanja, und zum ersten Mal lief Flora ein kalter Schauer über den Rücken. »Du bist nur noch hier, weil du meine Partnerin bist.«

Flora wollte sagen: *Ich bin nicht mehr deine Partnerin. Du hast keinen Partner. Du bist auch keine Polizistin mehr.* Aber sie entschied, dass Vorsicht in diesem Fall der bessere Teil der Tapferkeit war. Sie nahm an, dass Usperg den Mord an Hannes Waltz begangen hatte. War dann Tanja die Mörderin von Karin Schätz-Holdinger?

Bemüht, die langsam in ihr hochkriechende Angst zu unterdrücken, fuhr Flora los, als die Ampel auf Grün schaltete. Als Gischt von der Seite übers Brückengeländer sprühte, schaltete sie die Scheibenwischer ein. Sie fuhren von der Brücke und an dem Haus vorbei, in dem Karins Wohnung und Kanzlei lagen. »Sie haben nur Glück gehabt, dass Peter Sie heute Abend hier nicht erwischt hat«, sagte sie zu Thomas Usperg.

Tanja schnaubte. Ihr Vater sagte nichts. Schweigend setzten sie die Fahrt die Stethaimerstraße entlang fort, zu einem unbekannten Ziel.

55.

Daniel holte Peter ein, als dieser sich auf den Fahrersitz seines Wagens plumpsen ließ. Er riss die Beifahrertür auf und rief ins Wageninnere hinein: »Wo willst du hin?«

»Flora würde ihr Handy nie abschalten, wenn sie einen Fall bearbeitet. Dass ich sie nicht erreichen kann, heißt, dass sie in Schwierigkeiten ist.«

»Sie kann außer Funkreichweite sein. Im Umkreis von Landshut musst du dazu nicht weit fahren.«

»Dann nenn es meinetwegen eine Ahnung, eine telepathische Verbindung oder schlicht Panik. Und jetzt geh weg von der Tür, damit ich losfahren kann!«

»Bist du dir sicher in deiner Vermutung?«

»Welcher? Dass Tanja nichts Gutes vorhat? Wie viele Jahre hatte sie Zeit zu bereuen, ihren eigenen Vater hinter Gitter gebracht zu haben? Zehn? Nun hat sie endlich eine Gelegenheit, es wiedergutzumachen – indem sie ihm hilft, die Beute von damals zu bekommen. Die sechzig Millionen Euro sind nie durch den Schornstein gejagt worden. Jetzt ist Tanja mit Flora im Auto, und ich bin sicher, Tanja hat eine Pistole und Flora hat keine mehr und die beiden fahren dorthin, wo Usperg auf sie wartet.«

»Und wo soll das sein?«, fragte Daniel hartnäckig.

Peter holte Luft, eine Hand am Autoschlüssel, den er schon ins Schloss gesteckt hatte. Dann blieb er die Antwort schuldig. Er hatte keine Ahnung. Er schaute an sich herab. Er trug noch immer das Kostüm eines mittelalterlichen Stadtwächters.

»Denk nach«, sagte Daniel. »Du kannst es dir nicht leisten, das falsche Ziel anzusteuern.«

»Ich dachte, du möchtest nicht, dass ich fahre?«

»Ich möchte nicht, dass du hirnlos aufbrichst und nicht weißt, wohin. Wenn du nicht so ein Hornochse wärst, könnte Flora meine Schwiegertochter sein. Mir liegt fast so viel an ihr wie dir selbst.«

Peter starrte seinen Vater an, dann durch ihn hindurch. Er zwang sich, seine Panik in Griff zu bekommen und nachzudenken. »Die Firma Himmel«, sagte er schließlich.

»Wie kommst du darauf?«

»Weil jemand verhindern wollte, dass in der Baustelle herumgeschnüffelt wird. Die Bretter über mehrere Fehlstellen in einem Sims wurden angesägt – eine Falle. Das muss Usperg gewesen sein. Also muss in der Baustelle was sein, was Usperg haben will. Die Beute von damals; mit Sicherheit in diverse Währungen, Edelsteine und langfristige, unverdächtige Wertpapiere umgetauscht!« Peter keuchte, als ihm klarwurde, wie sich die Sachlage verhielt. »Mann! Ich weiß auch, wo das Zeug versteckt ist. In irgendeinem der Keller, die jetzt unter Wasser stehen! Usperg kommt vor ein paar Tagen aus der JVA, macht sich auf den Weg zur Baustelle, um die Belohnung für zehn Jahre Knast abzuholen, sieht, dass er nicht rankommt, entdeckt aber Viktors Tauchausrüstung, mit der dieser das abgesoffene Werkzeug rauftauchen wollte, bekommt Panik, dass jemand nach seinem Geld taucht, stellt sicher, dass der nächste Besuch eines Unbefugten in der Brühe endet, aus der man sich allein nicht mehr befreien kann, und wendet sich an seine Tochter um Hilfe, von der er ja wissen muss, dass sie Polizistin ... Verflucht, ich bin so ein Depp!«

»Warum diesmal?«

»Tanja und ihr Vater müssen das Ganze schon seit längerem ausgeheckt haben; noch bevor Usperg entlassen wurde. Der Leiter der JVA hat es mir praktisch verraten. Er hat mir gesagt, Usperg habe in den letzten Jahren nur noch Besuch von der Polizei erhalten. Das war Tanja – vollkommen unauffällig in Uniform. Ich hätte ihn nur nach den Besucherkladden zu fragen brauchen, um auf ihren Namen zu kommen. Aber ich war zu blöd dazu!« Frustriert drosch er mit der Faust auf das Lenkrad.

»Und Flora ...?«

»Sie schlagen zwei Fliegen mit einer Klappe. Sie ziehen die Beamtin aus dem Verkehr, die in den beiden Mordfällen ermittelt, und haben gleichzeitig noch eine Fahrerin und eine Geisel. Lass die Tür los, Pa! Ich muss zur Firma Himmel. Ich versalze ihnen die Suppe! Wenn ich Usperg zu fassen kriege, wird er sich wünschen, lebenslänglich bekommen zu haben, weil er dann niemals mir begegnet wäre!«

Daniel nahm die Hand von der Tür. Aber statt sie zuzuschlagen, stieg er ein und setzte sich auf den Beifahrersitz, noch bevor Peter es verhindern konnte.

»Ich fahr nicht los, solange du im Auto bist«, drohte Peter.

Daniel verschränkte die Arme. »Du kannst versuchen, mich mit Gewalt zu entfernen. Aber ob du dann noch rechtzeitig zur Baustelle kommst ...«

Peter fluchte so fürchterlich, dass Daniel zu grinsen begann. Peters Vater angelte nach dem Gurt und schnallte sich an. Der Tank schoss rückwärts aus der Parklücke, vollführte mit quietschenden Reifen eine Neunzig-Grad-

Kehre, krachte und schepperte, als Peter den ersten Gang hineinzwang, noch während das Auto rückwärts rollte, und brauste dann mit durchdrehenden Reifen los. Der alte wuchtige Wagen hatte Kraft unter der Haube und nutzte die Gelegenheit, es zu zeigen. Mit aufheulendem Motor und Peters Faust auf der Hupe rasten sie durch die fast menschenleere Fußgängerzone und in Richtung Nikolaviertel, wo die Baustelle der Firma Himmel war. Erst am anderen Ende der Fußgängerzone fiel Peter auf, dass er das Licht nicht eingeschaltet hatte. Er holte es nach. Aber die paar Fußgänger hatten sich schon mit weiten Sprüngen in Sicherheit gebracht, und was sie dem Wagen hinterherbrüllten, ging im Dröhnen des Motors unter.

56.

Peter parkte das Fahrzeug im Innenhof einer der luxuriösen Wohnanlagen, die in den letzten Jahren anstelle der kleinen alten Fischer- und Handwerkerhäuser entstanden waren – der früheren Nachbarschaft der Firma Himmel. Usperg würde Peters Wagen nicht erkennen, aber er war sich nicht sicher, ob das auch für Tanja galt. Er hätte den Tank gerne irgendwo stehen lassen, wo Flora ihn sehen konnte, damit sie wusste, dass er in der Nähe war. Doch er konnte keine vorzeitige Entdeckung riskieren.

»Das ist ein Anwohnerparkplatz«, informierte ihn Daniel.

»Soll der Besitzer zur Polizei gehen«, knurrte Peter. »Kannst du mal ins Handschuhfach fassen?«

»Heilige Maria.« Daniel holte Peters Dienstwaffe im

Halfter heraus und hielt sie, als würde sie jeden Moment losgehen.

Peter schnappte sie sich. »Da drin müssen auch Handschellen liegen. Die brauche ich.«

Daniel kramte sie heraus und reichte sie seinem Sohn.

Peter packte ihn am Ellbogen, ließ eine der Schellen mit geübter Bewegung um das Handgelenk seines Vaters schnappen und das andere in das Lenkrad. »Sorry«, sagte er. »Damit du dich leichter tust, deine Versprechen zu halten.«

»Welches Versprechen?«, fragte Daniel, der so fassungslos schien, dass er nicht einmal an der Handschelle zerrte.

»Dass du im Wagen sitzen bleibst.«

»Du bist enterbt«, sagte Daniel.

»Ich hab dich auch lieb«, sagte Peter, tätschelte seinem Vater die Wange und stieg aus.

Die Baustelle lag zweihundert Meter weiter vor ihm. Peter rannte, so schnell er konnte, die Straße entlang. Als um die Kurve vorn bei der Mühle plötzlich Scheinwerfer leuchteten, kam er stolpernd zum Stehen, hastete ein paar Schritt zurück und drückte sich keuchend in eine Toreinfahrt. Die Scheinwerfer leuchteten die Straße herauf, dann irrten sie ab. Ein dunkler Wagen folgte den beiden Lichtkegeln. Peter hätte den Dienstwagen, den er und Flora übernommen hatten, auch bei noch schlechterer Beleuchtung erkannt. In all seiner Furcht um Flora fühlte er sich auf einmal euphorisch. Er hatte richtig geraten, und er war auch noch rechtzeitig gekommen.

Er wartete noch ein paar Herzschläge ab, dann kam er aus der Deckung und rannte, so leise er konnte, weiter. Im Laufen zerrte er die Pistole aus dem Halfter und warf die Ledertasche einfach weg; er hatte keinen Gürtel, an dem er sie festmachen konnte. Er klickte das Magazin heraus und spähte darauf – es war voll. Innerlich betend, dass er die Waffe nicht würde benutzen müssen, schob er das Magazin wieder in den Griff und legte die letzten Meter zur Baustelle zurück.

Statt des THW-Fahrzeugs stand ein Baulaster quer in der Einfahrt. Peters und Floras Dienstwagen konnte nur knapp hindurchgepasst haben. Schnaufend und ein Husten unterdrückend, drückte Peter sich an das Fahrzeug. Er versuchte, zu Atem zu kommen. Seine Kopfschmerzen waren plötzlich verschwunden, aber er keuchte, als würde er einen Achttausender besteigen. Ein letztes Mal atmete er tief ein und aus, dann spähte er um den Laster herum.

57.

Flora biss die Zähne zusammen, als Tanja ihr befahl, den Motor abzustellen. Sie hatte den Dienstwagen bis in die entfernteste Ecke des Hofs fahren müssen. Jemandem, der draußen vorbeiging, würde das Fahrzeug nicht auffallen. Ihre beiden Entführer waren vorsichtige Menschen. Aber das war es nicht, was ihr im Kopf herumging.

Woran sie dachte, war, dass die Baustelle, obwohl sie mitten in einem Wohngebiet lag, durch ihre Größe dennoch isoliert war. Und dass man, nachdem die Arbeiten wegen des Hochwassers eingestellt waren, eine Leiche eine Weile hier entsorgen konnte, bis sie entdeckt wurde. Wenn man mit jemandem, den man beseitigen wollte, in die ehemalige Werkshalle ging, würde man draußen nicht einmal den Schuss hören. Sie dachte daran, was für eine grausame Ironie es wäre, hier zu sterben; in dem Bau, der den großen Traum des Mannes darstellte, in den sie sich in den letzten Wochen immer mehr verliebt hatte. Für den sie sich beinahe schon entschlossen hatte, Peter Bernward endgültig abzuschreiben.

»Aussteigen«, sagte Tanja und richtete die Waffe auf sie.

Flora kletterte aus dem Wagen und sagte: »Wenn ich mir in dem Dreck hier wegen euch die Schuhe ruiniere, seid ihr dran.«

Weder Tanja noch Thomas Usperg antworteten ihr. Flora trat auf einen Wink Tanjas vom Wagen zurück. Thomas Usperg stieg aus. Auf dem Hof der Baustelle war es dunkel. Das Licht der Straßenlaternen reichte kaum bis hierher. Usperg war eine schmale, mittelgroße Gestalt mit Gesichtszügen, die im schlechten Licht zu dunklen und weniger dunklen Flächen geronnen. Wenn sie ihn nach dieser Begegnung im Tageslicht gesehen hätte, hätte sie ihn nicht wiedererkannt.

Dann trat er nahe an sie heran, die Pistole in Brusthöhe haltend wie jemand, der nicht gewohnt ist, damit umzugehen. Was ihn gefährlicher machte als einen Profi. Ein Profi schoss, wenn er unbedingt musste, und niemals aus Versehen. Einem Amateur zuckte der Zeigefinger ständig vor Aufregung, aus Angst und einem Gefühl der Überlegenheit.

Flora erwiderte die Musterung, der Thomas Usperg sie unterzog. Er musste dazu leicht nach oben schauen. Sie war größer als er. Aus der Nähe sah er nicht unattraktiv aus: kurzgeschnittenes Haar, schmales Gesicht mit Kerben um die Mundwinkel, die ihn so aussehen ließen, als lächle er ständig nachsichtig, die Stoppeln eines Dreitagebarts auf Wangen, Kinn und Hals. Die Pistole in seiner Hand war ein wuchtiges, kantiges Ding, eine Glock oder eine Sig Sauer, wie man sie gerne auf Schießbahnen als

Übungswaffe verwendete, weil man sie in keinem Halfter so unterbrachte, dass man sie unauffällig tragen konnte. Sie war deswegen um nichts weniger tödlich.

Usperg beendete seine Musterung. »Sie haben keine Ahnung«, sagte er ein zweites Mal. Dann wandte er sich wie fragend an Tanja. Seine Tochter nickte in Richtung der Werkshalle.

»Bist du sicher?«, fragte er. »Jetzt gleich?«

Tanja nickte. »Absolut. Was da drin vor sich geht, hört hier draußen kein Mensch.«

»Gehen wir«, sagte Usperg zu Flora und winkte mit der Pistole. »Nach Ihnen.«

Flora musste sich zwingen, sich in Bewegung zu setzen. Ihre Beine drohten bei jedem Schritt zu versagen. Sie versuchte zu schlucken, aber ihr Mund war trocken. Die Panik kroch an ihr hoch wie Morast, in dem sie Zentimeter um Zentimeter versank. Sie sah Tanja, die mit der Pistole auf sie zielte, und spürte, dass Uspergs Waffe auf ihren Rücken gerichtet war. Das Bedürfnis, um sich zu schlagen, zu versuchen, ihre Entführer anzugreifen – oder einfach nur wegzurennen –, war fast übermächtig. Sie würden sie erschießen, noch bevor sie drei Schritte getan hatte. Dann würden sie flüchten müssen, weil man Schüsse hier draußen sehr wohl in der ganzen Nachbarschaft hören konnte. Es würde ihre Pläne durchkreuzen.

Aber sie, Flora, würde nichts davon haben, denn sie würde mit zerfetzten Eingeweiden oder zerplatztem Schädel im Dreck von Viktors Baustelle liegen. Deshalb griff sie nicht an und lief auch nicht weg. Es ergab keinen Sinn. Und eine unkontrolliert stammelnde Stimme in ihr erklärte ihr, dass den Anweisungen zu folgen und in die Werkshalle zu gehen bedeutete, dass sie noch ein paar Augenblicke länger leben würde und dass nichts in ihrer Situation so kostbar war, wie diese Augenblicke noch zu haben. Angesichts des Lebens verschwenden wir die Augenblicke, als besäßen wir unendlich viele davon. Angesichts des Todes klammern wir uns an den letzten von ihnen und flehen ihn an, nicht zu vergehen.

Ein heißer Wunsch stieg in ihr auf, neben dem mächtigen Drang weiterzuleben: dass der Mann, den sie liebte, jetzt an ihrer Seite wäre und ihr sagte, dass alles gut würde.

Viktor.

Peter.

Viktor!

Peter?

Vor der gähnenden Türöffnung blieb sie stehen. Ein dumpfer, kalter Mief stieg ihr entgegen. Sie konnte den Fuß nicht heben, um ihn über die Schwelle zu setzen. Sie starrte Tanja an, die neben ihr stehen geblieben war. Ihr war schwindelig und speiübel, und hinter ihren Augen brannten Tränen. Sie dachte an Julia. Sie wusste nicht mehr, ob sie gestritten hatten, als sie sich das letzte Mal gesehen hatten.

Sie wollte leben. Nur das. Nicht mehr. Es konnte nicht zu viel verlangt sein.

Tanja knipste eine Taschenlampe an und leuchtete in die dunkle Öffnung. Sie winkte mit der Pistole.

Flora warf den Kopf zurück und setzte den Fuß über die Schwelle, bevor Usperg hinter ihr sie schieben musste. Sie sprach nicht zu Tanja, sie brach nicht in Tränen aus, sie bat nicht um Gnade.

Wer hatte das gleich wieder gesagt: Der Tod lächelt jedem ins Gesicht; alles, was man tun kann, ist zurückzulächeln? Irgendein römischer Kaiser. Peter hätte es gewusst. Oder Daniel Bernward. Oder Connor Lamont. Drei Menschen, die sie nie wiedersehen würde.

Warum hatte sie zugelassen, dass Peter und sie dieses Mal getrennt ermittelten? Wann war alles schiefgegangen und hatte am Ende hierhergeführt?

»Hier rein«, sagte Tanja und deutete nach rechts.

Flora blieb stehen.

Tanja hob die Pistole.

In Flora meldete sich plötzlich eine innere Stimme. Sie sagte: *Hey, wann immer es endet, es endet nicht hier. Weil du es verhindern wirst. Weil sich eine Gelegenheit bieten wird, die beiden zu überwältigen, und du wirst sie ergreifen. Wehr dich!*

Flora gehorchte dem Wink von Tanjas Pistole. Sie sah, wie der Tod ihr ins Gesicht lächelte. Sie konnte nicht zurücklächeln, aber er würde sie auch nicht weinen sehen.

Ganz im Gegenteil. Sie würde ihn an den Eiern packen, bis er derjenige war, der um Gnade winselte.

58.

Der Hof war menschenleer. Der Dienstwagen stand halb von der Ecke der Werkshalle versteckt im hinteren Teil des Hofs. Sie mussten das Gebäude betreten haben, als er beim Eingang der Baustelle angekommen war. Er hatte sie um Sekunden verfehlt.

Peter rannte gebückt und in Schlangenlinien vom Lkw zum Gebäude, die Pistole in beiden Händen haltend und auf den Boden vor sich zielend, jederzeit bereit, sie hochzureißen und sich zu verteidigen. Sein ganzer Körper kribbelte beim Gedanken, dass jemand aus dem Inneren der Werkshalle auf ihn zielte. Er erreichte die Gebäudeecke und schmiegte sich an die feuchtkalte Backsteinwand.

Dann schob er sich um die Ecke herum, damit er in den Wagen sehen konnte. Er war leer. Der Motor knackte. Peter spürte die Wärme, die von dem Fahrzeug ausging. Er sicherte diesen Teil des Hofs, so gut er konnte. Niemand zu sehen.

Er kroch an der Wand entlang wieder um die Ecke und auf die Türöffnung zu. Langsam bewegte er sich um den Türrahmen herum und stand dann in der Finsternis. Vor ihm führte die Treppe nach oben. Rechts ging es in den Gang mit den Türen, die in die überschwemmten Kellergewölbe führten. Peter atmete lautlos mit offenem Mund und fasste die Pistole fester.

Jemand hinter ihm sagte: »Pst!«

Ungläubig drehte Peter sich um. Während er es tat, wurde ihm klar, welchen Fehler er gemacht hatte.

Er hatte nicht nachgesehen, ob sich jemand im Führerhaus des Lasters versteckt hatte.

Der Mann hatte weißes Haar und eine dunkle Gesichtsfarbe. Mehr war im schwachen Licht nicht von ihm zu erkennen. Die Waffe in seiner Hand schimmerte ölig schwarz. Sie war auf Peters Mitte gerichtet. Der Mann hielt sie mit beiden Händen wie jemand, der so etwas in einem Film gesehen, aber noch nie selbst gemacht hat. Er stand nur drei Schritte von Peter entfernt und musste sich angeschlichen haben, als Peter durch die Türöffnung getreten war. Auf diese Entfernung würde selbst der blutigste Amateur nicht danebentreffen.

»Na los«, sagte der weißhaarige Mann. Er blickte auf Peters Pistole. »Lassen Sie sie fallen.«

»Ich bin Polizeibeamter«, sagte Peter.

»Ich weiß. Lassen Sie die Waffe fallen. Bitte.«

Peter hielt die Pistole fest. »Warum tun Sie das?«, fragte er.

Der Mann legte den Finger auf den Abzugshebel. »Bitte!«, sagte er.

Peter bückte sich und legte die Waffe auf den Boden. Er kam mit abgespreizten Armen wieder hoch. »Sie wollen das doch gar nicht tun«, sagte er.

Der Mann lächelte verzerrt. »Da täuschen Sie sich. Ich warte seit zehn Jahren darauf.«

59.

Tanja und Thomas Usperg hatten Flora in einen Gang dirigiert, von dem drei Stahltüren zur Linken irgendwohin führten. Das Licht von Tanjas Taschenlampe geisterte durch die Finsternis. Weiter vorn im Gang stand eine mit Planen zugedeckte Palette.

»Dort ist die Tauchausrüstung«, sagte Thomas Usperg zu seiner Tochter. »Wie ich's dir gesagt habe.« Er blieb stehen und hielt die Waffe auf Flora gerichtet.

Tanja löste eine Ecke der Plane, bückte sich und spähte darunter. Metall blinkte im Licht der Lampe auf. Sie nickte. Dann stand sie auf und kam auf Flora zu. Nicht weit genug, dass Flora nach ihr greifen konnte. Auch Usperg stand zu weit entfernt.

Flora, in der Todesangst und immer größer werdende Wut miteinander rangen, spannte alle Muskeln an.

Tanja sagte zu ihrem Vater: »Worauf warten wir?«

Usperg lächelte kalt. »Auf nichts. Legen wir los.«

Tanja ging um Flora herum und gab ihrem Vater die Taschenlampe. Er trat noch einen Schritt zurück und streckte den Arm mit der Pistole aus. Die Mündung zitterte, aber sie zeigte auf Floras Mitte. Usperg war nicht dumm genug, auf ihr Gesicht zu zielen. Der Kopf eines Menschen ist erstaunlich klein, wenn man ihn mit einem Schuss aus einer so unsicheren Waffe wie einer Pistole treffen will. Und ein Schuss, der danebengeht, stoppt einen angreifenden Gegner nicht. Ein Schuss in den Rumpf auf diese Entfernung würde Flora aber nicht nur aufhalten, sondern zu Boden schleudern, selbst wenn der Treffer nicht tödlich war. Ein vernünftiger Schütze zielte auf den Rumpf, weil es egal war, was er traf. Er würde treffen.

»Sie wollen nicht auf mich schießen«, sagte Flora. Das Licht der Taschenlampe blendete sie.

Usperg sagte: »Ich dachte eigentlich, dass ich überhaupt keine Bitte um Schonung von Ihnen hören würde, nach allem, was Tanja über Sie erzählt hat.«

»Das war eine Drohung«, erwiderte Flora.

Usperg lächelte erneut. »Gott«, seufzte er. »Zehn Jahre lang hab ich mir diese Macho-Scheiße von Halbidioten anhören müssen. Die Hälfte davon trug Uniform und stand auf der anderen Seite der Gitter. Allein die Hoffnung, solche Sprüche nie mehr hören zu müssen, ist das Ganze wert.«

Flora sagte nichts. Sie sah zu Tanja, die die Pistole hatte sinken lassen und jetzt zurück in den Halfter steckte. Mit einer Hand fasste sie nach hinten an ihren Gürtel. Ihre Hand kam mit Handschellen wieder nach vorn.

»Meine Tochter wird Ihnen die anlegen und Sie dort drüben an das Kupferrohr fesseln«, sagte Usperg. »Meine Pistole bleibt auf Sie gerichtet, falls Sie überlegen, eine Dummheit zu begehen.«

Weil sie ihre ganze Kraft brauchte, die Erleichterung, die sie plötzlich befiel, nicht sehen zu lassen, sagte Flora leise: »Sie haben das genossen. Mich glauben zu lassen, dass Sie mich hierherbringen, um mich zu erschießen.« Es fiel ihr geradezu schwer, ihren beiden Entführern nicht dankbar zu sein, dass sie sie verschonten.

Tanjas Augen verengten sich. »Du hast geglaubt, wir würden dich kaltblütig ermorden? Du hast gedacht, mein Vater und ich wären Killer? Du bist zum Kotzen, Flora.«

»Recht so, macht dem Opfer noch Vorwürfe«, sagte Flora.

Usperg trat einen weiteren Schritt zurück. Er stand jetzt direkt vor einer der Stahltüren. Die Pistole war weiterhin auf Flora gerichtet.

»Leg ihr die Handschellen an, Tanja«, befahl er. »Wir holen uns das, was rechtmäßig mir gehört. Sie werden uns nicht daran hindern, Frau Hauptkommissarin.«

Flora spürte, wie sich der kalte Stahl um ihr Handgelenk schloss. Tanja zerrte sie zur Wand, an der in Knöchelhöhe ein Kupferrohr entlanglief. Sie zwang Flora, sich hinzukauern, dann schloss sie die andere Schelle um das Kupferrohr.

»Irgendwann wird schon jemand kommen und Sie befreien, da mache ich mir keine Sorgen«, sagte Usperg. »Wahrscheinlich sogar der Eigentürmer dieses verdammten Baus.«

Plötzlich öffnete sich die Tür hinter Thomas Usperg. Tanjas Vater fuhr herum, aber er war nicht schnell genug. Ein Kniestoß traf ihn zwischen den Beinen. Eine schnelle Handbewegung, und er war entwaffnet. Er sackte auf die Knie. Die Taschenlampe rollte über den Boden, ihr Licht geisterte durch den Gang. Eine weitere schnelle Handbewegung, und die Mündung von Uspergs eigener Waffe presste sich gegen seine Stirn. Tanja hatte ihre Waffe im Anschlag, aber es war zu spät.

»Ich treffe auf jeden Fall«, sagte der Mann, der aus der

Stahltür getreten war. »Dann ist er tot, und du kannst deine Schuld ihm gegenüber weiter tragen und hast ihn am Ende auch noch umgebracht. Wie immer denkst du nicht genug nach, Tanja. Als selbstgerechter Teenager nicht, der den eigenen Vater aus übersteigertem Gerechtigkeitsgefühl anzeigt, als abtrünnige Polizistin nicht und schon gar nicht als reumütige Tochter, die das Gesetz bricht, um wiedergutzumachen, dass ihr Vater zehn Jahre eingesessen hat. Du hast noch nicht mal richtig nachgedacht, als du versucht hast, dich wegen deiner Tat aufzuhängen. Ich würde sagen, dass du dabei versagt hast, ist am allerbedauerlichsten, du blödes Stück.«

»Ich knall dich ab«, flüsterte Tanja.

Der Finger des Manns krümmte sich um den Abzug. »Ich töte deinen Vater, bevor du abdrücken kannst, und danach dich«, sagte er.

Thomas Usperg, der vor Schmerz bleich geworden war, ächzte. »Scheiße, Tanja«, stieß er hervor. »Tu, was er sagt.«

Tanjas Gesicht verzerrte sich. Langsam ließ sie die Waffe sinken. Dann glitt die Pistole aus ihren Fingern und fiel auf den Boden. Tanja knickte in den Knien ein, richtete sich wieder auf, stützte die Hände auf die Knie, beugte sich nach vorn und begann zu stöhnen.

Der Neuankömmling wandte sich an Flora und lächelte.

»Vic«, hauchte Flora.

Viktor von Closen sagte: »Kommst du mit dem Fuß an Tanjas Waffe ran? Schieb sie weg.«

Flora streckte ein Bein und gab der Pistole einen Tritt. Sie schlitterte über den Boden davon. Viktor nickte.

»Setz dich neben Flora, Tanja. Jetzt!«

Tanja plumpste neben Flora auf den Steinboden, als habe sie alle Kraft verlassen. Ihr Kopf sank auf die Brust. Sie stöhnte erneut.

»Steh auf, Thomas!«

Usperg richtete sich schwankend und nach vorn gebeugt auf. Die Mündung seiner Waffe hatte einen weißen Ring auf seiner Stirn hinterlassen, wo sie gegen die Haut gepresst worden war. Nun presste sie sich unter sein Kinn. Mit schmerzverzerrten Zügen versuchte Usperg, aufrecht zu stehen.

Von draußen vor der Tür zum Eingang rief eine Stimme: »Viktor?«

»Kannst reinkommen!«, rief Viktor zurück.

»Ich bin nicht allein …«

Viktor blickte erstaunt. Dann lächelte er. Er schaute Flora an, deren Verwirrung mittlerweile so groß war, dass sie keine Worte fand. »Lass mich raten …«, sagte er.

Die Tür zum Eingang öffnete sich. Jemand wurde hereingeschubst und trat in den Lichtkreis der Taschenlampe, die an der Wand zur Ruhe gekommen war und quer über den Gang leuchtete.

»Ich wusste es. Guten Abend, Herr Hauptkommissar. Beim Dresscode haben Sie aber danebengegriffen. Oder wollen Sie heute Mittelalter spielen?«

Flora sah zu ihrer Bestürzung, dass der Mann, der zur Tür hereingeschoben worden war und in ein mittelalterliches Kostüm gekleidet war, Peter Bernward war. Ihm folgte Gerd Leinberger, der eine Pistole auf Peter gerichtet hielt.

»Viktor, um Gottes willen«, sagte Leinberger. »Wo soll das hinführen? Ist es das alles wert?«

Peter sagte: »Ich bin sicher, mein Vorfahr hat Ihrem Vorfahren damals im Mittelalter den Arsch aufgerissen. Das wird sich heute wiederholen.«

Viktor beachtete ihn nicht. Er wandte sich an Leinberger. »Zehn Jahre Warten und sechzig Millionen Euro. Sag mir, dass es das nicht wert ist, du Idiot!«

Leinberger erwiderte nichts. Er schluckte und sah ängstlicher aus als Peter, auf den er die Waffe gerichtet hielt.

Flora fand endlich ihre Stimme wieder. Sie sagte: »Viktor, mach mich los.«

Viktor sah sie an. Er lächelte. Sie hatte ihn noch nie auf diese Weise lächeln sehen, und sie wusste einen Augenblick nicht, ob ihr Herz schmolz oder brach.

Viktor schüttelte den Kopf. »Sorry«, sagte er.

Flora starrte ihn an. Tanja neben ihr sackte endgültig in sich zusammen und begann zu weinen.

60.

Peter schwankte zwischen Erleichterung, dass Flora nichts geschehen war, Wut darüber, dass er sich hatte übertölpeln lassen, und Verständnislosigkeit, wie sich die Dinge entwickelt hatten. Viktor von Closen hatte er hier am allerwenigsten erwartet.

Er hatte fast alle Fakten des Falls beisammengehabt, aber sie völlig falsch interpretiert. So wie damals die Staatsanwälte, als sie nach Durchsicht aller Kontobewegungen von Pegasus die sechzig Millionen Euro als verspekuliert betrachtet hatten. Ein Trost war das allerdings nicht.

Viktor sagte: »Gerd, pass auf Tanja auf. Herr Bernward, kommen Sie mit mir.« Er stieß Thomas Usperg von sich, so dass er gegen Peter taumelte. Bevor Peter etwas unternehmen konnte, stand Viktor mit genügend Abstand da und zielte auf sie beide.

Usperg, der sich immer noch krümmte, sagte keuchend: »Es geht mir nur um meinen Anteil, Viktor. Ich will nichts anderes als das, was wir vor zehn Jahren vereinbart haben.«

»Du wolltest alles, Thomas. Erzähl mir nichts. Sonst wärst du nicht mit Tanja hierhergekommen.«

»Ich will nur, was mir zusteht. Zehn Millionen. Ein Sechstel des Geldes. Dann lass Tanja und mich gehen.«

»Du hast vergessen, dass wir nur noch durch vier teilen müssen, seit Hannes und Karin von uns gegangen sind.«

»Ich will nur die zehn Millionen. Der Rest ist mir egal.«

»Ihr habt das damals gemeinsam durchgezogen«, sagte Peter zu Viktor. »Sie, Usperg, Leinberger, Karin Schätz-Holdinger, Hannes Waltz und Daniela Aisch. Wer hat dahintergesteckt? War es von Anfang an Ihre Idee?«

»Halten Sie die Klappe«, sagte Viktor gelassen.

»Nur meinen Anteil«, sagte Usperg. »Und freien Abzug für mich und Tanja.«

Viktor schien zu überlegen. Peter öffnete den Mund für eine Frage, aber dann schloss er ihn wieder. Er wusste, dass er die gleiche Antwort wie vorhin bekommen würde. Über die Schulter blickte er zu Flora. Sie saß mit einem so fassungslosen Gesichtsausdruck auf dem Boden, dass es Peter in der Seele weh tat. Noch während er zu ihr hinsah, rollte plötzlich eine Träne über ihre Wange. Er biss die Zähne zusammen.

»Na gut«, sagte Viktor. Er winkte mit der Waffe zur Stahltür. »Rein mit euch. Alle beide. Thomas, nimm die Taschenlampe mit.«

Usperg holte die Lampe, dann öffnete er die Tür und trat hindurch. Peter folgte ihm. Viktor kam dichtauf. Usperg ließ den Lichtkreis der Taschenlampe über das Wasser, über das Sims, über die Wände des Gewölbes wandern, bis sie auf etwas trafen, das glitzerte und Lichtreflexe warf. An einer Stelle auf dem Sims stand ein Objekt. Es schien wie mit Spinnweben überzogen. Peter erkannte, dass es sich um wasserdichte Plastikfolie handelte, die dick darumgewickelt und -geklebt worden war. Das Objekt hatte die Größe eines Flugkoffers, wie man ihn als Handgepäck in die Passagierkabine eines Fliegers mitnehmen durfte.

»Das meiste sind Diamanten. Geldscheine in mehreren Währungen und festverzinsliche, langfristige Wertpapiere sind auch dabei«, sagte Viktor. »Alles in allem keine fünfzehn Kilo. Auf den Wert kommt es an, nicht auf die Masse.«

»Es war wirklich dort unten …?«, fragte Usperg rau.

»Mhm«, sagte Viktor. »Heute Nachmittag hab ich es raufgetaucht. Wir haben dich nicht angelogen.«

»Hannes ist tot …«, sagte Usperg.

»Ja. Ab da ist alles schiefgegangen. Aber wir kriegen das noch hin. Hol den Koffer, dann bekommst du deinen Anteil.«

Usperg setzte sich in Bewegung. Peter wollte etwas sagen, da fühlte er, wie sich die Pistole in seinen Rücken bohrte. »Halten Sie den Mund!«, wisperte Viktor kaum hörbar. »Wenn Sie das hier überleben wollen.«

Usperg trat auf die Bohlen, die einen Abbruch im Sims überquerten. Im nächsten Moment zuckte der Lichtstrahl der Taschenlampe nach oben, Peter hörte einen überraschten Ruf und das ihm wohlbekannte Geräusch, mit dem die angesägten Bohlen brachen, und dann das Klatschen eines Körpers, der ins Wasser fiel. Das Licht von Uspergs Taschenlampe flackerte unter der Oberfläche, während die Lampe versank, und verlosch dann, als das eindringende Wasser die Batteriekontakte kurzschloss.

Usperg prustete und schlug um sich. Peter fühlte, wie Viktor zurücktrat. Ein neuer Taschenlampenstrahl, dünner und schwächer als der vorherige, bewegte sich über das

Wasser und fing den herumplanschenden Usperg ein. Viktor musste die kleine Lampe in der Tasche gehabt haben.

»Was soll das?«, schrie Usperg, schluckte Wasser und hustete.

»*Sie* haben die Balken angesägt«, sagte Peter. »Als Falle für Usperg, falls er hierherkommen würde, bevor Sie den Hinterhalt für ihn aufbauen konnten.«

Viktor antwortete nicht auf die Anschuldigung. Es war auch nicht nötig. Drunten im Wasser versuchte Thomas Usperg, das Sims weit über seinem Kopf zu fassen zu bekommen, aber er hatte damit genauso wenig Glück wie Peter noch wenige Stunden zuvor. Peter hörte ihn husten und spucken und keuchen, doch kein Wort kam mehr über Uspergs Lippen.

Der Lichtkreis von Viktors Lampe wanderte weg und fand zwei hochkant an das Sims gelehnte Bohlen auf der anderen Seite der Tür.

»Legen Sie die über den Abbruch«, sagte Viktor. Er hob die Pistole, um seine Anweisung zu bekräftigen.

»Sie lassen gern andere machen, oder?«, fragte Peter. »Im Büro kocht Ihre Frau Köhler Kaffee und bewacht Ihr Telefon. Hat sie für Sie auch die Bretter angesägt?«

»Frau Köhler gibt es gar nicht, Sie Dummkopf«, sagte Viktor. »Ich mache alles selbst, weil man sich nur dann darauf verlassen kann, dass es richtig getan ist. Als ich gestern Nacht im Haus Ihres Freundes Connor telefonierte, war das mit Karin Schätz-Holdinger, die mich alle zwei Stunden voller Panik angerufen hat, seit Thomas aus dem Gefängnis entlassen worden war.«

»Bis Sie der Panik ein Ende bereitet haben, indem Sie sie heute Vormittag ertränkten. Nachdem sie ein weiteres Mal bei Ihnen angerufen hatte, als sie die Kripo verließ.«

»Wie kommen Sie denn darauf?«

»Weil Thomas Usperg es mit Sicherheit nicht gewesen ist und weil Sie vorhin gesagt haben, man müsse alles selber machen, damit es richtig gemacht wird.«

Viktor schwieg.

Peter hatte währenddessen, weil ihm nichts anderes übrigblieb, die Bohlen genommen und legte sie nun über die Abbruchstelle. »Sie sollten sich überzeugen, dass ich es richtig gemacht habe, bevor Sie da drübergehen, um die Beute zu holen«, sagte er dann.

»Wer sagt, dass ich den Koffer hole?«

»Weil ich ihn, wenn Sie mich schicken, ins Wasser werfe. Dann können Sie wieder von vorn anfangen. Und in der Finsternis und nur mit dem verängstigten Leinberger als Gehilfen kriegen Sie das Ding niemals auf die Schnelle wieder raufgetaucht.«

»Ich würde Sie erschießen, wenn Sie es tun.«

»Die Kohle liegt dennoch in der Brühe.«

Viktor schwieg erneut. »Eine Pattsituation«, sagte er. Dann machte er einen überraschenden Schritt auf Peter zu und stieß ihn vor die Brust. Es ging so schnell, dass Peters Hände ins Leere griffen. Die Luft wurde aus seinen Lungen gestoßen. Er fühlte sich fallen. Das Wasser schlug über ihm zusammen. Hustend und nach Atem ringend, kam er an die Oberfläche. Der Lichtkegel der Taschenlampe erfasste ihn.

»Ich befolge Ihren Rat und hole die Beute selber«, hörte er Viktor sagen.

Peter hätte gern etwas Schlagfertiges geantwortet, aber ihm fiel nichts ein. Die Erinnerung an heute Mittag und seine immer größer werdende Verzweiflung in dieser so harmlos aussehenden Todesfalle erfasste ihn und ließ Angst in ihm hochsteigen.

Er verschwendete keine Kraft damit, sich zum Sims

hochschnellen zu wollen. Er wusste, dass er es nicht erreichen konnte. Auch Thomas Usperg weiter drüben hatte es aufgegeben. Peter beobachtete Viktor von Closen, wie er zuversichtlich über die heilen Bohlen schritt, den eingepackten Koffer anleuchtete, dann seine Pistole wegsteckte und ein Teppichmesser hervorzog. Methodisch schnitt er das Plastik auf und schälte den Koffer daraus hervor wie eine Banane. Er hob ihn auf und trug ihn zur Tür.

»Licht braucht ihr ja keins«, sagte er, trat durch die Tür und zog sie ins Schloss. Der Knall der zufallenden Stahltür schnitt Floras Stimme ab, die Peter scharf fragen hörte: »Was ist da drin pass…?«

Es wurde so finster, dass Peter die Hand nicht vor Augen sehen konnte. Usperg schluckte Wasser und begann zu husten und um sich zu schlagen.

»Reißen Sie sich zusammen«, befahl Peter scharf, der selbst nur eine Haaresbreite davon entfernt war, ebenso in Panik zu verfallen. »Sonst sind Sie erledigt.«

»O mein Gott«, stammelte Usperg. »Er lässt uns hier absaufen. Und Tanja … er hat Tanja …«

»Solange wir Wasser treten können, sind wir sicher«, versetzte Peter. »Bleiben Sie möglichst, wo Sie sind, lassen Sie sich nicht vom Rand wegtreiben.« Er wusste, dass der Rat idiotisch war. Er selbst hatte ebenfalls keine Ahnung, ob ihn sein Wassertreten nicht schon längst von der Wand des Gewölbes weggetragen hatte.

»Wir müssen aufeinander zuschwimmen«, stieß Usperg keuchend aus.

Peter hatte eine Vision, dass der verängstigte Exsträfling sich an ihn klammern würde, sobald er nahe genug heran war. Er würde sie beide nach unten ziehen und ertränken. Schon hörte er ihn platschen und ungeschickte Schwimmzüge machen.

»Halten Sie sich still!«, rief er. Usperg hörte auf, um sich zu schlagen. Peter versuchte, auf die Geräusche zu lauschen, die von jenseits der Tür kamen. Er hatte keine Schüsse gehört. Er hörte auch sonst nichts. Das war gut, weil es bewies, dass Flora und Tanja nichts geschehen war. Es schien aber auch zu beweisen, dass Leinberger und Viktor die beiden Frauen mitgenommen und das Gebäude verlassen hatten.

Usperg schien zum gleichen Schluss gelangt zu sein. »Er ist weg«, stieß er hervor. »Die lassen uns hier elend verrecken.« Das panische Planschen begann von neuem.

»So wie Sie Hannes Waltz haben verrecken lassen«, sagte Peter. Er war mittlerweile sicher, dass Viktor auch am Tod des Bauunternehmers schuld war, aber er hoffte, dass die Beschuldigung Usperg aus seiner Panik reißen würde.

»Das war ich nicht!«, schrie Usperg, bekam Wasser in den Mund und verschluckte sich. »Ich hab keinem Menschen auch nur ein Haar gekrümmt!«

»Sie haben Flora entführt!«

»Weder Tanja noch ich wollten ihr etwas tun. Ich wollte nur meinen Anteil. Von Anfang an wollte ich immer nur, was mir zusteht.«

»Ihnen steht gar nichts zu. Die sechzig Millionen sind samt und sonders gestohlen.« *Und ich kenne mindestens zwei der Bestohlenen*, dachte Peter für sich.

Usperg reagierte nicht darauf. »Ich kontaktierte zuerst Tanja, als ich aus der JVA entlassen wurde. Sie hatte mich im Gefängnis besucht und mir versichert, dass sie mir helfen würde, meinen Anteil zu bekommen, wenn ich entlassen würde. Danach nahm ich Verbindung mit Viktor auf. Er bestellte mich zu dem verschissenen Puff bei der Eisenbahnbrücke. Er und Hannes waren da. Sie sagten, dass sie momentan nicht an die Beute herankämen. Sie wäre in einem Versteck, aber das wäre nicht zugänglich. Ich sollte warten. Ich glaubte ihnen nicht. Ich stellte ihnen ein Ultimatum.«

»Welches Ultimatum?«

»Dass ich zur Polizei gehen und ihre Beteiligung an dem Schwindel damals aufdecken würde.«

»Die Sache ist verjährt!«

»Das sagte Hannes auch. Er lachte mich aus.«

»Und dann?«

»Dann ging ich raus. Ich bekräftigte mein Ultimatum und verließ den Schuppen. Und ein paar Stunden später rief mich Tanja an und sagte, dass Hannes Waltz tot aufgefunden worden wäre. Es war ihre Streife, die zum Tatort gerufen wurde. Ich schwöre Ihnen, ich hab's nicht getan.« Usperg klapperte mit den Zähnen wegen des kalten Wassers.

Auch Peter fror erbärmlich. Aber er wagte nicht, weit ausholende Schwimmbewegungen in der totalen Finsternis zu machen. »Na gut«, sagte er zu Usperg. »Wie sieht's mit Ihrer Luft aus? Haben Sie noch welche?«

»Es geht.«

»Dann fangen Sie mal an.«

»Womit?«

»Um Hilfe zu schreien. Vielleicht haben wir Glück, und jemand hört uns.«

Usperg sagte mit erneut erwachender Panik: »Wer soll uns denn draußen hören? Das ist doch lächerlich!«

»Dann saufen Sie halt ab, ohne vorher alles versucht zu haben.«

Usperg schwieg. Dann hörte Peter ihn Atem holen. Im nächsten Moment brüllte er: »Hilfe!«

Peter stimmte mit ein. Es war würdelos. Aber es war ihre einzige Chance.

61.

Flora stieg wie betäubt in den Dienstwagen. Viktor befahl ihr, auf der Rückbank Platz zu nehmen. Leinberger setzte sich neben sie und platzierte den Koffer mit der Beute zwischen ihnen. Er legte beschützend einen Arm darauf. In der anderen Hand hielt er die Pistole und zielte weiterhin auf Flora. Tanja wurde gezwungen, den Wagen zu fahren; auf den Beifahrersitz setzte sich Viktor.

Dann sagte Viktor plötzlich: »Nein, das machen wir anders. Flora – ich möchte, dass du fährst.«

Tanja packte das Lenkrad mit beiden Händen und sagte: »Was ist mit Papa? Was haben Sie mit ihm gemacht?«

»Er macht den Fahrtenschwimmer«, sagte Viktor. »Und dein Kollege ebenfalls, Flora. Wofür haltet ihr mich? Ich hab sie nicht umgebracht.«

»Sie kommen aus dem Wasser nicht heraus. Irgendwann verlassen sie die Kräfte, dann gehen sie unter«, sagte Flora heiser.

»Das ist ein Wohngebiet. Wenn sie schlau genug sind zu schreien, wird jemand sie finden.«

»Du weißt so gut wie ich, dass man das nicht bis zu den Häusern hört.«

»Ende der Diskussion«, sagte Viktor. »Tanja, geh nach hinten. Flora, bitte komm nach vorn.«

»Ich gehe erst, wenn mein Vater in Sicherheit ist«, sagte Tanja.

Viktor seufzte. »Wen willst du damit überzeugen, Kleine? Ich zähle jetzt bis drei, dann kannst du dich von deiner Kniescheibe verabschieden.« Er senkte die Waffe und drückte die Mündung gegen Tanjas Knie. Tanja begann zu zittern.

Flora öffnete die Tür auf ihrer Seite. »Wir tauschen, Tanja«, sagte sie entschieden. »Glaub nicht, dass er nicht schießen wird. Er hat Hannes Waltz und Karin Schätz-Holdinger erschlagen. Er wird nicht davor zurückschrecken, dich zu verkrüppeln.«

»Karin ist ertrunken, um genau zu sein«, sagte Viktor. »Und es war unumgänglich, weil sie hysterisch war wie ein Waschweib. Sie hatte solche Angst davor, die Nächste zu sein, dass sie die Nächste sein musste.«

»Du hast ihr die Angst eingeblasen, nicht wahr? Du hast deinen Komplizen die Botschaft übermittelt, dass Thomas Usperg am Tod Hannes Waltz' schuld war und dass er sich auf einem Rachefeldzug befände, dem sie alle zum Opfer fallen würden.«

Viktor antwortete nicht.

Flora stieg aus und wartete, bis Tanja sich auf ihren vorherigen Platz hinter dem Beifahrersitz gesetzt hatte. Dann ging sie um den Wagen herum, rutschte hinter das Steuer und schnallte sich an. Es fiel ihr schwer, nicht ständig zur Werkshalle zu starren, in der Peter und Thomas Usperg gefangen waren und wahrscheinlich jetzt schon vor Kälte bibberten. Es fiel ihr noch schwerer, den Kopf zu drehen und Viktor anzuschauen. Wenn sie sein Gesicht sah, konnte sie nicht glauben, dass er der Schurke hinter der ganzen Sache war. Aber sie brauchte nur den Blick zu senken, um die Pistole zu sehen, die er locker auf sie gerichtet hatte. Sie wollte weinen und sich gleichzeitig übergeben.

»Fahr los«, sagte Viktor.

»Wohin?«

»Richtung Innenstadt.«

Flora startete den Wagen. Sie trat absichtlich voll aufs Gas, damit der Motor aufheulte. Wenn der Boden im Hof nicht so verschlammt und verdreckt gewesen wäre, wäre sie mit einem Kavaliersstart losgefahren, in der Hoffnung, die Nachbarschaft aufzuscheuchen und so dafür zu sorgen, dass Peter und Usperg gerettet werden konnten.

Viktor sagte leise: »Hör auf damit. Noch so ein Versuch, und Tanja wird es büßen.«

»Wieso nimmst du an, dass es mir nicht völlig egal ist, was mit Tanja ist? Sie hat mich verraten.«

»Es ist dir nicht völlig egal, weil du ein guter Mensch und eine noch bessere Polizistin bist.«

Sie fuhren vom Hof. Flora quetschte sich an dem Lastwagen vorbei, bog nach links ab und bei der Mühle erneut nach links. Die kleine Brücke, die über den Hammerbach führte, glänzte vor Nässe. Pfützen standen auf dem Brückenbelag.

»Was bist du dann für ein Mensch?«, fragte Flora. »Ein Betrüger, ein Doppelmörder, einer, der noch seine ehemaligen Komplizen bescheißt?«

»Hannes' Tod war ein Unfall«, sagte Viktor.

»Ich habe die Leiche gesehen. So sieht kein Unfall aus.«

»Lass mich ausreden, Flora. Thomas hat sich bei mir gemeldet. Das war gestern. Ich wusste, dass er aus dem Gefängnis entlassen worden war, und hatte damit gerechnet, von ihm zu hören. Mir war auch klar, dass er seinen Anteil an der Beute wollte. Das einzig Unvorhergesehene war das verdammte Hochwasser, weil es verhinderte, dass ich an den Koffer kam.« Viktor machte eine Kopfbewegung nach hinten zur Rücksitzbank. »Es hat mich ein paar Jahre gekostet, das Geld, das ja nur als Einzahlungen auf diverse Konten existierte, in echte Werte umzuwandeln. Dort hinten drin befinden sich Edelsteine, mehrere Währungen und Wertpapiere. Nachdem ich das getan hatte, musste ich die Beute irgendwo unterbringen, wo sie sicher war … und zwar so lange …«

»So lange, bis die Tat verjährt wäre«, sagte Flora. »Und bis Usperg aus dem Gefängnis freikam. Zehn Jahre. Darauf haben also alle gewartet – Hannes Waltz und mit ihm seine Frau, Daniela Aisch …«

»Richtig.«

»Du hast sie in der Baustelle versteckt. Deinem großen Projekt. Deinem Lebenstraum.«

»Manchmal muss man sich von Träumen verabschieden, Flora.«

»Träume sind das Letzte, von dem man sich verabschieden sollte. Sie lassen uns vergessen, dass der Großteil des Lebens anstrengend und beschissen ist.«

Viktor hob die Hand, wie um Flora über die Wange zu streichen. Flora wich ihm aus. Er seufzte und ließ die Hand wieder sinken. »Thomas, Hannes und ich trafen uns im *Tiger's Girl's*. Hannes wollte diesen Treffpunkt, wahrscheinlich, damit Manuela nicht alles mitbekam, was wir redeten. Oder vielleicht wollte er Thomas nur nicht in seinem Haus haben. Ich hab ihn nicht gefragt. Mir war es egal. Das Haus gehört ohnehin mir, Hannes war nur mein Strohmann, weil ich nicht mit einem Puff in Verbindung gebracht werden wollte. Als ich Hannes damals die Firma Himmel abkaufte, bekam ich die Bruchbude mit dazu – und was Immobilien angeht, schaut man einem geschenkten Gaul nicht ins Maul, weil ein Gebiet, das heute noch ein Glasscherbenviertel ist, morgen schon gentrifiziert werden kann. Thomas glaubte uns nicht, dass wir an das Geld nicht herankämen. Er drohte uns, alles auffliegen zu lassen. Dann stürmte er raus.«

»Warum habt ihr ihn nicht aufgehalten?«

»Weil ich nicht der kaltblütige Mörder bin, als den du mich hinstellst, Flora.«

»Nur ein kaltblütiger Lügner. Wenn du das Geld heute

hast holen können, dann war es ja nicht so schwer dranzukommen. Du hättest Usperg lediglich um vierundzwanzig Stunden vertrösten müssen. Und erzähl mir nicht, dass er sich nicht hätte vertrösten lassen. Er hat zehn Jahre auf die Kohle gewartet. Ein Tag mehr oder weniger hätte nichts ausgemacht.«

»Er war unter Zeitdruck, weil er nach seiner Entlassung abgetaucht ist. Er wollte mit dem Geld außer Landes sein, bevor ihn die Klagen wegen der abgewiesenen Restschuldbefreiung einholten. Und ich habe nicht gelogen. Fahr vorn rechts zur Luitpoldstraße.« Viktor deutete erneut nach hinten. »Was glaubst du, wie viele Koffer man braucht, um sechzig Millionen Euro unterzubringen? Auch wenn man die Kohle hauptsächlich in Edelsteine umgewandelt hat? Das da hinten ist nur etwa ein Drittel der Beute – zwanzig Millionen. An die anderen beiden Koffer bin ich nicht rangekommen, weil es nämlich überhaupt nicht leicht war, auch nur den einen zu bergen. In dem Schlammwasser im Kellergewölbe zu tauchen ist lebensgefährlich! Ich habe Thomas und Peter Bernward gesagt, das sei die gesamte Beute, aber da habe ich sie angelogen. Flora – Thomas ist an allem schuld. Niemand wollte ihn um seinen Anteil bringen! Warum hätten wir das tun sollen? Wir hingen doch alle genauso drin wie er. Haben wir nicht alle gewartet, bis er aus dem Gefängnis entlassen wurde? Wir hätten jederzeit mit der Kohle abhauen können. Aber als Hannes und ich ihm sagten, dass er warten müsse, bis das Hochwasser abgelaufen sei, drehte er durch. Er glaubte uns kein Wort.« Viktor beugte sich plötzlich vor und sagte: »Verdammt noch mal!«

Flora sah es im selben Augenblick. Man konnte nicht rechts in Richtung Luitpoldstraße abbiegen. Ein THW-

Fahrzeug stand quer über der Straße, der Rest war mit Baken und Reitern abgesperrt.

»Was ist denn da los?«, stieß Viktor hervor.

»Die haben die Luitpoldbrücke großräumig gesperrt«, meldete sich Leinberger von hinten. »Scheiße, die haben wahrscheinlich alle Brücken über die Große Isar gesperrt. Die haben Angst, dass der Damm in Bruckberg nachgibt. Ich hab's im Radio gehört. Dann sind die Brücken nicht mehr sicher. Scheiße, scheiße, scheiße, Viktor, was jetzt?«

»Wir müssen über die Brücke«, sagte Viktor.

»Du willst nach Hause, oder?«, fragte Flora.

»Ich brauche noch ein paar Sachen, bevor ich abhaue«, erklärte Viktor. »Ich musste leider seit gestern Nacht improvisieren und konnte nicht alles vorbereiten. Dein verdammter Kollege hätte mich beinahe in Karins Wohnung erwischt, als ich das Handy holen wollte.«

»Das du dort hingebracht hast, weil du schon geahnt hast, dass wir Karins Handy orten würden, wenn sie sich nicht meldete. Es sollte so aussehen, als verkrieche sie sich daheim. Und du hast es verschwinden lassen müssen, weil sein Speicher bewiesen hätte, dass ihr letzter Anruf dir galt. Den Schlüssel hattest du …«

»… weil Karin ihn natürlich bei sich hatte. Ich hab den Anruf zwar aus dem Protokoll gelöscht, aber wer weiß, was diese Geräte alles so aufzeichnen, an das man mit einer Schnüffelsoftware nicht doch drankommt. Flora, ich kann das alles erklären … ich hatte keine andere Wahl.«

»Was machen wir jetzt?«, rief Leinberger von hinten mit allen Anzeichen der Panik.

Sie waren auf der Kreuzung stehen geblieben. Ein THW-Mitarbeiter war aus dem Laster geklettert und bedeutete ihnen mit einem Handzeichen umzudrehen.

»Bieg links ab«, sagte Viktor. »Wenn sie hier schon

großräumig abgesperrt haben, haben sie auf der Brücke selbst vielleicht keine Sperren. Wir mogeln uns beim Ludwigswehr am Hotel vorbei und fahren direkt auf die Brücke.«

»Warum hast du Hannes Waltz umgebracht?«, fragte Flora.

Viktor seufzte.

62.

Nach wenigen Minuten stellte Peter fest, dass nur noch er um Hilfe rief. Usperg war still geworden. Er hörte ihn herumplanschen und seinen stoßweisen Atem, was bewies, dass er nicht ohnmächtig geworden war, aber aufgehört hatte zu schreien.

Peter konnte ihn verstehen. Die Sinnlosigkeit seines Tuns erschloss sich auch ihm. Es musste schon jemand auf den Hof der Baustelle kommen, damit eine Chance bestand, die Hilferufe zu hören. Wenn man es vernünftig betrachtete, war es besser, seine Kräfte zu schonen und still zu sein und sich darauf zu konzentrieren, Wasser zu treten und bei Bewusstsein zu bleiben. Vernunft hatte aber nichts damit zu tun, dass man eine Eins-zu-einer-Million-Chance zu nutzen versuchte. Es konnte ja jemand seinen Hund gerade jetzt Gassi führen. Das THW oder die Feuerwehr konnten noch einmal auf der Baustelle nach dem Rechten sehen. BATMAN, SUPERMAN oder der Erzengel Gabriel konnten sich einfinden auf der Suche nach jemandem, den sie auf die Schnelle retten konnten …

Plötzlich öffnete sich die Stahltür. Peter verschluckte sich, als er Atem holen wollte, um erneut zu rufen. Eine Taschenlampe leuchtete auf. Der Strahl erfasste ihn.

»Man kann dich wirklich keine fünf Minuten aus den Augen lassen. Als Kleinkind warst du nicht so anstrengend«, sagte Daniel Bernward.

Die Erleichterung durchströmte Peter mit solcher Kraft, dass er die Kälte vergaß. Vage wurde ihm bewusst, dass er heute bereits zum dritten Mal von jemandem aus dem Hochwasser gerettet werden musste.

»Als Kleinkind bin ich ständig auf die Schnauze gefallen«, sagte Peter. »Nur da war es Mama, die mich wieder aufgehoben hat.«

»Es kommt darauf an, dass man zum richtigen Zeitpunkt zur Stelle ist.«

»Bitte ...« Thomas Usperg keuchte.

Daniel leuchtete zu ihm hinüber. »Oh«, sagte er überrascht. Und dann: »Verdammt!« Und dann: »Sie! Wissen Sie, wie viel Geld ich Ihretwegen verloren habe?«

»Da draußen ist eine Palette mit Tauchausrüstung«, sagte Peter. »Unter der Plane befindet sich auch eine Leiter. Wenn du die holen und uns damit rausholen könntest, wäre ich dir sehr verbunden. Es ist ein wenig kühl hier drin.«

Als sie im Trockenen waren, fiel Peter die Handschelle auf, die von Daniels Handgelenk baumelte. Daniel folgte seinem Blick.

»Ich musste das Lenkrad auseinanderbrechen«, sagte er leichthin.

Peter starrte ihn ungläubig an.

Daniel schüttelte den Kopf. »Du hast noch ein zweites Set Handschellen im Handschuhfach. Nach einigen Verrenkungen bin ich rangekommen und hab mich losgemacht. Gut, dass Handschellenschlüssel universell sind.« Er hielt einen Schlüssel hoch und grinste.

»Nächstes Mal schließe ich dich im Kofferraum ein«, sagte Peter. »Außer, wenn ich dich nachher brauche, um mir die Haut zu retten.« Er umarmte seinen Vater. Dann nahm er ihm den Schlüssel ab, machte die Handschelle von seinem Handgelenk los und schnappte sie um Thomas Uspergs Gelenk. Tanjas Vater stand tropfend und zitternd da und wehrte sich nicht. Peter schob ihn zur Wand hinüber und machte ihn an dem Kupferrohr fest, an das vorhin Flora gefesselt gewesen war. »Ich komme zurück«, sagte er.

Usperg zitterte. Sein Gesicht war im Taschenlampenlicht käsig, seine Lippen blau. »Retten Sie Tanja«, flüsterte er.

Peter wollte noch etwas zu ihm sagen, aber ihm fiel nichts ein. Verachtung und Mitleid hielten sich die Waage, wenn er Usperg anblickte. Schließlich klopfte er ihm stumm auf die Schulter, richtete sich auf und sagte zu Daniel: »Dieses eine Mal hörst du bitte auf mich. Ruf die Polizei an und hol sie hierher. Sie sollen Usperg festnehmen. Sag ihnen, dass ich versuche, Viktor von Closen und zwei von ihm entführte Polizeibeamte einzuholen.«

»Ich komme mit …«

»Nein«, sagte Peter. »Diesmal nicht.«

Daniel musterte seinen Sohn ein paar Herzschläge lang. Schließlich nickte er und drückte ihm den Autoschlüssel in die Hand. Dann wandte er sich ab und leuchtete mit der Taschenlampe in eine Ecke des Gangs. Das Metall einer Pistole schimmerte dort auf. »Die hab ich draußen gefunden, gleich hinter dem Eingang. Sie lag auf dem Boden. Ich hab sie mit reingebracht.«

Peter fühlte, wie ein hämisches Grinsen über sein Gesicht zog. »Das ist meine«, sagte er. »Sie haben sie in der

Hektik liegenlassen. Lauter Amateure!« Er küsste seinen überraschten Vater auf die Wange, schnappte sich die Waffe und riss die Tür zum Eingang auf. Er drehte sich noch einmal um und sah, wie Daniel sich neben Usperg niederkauerte.

»Sie haben so viele Träume zerstört, Sie Drecksack«, hörte er seinen Vater sagen. Und dann: »Gott, Sie sind ja fast erfroren. Schauen Sie, dass Sie das nasse Hemd runterkriegen, dann gebe ich Ihnen meine Jacke.«

Peter lächelte, dann rannte er hinaus. Einmal mehr quietschte das Wasser in seinen Schuhen und sprühte die Nässe bei jedem Schritt aus seinen Klamotten. Sein Kopf schien bei jedem Schritt zu platzen. Doch er ignorierte den Schmerz.

Wie er erwartet hatte, stand sein Wagen draußen auf der Straße. Die Türen waren nicht versperrt. Er schlüpfte hinter das Steuer und ließ den Motor an.

Wie viel Vorsprung hatten sie? Er schätzte fünfzehn Minuten. In welche Richtung würden Viktor und Leinberger mit den beiden Frauen gefahren sein? Er schaltete die Scheinwerfer ein. In ihrem Licht sah er klar Reifenspuren aus noch feuchtem Schlamm und Dreck, die aus dem Hof der Baustelle kamen und nach vorn zur Mühle führten. Die Motorhaube des Tank zeigte in die richtige Richtung. Peter fuhr los.

An der T-Kreuzung nach der Brücke über den Hammerbach war Peter einen Moment ratlos, bis er die kurze Spur von diesmal nassen Reifen sah, die nach links in Richtung Innenstadt führte. Es war die einzige Spur. Sie mussten durch die tiefe Lache gefahren sein, die vom Hammerbach auf die Brücke gelaufen war.

Richtung Innenstadt also. Peter kurbelte am Steuer. Der Tank schoss über die Kreuzung und nach links. Er hatte eine vage Ahnung, wohin Viktor wollte – über die Dammstraße auf die Luitpoldstraße und dann aus der Stadt hinaus.

Die Ahnung verging, als er den THW-Laster dort stehen sah und die Sperren. Ein THW-Mitarbeiter kam auf ihn zu und bedeutete ihm umzukehren. Peter fluchte in sich hinein. Wenn Viktor umgekehrt war, dann konnte er in jede Richtung davongefahren sein.

Er hatte kaum mit der Verfolgung begonnen und die Beute schon verloren.

63.

»Hannes war der Ansicht, dass wir Thomas ruhig zur Polizei gehen lassen konnten. Er würde sich damit nur selbst ins Fleisch schneiden. Was uns betraf, war der Schwindel von damals verjährt. Wir mussten nur dafür sorgen, dass das Geld weiterhin für die Staatsanwaltschaft unerreichbar blieb, alles andere konnte uns egal sein.«

»Aber du wolltest das nicht«, sagte Flora.

Viktors Mund verzerrte sich. »Nein, ich wollte das nicht. Auch wenn es nie zu einer Strafsache gekommen wäre, wäre mein Name beschmutzt gewesen. Und das Hotelprojekt hätte ich abschreiben können. Du kennst doch Landshut. Hier sind Neid und Missgunst nicht weit, wenn du Erfolg hast, selbst wenn du gar nichts Böses getan hast. Aber wenn sie dir auch noch was anhängen können, dann machen sie dich fertig. Ich habe zehn Jahre darauf gewartet, das Hotel fertigzustellen, Flora. Zehn Jahre musste ich auf die Verwirklichung meines Traums warten, weil mir das Geld dazu fehlte – das Geld, an das ich nicht rankonnte, weil die blöde Göre dort hinten eines Tages in den Spiegel schaute, einen fetten pickligen Teenager sah, dem kein Bursche jemals in den Ausschnitt glotzen wollte, und in einem Anfall von pubertärem Hass auf die ganze Welt, den sie mit Gerechtigkeitsgefühl verwechselte, alle unsere Pläne zerstörte!«

Flora hatte Viktor nie mit solchem Hass reden hören – außer vorhin in der Baustelle, als es auch schon um Tanja gegangen war. Sie war schockiert über die Wut, die aus ihm sprach.

»Es hat ihr schon jemand in den Ausschnitt geglotzt«, sagte sie, als Tanja schwieg. »Es waren nur die falschen Leute: eklige alte Männer. Und ihr Vater unternahm nichts dagegen. Deswegen hat sie es getan.«

»Wer hängt seinen eigenen Vater bei der Polizei hin?«, stieß Viktor hervor.

»Wer bedroht die Frau, der er zweimal versucht hat zu sagen, dass er sie liebt, mit der Waffe?«

Viktor blickte nach unten, sah, dass er die Waffe immer noch auf Flora gerichtet hatte, und legte sie achtlos auf den Fahrzeugboden vor seinen Füßen. »Hannes und ich gerieten in Streit …«, sagte Viktor und verstummte dann.

Flora warf ihm einen Seitenblick zu. Seine Kiefermuskeln zuckten. Sie bog nach rechts ab und fuhr in die Straße, die an der Isar entlangführte und in der auch das Haus von Daniela Aisch lag.

»Ich …«, setzte Viktor an und schwieg erneut. Schließlich stieß er hervor: »Ich weiß überhaupt nicht, wie es passiert ist. Es ist, als hätte ich einen Filmriss. Ich erinnere mich, dass ich Hannes packte und dann … das Nächste, was ich weiß, ist, dass er blutend dalag, den halben Schädel eingeschlagen, und dass Haare und Blut am Heizkörper klebten.« Er schluckte.

»Da ist das Haus von Daniela«, sagte Leinberger von hinten, als sie sich der Praxis näherten.

»Daniela spielt keine Rolle mehr. Oder willst du deinen Anteil mit ihr teilen, Gerd?«, sagte Viktor ungehalten und ohne sich umzudrehen.

Leinberger erwiderte nichts.

Flora fragte über die Schulter: »Warum machen Sie da überhaupt mit? Für die zehn Millionen, die Ihnen von der Beute gehören?«

»Gerd ist viel billiger«, sagte Viktor. »Nicht wahr, Gerd? Er ist für eine Million dabei – als kleines Gentleman-Agreement von Anfang an zwischen ihm und mir. Und für ein bisschen Maulhalten.«

Leinberger gab ein Geräusch von sich, das alles von einem Knurren bis zu einem Winseln sein konnte. Flora spähte in den Rückspiegel. Sie überlegte, ob sie jetzt, da sie nicht mehr bedroht wurde, wagen sollte, plötzlich zu beschleunigen und das Fahrzeug gegen einen Laternenpfahl zu setzen. Aber Leinberger hatte seine Waffe weiterhin auf Tanja gerichtet. Sie konnte es nicht riskieren.

»Fahr da vorn rechts rein«, sagte Viktor. »Da müssten wir wieder raus auf die Luitpoldstraße kommen. Wenn es nicht klappt, nehmen wir den Fußgängerweg am Hotel vorbei.«

»Warum hast du mir das alles erzählt?«, fragte Flora.

»Weil du einen falschen Eindruck von mir hast. Weil ich nichts dafür kann, wie sich die Sache entwickelt hat. Weil ich …« Viktor schaute nervös auf seine Hände. Plötzlich beugte er sich so nahe zu Flora herüber, dass er sie hätte küssen können. »… weil ich möchte, dass du mitkommst. In einer Stunde sind wir am Flughafen, wenn alles glattgeht. In drei Stunden sitzen wir schon in einem Flieger nach irgendwohin. Nur du und ich. Tanja sperren wir bei mir zu Hause ein. Bis sie sich befreien kann oder jemand sie dort findet, wird es morgen oder übermorgen Abend. Neunzehn Millionen, Flora! Du und ich! Ich gebe mein Projekt auf, aber ich werde ihm keine Träne nachweinen, wenn du dafür bei mir bist. Ich liebe dich, Flora!«

»Du hast ein paar hundert Menschen in den Ruin gestürzt vor zehn Jahren und jetzt zwei Menschen umgebracht. Wie kannst du auch nur eine Sekunde glauben, dass ich mit dir gehe?«

»Aber Flora … das mit Hannes, das war ein Unfall. Und Karin … sie wollte es nicht anders machen als Thomas und bei der Kripo auspacken und sich unter Polizeischutz stellen vor lauter Angst, dass Thomas ihr etwas antun könnte. Was hätte ich denn tun sollen? Du kennst sie nicht, sonst würdest du wissen, dass mit ihrem Tod ein schlechter Mensch weniger auf der Welt ist …«

Flora war schwindlig. Die Ungeheuerlichkeit des Antrags, den Viktor ihr gemacht hatte, wurde noch ungeheuerlicher gemacht durch die Tatsache, dass in einem Winkel ihres Herzens der Wunsch aufgeblüht war, ihn anzunehmen. Sie hörte Viktors Stimme und sah sein Gesicht und musste ständig darum kämpfen, ihn als Doppelmörder zu sehen und nicht als den Mann, in den sie sich ernsthaft zu verlieben begonnen hatte. Sie zwang sich zu den nächsten Worten.

»Nein«, sagte sie. »Alles, was du gesagt hast, war gelogen. Du hast Hannes nicht im Affekt getötet. Dafür bist du jetzt die ganze Zeit viel zu beherrscht. Du hast eine Chance gesehen, ein paar von den Leuten, mit denen du das Geld teilen musstest, aus dem Weg zu räumen und Thomas Usperg dafür zum Sündenbock zu machen. Mit

Hannes hast du angefangen, weil du nicht wolltest, dass er den Bau des Hotels ausführt, du aber an ihn gebunden warst wegen der Sache damals.«

»In einem hab ich nicht gelogen«, sagte Viktor. »Ich möchte, dass du mit mir kommst, Flora. Neunzehn Millionen, Flora. Es gibt Länder, in denen stehen uns mit diesem Geld zehn Leben offen, nicht nur eines. Ich liebe dich. Komm mit mir.«

Flora bog nach rechts ab. Schon von weitem sah sie die Absperrungen an der Kreuzung zur Luitpoldstraße.

»Verdammt!«, zischte Viktor. »Halt an.«

Flora bremste. Im Rückspiegel sah sie, wie Leinberger sich zur Mitte des Fahrzeugs beugte und versuchte, durch die Windschutzscheibe nach vorn zu schauen. Er hob den rechten Arm vom Koffer und hielt sich an Viktors Kopfstütze fest. Seine Waffe zielte nicht mehr auf Tanja.

Die Tür auf Tanjas Seite flog auf, und die junge Polizistin stürzte hinaus. Den Koffer hatte sie in der Hand. Sie schlug die Tür zu und rannte in Richtung Isar.

64.

Viktor reagierte als Erster. Er griff nach der Pistole auf dem Fußboden und sprang aus dem Wagen. Im Hinausstürzen rief er: »Halt sie fest, Gerd!«

Flora war die Nächste – aber sie war angeschnallt. Noch bevor sie den Gurt lösen konnte, fühlte sie, wie sich ein Arm um ihren Hals legte und sie zurück ins Polster presste. Leinberger keuchte ihr ins Ohr, seine Spucke flog auf ihre Wange. Ihre Brille verrutschte. Sie packte Leinbergers Arm mit der Linken und versuchte, sich zu befreien. Leinberger lag halb auf der Mittelkonsole, halb auf der Lehne des Fahrersitzes und hatte die Hand um die Stange der Kopfstütze gekrallt. Sie konnte seinen Griff nicht brechen, indem sie an seinem Arm zerrte. Ihr eigener rechter Arm war unter Leinbergers Oberkörper eingeklemmt. Sie wand sich. Der Gurt rastete ein und fesselte sie noch zusätzlich auf den Sitz.

»Nicht!«, stieß Leinberger aus und stöhnte auf. »Nicht!«

Es gab nur eine Möglichkeit. Flora trat das Gaspedal durch und ließ den Fuß von der Kupplung rutschen. Sie hatte, als Viktor sie zum Anhalten aufgefordert hatte, gewohnheitsmäßig den ersten Gang eingelegt und war mir durchgetretener Kupplung stehen geblieben. Der Wagen machte einen Satz vorwärts und schlingerte dann führerlos die enge Straße entlang, vorbei an einem Grundstück zur Rechten. Flora konnte nicht an das Lenkrad gelangen. Leinberger wurde durch die Beschleunigung nach hinten geworfen, aber er ließ nicht los. Er quetschte Floras Kehle zu. Sie bekam keine Luft mehr und kämpfte um ihre Freiheit. Die Bewegungen brachten den Wagen noch mehr zum Schlingern. Er brach nach rechts aus. Das Vorderrad streifte die Kante des Bürgersteigs. Der Wagen prallte zurück in die Mitte der Straße. Die Vorderräder schlugen durch die Berührung mit der Gehsteigkante rechts ein. Mit quietschenden Reifen schleuderte der Wagen herum, fuhr schräg auf die Bordsteinkante zu, sprang darüber, steuerte in eine Einfahrt hinein, auf eine niedrige Betonmauer zu und traf sie in schrägem Winkel. Der Krach war unbeschreiblich im Inneren des Fahrzeugs. Floras Fuß rutschte vom Gas. Die Airbags lösten sich im gleichen Moment, wie der Druck auf ihre Kehle verschwand, weil Leinberger durch den Aufprall nach vorn flog. Der Gurt schnitt in Floras Oberkörper, der Airbag war wie ein Schlag mit einer riesigen weichen Faust ins Gesicht. Das Auto wurde herumgeworfen und drehte sich einmal um sich selbst. Der Motor gurgelte und starb ab. Kühlwasser zischte. Dann wurde alles still.

Flora saß benommen auf dem Fahrersitz. Ihr rechter Fuß war zwischen den Pedalen eingeklemmt. Ihre Brille war vom Airbag davongewirbelt worden. Leinberger lag mit dem Oberkörper auf der Mittelkonsole. Er war mit dem Gesicht voraus gegen das Armaturenbrett geworfen worden. In dem Haus, zu dem die Einfahrt gehörte, flammten Lichter hinter den Fenstern auf.

Flora versuchte, den Gurt zu lösen. Sie hatte keine Kraft in der Hand und musste sich dazu zwingen, die Finger zu bewegen. Leinberger blockierte den Gurthalter mit seinem Körper. Flora schrammte sich die Knöchel auf, als sie zwischen ihn und den Fahrersitz griff und den Gurthalter zu fassen bekam. Sie drückte den Knopf. Der Gurt löste sich.

Der Airbag war erschlafft. Sie drückte ihn mit beiden Händen noch weiter zusammen. Etwas Warmes tropfte ihr ins Auge und trübte ihre Sicht. Sie wischte mit der Hand darüber. Ihre Hand war rot verschmiert. Sie blutete. Wahrscheinlich hatte die Brille beim Aufprall des Airbags eine Schramme in ihre Stirn gerissen.

Reiß dich zusammen!, befahl sie sich. Sie tastete nach dem Türöffner und bekam ihn zu fassen. Die Tür öffnete sich. Flora, die nicht gemerkt hatte, dass sie sich dagegengelehnt hatte, fiel halb hinaus.

Die Eingangstür des Hauses öffnete sich. Weiteres Licht flammte auf und erhellte den Hof. Leute kamen aus der Tür. Flora stemmte sich aus dem Sitz und kroch aus dem Autowrack.

Jemand half ihr auf. »Um Gottes willen!«, vernahm sie eine Stimme. »Sind Sie verletzt?«

Eine Frau kreischte: »Da ist noch einer drin!«

Flora machte sich los und torkelte zur hinteren Tür, riss sie auf. *Wo ist verflucht noch mal die Pistole, die Leinberger gehabt hat?* Nichts war wichtiger als diese Pistole, obwohl Flora im Moment nicht hätte sagen können, weshalb.

Eine Hand legte sich auf ihre Schulter. Jemand fragte, diesmal drängender: »Sind Sie verletzt? Was suchen Sie denn?«

Sie hörte nicht hin. Sie stützte sich auf der Sitzfläche der Rückbank ab und beugte sich über den Fußraum. Ihr Magen hob sich. Beinahe hätte sie sich übergeben – mitten auf die Pistole, die dort lag. Sie richtete sich auf. Ihr Kopf knallte gegen die Kante des Dachs. Ein wilder Schmerz schoss durch das Konglomerat der bereits vorhandenen Schmerzen, und für einen Augenblick gaben ihre Knie nach. Sie wurde aufgefangen.

»Bitte«, sagte der unbekannte Helfer. »Sie müssen sich erst mal hins…«

Er schwieg, und Flora erkannte, dass sie die Pistole hochgehoben hatte. Sie zielte nicht auf ihn. Der Mann trat dennoch einen Schritt zurück.

»Kriminalpolizei«, hörte Flora sich lallen. »Halten Sie bitte Abstand.« Sie sah sich um. In welche Richtung lag die Isar? Dort war jedenfalls die Seitenstraße, aus der sie gekommen waren. Sie taumelte auf die Straße zu. Hinter sich hörte sie einen Ruf: »Jemand muss sie aufhalten!«, und die Antwort: »Sie hat eine Waffe!« Die Frau, wahrscheinlich die von vorher, schrie auf.

Langsam begann Floras Hirn wieder zu arbeiten. Tanja! Mit Viktors Beute geflohen. Viktor! Ihr hinterher – mit der Waffe in der Hand.

Viktor!

Der Mann, dem sie fast ihr Herz geschenkt hatte.

Der Betrüger.

Der Mörder.

Der Dienstwagen war eine erstaunliche Strecke, ohne gelenkt zu werden, geradeaus durch die Seitenstraße geschlingert, bevor er in die Einfahrt gerast war. Flora lief in Richtung Isar. Sie hörte das Röhren der Fluten, die durch das Ludwigswehr donnerten. Der Modergeruch des schlammigen Wassers lag in der Luft. Plötzlich wurde ihr übel. Sie sank gegen einen Zaun, dann auf die Knie und übergab sich. Die Schmerzen, die dabei durch ihren Schädel schossen, waren beinahe unerträglich. Tränen liefen ihr über die Wangen, vermischt mit dem Blut aus ihrer Stirnwunde.

Hinter ihr ertönten Stimmen. Sie wandte sich um. Auf die Entfernung sah sie die Leute, die ihr aus der Einfahrt gefolgt waren, nur unscharf. Sie fuchtelte mit der Pistole und bildete sich ein zu rufen: *Kriminalpolizei. Bleiben Sie zurück!* Sie wusste nicht, ob sie es getan hatte. Die Bewohner des Hauses schrien auf oder gingen in Deckung.

Flora kam auf die Beine und stolperte weiter. Vorn auf der Straße, die am Ufer entlangführte, schoss plötzlich ein Auto vor der Gassenmündung vorbei. Sie hörte Reifen quietschen, als der Fahrer ein paar Meter weiter auf die Bremse stieg.

Sie versuchte, schneller zu laufen. Das Auto kam ihr bekannt vor. Es sah genauso aus wie Peters Volvo.

Es war Peters Volvo.

Verflucht.

Und gleichzeitig dachte sie: *Gott sei Dank! Peter!*

65.

Im Licht der starken Lampen, die den Steg über dem Ludwigswehr beleuchteten, sah das Wasser unwirklich aus, eine brodelnde, schäumende, schattenlose Masse, die durch die Schleusentore schoss. Aber das, was Peter wirklich sah, als er in Richtung des Wehrs raste, waren die zwei Gestalten auf dem Steg. Eine davon war Tanja Parsberger, die langsam rückwärts ging und dabei den Beutekoffer an sich presste. Die andere war Viktor von Closen, der sich mit ausgestrecktem Arm und Pistole ebenso langsam näherte. Sie hielten gleichen Abstand, ein träges, tödliches Ballett ohne jede Schönheit.

Peter bremste den Tank so stark ab, dass das schwere Fahrzeug mit dem Heck schlingerte und beinahe ausbrach. Er nahm den Fuß von der Kupplung und sprang aus dem Wagen, als dieser noch rollte. Das Fahrzeug machte einen letzten Satz vorwärts und starb dann ab. Mit seiner eigenen Pistole in der Hand rannte Peter auf den Steg zu. Er brüllte Tanjas und Viktors Namen, wissend, dass diese ihn nicht hören konnten.

Viktor bewegte sich mit dem Rücken zu Peter, aber Tanja sah ihn, als er auf die Brücke sprintete. Viktor musste es in ihrem Gesicht gelesen haben, denn er fuhr herum. Peter blieb stehen. Er hatte noch keine Zeit gefunden zu zielen und wagte es auch jetzt nicht, die Pistole zu heben. Viktor zielte genau auf ihn. Der Steg zitterte und bebte unter Peters Füßen vom Andrang des Wassers. Die Luitpoldbrücke flussaufwärts war völlig leer. Peter sah die Gischt am Geländer hochspritzen. Am anderen Ende, beim Ländtor, standen THW- und Feuerwehrfahrzeuge mit eingeschalteten Blaulichtern. Wer immer in ihnen saß, blickte nicht zum Steg herüber. Es war so, als wären Peter, Tanja und Viktor ganz allein auf der Welt.

»Geben Sie auf!«, brüllte Peter.

»Sind Sie verrückt?«, brüllte Viktor zurück. »Ich habe alle Trümpfe in der Hand.«

Tanja sprang zum Geländer des Stegs. Sie stellte den Koffer darauf und hielt ihn mit einer Hand am Griff fest. Peter konnte nicht hören, was sie schrie, aber er konnte es sich denken: Ich lass das Ding fallen! Viktors ausgestreckter Arm fuhr herum und zielte auf die junge Polizistin. Peter nutzte den Augenblick und kam näher heran. Viktor zielte wieder auf ihn. In seinem Gesicht war nun hilfloser Zorn zu erkennen. Sein Haar hing ihm in die Stirn, er war nass von der Gischt, die über dem Steg hing, und die ruckartigen Bewegungen, mit denen er die Waffe zwischen Tanja und Peter hin- und herschwang, verrieten seine Verzweiflung. Peter blieb stehen. Er wusste, dass ein in die Enge getriebener Gegner der gefährlichste Gegner ist. Und er wusste, dass es nicht mehr lange dauern konnte, bis Viktor auf die Lösung kam. Er brauchte nur Peter kaltblütig zu erschießen und dann Tanjas Schock auszunutzen, zu ihr hinüberzuspringen und ihr den Koffer aus der Hand zu reißen. Von Peter trennten ihn vielleicht ein Dutzend Schritte. Von Tanja höchstens fünf. Er konnte es schaffen. Und er hatte nichts zu verlieren.

»Wir können noch über alles reden!«, schrie Peter gegen das Tosen des Wassers.

Viktor starrte ihn an. Langsam senkte er die Waffe. Dann tat er das vollkommen Unerwartete. Er wirbelte herum und sprang mit drei gewaltigen Sätzen zu Tanja hinüber. Die junge Polizistin reagierte zu langsam. Sie löste die Hand vom Beutekoffer. Aber Viktor war schon bei ihr und stieß sie weg. Der Koffer kippte. Tanja flog gegen das

Geländer und ging zu Boden. Viktor hatte sich da schon halb über das Geländer geworfen und nach unten gefasst. Peter sah den Ruck, der durch seinen Körper ging und die unmenschliche Anstrengung, mit der Viktor sich nach hinten warf. Der Koffer kam mit ihm nach oben. Seine rechte Hand hielt den Griff fest. In der Linken hielt er immer noch die Waffe. Er verschwendete keinen Augenblick. Den Koffer auf das Geländer gestützt, riss er die Pistole hoch und zielte auf Peter.

Peter hatte gedacht, dass er es schaffen würde. Statt selbst die Pistole hochzureißen und zu schießen, war er zu Viktor gerannt. Jetzt erkannte er, dass er sich verrechnet hatte. Er warf sich zur Seite und fiel schwer auf den Steg.

Den Schuss hörte er als leisen, nebensächlichen Knall. Er bildete sich ein zu spüren, wie die Kugel neben ihm vom Boden abprallte. Er versuchte, sich herumzurollen. Viktor würde kein zweites Mal danebenschießen. Alle seine Muskeln spannten sich an, und er verzerrte unwillkürlich das Gesicht, als würde die Kugel bereits in seinen Körper einschlagen.

Der zweite Schuss kam nicht. Peter schaute hoch. Viktor lehnte am Geländer. Er sah erstaunt aus. Seine Pistolenhand war herabgesunken. Peter wurde klar, dass Viktor überhaupt noch nicht geschossen hatte. Den Aufschlag der Kugel hatte er sich eingebildet. Und der Knall war viel zu leise gewesen, als dass er von Viktors Pistole hätte stammen können. Aber jemand hatte geschossen.

Viktor hob die Waffe wieder und zielte erneut auf Peter.

Etwas warf ihn gegen das Geländer, als hätte er einen Faustschlag erhalten. Peter schaute zu Tanja. Hatte sie …? Doch die junge Polizistin lag gekrümmt auf dem Steg und schien besinnungslos.

Viktor ließ die Pistole fallen. Er schüttelte den Kopf. Auf seinem Anzughemd blühten zwei größer werdende dunkle Flecken auf. Der Koffer schwankte und fiel vom Geländer herunter. Viktor ließ ihn nicht los. Das Gewicht des fallenden Koffers zog ihn mit sich. Sein Oberkörper beugte sich über das Geländer. Er machte keine Anstalten, sich mit der Linken festzuhalten. Einen Augenblick sah er aus wie ein Neugieriger, der sich weit vornüberbeugt, um auf das brodelnde Wasser hinunterzuschauen. Dann verlor er das Gleichgewicht, verlor den Boden unter den Füßen – und war weg.

Peter stierte zum Ufer hinüber. Dort stand Flora, die Pistole im Anschlag, wie auf der Schießbahn. Einen Moment stand sie noch so da, breitbeinig, die Pistole in der Rechten und das Handgelenk mit der Linken stabilisierend, auf die Stelle zielend, an der Viktor gestanden hatte. Dann senkte sie die Waffe und richtete sie auf den Boden vor sich. Peters und Floras Schießtrainer hätte seine Freude an ihren exakten Bewegungen gehabt.

Peter rappelte sich auf und beugte sich über das Geländer. Fast erwartete er, Viktor irgendwo dort hängen zu sehen, wie in einem schlechten Film, eine Hand in irgendeinen Halt verkrallt. Aber Viktor war verschwunden. Der Beutekoffer war verschwunden. Alles, was Peter sah, war die schäumende Urgewalt des Hochwassers, und was immer dort hineingefallen war, würde bereits nach unten gezogen und zerschmettert und zweihundert Meter weiter fortgespült worden sein und erst nach vielen Tagen wieder an einer Stelle ans Licht kommen, die mit all den Ereignissen der letzten vierundzwanzig Stunden nichts zu tun hatte.

Drüben am Ufer setzte sich Flora so hart auf den Boden, als habe ihr jemand die Beine weggetreten. Sie legte die Waffe neben sich und vergrub das Gesicht in den Händen.

Peter richtete sich auf, räusperte sich und schickte sich an, all das zu tun, was ein Polizist in seiner Lage tun musste. Dass er dabei Tränen wegblinzelte, spielte keine Rolle.

14. Juni

66.

Michael Maier trug immer noch die saloppe, nicht zusammenpassende Kleidung, mit der sie ihn zwei Tage zuvor bei der ersten Einsatzbesprechung gesehen hatten. Die Hosenbeine waren erneut nass. Er war offensichtlich wieder damit beschäftigt gewesen, im Keller seiner Freundin anzupacken. Dass er sich in sein Büro bemüht hatte, um Floras und Peters Bericht entgegenzunehmen, bezeugte seine Wertschätzung und sein Mitgefühl mit dem, was Flora hatte tun müssen. Peter hatte ihn auf dem Weg ins Büro über Floras Mobiltelefon darüber aufgeklärt.

»Es wird natürlich eine Untersuchung zu den Schüssen geben«, sagte Maier sanft zu Flora. »Ich kann das nicht verhindern. Aber nach den Zeugenaussagen von Herrn Bernward, Thomas Usperg, Tanja Parsberger und Gerd Leinberger wird die Untersuchung schnell zu Ihren Gunsten abgeschlossen sein. Ich sorge dafür, so gut ich kann.« Er verschwieg, dass zu der Untersuchung auch die Autopsie der Leiche Viktors gehören würde. Es schien, dass ihm Floras romantische Verwicklung bewusst war. Manchmal war es rätselhaft, woher Maier seine Informationen bezog. In dieser Hinsicht stand er der bestinformierten Staatsanwältin, die Peter kannte, kaum nach.

Flora nickte. Sie war bleich, ihr Haar unordentlich. Auf der Stirn klebte ein Pflaster, ihre Unterlippe war geschwollen, wo sie sich daraufgebissen hatte, als der Airbag losgegangen war. Sie hatte ihre Brille nicht auf, so dass man genau sehen konnte, dass sie geweint hatte. Peter musste nicht in ihr Gesicht blicken, um das zu wissen. Er hatte, nachdem er Tanja von der Brücke getragen hatte, versucht, die schluchzende Flora in den Arm zu nehmen und zu trösten. Sie hatte ihn anfangs weggestoßen, doch zuletzt hatte sie nachgegeben und sich festhalten lassen und so heftig geweint, dass es Peter schier das Herz gebrochen hatte. »Danke«, sagte sie rau.

»Weshalb hat Leinberger überhaupt mitgemacht bei der Geschichte?«, fragte Peter. »Waltz brauchte Geld wegen seiner Unfähigkeit als Unternehmer, Daniela Aisch wegen ihres Plagiats-Prozesses, Karin Schätz-Holdinger für ihren Lebensstil …« Auch er vermied es, Viktors Namen zu erwähnen. Aber Flora wäre nicht sie selbst gewesen, wenn sie nicht mit zusammengebissenen Zähnen vollendet hätte: »… und Viktor für den Bau des Hotels. Deshalb hat er auch den Umbau zehn Jahre lang ruhen lassen – weil ihm, nachdem Usperg aufgeflogen war, die Kohle fehlte.«

»Usperg war das kleinste Licht in der ganzen Geschichte, der Erfüllungsgehilfe«, sagte Peter. »Er hat mitgemacht, weil er dazugehören wollte; weil er mit den großen Jungs spielen wollte. Ich bin sicher, dass seine Spekulationen am Anfang ganz reell waren. Illegal ist es erst geworden, als Viktor und die anderen eingestiegen waren und ihn überredeten, richtig abzusahnen auf Kosten seiner anderen Kunden. Er war wohl leicht zu beeindrucken und hat sich nur schwer durchsetzen können – nach dem, was Flora mir von Tanja und deren Abscheu gegen die Anmache von Uspergs Freunden erzählte. Aber Leinberger …«

Maier holte Atem.

Flora kam ihm zuvor. »Leinbergers Frau hat sich auf Aids testen lassen«, sagte sie. »Ich glaube, es war gar nicht Leinberger selbst, der auf Kuba Sex-Urlaub gemacht hat.«

Maier schüttelte den Kopf. »Leinberger hat im Krankenhaus eine Aussage gemacht. Sie haben ihn übrigens übel zugerichtet, Frau Sander. Gehirnerschütterung, Nasenbeinbruch, zwei ausgeschlagene Zähne, Rippenprellung und ein Meniskusriss.«

»Er war nicht angeschnallt«, sagte Flora in einem schwachen Aufflackern ihres gewohnten Sarkasmus.

»Leinberger ist ein Cux«, sagte Maier. »Er findet sexuelle Erfüllung, indem er seiner Frau dabei zusieht, wie sie mit anderen Männern Sex hat. Er fliegt mit ihr nach Kuba, weil es in ihrem Alter anscheinend schwer ist, hier jemanden zu finden, der mitmacht. In Kuba zahlt er dafür und kann es sich leisten, weil die Preise für einen hübschen jungen Latin Lover erschwinglich sind und die jungen Männer die Kohle brauchen. Aber vor zehn Jahren …«

»… war er mit seiner Frau noch hier zugange. Und das hat jemand gewusst«, sagte Peter.

»Das hat Viktor gewusst«, sagte Flora tonlos.

Peter wusste genau, was sie in diesem Augenblick dachte: *Hatte Viktor es gewusst, weil er selbst …* teilgenommen … *hatte?* Er hoffte, dass sich dieses Detail niemals klären lassen würde.

»Leinberger wurde erpresst mitzumachen. Wahrscheinlich hat er auch deshalb damals den Denkmalschutz für das Projekt Himmel umgangen. Und um ihn auf Dauer bei der Stange zu halten, hat man ihm zusätzlich ein kleines Stück vom Kuchen angeboten. Nicht ungeschickt.« Maier seufzte.

»Was wird aus Tanja und ihrem Vater?«

»Entführung und Nötigung einer Polizeibeamtin mit

Waffengewalt, unerlaubter Waffenbesitz, Beihilfe zu einem Verbrechen, Verabredung und Planung einer Straftat … malen Sie es sich selbst aus. Usperg fährt wieder ein, und seine Tochter kann ihm von Aichach aus zuwinken. Alles, was wir für sie tun können, ist, die Information zu unterdrücken, dass sie mal Polizistin war. Das rettet ihr im Knast das Leben.«

Flora erschauerte.

»Was?«, fragte Maier. »Mitleid? Sie waren in ihrer Gewalt und dachten einige Zeit, dass sie Sie töten würden!«

»Sie ist ihrem Herzen gefolgt. Sie dachte, sie tut das Richtige. Sie wollte eine alte Schuld abtragen.«

»Sie ist nicht ihrem Herzen gefolgt, Frau Sander, sondern einer Mischung aus alten Schuldgefühlen, einer unaufgearbeiteten Beziehung – in ihrem Fall die zu ihrem Vater – und dem inneren Festhalten an einer Vergangenheit, die vorüber ist und die sie ohnehin nicht ungeschehen machen konnte. Sie hat einen alten Fehler nicht überwunden, sondern weiter mitgeschleppt und damit jede Menge neuer Fehler gemacht.«

»So was kommt vor«, sagte Flora bedrückt.

»Begeben Sie sich in ärztliche Behandlung. Sie beide. Frau Sander, Sie haben vielleicht Verletzungen aus dem Unfall davongetragen, und Sie, Herr Bernward, sehen aus wie eine Werbung für eine monströse Erkältung.«

»Ich nehme ein altes Rezept meines Vaters her – heißes Schweineschmalz auf die Brust.«

»Von Ihrem Vater? Das stammt wohl eher von Ihrem Vorfahren aus dem Mittelalter.«

»Dessen Existenz umstritten ist«, sagte Peter entschieden.

»Apropos Ihr Vater. Es heißt, Sie hätten ihn unerlaubterweise auf einen Polizeieinsatz mitgenommen?«

»Ich?«, sagte Peter. »Nie im Leben! So verantwortungslos wäre ich nie.«

Als sie draußen auf dem Gang standen, sahen sich Peter und Flora an. Flora wirkte so elend, dass Peter sich nur mit Mühe zurückhalten konnte, sie nicht in den Arm zu nehmen und ihren Kopf an seine Schulter zu drücken.

»Er hätte mich erschossen. Ohne dich wäre ich jetzt tot«, sagte Peter. »Ich bin mir nicht sicher, ob ich je ermessen kann, was du da für mich getan hast. Du hast ihn …«

Flora hob eine Hand. Peter schwieg. Irgendwie war er froh, dass sie es ihn nicht aussprechen ließ. »Ohne dich wäre ich schon seit fast einem Jahr tot«, sagte sie.

Unter normalen Umständen hätte Peter »Gern geschehen!« oder etwas Ähnliches gesagt. So nickte er nur und erwiderte ihren Blick zurück. Nach ein paar Herzschlägen wandte Flora sich ab. Schweigend legten sie die paar Schritte zu ihrem Büro zurück, räumten dort unschlüssig auf ihren Tischen herum und taten Dinge, die nicht getan werden mussten. Schließlich setzte sich Flora auf ihren Stuhl.

»Das alles tut mir so leid«, flüsterte sie.

»Mir tut es leid, dass du das alles durchmachen musstest.«

»Du und Connor, ihr habt übermorgen diese Stadtführung, nicht wahr?«

»Ich werde Connor sagen, dass ich nicht mitmache, wenn er dich nicht doch noch …«

»Nein. Ich bin froh, wenn ich nicht dabei bin. Ich … es wäre mir zu viel. Aber vielleicht … vielleicht könnten wir beide uns nachher treffen und versuchen, miteinander zu reden?«

Peter fühlte einen schmerzhaften Stich. »Flora … ich

bin danach bei Sabrina Hauskeck zum Abendessen eingeladen. Ich konnte ihre Einladung nicht mehr abschlagen. Aber ich ...« Er wollte sagen: *Aber ich kann sie ja anrufen und übertreiben, wie schlecht es mir geht und die Verabredung kurzfristig absagen; und dann reden wir beide ... über uns ...*

Er stellte fest, dass er den Gedanken, Sabrina zu versetzen, genauso wenig ertragen konnte wie den, Flora für diesen zaghaften Wiederannäherungsversuch einen Korb zu geben. Hilflos verstummte er. Dann sagte er leise: »Aber ich möchte mich gerne ein anderes Mal mit dir treffen, um dieses Gespräch zu führen.«

Flora senkte den Kopf. Ihr Haar fiel nach vorn und verbarg ihr Gesicht. »Ist gut«, sagte sie.

»Soll ich dich nach Hause fahren? Oder ins Krankenhaus?«

»Nein. Ich bleib noch ein wenig hier und ... denke nach.«

»Wenn ich dir irgendwie helfen kann ...?«

»Kannst du nicht. Ich komme zurecht. Ich bin ein großes Mädchen, Peter. Gute Nacht. Oder guten Morgen.«

»Wir sehen uns«, sagte Peter mit zugeschnürter Kehle.

»Ja«, sagte sie.

Als er das Büro verließ, saß sie immer noch mit gesenktem Kopf auf ihrem Bürostuhl, das Gesicht hinter den Haaren verborgen, die Hände im Schoß übereinandergelegt. Die Tränen, die darauftropften, wollte Peter nicht sehen.

67.

Im Foyer des Polizeigebäudes traf Peter auf Polizeihauptkommissar Rudolf Strutiow, der eben zur Eingangstür hereinkam. Er zog eine nasse Spur von draußen herein und tropfte von Kopf bis Fuß.

»Der Damm ist gebrochen«, vermutete Peter.

»Nein, der Damm hat gehalten. Wenn das Wasser nicht noch steigt, haben wir das Schlimmste überstanden.«

»Warum bist du dann so nass?«

»Ich bin reingefallen«, sagte Rudolf Strutiow hörbar widerwillig.

»Gott, wem passiert denn so was?«, fragte Peter mit einem breiten Grinsen.

Strutiow fletschte die Zähne und betrachtete Peter, der frische, trockene Klamotten von zu Hause angezogen hatte, bevor er hierhergekommen war. »Euch Sesselfurzern von der Kripo bestimmt nicht«, sagte er. »Das einzige Mal, wo ihr mit Isarwasser in Berührung kommt, ist auf dem Faschingsball.«

»Man trinkt jetzt Caipirinha, kein Isarwasser mehr«, sagte Peter. »Aber du hast recht: Wenn es mir je passieren würde, während des Dienstes ins Wasser zu fallen, würde ich noch vor Anbruch der Morgenschicht nach Hause gehen und einen riesigen Whisky trinken. Mach's gut, Rudi. Ich geh heim.«

»Die Morgenschicht hat noch nicht begonnen«, sagte Rudolf Strutiow.

»Ach was?«

Dramatis Personae

Peter Bernward
Kriminalhauptkommissar in Landshut, Ermittlungspartner von Flora Sander

Flora Sander
Kriminalhauptkommissarin in Landshut, Ermittlungspartnerin von Peter Bernward – und dessen große Liebe

Tanja Parsberger
Polizeiobermeisterin mit Ehrgeiz

Connor Lamont
Schotte, Unternehmer, Liebling der Frauen und Peters und Floras bester Freund

Sabrina Hauskeck
Star-Staatsanwältin und famose Hobbyköchin mit nur einer Schwäche – die für Peter Bernward

Julia Sander
Floras pubertierende Tochter

Viktor von Closen
Immobilienunternehmer mit Stammbaum und Absichten auf Flora Sander

Daniel Bernward
Peter Bernwards Vater und Alleinvertreter einer phantastischen Theorie über die Herkunft der Bernwards

Stefan Nadolnus
Wirt der Stammkneipe von Peter, Connor und Flora

Michael Maier
Kriminaloberrat, Chef der Landshuter Kripo

Rudolf Strutiow
Polizeihauptkommissar bei der Schutzpolizei

Christian Toller
Kriminalkommissar vom KDD

Hannes Waltz
Glückloser Bauunternehmer

Manuela Waltz
Frau von Hannes Waltz

Karin Schätz-Holdinger
Waltz' Rechtsanwältin

Daniela Aisch
Eigentümerin einer ambulanten Schönheitspraxis

Gerd Leinberger
Pensionierter Bauamtsleiter mit aktiven Urlaubsplänen

Thomas Usperg
Ein Mann, der zehn Jahre lang gewartet hat

Dankeschön

Meinem Agenten Bastian Schlück, weil aus einer auf einer Autofahrt zum Flughafen Hannover geborenen Idee nun schon ein zweiter Kriminalroman geworden ist.

Meinen beiden Lektoren Nina Wegscheider von Ullstein und Gerhard Seidl, Außenlektorat, die aus meinem Text das gemacht haben, was ich eigentlich damit vorhatte.

Meinen Probelesern Irina Knauf, Angela Seidl, Monika Seeberger und Franziska Hoffmann für ihre Korrekturen und wertvollen Hinweise und – vor allem – meinem Freund Toni Greim, der sich mit dem Manuskript wahrscheinlich noch eingehender befasst hat als ich und die Geschichte davor bewahrt hat, das Tempo zu verlieren.

Kriminaloberrat Werner Mendler von der Kripo Landshut, Susanne Franck von den Stadtwerken Landshut und Thomas Link für ihre Unterstützung bei den Recherchen und ihre Bereitschaft, das Manuskript auf sachliche Fehler durchzusehen. Die Fehler, die jetzt immer noch drin sind, gehen auf meine Kappe und nicht auf ihre.

Meiner Familie, die mich im Winter 2013/14 viel weniger gesehen hat, als sie es gern gehabt hätte, und dann auch noch meistens von hinten, wie ich durch die Tür meines Arbeitszimmers verschwand.

Der Anfang dieses Romans ist an einem gleichzeitig entspannenden und inspirierenden Ort entstanden, an dem ich mich ein paar Tage lang rundum wohl gefühlt und ein selten gutes Frühstück genossen habe: Danke schön an den Stadler-Hof in Großgundertshausen mitten im größten Hopfenanbaugebiet der Welt, der Hallertau vor den Toren Landshuts.